ANNIKA BRYN

Tatmotiv: unbekannt

Buch

Als die Justizministerin Karin Landberg am Morgen in ihr Büro kommt, macht sie eine schreckliche Entdeckung: Ihre Stellvertreterin, die aus Guatemala stammende Maya-Indianerin Beatrice Chiquin, liegt mit einer stark blutenden Kopfwunde und schwachem Puls in ihrem Schlafraum. Wer konnte trotz der hohen Sicherheitsvorkehrungen in das Ministerium eindringen? Wer kommt als Täter in Frage? Was könnte das Motiv sein? Die Polizei ermittelt in alle Richtungen, Beatrices guatemaltekischer Exmann steht genauso unter Verdacht wie ihr schwedischer Ehemann, ihr Sohn Paolo und ihr homosexueller Kollege Anders Kjellbo. Oder ist es doch jemand ganz anderes?
Kriminalkommissarin Margareta Davidsson, die vor kurzem einen Fall im nationalistischen Milieu erfolgreich abgeschlossen hat, leitet die Ermittlungen. Doch erst als sie in Karins engerem Umfeld Nachforschungen anstellt, entdeckt sie Erstaunliches – und eine heiße Spur, durch die auch ihr eigenes Leben in Gefahr gerät …

Autorin

Annika Bryn wuchs als Kind einer Schwedin und eines Norwegers in Schweden auf. Bereits im Alter von neun Jahren entdeckte sie ihr Talent zum Schreiben. Besonders gerne beschäftigt sich die Theaterwissenschaftlerin und Soziologin in ihren Büchern mit psychologischen Charakterstudien, in denen sie dem menschlichen Verhalten auf den Grund geht. Annika Bryn lebt und arbeitet als freie Journalistin in Stockholm.

Von Annika Bryn bereits erschienen:

Die sechste Nacht (36233)

Annika Bryn

Tatmotiv: unbekannt

Roman

Aus dem Schwedischen
von Friederike Buchinger

blanvalet

Die schwedische Originalausgabe erschien
2005 unter dem Titel
»Brottsplats Rosenbad«
bei B. Wahlströms Bokförlag AB.

Umwelthinweis:
Alle bedruckten Materialien dieses Taschenbuches
sind chlorfrei und umweltschonend.

1. Auflage
Deutsche Erstveröffentlichung Mai 2006
bei Blanvalet, einem Unternehmen der
Verlagsgruppe Random House GmbH, München.

Published by agreement with Bengt Nordin Agency,
Sweden and Agentur Literatur, Berlin.
Umschlaggestaltung: Design Team München
Umschlagfoto: Wolf Huber, München
Redaktion: Nike Karen Müller
ES · Herstellung: Heidrun Nawrot
Satz: Uhl + Massopust, Aalen
Druck und Einband: GGP Media GmbH, Pößneck
Printed in Germany
ISBN-10: 3-442-36234-2
ISBN-13: 978-3-442-36234-9

www.blanvalet-verlag.de

Für meine geliebten Kinder
Ulf und Peter

Vor dreißig Jahren

Zuerst bemerkte er den Geruch. Rauchgeruch.

Die ersten Sekunden registrierte er das nicht, denn er konzentrierte sich ganz auf sein Training. Vor ein paar Wochen war er fünfzehn geworden, und sein Körper hatte begonnen, sich von dem eines Jungen in den eines Mannes zu verwandeln. Von Hilflosigkeit zu Selbstbestimmung. Er hatte mit einem Eifer zu trainieren begonnen, von dem er nicht gewusst hatte, dass er ihn in sich trug – er joggte, stemmte Gewichte, machte Liegestütze.

Es war Sommer. Die Sonne schien durch die Bäume auf die Wiese vor dem Haus. Die Erwachsenen waren in die Stadt gefahren. Er und sein Bruder waren allein. Er stand in Shorts vor dem offenen Fenster und stemmte seine Hanteln. Seine Armmuskeln schmerzten, aber er ignorierte den Schmerz und machte verbissen weiter.

Der Rauch schwebte in feinen Schlingen durch das Fenster. Als er ihn bemerkte und Panik in ihm aufstieg, ertönte der Schrei. Ein schriller, gellender, furchterregender Schrei.

Er raste durch das Haus, die Hanteln noch immer in der Hand, auf die Auffahrt. Der Schrei hielt an. Er kam aus dem Waldstück hinter dem Nebengebäude.

Er rannte an gepflegten Beeten und Obstbäumen vorbei in den Wald hinein.

Hier zwischen den Bäumen war es kühler. Der Boden war noch mit dem Laub des Vorjahres bedeckt. Der Rauch mischte sich mit dem erdigen Geruch des trockenen Bodens.

Vor ihm stand sein Bruder, grinsend. Zu seinen Füßen lag ein kleiner, schwarzer, halb verbrannter Körper. Er zuckte noch. Im Tageslicht waren die Flammen kaum zu sehen.

Der Schock traf ihn wie ein Hammerschlag. Er sprang neben die brennende Ratte, schlug mit der Hantel, trat mit den Füßen nach ihr, um sie von ihrem furchtbaren Schmerz zu erlösen. Es dauerte etwa fünf Sekunden, das Tier zu töten, aber ihm kamen sie wie fünf Stunden vor.

Als es endlich vorbei war, rührte sich die verbrannte Ratte nicht mehr. Ihr Anblick war abscheulich. Er selbst hatte sich an den nackten Armen und Beinen verbrannt, aber er spürte davon nichts. Er ließ die rußige Hantel fallen, an der nun Blut und Haare von der Ratte klebten, und starrte seinen drei Jahre älteren Bruder an. Er hatte sich an einen Baumstamm gelehnt, die Hände in den Taschen seiner Jeans vergraben, und lächelte überlegen. Befriedigt.

Er stürzte sich auf ihn. Schlug, schrie, versuchte ihn zu Boden zu werfen. Der Bruder lachte über seine verzweifelte Wut. Ein paar Sekunden verstrichen, ehe er sich zu verteidigen begann.

Es endete damit, dass er selbst am Boden lag. Tränen liefen seine Wangen herunter. Sein Bruder saß mit seinem ganzen Gewicht auf seinem Bauch und hielt seine Arme fest. Jetzt hatte er aufgehört zu lachen, und seine sonst so trügerisch freundlichen Augen funkelten gereizt und gefährlich. Dann spürte er die Ohrfeige. Mehrere.

»Kein Wort über das hier, du kleiner Scheißer. Verstanden?«

Er weigerte sich aufzugeben. Er war zu geschockt und wütend, um Angst zu haben.

»Ich sollte dich im Schlaf erschlagen, du gemeiner Hund!«, zischte er.

Der Bruder lachte. Er packte sein Kinn und drückte seinen Kopf nach hinten.

»Du bist ein großmäuliger, kleiner Haufen Scheiße. Was zum Teufel kümmert dich eine Ratte? Jeden Tag isst du Tiere. Trägst Schuhe aus Tierleder. Wehe, du kannst deine Klappe nicht halten. Es würde dir sowieso niemand glauben, keiner hier kann dich leiden. Hast du mich verstanden?«

Er wusste, dass das die Wahrheit war. Der Kadaver würde im See landen, und niemand würde ihm glauben. Er konnte nur sich selbst vertrauen.

Er befreite sich aus dem Griff seines Bruders, stand auf und zog die Nase hoch. Der Wald um sie herum war still. Kein Vogel war zu hören. Der nächste Nachbar wohnte mehrere Kilometer entfernt.

Es war halb drei Uhr nachmittags. Bis die Erwachsenen zurückkamen, dauerte es noch Stunden, und ein Lebewesen war gerade einen Tod voller Angst und Pein gestorben.

»Ich werde dich für den Rest deines Lebens im Auge behalten«, warnte sein Bruder drohend. »Wenn du einen Mucks machst, gibt das ein böses Ende. Dann mache ich dich fertig.«

Er schwieg, hob seine Hanteln auf und ging.

Ich sollte diese Bestie im Schlaf umbringen, dachte er, als er zwischen Rosen- und Tagetesbeeten zurück zum Holzhaus ging. Dieser Bruder hatte kein Recht zu leben.

1

Jetzt

Montagvormittag. Um 10 Uhr stand Rechtsanwalt John Danielsson im Warteraum des Gefängnisses.

Der Vollzugsbeamte betrachtete ihn mit respektvollem Lächeln. Er zögerte einen Moment – eigentlich durfte er nicht mit Besuchern reden –, aber er musste ihn einfach ansprechen. Außerdem waren sie sich bereits mehrmals begegnet.

»Sie sehen viel kleiner aus als im Fernsehen«, sagte er. »Man denkt aber, Sie müssten viel größer sein.«

»Ja, das habe ich schon öfter gehört«, antwortete John, der eins einundsiebzig groß war. »Aber auf die Größe kommt es ja schließlich nicht an, wie es so schön heißt.«

Der Beamte schnitt eine verständnisvolle Grimasse. Er selbst maß mindestens eins fünfundachtzig, ein kräftiger Bursche um die dreißig, mit blondem, kurz geschnittenem Haar und geröteten Wangen. Das Hemd spannte über seinem üppigen Bauch. Er strahlte rundum Freundlichkeit aus, aber dennoch fühlte sich John in seiner Gesellschaft unwohl. Er weckte unerfreuliche Erinnerungen an andere kräftige junge Männer mit bedeutend schlimmeren Absichten in ihm.

»Ich kann es nicht glauben, dass Sie hier sind, um ihn zu besuchen«, fuhr der Beamte fort, während er die Tasche des Anwalts entgegennahm und sie beiseite legte.

»Ich auch nicht. Aber er gibt ja keine Ruhe.«

»Ein zäher kleiner Teufel. Aber eigentlich könnte Ihnen das doch egal sein, nach allem, was er Ihnen angetan hat.«

»Da haben Sie Recht, aber jetzt bin ich schon mal da.«

»Das ist wirklich nett von Ihnen. Verdammt nett.«

Der Beamte nickte, schloss die Tür auf und ging vor ihm den Korridor entlang. Das Besuchszimmer war eine umgebaute Zelle älteren Datums. John ging hinein und setzte sich auf das Sofa. Er war schon oft hier gewesen, aber das lag etliche Jahre zurück. Zum letzten Mal bevor er die Strafverteidigung aufgegeben hatte. Er hatte den trostlosen Anblick von Fenstern, die man nicht öffnen kann, von verschlissenen Polstermöbeln, von Tischen, auf denen zahllose Coladosen und Zigaretten ihre Spuren hinterlassen hatten, und von dem abgestandenen Geruch nach Testosteron und Verzweiflung vergessen.

Er stützte die Ellenbogen auf den Couchtisch und verbarg das Gesicht in den Händen. Anne hatte es idiotisch gefunden, hierher zu fahren. Nicht weil sie Andreas Landström hasste, sondern weil sie Angst um John hatte. Er war ganz ihrer Meinung. Er fragte sich, was zur Hölle er hier tat, welcher masochistische Trieb ihn hierher gebracht hatte und warum Andreas ihn unbedingt treffen wollte. Weil er eine Wiederaufnahme des Verfahrens anstrebte? Selbst wenn, er hatte keinesfalls die Absicht, sich zu etwas Derartigem überreden zu lassen. Wahrlich nicht.

Auf dem Korridor hallten Schritte, und ein blonder, schmaler, zwanzigjähriger Junge in Jeans und T-Shirt betrat den Raum. Er blieb auf der Türschwelle stehen. John richtete sich auf und lehnte sich zurück.

»Hallo, Andreas«, sagte er.

»Hallo.«

Trotz seiner übertriebenen Lässigkeit wirkte der Junge angespannt. Er setzte sich in einen Sessel schräg gegenüber von John und streckte seine langen, dünnen Beine aus. Abwartend musterte er seinen Besuch.

»Bei unserer letzten Begegnung hast du mir einen Gegenstand auf den Kopf geschlagen. Oder das vorletzte Mal. Also nicht bei der Gerichtsverhandlung.«

John verzog das Gesicht. Er hatte keine Lust darauf einzugehen. Der Vorfall lag jetzt fünf Monate zurück, und er hatte sich lange genug mit seinem Trauma, das die Entführung ihm beschert hatte, gequält.

»Also, was willst du?«, fragte er.

Der Junge zuckte mit den Schultern.

»Weiß nicht. Bisschen reden.«

»Okay, hier bin ich. Rede.«

Es wurde still.

»Oben in Gransele hast du dich mit mir unterhalten«, sagte Andreas schließlich vorwurfsvoll, als erwarte er, dass John eine zwanglose Konversation eröffne. »Da standen wir nicht auf derselben Seite, aber wir haben geredet.«

Es wurde wieder still. Andreas schaute aus dem Fenster, und John tat es ihm nach. Es war ein sonniger Morgen gewesen, aber jetzt zogen Wolken am Himmel auf. Es war Anfang Oktober. Auf dem Weg hierher war John durch Wälder gefahren, in denen schon die ersten roten und gelben Blätter leuchteten. Vorbei an graubraunen, lehmigen Äckern. Vor diesem Fenster hier waren keine Baumkronen zu sehen. Jedenfalls nicht wenn man saß. Nur der Himmel. Er seufzte.

»Weißt du eigentlich, dass ich darüber nachgedacht habe, dich zu befreien?«, fuhr der Junge fort. »Ich dachte, wir können einen der Jeeps nehmen und abhauen.«

»Aber getan hast du es nicht«, entgegnete John. »Und es sind Menschen ums Leben gekommen.«

Andreas runzelte die Stirn. Er wippte nervös mit einem Fuß hin und her.

»Ich habe sie nicht umgebracht«, erwiderte er vorwurfsvoll. »Ich habe nur dich bewacht.«

»Hör zu, wenn du den Leuten einreden willst, dass du unschuldig bist, dann tu das«, sagte John müde. »Das ist mir egal. Aber versuch das nicht bei mir. Ich war dort, ich weiß, was passiert ist. Du bist wissentlich und vorsätzlich in eine nazistische Organisation eingetreten, die Menschen umgebracht hat, und du hast sie erst verlassen, als sie gesprengt wurde. Ohne solche Typen wie dich hätte das wandelnde Gespenst Clarence Malmberg niemals Erfolg gehabt. Du bist keine zwölf mehr, du bist über zwanzig. Das hier ist das richtige Leben und kein B-Movie. Du hast deine Wahl selbst getroffen, und die Folge davon ist, dass acht Menschen tot sind und du jetzt hier sitzt.«

»Ach ja, und was soll ich deiner Meinung nach jetzt damit anfangen? Mich schuldig fühlen? Mir das Leben nehmen?«, hielt Andreas starrsinnig dagegen.

John hatte plötzlich große Lust, diesem selbstgerechten Kerl eine reinzuhauen, und er überschlug, welche Strafe ihm dafür blühen würde. Wahrscheinlich gar keine. Aber das war es trotzdem nicht wert.

»Ich habe eine Frau, die heißt Anne, und eine Tochter, die heißt Miriam«, sagte er. »Sie ist fast vierzehn. Deine Freunde haben die beiden gejagt, und du wusstest davon. Wäre Anne nicht so hart im Nehmen, dann wären die beiden jetzt nicht mehr da, genau wie ich. Und du fragst *mich*, ob du dich schuldig fühlen sollst? Nun, von mir aus musst du dich nicht umbringen, wenn es das ist, was du wissen willst. Es hat schon ausreichend Tote gegeben, einer mehr macht es nicht besser. Aber das ist nicht meine Sache, Andreas. Was du mit dem Rest deines Lebens anstellst, liegt ganz allein bei dir!«

Andreas schwieg mit zusammengepressten Lippen und wippte fortwährend mit den Füßen. Seine fahlen Wangen hatten sich hellrot gefärbt.

»Und solltest du vorhaben, erneut vor Gericht zu gehen, dann rechne nicht mit mir«, fügte John hinzu. »Ich hoffe wirklich, dass du mich nicht deshalb gebeten hast herzukommen.«

Der Junge sah enttäuscht aus, dann lief sein Gesicht plötzlich flammend rot an.

»Was zum Teufel denkst du von mir?«, schrie er. »Glaubst du wirklich, ich hätte dich angerufen, damit du mich *verteidigst*?«

»Ich habe keine Ahnung, warum ich herkommen sollte.«

»Du hast dermaßen auf mich eingeschlagen, dass ich eine Gehirnerschütterung gehabt habe!«

»Ja, und ich war wirklich wütend auf dich, weil du mich dazu gezwungen hast, aber ich würde es wieder tun. Ich hätte dich sogar erschossen, wenn es nötig gewesen wäre. Findest du, das ist ungerecht?«

Der Blick des Jungen verdüsterte sich, und Tränen traten ihm in die Augen. John bereute fast, was er gerade gesagt hatte, es war brutal. Aber er hatte nicht die Kraft, sich jetzt zu entschuldigen.

»Vielleicht bin ich nicht der richtige Gesprächspartner für dich«, meinte er. »Von mir hörst du nur die Wahrheit.«

Er sah auf die Uhr. Fünf Minuten waren mit diesem seltsamen Stakkato-Gespräch vergangen. Vermutlich sollte er noch bleiben und versuchen, die Wogen zu glätten.

»Also, fangen wir nochmal von vorne an. Was willst du?«, fragte er.

»Einfach reden! Wie ich gesagt habe.«

»Okay. Worüber willst du reden? Wie ist das Essen?«

»Geht so.«

»Wie läuft es mit den anderen Gefangenen?«

»Einigermaßen. Die Hälfte sind ja Ausländer. Und dann noch die drei alten Knacker, die wegen Mordes sitzen. Einer von ihnen versucht die ganze Zeit, die anderen dazu zu bewegen, sich zu bessern. Ich glaube, er ist fromm geworden. Aber die anderen beiden sind echt lebensgefährlich.«

»Hast du etwas zu tun?«

»Ich arbeite in der Schreinerei. Und außerdem habe ich vor zu pauken.«

»Aha. Ja, das ist gut, nehme ich an.«

»Was ist mit diesem Schnüffler, der undercover war?«, fragte Andreas. »Dieser harte Hund, der geschossen hat?«

»Kent Johansson? Keine Ahnung.«

»Ich dachte, ihr wärt die weltbesten Freunde geworden.«

John schüttelte abwesend den Kopf. Wieder entstand eine Pause.

»Wenn du weißt, wo sich die anderen aufhalten, die noch auf freiem Fuß sind, solltest du das der Polizei erzählen«, sagte er.

»Das weiß ich aber nicht.«

»Würdest du darüber reden, wenn du es wüsstest?«

Andreas zögerte. Er legte die Hände auf die Knie.

»Das würde ich wohl«, antwortete er schließlich.

John hatte genug. Er stand auf. Andreas auch.

»So, nun haben wir uns getroffen«, sagte John. »Ich fahre jetzt.«

»Kommst du wieder?«

John blickte in die hellen Augen und versuchte herauszufinden, was in diesem Kopf vor sich ging. Was zum Teufel wollte dieser Junge?

»Ich weiß nicht«, erwiderte er und ging durch die Tür.

Er ging zu dem Beamten zurück, ohne sich umzusehen, nahm seine Tasche und eilte auf den Parkplatz. Auf der Rückfahrt nach Stockholm fragte er sich, was er da eigentlich getan hatte. Es tat ihm Leid, dass er mit diesem Kommentar reagiert hatte, er hätte auch geschossen wenn nötig. Er hoffte, dass er den Knaben damit nicht ermuntert hatte, sich das Leben zu nehmen. Aber schließlich war Andreas erwachsen. Mündig. Er konnte nicht damit rechnen, beschützt zu werden – schon gar nicht von seinem Opfer.

In der Innenstadt musste er im Parkhaus in der Regeringsgatan kreisen, ehe er ganz oben auf dem Dach einen freien Platz fand. Er stieg aus dem Auto, blieb einen Augenblick in der kühlen Luft stehen und blickte über die angrenzenden Häuser. Der Himmel war schwer und grau, und die ersten Regentropfen machten die Luft dunstig. Unten auf der Straße liefen die Passanten zwischen Einkaufszentrum, Akademibokhandeln und Kungsträdgården hin und her, als gäbe es keine Sorgen auf der Welt. So waren sie auch im Mai, vor fünf Monaten, hier entlanggeeilt, vollauf mit sich beschäftigt, während er eingesperrt war und Anne mit Miriam in Dalarna unterwegs war, ohne zu ahnen, dass sich der Tod an ihre Fersen geheftet hatte. So würde es auch sein, wenn er irgendwann den Löffel abgab.

Genau so. Das Leben ging weiter. Er verscheuchte die düsteren Gedanken und spazierte zu der kleinen Anwaltskanzlei, die er zusammen mit seiner Frau führte. Ihre jüngere Kollegin, die rundliche Gina, war da, genau wie Lotten, die Sekretärin, stets braungebrannt und gut gelaunt. Und Anne. Seine Truppe.

Die Tür zu Annes Zimmer stand offen. Sie unterhielt sich mit einem Mandanten, ihre Augen funkelten lebhaft. Im Frühjahr war sie müde und gestresst gewesen. Jetzt, nach dem langen Sommer, in dem sie sich alle zusammen ausgiebig erholt hatten, war sie fast wieder ganz die Alte. Sie bemerkte ihn und lächelte. Bat den Mandanten um Entschuldigung, stand auf und ging zu ihm.

»Wie war es?«

Er verzog das Gesicht.

»Ich lebe noch.«

»Was hat er gesagt?«

»Eigentlich hat er gar nichts gesagt, außer dass er niemanden umgebracht hat. Wir saßen mehr oder weniger nur rum.«

»Wirst du wieder hinfahren?«

»Keine Ahnung. Am liebsten nie mehr.«

Sie umfasste seinen Nacken, zog seinen Kopf zu sich heran und küsste ihn. Ihre Lippen waren warm und weich, und er fühlte sich gleich besser. Er ging in sein eigenes Büro, setzte sich an den Schreibtisch und holte tief Luft.

Das Leben ging weiter. Bald würde er mit Anne Mittagessen gehen. Am Nachmittag erwartete er noch ein paar Mandanten, dann würde er mit Anne nach Hause fahren und zusammen mit Miriam das Abendessen zubereiten. Sie würden alle drei zusammensitzen und sich unterhalten, später waren er und Anne auf das Fest eines Anwaltskollegen eingeladen. Wahrscheinlich eine eher förmliche Feier.

Es war einfach ein ganz gewöhnlicher Montag auf dieser Welt. Sonst nichts.

Um halb vier Uhr nachmittags desselben Tages saß der Fahnder Kent Johansson in seinem Büro im Polizeipräsidium und blickte auf den neuen Anbau, der wie ein riesiger Klotz im Hof aufragte. Er war nicht schön, und er wurde auch dadurch nicht schöner, dass der Regen an ihm herunterlief.

Fünf Monate waren vergangen, seit Kent in Norrland

zwei Schuss auf einen Mann abgefeuert hatte. Der Mann war gestorben, aber es war ganz eindeutig Notwehr gewesen. Er war also ungeschoren davongekommen. Die interne Untersuchungskommission hatte ihn freigesprochen, genau wie alle erwartet hatten.

Die Ermittler standen auf seiner Seite, aber dennoch waren sie ihm mit einer gewissen Vorsicht begegnet. Wieder andere Polizisten fassten ihn mit Samthandschuhen an, als wäre er eine Bombe, die jeden Moment hochgehen konnte. Er hatte zwar schon immer gefährlich ausgesehen, und mit den Jahren war dieser Eindruck noch stärker geworden. Er hatte Erfahrungen gesammelt, die ihre Spuren in seinem Gesicht hinterlassen hatten. Aber die Tage dort oben, mit einer Horde Nazis und einem entführten Anwalt in ein Haus mitten in der Wildnis eingeschlossen, hatten seinen Augen eine besondere Wachsamkeit verliehen. Zwischen ihm und den anderen war ein seltsames Vakuum entstanden. Er merkte, wie sie mit aufmunternden Blicken und vorsichtigen Scherzen ihr Bestes gaben, um ihn in die Gruppe zurückzuholen. Er kannte den Jargon seit vielen Jahren, er fühlte sich wohl damit, und er benutzte ihn gern. Er versuchte zurückzukommen. Aber es funktionierte nicht richtig.

Man hatte ihm angeboten, mit einem Psychologen zu reden, aber er hatte darauf verzichtet. Im Juni war es an der Fahndungsfront ziemlich friedlich gewesen. Im Juli war er mit seinem guten Freund Arvid, den er seit Kindertagen kannte, zum Fischen gefahren. Arvid hatte keine Fragen gestellt, das tat er nie. Möglich, dass er aus Weisheit schwieg, denn vielleicht hätte er Antworten erhalten, die ihm nicht gefallen hätten. Aber er hatte seine Anteilnahme gezeigt, indem er, statt der üblichen Bier-und-Schnaps-Geselligkeit, das erste gemeinsame Abendessen zubereitet und eine Flasche guten Rotwein aufgemacht hatte. Ein wenig Festlichkeit, um zu feiern, dass Kent noch unter den Lebenden weilte. Kent war richtig gerührt gewesen.

Anschließend war er für zwei Wochen allein nach Thailand gereist und die aufgeräumten Strände entlanggelaufen, wo der Tsunami vergangene Weihnachten tausende Menschenleben gefordert hatte. Auch zahlreiche schwedische Urlauber, die hier in der Sonne gelegen hatten, waren darunter gewesen. Er hatte das Gefühl, ihre Schatten im gleißenden Sonnenlicht zu sehen, und erinnerte sich an seinen hilflosen Zorn darüber, wie ungeschickt sein eigenes Land auf die Katastrophe reagiert hatte. Während freundliche Thailänder den geschockten Überlebenden mit Essen, Geld und Kleidern halfen, hatten sich seine Landsleute, der Staatsminister, der Außenminister, sein Ministerium und die Botschaften, auf Sri Lanka ebenso wie in Bangkok, als völlig unfähig erwiesen. Kent ließ den Sand durch die Finger rieseln und dachte daran, dass damals niemand unverzüglich einen Rettungsplan auf den Weg gebracht hatte und dass die Katastrophenhelfer Tag um Tag in Schweden festsaßen, während die Opfer in der asiatischen Hitze vergebens auf sie warteten. Unsere Zukunft liegt in den Händen von Papiertigern und Windbeuteln, dachte er resigniert. Die haben keine Ahnung vom Leben. Die Minister hatten in die Kameras geblinzelt und gesagt: »Aber es ist doch so weit weg«, als lebten sie immer noch in den Fünfzigern. Es war unglaublich.

Er erinnerte sich, wie der Botschafter auf Sri Lanka den Opfern gegenüber sogar unfreundlich geworden war, den erschütterten Menschen nicht einmal eine Tasse Kaffee anbot, von finanzieller Hilfe oder einer Unterkunft ganz zu schweigen, obwohl ihnen nichts als die Badekleidung geblieben war, die sie trugen, als die Welle kam. Die Trennung zwischen jenen, die redeten, und jenen, die handelten, war mit einem Mal messerscharf. Die schwedische Regierung entpuppte sich als eine Horde von Schaumschlägern, während nette Menschen plötzlich Kräfte in sich entdeckten, von denen sie nichts geahnt hatten. Sie hatten sich sofort formiert. Kauften von ihrem eigenen Geld Hilfsgüter, unterstützten Trauernde, verliehen ihre Handys, suchten eigene Angehörige und fremde Tote unter hunderten von Leichen. Versuchten, Ordnung in das Chaos zu bringen.

Der nächste Schock hatte das Land fast unmittelbar danach heimgesucht, als ein Sturm kilometerweit Wälder zerstört und zehntausende Menschen von der Stromversorgung abgeschnitten hatte. Und dieses Mal war es die Energiegesellschaft, die in die Bredouille geraten war. Während die Bevölkerung Woche um Woche unter Einsatz ihres Lebens Bäume fortschaffte, die über den Straßen, Stromleitungen und Häusern lagen, während sie evakuierten und versuchten, Menschen in Not zu helfen, reiste der staatliche Energieversorger Vattenfall nach Norwegen und kaufte mit seinen Milliardengewinnen andere Gesellschaften auf, statt seine eigenen Leitungen in der Erde zu vergraben und das Elektrizitätsnetz aufzurüsten. Es dauerte Monate, bis der Strom zurückkam. Und das mitten im Winter.

Kent spürte den stechenden Geschmack von Bitterkeit im Mund, als er daran dachte. Er wollte stolz sein auf sein Land, aber er fand, dass die Maske jetzt definitiv gefallen war und die Bananenrepublik zum Vorschein gebracht hatte, deren Existenz er schon lange vermutet hatte. Ein Land, in dem die dümmsten, handlungsunfähigsten, wirklichkeitsfernsten Menschen an der Macht saßen und sich noch dümmere, noch handlungsunfähigere Untergebene aussuchten. Was zählte, war der Schein, nicht das, was tatsächlich getan wurde. In den Konzernen wie in der Regierung gleichermaßen. Das Land lebte in einem Traum. Seine Organisation funktionierte nicht mehr. Es hatte Risse bekommen und war im Begriff auseinander zu brechen.

Er hatte versucht, all das zu verdrängen und seine Ferien zu genießen. Er war zum ersten Mal in Asien gewesen. Auch wenn Thailand im Juli vielleicht nicht unbedingt die beste Idee gewesen war, die man haben konnte. Es war unbarmherzig heiß gewesen, und die Sonne hatte den Sand so leuchten lassen, dass ihn das Licht ständig blendete, als wäre er verkatert. Aber gleichzeitig hatte die Wärme eine Art reinigende Wirkung gehabt. Er tat nichts, außer in alten Shorts herumzuschlendern, in die Ferne zu blinzeln, zu schwimmen, zu essen, sich massieren zu lassen und zu hoffen, dass er auf diese Weise mithalf, die angeschlagene Tourismusbranche wieder zu beleben.

Für wenige Augenblicke hatte er sich erlaubt, darüber nachzudenken, wie es gewesen wäre, Margareta Davidsson hier in Thailand an seiner Seite zu haben. Eine Kollegin aus einer anderen Abteilung, die Frau, in die er verliebt war, seit er sie vor fünfzehn Jahren, als ihr Mann noch lebte, das erste Mal gesehen hatte. Es wäre schön gewesen, sie lachen zu sehen, fröhlich am Strand. Allein der Gedanke, sie frei zu sehen, frei von ihrem Job als Ermittlerin im Morddezernat.

Sie nachts zu lieben. Er sah sie vor sich – die blonden Haare, die erwartungsvollen Augen. Die zarten Lachfalten. Ihr schlanker Körper. Die Wärme, die dort irgendwo unter der Oberfläche ruhte.

Meist schob er den Gedanken schnell beiseite. Manchmal durfte er bleiben. Er fragte sich, wie sie reagieren würde, wenn sie wüsste, was in seinem Kopf vorging. Ein paarmal hatte er im Laufe der Jahre ein plötzliches Gefühl von Verständnis und Anziehung zwischen ihnen zu spüren geglaubt. Aber er war nicht sicher. Und er hatte nie etwas gesagt. Sie waren so verschieden, es schien unmöglich, einen gemeinsamen Ausgangspunkt zu finden.

An einem Abend war er zum Tanzen in eine Diskothek gegangen. Sie wurde zu neunzig Prozent von jugendlichen Touristen besucht, vereinzelt gab es auch ein paar verirrte, aber ausgelassene Gäste in den besten Jahren. Drei, vier junge Thailänderinnen saßen an der Bar. Er hatte nicht die leiseste Absicht, sich Sex zu kaufen, er hielt Prostitution für eine einzige große Tragödie, aber er tanzte mit einer von ihnen, er, der sicher seit zehn Jahren nicht mehr getanzt hatte. Das Mädchen reichte ihm nur bis zur Taille, jedenfalls fühlte es sich so an, aber im Gegensatz zu seinen großen, starken Kollegen schien sie keine Angst vor ihm zu haben.

Sie schoben sich durch die grölende, schwitzende Menge. Dann setzten sie sich und unterhielten sich. Er gab ihr einen Drink aus und dachte darüber nach, sie am nächsten Abend zum Essen einzuladen. Aber eigentlich wollte er am liebsten allein sein und hatte die Einladung nie ausgesprochen. Stattdessen hatte er sich gegen ein Uhr entschuldigt und war zurück zum Hotel gegangen.

Wenn sie sich wieder getroffen hätten, was hätte er ihr erzählen sollen? Dass er eine Nazi-Organisation unterwandert hatte? Dass er in einem Käfig im Keller gesessen und auf den Tod gewartet hatte? Dass er einen Mann erschossen und zugesehen hatte, wie er starb?

Er ging nicht wieder in die Diskothek. Am nächsten Tag schwamm er ins Meer hinaus. Das warme, gefährliche Meer.

Erst als er zweihundert Meter vom Ufer entfernt war, bemerkte er die Strömungen. Als käme unmittelbar unter der Oberfläche plötzlich Leben in das Meer und zöge ihn mit sich hinaus, beharrlich und mit unerwarteter Kraft. Es gelang ihm, die drohende Panik zu unterdrücken, diagonal auf eine Landzunge zuzuschwimmen und das gefährliche Gewässer hinter sich zu lassen. Fast einen Kilometer vom Touristengedränge entfernt erreichte er einen Strand und stolperte an Land, erschöpft und in jedem einzelnen Muskel lahm.

Erst als er keuchend im Sand lag und in den strahlend blauen Himmel sah, kam ihm der Gedanke, dass er auch eine andere Wahl hätte treffen können. Er hätte bewusst dort draußen bleiben können.

Er hatte genug vom Urlaubmachen. Als er nach Stockholm zurückkam, war gerade eine Hitzewelle zu Ende gegangen. Er spazierte durch die Straßen, ehe er sich entschied, ins Präsidium zurückzukehren und sich die restlichen Ferien für den Herbst aufzuheben. Vielleicht im November. Dann hatte er sich in die Arbeit gestürzt, und die Tage waren wie im Flug vergangen.

Ende August begannen die Gerichtsverhandlungen, und im September hatte er Margareta ein paarmal flüchtig gesehen. Die Nazigeschichte war ihr Fall gewesen, und jetzt, wo alles endlich vorüber war, wirkte sie beschäftigt und bemerkte ihn nicht. Sie bewegte sich mit neuem Optimismus, als hätte der Sommer ihr neue Kräfte verliehen. Vielleicht kam sie über den Tod ihres Mannes hinweg, inzwischen war es über fünf Jahre her, dass sie ihn verloren hatte. Wenn es so war, freute er sich für sie, aber es schuf zugleich Abstand. Wie auch immer, sie schien bereit, alles hinter sich zu lassen und vorwärts zu gehen. Während er immer noch auf derselben Stelle trat.

Er löste den Blick von dem hypnotisierenden Regen. Ausnahmsweise war er früh fertig. Eigentlich sollte er gehen und seine alte Freundin Carina besuchen, was er schon oft aufgeschoben hatte. Sie hatte im Mai einen neuen Job als Empfangsdame in einem Hotel gefunden, gerade als er sich aus Stockholm abgesetzt hatte. Nachdem er zurückgekommen war, hatten sie sich nur ein einziges Mal getroffen. Sie hatten in einem Café unter den Ulmen des Kungsträdgård gesessen, unter jenen Bäumen, die im Großen und Ganzen das Einzige waren, was die Stockholmer von all dem gerettet hatten, was die Bürgermeister in den Sechzigern und Siebzigern abgerissen haben. Die Spuren der Motorsägen waren noch in der Rinde einiger Stämme zu sehen, aber die Bäume, von denen 1971 schließlich behauptet worden war, sie wären am Absterben, lebten mehr als vierunddreißig Jahre später immer noch. Vierunddreißig Jahre hatten sich die Einwohner an ihnen erfreuen dürfen.

Er hatte in einer lauen Sommerbrise unter ihren hohen Kronen gesessen und abwechselnd Carina und den langen Kai von Söder, auf der anderen Seite des Mälaren, angesehen. Im Frühling war Martin Barfors mit ihm dorthin gefahren. Er erinnerte sich an die Möwen, an das schmutzige Wasser und den Geruch des alten, fensterlosen Fiat-Transporters. Dann an Martins Gesicht, als sie im Wageninneren am Boden gesessen hatten und er den Flachmann hervorgeholt und ihm gegeben hatte.

»Zum Wohl!«, hatte Martin gesagt, und ihm war nichts anderes übrig geblieben, als zu trinken. Dieses Gesicht war das Letzte, was Kent für viele Stunden gesehen hatte, das feixende Gesicht, das sich langsam auflöste, als die Droge im Schnaps ihre Wirkung tat und er sich fragte, ob das sein Ende sein sollte, ob sie ihn enttarnt hatten, ob alle Entscheidungen seines Lebens im Grunde falsch gewesen waren.

Wie mochte Martins Gesicht jetzt aussehen? Es war nicht mehr sein Gesicht. Seit fünf Monaten lag er jetzt in der Erde.

Er beschloss, dass Carina noch warten musste. Er nahm seine Jacke, hastete durch den Oktoberregen und ein nahendes Gewitter und nahm die U-Bahn zum Hötorget.

Als er auf der Rolltreppe aus der Unterwelt ans Tageslicht fuhr, hatte es aufgehört zu regnen. Er stand unschlüssig vor der Konzerthalle, bis ihm die Idee kam, irgendwo etwas essen zu gehen. Vielleicht ein Restaurant in den Kungshallen? Aber eigentlich hatte er keinen großen Hunger. Also ging er zu McDonalds, um einen Hamburger zu kaufen, Sättigungsmasse, die er sonst zu vermeiden suchte.

Nachdem er das Essen hinuntergeschlungen hatte, überquerte er den Hötorget, wo die Verkäufer schon die letzte Runde eingeläutet hatten, ehe die Geschäfte für heute zu Ende gingen, stellte sich in die Schlange vor das Sergel-Kino und ergatterte eine Eintrittskarte für den neuesten Tom-Cruise-Film.

Er hatte keinen guten Platz mehr bekommen, und die Klimaanlage blies ihm kalte Luft um die Ohren. Konnten die sich nicht damit begnügen, ihre Polarwinde, die den Kinos in der südlichen Sahara angemessen waren, erst während der Vorstellung in den Saal zu pumpen? Hinterher fuhr er zurück zum Fridhemsplan, stellte sich in einem Plexiglashäuschen unter und wartete auf den Bus, der ihn nach Hause nach Fredhäll brachte.

Das ist das wahre Leben, dachte er und verzog das Gesicht. Mit kranken Gedanken im Kopf direkt von der Arbeit ins Kino und dann zur Bushaltestelle.

Reflexartig suchte sein Blick die Umgebung ab und registrierte die Menschen auf den Bürgersteigen. Müde Menschen auf dem Weg nach Hause. Teenager in Cliquen, die herumstanden, redeten und lachten. Ein Papa mit Kinderwagen.

Plötzlich erblickte er eine Gestalt, die ihm bekannt vorkam, einen Rücken, den er vor langer Zeit das letzte Mal gesehen hatte und von dem er wirklich nicht geglaubt hatte, dass er ihn je wiedersehen würde. Er schärfte seine Sinne und sah genauer hin. Der Mann stand im Lichtschein des Schaufensters vor einem Zeitungskiosk und las die Schlagzeilen. Er trug einen Trenchcoat, und Kent hatte das vage Gefühl, diese Körperhaltung zu kennen.

Der Mann betrat das Geschäft und kam mit einer Zeitung wieder heraus. Jetzt konnte er ihn von vorne sehen. Doch, natürlich war er es. Älter, aber unverkennbar. Kent beschloss, sich vorsichtshalber nicht zu erkennen zu geben. Wahrscheinlich war es das Beste, die ganze Begegnung einfach zu vergessen. Er war für diesen alten Verbrecher nicht verantwortlich.

Der Mann verschwand in die U-Bahn-Station. Dann kam Kents Bus.

Ein typischer Herbstabend, dachte er, als er oben auf dem Hügel in Fredhäll ausstieg. Feucht und windig, mit dunklen Wolken die über den endlosen Himmel jagten, der Geruch von welkem Laub und beginnender Fäulnis am Boden. Auf eine merkwürdige Art war das belebend. Er kaufte im Kiosk eine Abendzeitung, spazierte nach Hause und schenkte sich in seiner Wohnung einen Whisky ein.

Es war jetzt fünf Monate her, dass er alles aus der Wohnung entfernt hatte, was ihn hätte kompromittieren können.

Aber er hatte sich noch immer nicht daran gewöhnt. Es kam ihm leer vor. Keine Fahne mehr. Keine Bücher. Aber all das befand sich unverändert in seinem Kopf. Er setzte sich mit Zeitung und Whisky auf das Sofa und machte den Fernseher an. Gleich würde der Spätfilm anfangen.

Was mache ich hier?, dachte er.

Aber natürlich kannte er die Antwort. Er wartete. Wartete darauf, dass Margareta, die nicht wusste, wer er wirklich war, zu seiner Rettung kam. Oder seinen Untergang einläutete. Entweder oder.

Aber selbst wenn sie es nicht tat, konnte er auf diese Weise immerhin leben. Hoffnungslosigkeit hätte er vielleicht nicht ertragen. Aber das Warten hielt ihn aufrecht.

Der brutale Schlag auf den Kopf ließ die Frau zu Boden sinken. Es hatte einen abscheulichen, knirschenden Laut gegeben, als die kleine, schwere, viereckige Tischuhr aus Eisen auf den Schädel traf.

Wenn sie nicht sofort tot war, dann würde sie sicher bald sterben.

Der Mann, der neben ihr auf dem Bett saß, hob ihren Kopf kurz an und ließ ihr dickes Haar wieder los. Leblos fiel die Frau auf das Bett zurück. Er machte die Lampe auf dem Tisch wieder an, zog ein Taschentuch aus der Tasche und wischte die Uhr ab. Jugendstil, dachte er.

Dann hob er ihre Beine an, so dass sie ganz auf dem Bett lag. Blut lief aus der Wunde. Soweit er sehen konnte, hatte er nichts davon abbekommen, aber zur Sicherheit ging er ins Badezimmer, drückte mit dem Ellenbogen den Lichtschalter und sah sich im Spiegel an. Nichts. Es hatte ein paar Sekunden gedauert, bis die Wunde auf ihrem Kopf zu bluten begonnen hatte. Natürlich würde er trotzdem duschen und seine Kleidung verschwinden lassen müssen.

Er sah sich noch einmal in dem spartanischen Raum um, löschte dann die Tischlampe, vergewisserte sich, dass vor der Tür die Luft rein war und schloss hinter sich zu. Sie würde erst in einigen Stunden gefunden werden. Er freute sich schon jetzt auf die Reaktionen. Er fühlte sich fabelhaft. Es würde ein großartiger Morgen werden, wenn die Sonne aufging.

Bisher war alles nach Plan verlaufen. Die Befriedigung, zu tun, was er getan hatte, während die ganze ahnungslose Stadt um ihn herum schlief, war wie ein Rausch.

Er verließ das Gebäude. Ein einsames Auto fuhr in der engen Straße an ihm vorbei. Am Steuer offenbar eine junge Frau. Leise summend ging er ruhig die Straße entlang, um seinen eigenen Wagen zu holen.

2

Dienstagmorgen um halb neun stieg die Justizministerin Karin Landberg vor dem Regierungsgebäude Rosenbad im Zentrum Stockholms aus dem Taxi. Sie gähnte und war leicht verkatert. Als sie die Tür zuschlug, landete eine Kastanie mit einem Knall auf dem Autodach.

»Was zur Hölle …?«, fluchte der Fahrer verärgert, schob den Kopf aus dem Fenster und blickte zum Himmel, als erwarte er eine göttliche Entschuldigung.

Die Ministerin zuckte bedauernd die Schultern und ging zum Eingang. So früh am Morgen war es draußen noch frisch, und der Himmel schimmerte hell über dem Mälaren. Die hohen Kastanienbäume hatten noch immer grüne Blätter, wenn auch gelegentlich mit gelben Spitzen, und auf dem Straßenpflaster lagen die glatten Kastanien verstreut und glänzten in warmem Braun. Die Sonne war hinter dem Ministerium aufgegangen, aber die Nacht lag noch über der Stadt und steckte mürrisch und kalt in den Schatten.

Karin Landberg fröstelte in ihren Nylonstrümpfen, aber die Kühle war auch angenehm erfrischend. Normalerweise trug sie lange Hosen, aber gestern Abend hatte sie sich für eine Feier in Schale geworfen, von der sie nicht wieder nach Hause gefahren war. Dabei war es grässlich langweilig gewesen. Der einzige Lichtblick waren Anne und John Danielsson, die sie seit vielen Jahren kannte. Aber nicht einmal die beiden hatten ihre Müdigkeit vertreiben können. Als sie herumschlenderte, um sich wach zu halten und andere interessante Gäste zu finden, mit denen sie sich unterhalten konnte, hatte sie den norwegischen Koch entdeckt. Der Chef der Cateringfirma, die die Party mit einem fantastischen Buffet versorgt hatte.

The Norwegian Chef!, hatte sie gedacht. Während die Gäste sich schwer taten, in den Salons in Stimmung zu kommen, hatte er in der Küche gestanden und voller Enthusiasmus seine Arbeit erledigt. Sie hatte sich neben ihn gestellt und sein Können bewundert, und plötzlich war eine halbe Stunde vergangen, und sie hatte die ganze Zeit gelacht und sich wohl gefühlt.

Dann war etwas geschehen, das für sie mehr als ungewöhnlich war. Sie war diskret mit ihm nach Hause gegangen. Diese Nacht hatte in einem Bett geendet, das nicht ihr eigenes war. Es war ein schönes Bett, in dem es sich ausgezeichnet liegen ließ, und sie hatte sich wunderbar gefühlt, obwohl das nagelneue Baumwollkissen ihrem von Wein und Schlafmangel schweren Kopf keine Linderung verschaffte. Eine Kopfschmerztablette, dachte sie und betrat die große, marmorne Eingangshalle.

Stilvoll, aber kühl und nicht besonders inspirierend. Weiße Säulen, weiße Decke, graue Sofas. Boden und Teppich hatten dasselbe Muster wie das Pflaster am Sergels Torg, wo sich meist die ortsansässigen Junkies aufhielten. Als sie das zum ersten Mal bemerkt hatte, hatte sie an die Obdachlosen denken müssen, die an den Wänden entlang auf ihren Wellpappen und alten Decken saßen, ihre Tüten neben sich. Hier sollten sie liegen können und durch die großen, gewölbten Fenster hinauf in die Baumkronen sehen dürfen. Sie hatte versucht, in der Regierung ein Gesetz durchzubringen, das die Kommunen zwang, den Obdachlosen ein Dach über dem Kopf zur Verfügung zu stellen, wenigstens irgendetwas, das man »Drinnen« nennen konnte, aber bis jetzt war ihr das noch nicht gelungen.

Sie ging durch die Schleuse, zog ihre Karte durch das Lesegerät und verschwand in einem der Aufzüge. Hier, auf dem Weg hinauf in ihr Ministerium, überkam sie dasselbe erwartungsvolle Gefühl wie jeden Morgen bei dieser Arbeit, eine Mischung aus Anspannung, Vorfreude und Tatendrang. Sie betrachtete sich flüchtig im Spiegel. Sie sah zufrieden und verschlafen aus, und bei dem Gedanken an die Wärme und Freude der nächtlichen Liebe durchfuhr sie ein wohliger Schauer.

Es war das zweite Mal, seit sie Ministerin geworden war, dass sie sich verliebt hatte. Das letzte Mal hatte sie in der kurzen, herrlichen Zeit, die es gedauert hatte, ihren Frieden gefunden. Aber das Ende war schmerzhaft gewesen. Furchtbar schmerzhaft, als würde ihre Lebenskraft versiegen. Es war eine Ehe in diese Liebe verstrickt gewesen, aber das war nicht das einzige Hindernis. Es hatte auch zerrissene, widersprüchliche Gefühle, Depression und Trauer gegeben. Sie hatte sich so ohnmächtig gefühlt, hatte dem Menschen, den sie am meisten liebte, nicht helfen können. Die Situation schien so klar, aber Logik und Liebe reichten nicht aus. Drangen nicht vor in das Chaos, das die Seele eines Menschen war. Eine Seele, die sie als Teil ihres Selbst empfunden hatte.

Sie wusste nicht, ob sie wirklich darüber hinweggekommen war oder ob sie noch immer hoffte. Aber abgesehen davon, dass sie einander liebten, waren sie auch enge Freunde gewesen und waren es auch heute noch. Tatsächlich war sie auch mit allen vier Vorgängern freundschaftlich verbunden geblieben, also ihrem geschiedenen Mann und den drei Partnern, die ihm gefolgt waren.

»Eine Frau hat einen Mann zuerst als Liebhaber, dann als Freund. Niemals umgekehrt!«, hatte Tschechow in einem seiner Stücke geschrieben. Oder war es Strindberg? Nun, wie auch immer, es war wohl wie so oft eine Wahrheit mit Einschränkungen.

Sie überlegte, was für heute auf dem Programm stand. Es kam nicht allzu häufig vor, dass sie sich in ihrem Büro aufhielt, aber heute würde sie tatsächlich im Hause bleiben. Am wichtigsten waren die Vorbereitungen für ein Treffen der Justizminister im EU-Ministerrat in zwei Wochen. Dabei würde es teilweise auch darum gehen, die Frauenrechte als Menschenrechte anzuerkennen. Die internationalen Menschenrechte fielen theoretisch in die Zuständigkeit des Außenministeriums, das Wohl der Frauen hingegen in die des Sozialministeriums, aber Landberg und einige andere Justizminister waren der Auffassung, dass eine Veränderung der Einstellung zur Frau innerhalb des gesamten Rechtsapparates dringend notwendig war. Und dafür brauchte es eine europäische Koordination. Außerdem hatte die EU gerade jetzt ein Land zum Vorsitz, das, Gott sei Dank, bereit war, den Belangen der Frauen einen Platz ganz oben auf der Tagesordnung einzuräumen.

Dann würde das Jugendmagazin *Kamratposten* kommen und ein Interview mit ihr führen. Darauf freute sie sich, sie mochte Kinder. Sie hatte vier eigene, die inzwischen alle erwachsen waren – Albin, der Jüngste, war erst vor kurzem zwanzig geworden.

Dann Lunch mit der Regierung. Sie wollte mit dem Staatsminister unter vier Augen sprechen, am liebsten irgendwann in dieser Woche, damit sie ihm in Hinblick auf die EU die Leviten lesen konnte. Sie fand, er agiere viel zu schwach und nachgiebig gegenüber den mächtigen EU-Partnern und Großunternehmen.

Natürlich war es verwunderlich, dass er sie für ihr Amt ernannt hatte. Vermutlich hatte er seine Entscheidung davon abhängig gemacht, dass sie bei Save the children und Amnesty aktiv gewesen war und ein Buch über die Rechte des Kindes geschrieben hatte, das ihn tief berührt hatte. Und als Anwältin war sie stets äußerst objektiv gewesen, weshalb er sich einbildete, dass sie rein politisch gesehen harmlos war. Belastbar und leicht zu manövrieren. Aber sein Gesichtsausdruck war immer kritischer geworden, als ihm allmählich klar wurde, dass er sich einen Tiger in die Regierung geholt hatte. Eine unmissverständlich links orientierte und redegewandte Gegnerin aller Formen des Neoliberalismus und der Demontage des Wohlfahrtsstaates. Sie steuerte geradewegs in die entgegengesetzte Richtung, weg von allem, was die Partei in den letzten zehn Jahren Stück für Stück verändert hatte. Und das nicht etwa in den öffentlichen Reden zum ersten Mai, sondern in Taten. Nach außen hin griff sie den Staatsminister natürlich nie direkt an, aber sie hielt mit ihren Ansichten und Überlegungen nicht hinter dem Berg.

Stark war sie auch, und diskrete Andeutungen, sie solle über das eine oder andere Thema den Mund halten, beeindruckten sie selten. Wenn er tatsächlich einmal direkter wurde, erwiderte sie das lediglich mit einem Schwall von Gegenargumenten – oft seinen eigenen, die er an anderer Stelle vorgebracht hatte.

Erst als sie Ministerin wurde, war sie in die Partei eingetreten, aber nachdem sie ihre Ideologie so überzeugt vertrat, hatte sie schnell eine starke Position an der Parteibasis gewonnen. Sie war für all jene zu einer Hoffnung auf bessere Zeiten geworden, die an der modernen, kalten Ökonomie verzweifelten, während ihre gute, alte Partei unbegreiflicherweise der rigorosen Überführung von Geld der Armen an die Reichen zujubelte. Die sozialen Unterschiede waren erdrutschartig angestiegen, mit der Zustimmung von Regierung und Partei, aber nicht mit der des Volkes.

Der Großteil der Regierung und des Wirtschaftssektors blickte gierig nach Europa. Das Volk dagegen blickte hinunter auf seine Zehen, während es zehn Stunden in der Notaufnahme eines Krankenhauses wartete, oder es blickte auf seine ruhig gestellten, vernachlässigten alten Eltern. Allein erziehende Mütter schauten in leere Kühlschränke und fragten sich, woher sie den Hundertkronenschein nehmen sollten, der die nächsten zwei Tage über Hunger oder Essen entschied. Wenn die Menschen sich politische Entscheidungen wünschten, die mit ihrem Alltag zu tun hatten, dann schimpfte man sie zurückgebliebene Bauerntrottel.

Das war besonders bei der Abstimmung über den Beitritt zu der Währungsunion deutlich geworden. Karin Landberg selbst war dagegen gewesen, und der aggressive Ton, den die Ja-Seite anschlug, hatte sie überrascht und verärgert. Nicht die Meinungsverschiedenheit an sich, denn es gab respektable Argumente für beide Seiten, sondern die offene Verachtung und die deutliche Missstimmung, als das Volk nicht automatisch tat, wie ihm geheißen. Die Politiker und ein Teil der Presse hatten nicht einmal versucht, ihre Auffassung zu beschönigen, sie seien eine Elite, der man zu folgen habe. Es war, als säße man in einem viktorianischen Club, in dem sich die Mitglieder über das schlampige Personal beklagten – während selbiges zuhörte.

Und was mochte erst hinter verschlossenen Türen geäußert werden, wenn man öffentlich schon so weit ging? Die Bevölkerung saß bestürzt vor ihren Fernsehschirmen und wurde von der Journaille und von ihren gewählten Vertretern beschimpft und als Nazis bezeichnet, als beschränktes Gesinde, das vor allem Angst hatte, außer vor der eigenen Schlafnische. Dass es jedoch vielmehr das Demokratieproblem war, das die meisten beunruhigte, und nicht etwa die Zusammenarbeit mit anderen Ländern, geriet dabei ganz in den Hintergrund.

Für die Ministerin war die Idee von Gleichheit, Solidarität und gesellschaftlicher Verantwortung bitterer Ernst, und das hatte sie in der Regierung teilweise isoliert. Der Ton untereinander war, was die Minister betraf, hart aber herzlich. Sie musste zahlreiche Sticheleien einstecken, hielt sich aber im Gegenzug auch nicht mit gutmütigen Sarkasmen derselben Tonart zurück.

»Du bist ein Dinosaurier, Karin«, hatte der Staatsminister ihr letzte Woche im Aufzug feixend verkündet.

»Haargenau, aber während ihr anderen Dinos euch in Blaumeisen verwandelt habt, bin ich immer noch ein Tyrannosaurus Rex. Buh!«, hatte sie dagegengehalten.

Trotz ihrer Stärke machten ihr diese Bemerkungen zu schaffen. Sie fühlte die Distanz. Und dass ihr Stuhl wackelte. Aber sie wusste auch, dass sie von anderen Mitarbeitern unterstützt wurde, und außerdem verfügte sie über gute Kontakte zu den Medien. Noch gab sie nicht auf.

Die politischen Spannungen waren nicht das einzige Problem, nicht einmal das größte. Als sie vor zwei Jahren hierher gekommen war, voller Enthusiasmus und bereit, absolut alles anzugehen, war sie geradewegs in einen Ozean zähfließenden Asphalts getreten.

Es war, als verwässerten die langsam mahlenden Mühlen an sich jede gute Absicht. Menschliche Verzweiflung wirkt plötzlich seltsam schal, wenn sie aufgeschrieben, kategorisiert und objektiviert wird. Schon allein der Umstand, dass jedes Anliegen einen organisatorischen Wohnsitz brauchte. Wohin gehört es? Wer sollte welches blutende Herz überprüfen, welche Einheit im Ministerium war zuständig, welche Ministerkollegen könnten eine Meinung dazu haben? Wie sollte sie den Boden bereiten, mit wem sollte sie sich verbünden? Und wie sollte sie mit dem Finanzministerium umgehen?

Zwischen dem, was sie wollte, und dem, was tatsächlich daraus wurde, klaffte oft ein tiefer Abgrund. Es erschreckte sie, dass in den letzten Jahren mindestens zwanzig Konferenzen zum Thema Ehrenmorde stattgefunden hatten, jede einzelne mit mindestens fünfzig äußerst kompetenten Teilnehmern. Einige dieser Treffen hatte sie selbst initiiert. Alle hatten ihr Bestes gegeben, alle hatten unendlich viel Zeit, Intelligenz und Bereitschaft investiert, um die Situation der Frauen und Kinder zu verbessern. Sie konnten zu Recht müde und zufrieden mit ihrem Einsatz sein. Und dennoch, unten an der Basis hatte sich fast nichts geändert. Das war eine absurde Situation.

Ihr war klar geworden, dass darin das eigentliche Problem bestand. Oben verschwand die physische Realität. Wo lag der Fehler im System, der es so schwer machte, tatsächlich etwas zu ändern? War es nur Nachgiebigkeit, ein Riss in der ideologischen Stabilität? Oder blanke Inkompetenz? Es war, als hätten die Menschen einen Mechanismus eingebaut, der sie blind dafür machte, ob ihre Arbeit echte Resultate erbrachte oder nicht. Einen Untersuchungsausschuss einzuberufen oder einen Bericht zu schreiben wurde schnell zur eigentlichen Aufgabe, es ging nicht mehr darum, dafür zu sorgen, dass die Ergebnisse irgendwohin führten. Ein gewaltiger Strom guten Willens wurde in tausend kleine, harmlose Bäche umgeleitet und versickerte schließlich im Boden, ohne dass jemand wusste wohin.

Vielleicht war das das Ergebnis vieler Jahre, in denen man auf Menschen gesetzt hatte, die mit nichts anderem Erfahrung hatten als mit Politik. Ein Automechaniker, der einen Untersuchungsausschuss einsetzt statt ganz konkret das Auto zu reparieren, wird in seinem Job nicht alt werden. Aber die Politik schien eine ganz eigene Welt zu sein, in der andere Dinge belohnt und gefördert wurden. Nach der Flutwelle an vergangenen Weihnachten war gerade das erschreckend deutlich geworden.

Die Meinung, die der Staatsminister sich inzwischen über Karin Landberg gebildet hatte, war zwiespältig. Er fand sie unterhaltsam und schätzte bis zu einem gewissen Grad, dass sie aktiv war und Ideen umsetzte. Das passte zu seinem eigenen Stil als unangefochtene Instanz des letzten Wortes, wenn er erkannt hatte, aus welcher Richtung der Wind wehte. Außerdem war es praktisch für ihn, jemanden in der Regierung zu haben, der den Menschen die Hoffnung gab, alles würde wieder gut und der Sozialstaat käme auf irgendeine Weise zurück, auch wenn das in seiner eigenen, ziemlich beschränkten Welt sicher ein von vorneherein zum Tode verurteilter und unmoderner Gedanke war. Kurioserweise mochte er sie als Mensch wirklich gerne. Aber sie wusste, dass er sich von ihrer Popularität bedroht fühlte. Es *gab* Leute, die darauf hofften, dass er auf seinem Sommersitz Harpsund über einen Rechen stolperte, damit Karin Landberg das Ruder übernehmen konnte.

Sie dachte weiter. Sie brauchte wegen des EU-Treffens noch ein paar ungestörte Stunden mit Beatrice. Strategien diskutieren. Sie freute sich darauf, das würde ein Lichtblick an diesem Tag werden.

Beatrice war ihre Staatssekretärin und engste Mitarbeiterin. Sie kümmerte sich um die täglichen Angelegenheiten im Ministerium und sprang in verschiedenen Situationen für ihre Ministerin ein. Sie war Karin eine große Stütze und die erste Nicht-Europäerin auf diesem Posten. Definitiv die erste Maya-Indianerin. Ihre Berufung war eine Sensation gewesen, die Presse und die Beamten des Ministeriums hatten sie angestarrt wie ein Zootier, als wäre sie aus einem Bilderbuch über die Völker der Erde in ihre Büros gesprungen.

Theoretisch wussten natürlich alle, dass es Indianer gab. Unterdrückte Indianer, weit weg, am anderen Ende der Welt. Aber eine leibhaftige Frau in guatemaltekischer Tracht, die ihre Flure entlangspazierte und noch dazu eine brillante Juristin war? Zwei sich widersprechende Seiten ihres Weltbildes kollidierten in ihren Köpfen, und es dauerte eine Weile, bis sie sie zur Deckung gebracht hatten. Die meisten waren angetan, aber zugleich erstaunt. Und beunruhigt. Sie wollten niemanden, der die Regeln und Normen ihres Daseins auf den Kopf stellte.

Beatrice war zierlich und willensstark, hinter ihrem weichen Gesicht mit den warmen dunklen Augen und dem bräunlichen Teint verbarg sich ein Hirn, das einer gut sortierten Kartei glich. Sie hatte ein glühendes soziales Bewusstsein, und die eineinhalb Jahre in diesem Job hatten ihren Idealismus nicht mildern können. Sie war in dieses Ministerium gekommen wie eine leise summende Kraftquelle, und zwischen ihr und Karin war es zu einer Reihe von hitzigen Diskussionen gekommen, bis sie zu einer guten Zusammenarbeit gefunden hatten. Sie hatten hinter verschlossenen Türen grundlegend Position bezogen, wovon aber alle wussten.

Das hatte etliche im Haus schockiert. Man war hier gefälligere Staatssekretäre gewohnt, und Beatrice ließ sich nur schwer in eine Schublade stecken. Tatsächlich ging es nur um die eine Frage, die sie und die Ministerin sich gegenseitig stellten: Taugst du etwas? Hast du Substanz, oder bist du nur eine Marionette im politischen Spiel?

Beatrice hatte am eigenen Leib erfahren, was Hunger bedeutete und was Gewalt hieß. Das vergaß sie nie. Nimmt man den Menschen ihr Geld, haben sie kein Essen und keine Gesundheitsversorgung mehr. Nimmt man ihnen die Würde, nimmt man ihnen auch die Moral. Nimmt man ihnen den sozialen Halt, die Wärme und Nähe zu anderen Menschen, nimmt man ihnen das Leben.

Berührt von dem Gedanken an Beatrice verließ Karin den Aufzug und trat auf den Gang. Sie ging an der geschlossenen alten Rezeption vorbei und bog in den so genannten Flur der weichen Teppiche ab. Zu beiden Seiten lagen die Büros, entweder mit Blick auf einen der Höfe Rosenbads oder hinaus auf den Mälaren, das Rathaus und Riddarholmen. Sie befand sich wirklich im Herzen Stockholms.

Einer der Rechtsreferenten grüßte, als sie vorbeieilte. Sie nickte zurück. Der Flur machte eine weitere Biegung und mündete in den Empfangsraum, der zwischen dem blauen Eckzimmer und Beatrices Räumlichkeiten lag.

Ihr Handy piepste. Sie blieb stehen und kramte es aus der Tasche. Der Mann, den sie vor zwanzig Minuten verlassen hatte, hatte ihr eine Nachricht geschrieben. »Wo bist du, mein Mädchen?« Mein Mädchen? Sie prustete beinahe laut los. Are you talking to me?, dachte sie. Are you talking to *me*? Sie musste an seine innige Umarmung und sein frohes Gesicht denken. »Zurück in der Wirklichkeit!«, schrieb sie grimmig.

Die Tür zu Beatrices Vorzimmer, in dem auch ihre Sekretärin Moa saß, stand offen. Moa war blond und trug einen langen, grauen Wildlederrock und eine hellgraue, enge Strickjacke. Sie kam ihr aus der anderen Richtung des Flurs mit einem dampfenden Becher Kaffee entgegen. Vermutlich aus der Cafeteria, die früher zornrot geleuchtet hatte, aber inzwischen taubenblau gestrichen worden war.

»Guten Morgen! Ist Beatrice drinnen?«, fragte Karin und nickte in Richtung Tür.

Moa schüttelte den Kopf, lächelte und schnüffelte diskret, um den Restalkohol ihrer Ministerin zu schätzen. Karin war nicht gerade dafür bekannt, besonders trinkfreudig zu sein, aber heute war sie ganz offensichtlich nicht von Zuhause gekommen. Was Moa sehr erfrischend fand.

»Noch nicht. Ich glaube, ihrem Jungen ging es gestern nicht so gut. Möchtest du einen Kaffee?«

Karin lehnte dankend ab. Sie hatte schon Kaffee getrunken. Und nicht nur das, sie hatte auch Croissants mit Parmaschinken, Mozarella und selbst gemachter Erdbeermarmelade gegessen. Øystein bereitete nämlich auch ein ganz hervorragendes Frühstück zu.

Sie ging in das Büro ihres eigenen Sekretärs, Anders. Sein Jackett hing über seinem Stuhl. Vermutlich machte er auch gerade eine Kaffeepause.

Der Raum strahlte eine optimistische Atmosphäre aus, was einzig und allein damit zusammenhing, dass es Anders so unverschämt gut ging. Er kümmerte sich gerne um Menschen, und er liebte die elegante Atmosphäre Rosenbads. Meist war er kurz vor Karin da und sorgte dafür, dass sie sich willkommen fühlte. Wenn sie wollte, diskutierte er ihre Ideen, wenn nicht, schwieg er. Sie hatten sich mit der Zeit gut aufeinander eingespielt, und sie war bereits mehrmals bei ihm und seinem Lebensgefährten gewesen, hatte mit ihnen zu Abend gegessen und Wein getrunken. Als sie nach Rosenbad gekommen war, hatte sie auf angenehme Arbeitsverhältnisse gehofft, aber nie hatte sie neue, wahre Freundschaften erwartet. Anders und Beatrice waren ein Bonus.

Sie schloss auf und trat in ihr Büro. Es war groß und komfortabel, die Fenster gaben den Blick frei auf den Strömmen und das Parlamentsgebäude. Sie hatte eine Sitzgruppe, auf deren Tisch Anders schon einen ganzen Stapel Zeitungen gelegt hatte, einen schönen Schrank, einen riesigen Schreibtisch, dahinter ein Bücherregal und einen ganz neuen Fernseher. Hier fühlte sie sich wohl, und wie immer ging sie als Erstes zu den dicken, schusssicheren Scheiben und genoss die Aussicht. Das war ein guter Start in den Tag.

Die Stadt, auf die sie hinunterblickte, gab es seit achthundert Jahren. Auf den kleinen Inseln, wo heute die Regierungsgebäude lagen, hatten einst kleine Holzhütten mit Grasdach gestanden und auf dem kleinen bergigen Inselchen dahinter ein Wachturm, der nach und nach ein Teil der Burg Tre Kronor werden sollte. Viele Generationen hatten von der Hügelkette auf Norrmalm diese Aussicht gehabt und ganz unterschiedliche Verhältnisse gesehen. Die Justizministerin war nur ein Glied in einer langen Kette.

Eine Kopfschmerztablette, dachte sie wieder.

Ihr Handy schrillte im Falsett und ließ sie zusammenzucken. »Welche Wirklichkeit?«, las sie.

Welche? Karin hatte den Faden verloren und wusste nicht, was sie antworten sollte. »Du mich auch, mein Schatz!«, schrieb sie.

Hoffentlich schnappte niemand diese idiotische Konversation auf und setzte sie in die Abendzeitung! »Du wirst als Höschen wiedergeboren werden«, hatte Camilla Parker Bowles am Telefon zu Prinz Charles gesagt. Er hatte geantwortet: »Bei meinem Glück komme ich wohl als Tampon zurück«. Das hatte die Regenbogenpresse mit Freuden breitgetreten. Karin hatte das damals ziemlich lustig gefunden.

Anders klopfte an den Türrahmen, ging ein paar Schritte auf sie zu und blickte sie vielsagend an.

»Vor einer Minute hat eine Zeitung angerufen und gefragt, ob du einen Lover hast«, sagte er.

»*Lover*? Himmel, in meinem Alter hat man doch keinen Lover mehr! Woher haben die das? Warum interessieren sie sich überhaupt dafür? Und dann noch so früh?«

»Die offenbar ziemlich ambitionierte Praktikantin einer Klatschzeitung hat gestern auf dem Fest, auf dem du warst, herumspioniert und behauptet nun, du wärst mit – naja – mit jemandem weggegangen. Mit dem Koch.«

»Ah, ja, wahrhaftig. Und?«

»Und sie ist euch gefolgt und hat gesehen, dass ihr zu ihm gefahren seid. Dann hat sie eine ganze Stunde vor seiner Wohnung ausgeharrt, aber du bist nicht wieder zurückgekommen. Deshalb denkt sie jetzt, ob ihr ein Paar seid.«

Karin Landberg musste lachen.

»So weit kommt es noch! Wenn ich wenigstens mit Bruce Springsteen nach Hause gegangen wäre, da hätte sich ein Artikel gelohnt. Oder Elton John! Wissen die irgendwas über ihn? Wohl kaum, oder?«

»Nichts, was sie mir gesagt hätte.«

»Ja, da hat sich die Arme wohl ganz umsonst die Zehen abgefroren. Aber wenn sie fragt, wie sein Essen war, sag ihr, es war wunderbar. Vermutlich ist er der beste norwegische Koch der Welt. The Norwegian Chef! Du kennst doch den schwedischen Koch aus der Muppet Show, der immer irgendein unverständliches Zeug brabbelt und mit Töpfen um sich schmeißt? Dieser hier ist, im Gegensatz zu ihm, ein Meister.«

»Das klingt ziemlich gut. Aber, nur unter dem Aspekt der Sicherheit – ist es schlau, sich von einem wildfremden

Mann umgarnen zu lassen und einfach mit ihm wegzufahren?«

»Ach so, das hast du natürlich noch nie gemacht, oder? Nun, diesmal war ich diejenige, die umgarnt hat, aber danke für die Fürsorge. Ich ziehe mich jetzt um.«

Er blieb stehen.

»Was ist los?«

»Bei dem Amt, das du bekleidest, solltest du vielleicht in Erwägung ziehen, dir einen Waffenschein zu besorgen und eine Pistole bei dir zu tragen«, sagte er leichthin.

Anders sah sympathisch aus. Er hatte ein rundes, kindliches Gesicht und dunkle widerspenstige Haare, die ihm in die Stirn fielen. Er trug einen ordentlichen Anzug und strahlte unbezwingbaren Optimismus aus. Er wusste sehr wohl, dass er zu weit ging, aber er tat es trotzdem.

»Das geht nicht«, sagte sie. »Schwedische Minister tragen keine Waffe bei sich. Das ist eine Frage des Prinzips. Wenn sie unbedingt eine Waffe haben müssen, dann höchstens eine Elchbüchse, aber dazu gehört dann noch ein albernes kleines Hütchen mit Feder. Und du willst mich doch nicht etwa mit so einem Käppi sehen, oder?«

Er zog eine Augenbraue hoch und lächelte. Dann klingelte sein Telefon, und er schloss die Tür hinter sich.

Karin Landberg ging in ihr Nebenzimmer, um sich umzuziehen. Der Raum glich eher einer kleinen Kammer hinter ihrem Schreibtisch. »Spätes Abendessen?«, schlug ihr das Handydisplay vor. »Ruf mich gegen sieben an!«, antwortete sie.

Dann tat sie etwas, das sie selbst überraschte. Sie führte ihr Telefon an die Lippen und gab ihm einen flüchtigen Kuss. Dann schob sie alle Gedanken an den norwegischen Koch energisch beiseite und dachte stattdessen darüber nach, was sie anziehen sollte.

Sie öffnete die Tür und trat über die Schwelle. Abgestandene Luft schlug ihr entgegen. Irgendetwas daran war fremd. Sie zögerte, während ihre Augen sich langsam an die Dunkelheit gewöhnten.

Die Rollos waren heruntergelassen. Sie ahnte die Umrisse der Möbel. Die Luft war stickig, und irgendetwas war da, das nicht hierher gehörte. Ein starker Geruch nach Schweiß und abgrundtiefer menschlicher Verzweiflung.

Dann sah sie Beatrice.

3

Sie lag auf dem Rücken im Bett, und ihr langes, schwarzes Haar war offen und umrahmte ihren Kopf. Das war ungewöhnlich, denn sonst hatte sie es meist mit einem indianischen Band geflochten und hochgesteckt. Sie trug noch denselben grauen Anzug wie am Vortag, darunter eine guatemaltekische Bluse mit rotem Muster. Ihre Augen waren offen, als blickte sie in die Ferne, versunken in ihre eigene Welt. Sie hatte ganz offensichtlich nicht gehört, dass jemand gekommen war.

Karin runzelte die Stirn.

»Beatrice? Was machst du hier?«, fragte sie mit gedämpfter Stimme. »Geht es dir nicht gut?«

Sie trat ans Bett und blieb wie angewurzelt stehen. Für sie brach eine Welt zusammen.

Das Bett war voller Blut. Das Kissen war durchtränkt, so wie der mexikanische Überwurf, Beatrices Hände waren blutverschmiert, und auf dem Boden hatte sich eine große Blutlache gebildet.

Karins Herz schlug schneller, und sie bekam kaum noch Luft. Sie riss die Tür zu dem kleinen Badezimmer auf, doch der Raum war leer. Sie rannte zurück ans Bett, beugte sich über Beatrice und nahm ihre Hand. Zu ihrer großen Erleichterung war die Hand warm, und Beatrices Augen versuchten mühsam, sie zu fokussieren. Sie gab einen gequälten Laut von sich.

»Beatrice, ich bin da«, flüsterte sie und sank auf die Knie. Sie spürte kaltes, geronnenes Blut an ihren Knien. Sie registrierte einen diffusen Urinfleck auf der Vorderseite von Beatrices Hose.

Wer? Ihr Kopf dröhnte, und vor ihrem inneren Auge rasten zahllose Bilder vorbei. *Wer? Ein Wachmann? Ein Beamter, der Rechtsreferent, den sie auf dem Flur getroffen hatte? Anders? Moa? Jemand aus Guatemala, der in das Gebäude eingedrungen war.*

Sie wollte sich aus dem Raum stürzen, Luft und Licht hineinlassen, aber sie blieb bei Beatrice, hielt ihre Hand und suchte nach ihrem Handy. Das Haus war voller Leute, aber natürlich war keiner von ihnen hier. Als Erstes brauchte sie einen Krankenwagen. Denn alles, was sie wusste, war, dass es auf jede Minute ankam.

»Paulo …«, flüsterte Beatrice.

»Wir kümmern uns um ihn«, sagte Karin und wählte mit zitternder linker Hand die 112.

Es dauerte furchtbar lange, bis sie durchkam und weitere ewige Sekunden, bis die Frau am anderen Ende der Leitung begriffen hatte, dass das Gespräch wirklich aus Rosenbad kam. Die Minuten zogen sich grotesk verzerrt in die Länge.

»Der Notarzt ist unterwegs. Ich verbinde Sie weiter zur Polizei.«

Karin schwitzte, gefangen in diesem halbdunklen Raum

mit einem Menschen und seinem stummen Kampf ums Überleben. Sie wagte nicht, das Zimmer zu verlassen. Wenn Beatrice zu sich kam, wollte sie bei ihr sein.

Sie drückte ihre Hand. Beatrice schloss die Augen und verlor das Bewusstsein. Karin dachte, dass sie den Teufel, der das hier getan hatte, umbringen würde. Ihn ins Gesicht schlagen, ihn töten würde.

»Johanna Bergman, zentrale Notrufleitstelle. Spreche ich mit Karin Landberg?«, drang eine Stimme aus dem Telefon durch ihre betäubten Gedanken.

»Ja, es …«

»Ich muss Sie bitten, in der Leitung zu bleiben. Wie geht es der Verletzten? Atmet sie?«

»Sie ist bewusstlos, aber sie atmet. Hören Sie …«

»Wissen Sie, ob sich der mögliche Täter noch in der Nähe befindet?«

»Jedenfalls nicht hier drinnen. Ich weiß nicht, wann es passiert ist.«

»Wie geht es Ihnen selbst? Gibt es jemanden, der sich um Sie kümmert?«

Karin explodierte. »Verdammt, es geht hier nicht um mich! Sie hat einen Mann und ein Kind, die müssen informiert werden. Und dann will ich meinen Sekretär hier haben!«

»Wir haben das Wachpersonal und die Säpo schon informiert«, sagte die Stimme ungerührt. »Geben Sie mir die Nummer Ihres Sekretärs.«

Karin war kurz davor, die Nerven zu verlieren. Es war pure Ironie des Schicksals, dass sie zwar die Chefin dieser unbekannten Frau war, aber ausgerechnet jetzt keine Befugnis hatte, den Befehl zu übernehmen. Sonst befürwortete sie dieses Prinzip, denn es sorgte für Stabilität im System. Minister sollten nicht nach momentanen Stimmungen handeln dürfen. Aber in dieser Situation war gerade dieses Prinzip im Begriff, sie in den Wahnsinn zu treiben.

Alles, was sie hörte, waren diffuse Geräusche der Notrufleitstelle am anderen Ende der Leitung. Sie fühlte sich vollkommen allein.

Sie wünschte, sie könnte selbst nach Anders rufen, aber das war unmöglich. Er konnte sie durch die Sicherheitstür nicht hören.

Weiter oben im Haus saß der Sicherheitschef Markus Larsson in seinem Büro. Er aß gerade eine Zimtschnecke, als der Telefonist der Notrufleitstelle auf seinem Handy anrief. Seine Stimme klang gehetzt.

»Markus? Du solltest so schnell wie möglich runter zu Karin Landberg. Beatrice Chiquin ist schwer misshandelt worden. Sie liegt auf dem Bett im Nebenzimmer, offensichtlich war sie da schon, als Landberg kam. Polizei und Notarzt sind unterwegs.«

Sein Adrenalinspiegel schoss sofort in die Höhe, und in einer Zehntelsekunde schaltete er von Stand-by auf volle Alarmbereitschaft um. Ohne nachzudenken spuckte er das Gebäckstück aus und eilte aus den Räumlichkeiten des Staatsministers hinunter in das Justizministerium, während er seinen Wachdienstleiter anrief.

So etwas Dramatisches war in diesem Haus noch nie vorgefallen, aber er war jederzeit darauf vorbereitet gewesen. Das gehörte zu seinem Job. Wie sollte er mit der Situation umgehen? Die Polizei – genau wie die Medien – würde eine Reihe unbequemer Fragen stellen, wie zum Beispiel: »Wie steht es denn um die Sicherheit der Landesführung? Noch immer nicht besser? Was treiben Sie hier eigentlich?« Über Mobilfunk erteilte er Order an die Sicherheitsleute der übrigen Minister im Haus, bis die Säpo kam, und stürmte durch die breiten Korridore.

Moa stand wie gelähmt in ihrem Büro. Er ignorierte sie und hastete weiter durch die geöffnete Tür. Er eilte durch Anders' Büro und das der Ministerin und betrat den Nebenraum.

Anders war ebenfalls da, blass, aber gefasst. Markus warf einen Blick in die Dusche und stellte fest, dass sie leer war.

»Wir haben schon alles überprüft«, hörte er die Stimme der Ministerin aus Richtung des Bettes.

Er ließ seinen Blick durch den Raum schweifen. Karin Landberg kniete am Boden und hielt Beatrices Hand. Karin Landberg hält ein blutiges Mobiltelefon in der Hand und ist über eine Frau gebeugt, die in Blut schwimmt, notierte er automatisch. Er war fünfzehn Jahre lang bei der Polizei gewesen, bevor er umgesattelt hatte.

Karins Gesicht war wie versteinert. Sie sah älter aus als sonst. Sie stand Beatrice sehr nah. Das Unglück musste sie hart getroffen haben.

»Was ist passiert?«, fragte er.

»Ich dachte, das könntest du mir vielleicht sagen«, antwortete sie unwirsch. »Ich bin vor fünf Minuten hier reingekommen, um mich umzuziehen, und habe sie so gefunden.«

Er trat näher und legte vorsichtig zwei Finger an den Hals der Staatssekretärin. Sie war warm, und ihr Puls schlug schwach. Ihre Augen waren geschlossen, und sie war offenbar tief bewusstlos.

»Bist du gerade eben gekommen?«

»Ja, sicher!«

»Anders?«

»Vor einer Dreiviertelstunde. Ich habe reingeschaut und

das Büro überprüft, aber hier war ich nicht. Sie muss vermutlich schon dagelegen haben.«

»Sie kann schon seit gestern hier liegen. Sie hat dieselben Kleider an«, sagte Karin. »Sogar dieselbe Bluse.«

Markus bemerkte, dass eine junge Frau hinter ihm den Raum betreten hatte. Sie warf ihm einen Blick zu. Ihn überkam ein vages Unbehagen, denn er glaubte, Mitleid in ihren Augen zu erkennen. Nun, sie gehörte zum Sicherheitspersonal, was hatte sie selbst getan, um das hier zu vermeiden?, dachte er. Er holte Luft, um etwas zu ihr zu sagen, aber sie war schneller.

»Olle und Erik durchsuchen das Stockwerk nach dem Täter.«

Markus nickte. Er war noch nicht dazu gekommen, das selbst anzuordnen. Na ja, das zeigte der Justizministerin wenigstens, dass das System funktionierte.

Er wandte sich ab und rief den Empfang an.

»Lasst Polizei und Notarzt rein, und bringt sie rauf. Und ich will, dass an jedem Eingang jemand steht! Niemand darf das Haus betreten oder verlassen!«

»Wir haben nicht genug Leute dafür«, erwiderte die Stimme. »Wir müssen auf die Polizei warten.«

Markus knurrte. Er war mit allem unzufrieden.

»Vielleicht hat es jemand auf ihre ganze Familie abgesehen?«, meinte Karin.

»Oder auf dich«, erwiderte Anders tonlos.

Es waren drei Minuten vergangen, seit Markus heruntergekommen war. Er beauftragte die Sicherheitsbeamtin, alle, die sich auf dieser Etage befanden, zu bitten, sich in der Cafeteria zu versammeln und dort auf die Polizei zu warten. Der Empfang teilte mit, dass Notarzt und Polizei auf dem Weg nach oben waren. Markus eilte zum Aufzug und ließ sie durch die Glastür eintreten.

Es waren zwei Polizisten aus dem ersten Einsatzwagen, der angekommen war, sowie zwei Sanitäter mit einer Bahre, die kaum in den Lastenaufzug passte. Alle vier sahen neugierig und fast ein wenig feierlich aus. Vermutlich waren sie noch nie zuvor in einem Regierungsgebäude gewesen. Er führte sie durch den Gang in Karins Zimmer. Karin stand auf und machte Platz in dem engen Raum. Die Polizisten standen in der Tür und warteten.

»Weiß jemand, was hier passiert ist?«, fragte einer der Sanitäter, ein ruhiger Mann um die vierzig.

»Nein. Wie geht es ihr?«

»Den Umständen entsprechend gar nicht so schlecht. Sie atmet, und der Blutdruck ist ziemlich stabil. Die Verletzung ist am Hinterkopf, aber es ist unmöglich zu sagen, wie gravierend sie ist.«

»Es hat also niemand auf sie geschossen oder eingestochen?«

»Sieht nicht danach aus. Eher mit einem schweren Gegenstand zugeschlagen.«

»Kann Moa sie ins Krankenhaus begleiten?«

»Wer ist Moa?«, fragte einer der Polizisten.

»Ihre Sekretärin.«

Er schüttelte den Kopf.

»Leider nein. Wir müssen erst mit allen hier reden.«

Markus sah, wie Karin die Augenbrauen hob, aber sie protestierte nicht. Es irritierte ihn, dass sie nicht hysterischer war. Beatrice wurde ein Stützkragen angelegt, dann wurde sie auf die Bahre gehoben und in den Flur geschoben.

Anders stand draußen bei Moa. Sie weinte. Markus schickte sie freundlich in die Cafeteria. Der Minister für Soziales und Gleichstellung kam zögernd und mit seinem Assistenten im Schlepptau auf Markus zu. Er eilte ihm entgegen.

»Was ist passiert? Wer liegt da auf der Bahre?«, fragte der Minister und versuchte, an Markus vorbeizuschauen.

»Beatrice Chiquin. Sie ist schwer verletzt, aber wir wissen noch nicht, wer es war. Sei so gut und geh in die Cafeteria, die Polizei wird bald da sein.«

»Cafeteria…? Aber ich muss nachsehen, wie es Karin geht«, protestierte der Minister schwach.

»Es geht ihr gut. Ihr Sekretär ist bei ihr. Wir sollen wegen der Kriminaltechniker möglichst wenig Spuren am Tatort hinterlassen«, sagte Markus und verspürte eine grimmige Zufriedenheit darüber, endlich ein wenig Macht ausüben zu können.

Der junge Minister hatte keine Lust zu folgen. Er blieb noch einige Sekunden stehen, bis er schließlich nickte, sich umdrehte und ging. Karin bemerkte ihn nicht, sie stand mit dem Rücken zu ihm und beendete gerade ein kurzes Gespräch mit einem der Polizeibeamten, der sich Notizen auf seinem Block machte. Dann ging sie mit energischen Schritten Richtung Cafeteria, Anders und die Pressesprecherin Ellen dicht auf den Fersen. Markus schloss sich an.

Alle, die in der Cafeteria standen, verstummten, als sie kamen. Der Minister für Soziales und Gleichstellung ging sofort auf Karin zu und umarmte sie. Sie nickte ihm zu, stellte sich vor die Theke und blickte in die Runde.

»Ich bedauere diese Unterbrechung«, sagte sie. Ihre Stimme war ruhig und gefasst, aber die Art, wie sie ihren Worten Nachdruck verlieh, zeigte, wie aufgebracht und zornig sie tatsächlich war.

»Beatrice ist fast umgebracht worden. Die Tat scheint in meinen Räumen verübt worden zu sein. Wir wissen noch nicht, wer dahintersteckt, aber sie ist jetzt in guten Händen und auf dem Weg ins Krankenhaus. Wir warten nun darauf, dass die Polizei ihre Ermittlungen aufnimmt.

Unsere eigenen Sicherheitsleute durchsuchen auf der Jagd nach dem Täter bereits das Gebäude, wir verlieren also keine Zeit. Ich bin zwar nicht direkt verantwortlich für die Arbeit der Polizei, aber ich vermute, dass die meisten von euch an die Arbeit zurückkehren können, wenn ihr mit ihnen geredet habt. Ich werde selbstverständlich nicht in meinen Räumen anzutreffen sein, bis die Spurensicherung da gewesen ist.«

»Du kannst Pelles Büro nehmen, er ist zu Hause, weil sein Kind krank ist«, sagte Elin hinter ihr.

»In Ordnung. Ihr findet mich also in Pelles Zimmer. Wir müssen mit der Polizei zusammenarbeiten und alles Menschenmögliche tun, um das hier so schnell wie möglich aufzuklären. Ich weiß, dass wir alle an Beatrice und ihre Familie denken und hoffen, dass alles gut ausgeht. Es *muss* gut ausgehen. Beatrice hat schon viele Krisen in ihrem Leben gemeistert. Sie hat Gewalt in ihrer Heimat Guatemala erfahren, bevor sie mit ihrer Familie geflohen ist und hierher kam. Grauenhafte Gewalt. Ich hatte gehofft, dass ihr so etwas hier nie widerfahren würde.«

Markus fand, dass sie etwas Großartiges an sich hatte. Für einen Augenblick erfüllte ihn Stolz, und ihm wurde ganz warm ums Herz. Die Anwesenden murmelten zustimmend. Karin Landberg machte auf dem Absatz kehrt und eilte zurück in den Korridor. Markus ging neben ihr. Anders und Elin hielten taktvoll Abstand.

»Kannst du mir jetzt bitte erklären, wie *zur Hölle* das passieren konnte!«, fauchte sie leise, ohne ihn anzusehen.

»Es ist kaum vorstellbar, dass ein Außenstehender sich eingeschlichen haben könnte«, gab Markus zurück und versuchte, mit ihr Schritt zu halten.

»Wir haben einen hohen Sicherheitsstandard, wie du weißt.«

»Das bedeutet, dass es jemand aus dem Haus gewesen sein könnte. Das macht die Sache nicht gerade erfreulicher.«

Er sah sie an. Diese Freundschaft zwischen den beiden Frauen war seltsam. Er war noch nie schlau daraus geworden.

»Noch wissen wir nichts«, sagte er.

»Nein.«

Sie blieb stehen und schien sich zu besinnen.

»Ich bin sicher, du leistest erstklassige Arbeit, Markus. Du hast meine volle Unterstützung.«

Sie klang nicht sehr überzeugend, aber sie sagte, was gesagt werden musste. Er nickte mit gemischten Gefühlen und sah zu, wie sie mit Anders in Pelles Büro verschwand. Einer dieser groß gewachsenen Säpo-Jungs im dunklen Anzug und mit Knopf im Ohr war inzwischen angekommen und stellte sich breitbeinig vor die Tür, die Hände vor seinem besten Stück verschränkt. Markus blieb noch einen Augenblick stehen und betrachtete die verschlossene Tür. Dann fuhr er zur Rezeption hinunter, um den Einsatzleiter der Polizei zu empfangen.

Karin blieb in der Tür stehen. Ihr Kopf dröhnte noch immer, und sie musste ganz bewusst atmen. Sie bemühte sich, wieder ins Gleichgewicht zu kommen.

Ihr begann zu dämmern, dass allen hier vermutlich ein größerer Einsatz bevorstand, nachdem das Verbrechen in ihrem unmittelbaren Umfeld und in dem dumpfen Echo des tragischen Mordes an der Außenministerin verübt worden war. Vielleicht würde die Polizei jeden verfügbaren Mann ins Regierungsgebäude schicken. Vielleicht auch nicht.

Nach dem Mord an Staatsminister Olof Palme 1986

schienen Polizei und Sicherheitspolizei von dem Gefühl geleitet worden zu sein, dass der Blitz kaum zweimal einschlägt. Aber das hatte er getan. Sie waren auch davon ausgegangen, dass der Täter, selbst wenn der Blitz ein zweites Mal einschlagen würde, ganz sicher nicht noch einmal ein einsamer Irrer wäre. Aber genauso war es gewesen. Sie dachte daran, wie die Säpo nach dem Mord an Anna Lindh unbeirrt erklärt hatte, dass sie ganz richtig gehandelt hatte, als sie ihr keine Leibwächter zugeteilt hatten, nachdem keine »unmittelbare Gefährdung« vorlag.

Sicher. Keine Gefährdung. Nur eine Drohung. Das war genau die gleiche Art der Rechtfertigung wie damals, als der ganze Stolz des Heeres, der JAS-Kampfjet, vor den Augen tausender Zuschauer mitten in Stockholm abgestürzt war. Nachdem das Flugzeug eigentlich gar nicht abstürzen konnte, war es auch nicht abgestürzt, befand der damalige Verteidigungsminister. Nachdem es keine konkrete Gefährdung der Außenministerin gegeben hatte, war sie auch gar nicht wirklich ermordet worden, befand die Säpo, obwohl ein junger Mann sie brutal und vorsätzlich mit einem Messer niedergestochen hatte und haargenau wusste, wer sie war. Sie schienen der Auffassung zu sein, dass dieser Mord viel mehr einem Autounfall glich. Nichts, was sie etwas anging.

Sie schloss die Augen.

»Setz dich«, sagte Anders und schob ihr einen Stuhl hin.

Noch immer hielt sie das blutige Telefon in der Hand. Er streckte die Hand danach aus, zögerte – und dann tat er etwas völlig Unerwartetes. Er nahm ihr das Handy ab, griff nach ein paar unbeschriebenen Blättern und wischte es trocken.

»Du zerstörst Beweise«, sagte sie.

»Welche Beweise?«, erwiderte er.

Sie blickte hinaus. Das Fenster zeigte zum Hof. Die Sonne stand noch nicht hoch genug. Bald würde sie mitten durch das obere Fenster strahlen.

Plötzlich wurde Karin Landberg von glühendem Hass auf den unbekannten Täter überwältigt. Sie bekam ein dickes Buch aus dem Regal zu fassen und schleuderte es mit aller Kraft gegen die Wand.

»Wer hat ihr das angetan, *verdammt*?«, brach es aus ihr heraus. »Welcher verfluchte, wahnsinnige, widerliche Scheißkerl war das? In meiner Kammer?«

Anders schwieg. Sie drehte sich um, rasend vor Zorn, während ihr die Tränen die Wangen herunterliefen.

»Sag was! Hast du irgendeine Idee?«

»Nein«, erwiderte er.

»Du hast Beatrice heute Morgen nicht gesehen? Oder war jemand in den Räumen, der nicht hätte da sein dürfen?«

Er schüttelte den Kopf.

»Was ist mit gestern? Hast du gestern etwas bemerkt?«

»Ich bin um halb sechs gegangen. Ich habe sie den ganzen Tag über kaum gesehen.«

Ihr ging die Luft aus. Am liebsten wäre sie in einen dunklen Schrank gekrochen und hätte sich vor der ganzen Welt versteckt. Aber sie nickte, wischte sich die Tränen aus dem Gesicht, setzte sich und rief nacheinander ihre vier Kinder an, um zu erzählen, was geschehen war, bevor sie es aus den Medien erfuhren. Sie bat Albin, den Zwanzigjährigen, den sie mitten aus dem Schlaf riss, zu ihr nach Hause zu fahren, ein paar saubere Kleider zusammenzusuchen und damit ins Ministerium zu kommen. Er klang verwirrt. Sie legte auf und sah vor ihrem inneren Auge, wie er in seiner Einzimmerwohnung ungekämmt und hager nach seinen Kleidern wühlte.

Sie rieb sich müde die Augen.

»Okay«, sagte sie zu Anders. »Was machen wir jetzt mit dem Tagesprogramm?«

»Sicher, dass du das schaffst?«

»Was sonst? Ich kann schließlich nicht nur hier herumsitzen und besorgt sein. Die Tagesordnungspunkte, die noch von gestern übrig sind, müssen natürlich warten, bis die Polizei mit ihren Befragungen fertig ist, aber ich möchte die Kinder von der *Kamratposten* nicht enttäuschen. Wir sagen nichts ab, aber selbstverständlich können wir jetzt weder die Kinder noch die Delegationen hierher bitten.«

»Bella Venezia oder Presseraum?«, schlug er vor.

Bella Venezia hieß der große marmorverkleidete Konferenzraum, in dem die Minister für gewöhnlich ihre Pressekonferenzen abhielten. Dort hatte auch sie gesessen, als der Staatsminister sie für ihr Amt ernannt hatte.

»Das wäre möglich. Aber dort ist es nicht sehr schön, die Kinder wollen sicher etwas Prächtigeres sehen, und ich möchte nicht auf einem Podium sitzen. Was hältst du von dem Salon bei den Esssälen? Der würde den Kleinen gefallen. Kristallleuchter und solche Sachen. Klär bitte ab, ob er schon besetzt ist.«

Anders nickte und nahm den Telefonhörer ab.

Sie spürte, wie sie der Gegenwart entglitt. Sie ließ es zu und blickte hinaus auf den kleinen, viereckigen Hof.

Anders legte den Hörer wieder auf, und sie blieben schweigend sitzen.

4

John Danielsson saß an seinem Schreibtisch, hielt den Telefonhörer in der Hand und blickte in die frühe Oktobersonne, die durch das Fenster schien. Ab und zu kritzelte er mit der anderen Hand ungeduldig ein unregelmäßiges Muster auf einen Block.

»Andreas, das hier ist eine Anwaltskanzlei. Du rufst mich in der Firma an. Ich war doch gestern erst in der Anstalt. Besuchen deine Eltern dich nicht?«

»Doch, aber das ist nicht dasselbe. Mit ihnen kann ich nicht reden. Und meine Oma will nicht kommen.«

John stellte sich vor, wie Andreas gerade aussah. Grauer Trainingsanzug.

»Dann wirst du wohl daran arbeiten müssen, sie zurückzugewinnen. Fang an. Schreib einen Brief! Tu was! Geh zum Psychologen, wenn es einen gibt, lies Bücher!«

»Du hast ja keine Ahnung, wie das hier ist«, erwiderte Andreas trotzig. »Wie die Alten hier sind. Die Knastbrüder.«

»Wie denn? Hat dich einer bedroht?«

»Die Schließer sagen, sie wären okay, aber die sitzen schließlich für Mord, wie können sie da okay sein? Die hassen Nationalsozialisten. Denen drehe ich nicht den Rücken zu, so viel ist klar.«

»Wenn du ernsthaft Angst hast, dann kannst du dir Hilfe holen, das weißt du, oder?«

»Ich krieg das schon hin. Ich war auf Schlimmeres vorbereitet, als ich nach Norrland gefahren bin.«

Plötzlich steckte Lotten den Kopf durch die halb offene Tür.

»Warte«, sagte John und hielt die Sprechmuschel zu.

»Beatrice Chiquin ist in Rosenbad überfallen worden«, sagte Lotten. »Dachte, das würde dich interessieren. Es kam eben in den Nachrichten.«

»Was?«, rief John. »In *Rosenbad*? Und Karin?«

»Karin hat sie gefunden.«

»Lebt sie?«

»Soweit ich weiß. Sie haben keinen Täter.«

Er nickte, und sie schloss die Tür. Er nahm die Hand vom Hörer.

»Andreas, ich muss jetzt aufhören. Wir müssen hier arbeiten.«

»Aber da ist noch eine Sache, die ich dir sagen muss!«, sagte die Stimme verzweifelt. »Wann kommst du wieder?«

»Wenn es ernst ist, dann besprich das mit den Wachleuten«, entgegnete John. »Wenn nicht, kannst du mich in einer Woche anrufen. Wir können nicht jeden Tag hier sitzen. Okay?«

»Aber ...!«

Er legte auf und war kaum aufgestanden, um zu Anne zu gehen und mit ihr zu reden, als das Telefon wieder klingelte. Zornig riss er den Hörer hoch.

»Danielsson!«

»John? Hier ist Karin.«

Ihre Stimme klang matt und angespannt. Er sank auf den Stuhl zurück.

»Karin! Wie ...«

»Ich habe keine guten Neuigkeiten. Beatrice ist in meinem Nebenraum schwer verletzt worden. Ich habe sie gefunden.«

»Ja, ich habe es gerade erfahren. Wie geht es ihr?«

»Sie hält weiter durch, soweit wir wissen.«

Er holte tief Luft und versuchte, sich Karins Bild vor Augen zu führen. Er erinnerte sich daran, wie sie sich vor vielen Jahren kennen gelernt hatten, als er aus Ostafrika zurückgekommen war. Er war als Entwicklungshelfer und Pilot dort gewesen und hatte Hilfsgüter in die Kriegsgebiete geflogen. Das Flüchtlingslager, in dem er gelandet war, war von Regierungstruppen angegriffen worden. Plötzlich befand er sich mitten im Feuer, sah Menschen, die erschossen wurden, sah, wie kleine Kinder an den Beinen gepackt und an Steinblöcken und Baumstämmen erschlagen wurden.

Er hatte eine Kalaschnikow aufgehoben und sich in den Kampf gestürzt, um die Kinder zu beschützen. Er hatte über Monate weitergekämpft, bis ihm klar wurde, dass die Guerilla nicht das war, wofür er sie gehalten hatte.

Er hatte den Anführer niedergestreckt und war von dessen Anhängern an ein altes Eisenbett gefesselt in der niedergebrannten Stadt zurückgelassen worden, zwischen all den Toten. Als er schließlich gefunden und nach Hause geschickt worden war, war er körperlich und seelisch zerrüttet.

Nach seiner Rückkehr hatte er sein Leben von Grund auf geändert. Hatte angefangen, Jura zu studieren. War Anne begegnet, hatte geheiratet und eine Familie gegründet. Karin getroffen. Gerührt erinnerte er sich an jenen späten Abend, an dem er ihr alles erzählt hatte, daran, wie sie zugehört und ihn getröstet hatte und ein festes Band zwischen ihnen entstanden war.

»Und wie geht es dir?«

»Ich fühle mich hundeelend. Die Polizei ist hier, aber der, der es getan hat, konnte natürlich rechtzeitig verschwinden. Ich habe keine Ahnung, wer es gewesen sein könnte. Beatrice hat einen schweren Schlag auf den Kopf bekommen und ist noch immer bewusstlos. Es ist schrecklich.«

»Es tut mir furchtbar Leid, ich weiß, dass ihr gut befreundet seid. Ich mag sie auch. Ist dir Personenschutz zugeteilt worden?«

»Inzwischen steht ein muskelbepackter Kerl draußen vor der Tür. Anders holt uns gerade eine Tasse Tee. Aber man wird fast paranoid und wartet förmlich darauf, dass jeden Moment eine Kugel durchs Fenster fliegt... Du weißt, was ich meine. Wenn es einer weiß, dann du.«

»Möchtest du, dass ich rüberkomme? Ich kann in fünf Minuten bei dir sein.«

Sie zögerte mit der Antwort.

»Nein«, sagte sie schließlich.

Es klang, als hätte sie lieber ja gesagt. Er wechselte das Gesprächsthema.

»Wer ist der zuständige Staatsanwalt?«

»Keinen blassen Schimmer. Aber ich tippe auf Lisbet Essburg.«

»Das wäre prima. Sie kennt euch.«

»Ja. Sie ist gut. Aber leider kann ich nicht mit ihr reden, sonst sieht es aus, als würde ich mich in die Ermittlungen einmischen.«

Sie klang bitter. Er starrte ein Bild an der Wand an, ohne es wirklich zu sehen, und versuchte zu verstehen, weshalb sie eigentlich anrief.

»Du hast der Polizei sicher alles, was es zu sagen gibt, mitgeteilt?«, fragte er.

»Ja, natürlich. Im Übrigen gibt es gar nicht besonders viel zu sagen. Ich kam, ich sah, ich rief an.«

»Aber da ist doch noch etwas, oder? Ich höre dir das doch an.«

»Nein, da ist wirklich nichts mehr. Außer dass ich jemanden kennen gelernt habe, in den ich mich ziemlich verknallt habe.«

Er lächelte.

»Der Koch von gestern?«

»Woher weißt du das?«

»Als ich durch die Eingangshalle gegangen bin, habe ich euch gesehen. Aber ich wollte nicht stören.«

»Ich werde wohl oder übel gezwungen sein, ihn zu erwähnen, vermute ich. Wir sind uns ja sozusagen öffentlich begegnet. Übrigens hat auch schon eine Zeitung Wind davon bekommen.«

»Hast du eine Ahnung, wer der Täter sein könnte? Ist es überhaupt möglich, dass sich jemand in das Gebäude einschleicht? Oder gibt es bei euch intern irgendwelche Konflikte?«

»Nein. Beatrice regt sich ein bisschen darüber auf, dass ich zulasse, dass Anders aus seinem Schwulsein kein Geheimnis macht, das ist alles. Ich verstehe nicht, wieso sie solche Vorurteile hat. Das ist – ja, das ist nicht logisch. Sie ist doch sonst so vernünftig. Vielleicht hat das etwas mit ihrer katholischen Erziehung zu tun, ich weiß es nicht. Wie auch immer, er hat davon nichts bemerkt.«

»Aber vielleicht hat er einen sensiblen Anti-Gay-Radar?«

»Glaube ich kaum, aber die beiden haben ohnehin nicht unbedingt viel miteinander zu tun. Es kann ihm egal sein, was sie denkt. Und wenn sie irgendein Problem miteinander gehabt hätten, dann hätte einer von beiden mit mir darüber geredet. Da bin ich ganz sicher. Anders fühlt sich wohl. Und es kann ganz einfach keiner von uns gewesen sein, John. So geht es hier oben nicht zu. Es muss jemand vom Sicherheitspersonal gewesen sein oder irgendwas …«

Sie klang plötzlich bestimmt und selbstironisch.

»Ach, vergiss es! Das war ungerecht. Danke, dass du zugehört hast, vermutlich rede ich gerade ziemlich wirr durcheinander. Ich sitze hier, mit ihrem Blut verschmiert …

Es ist besser, wenn wir jetzt aufhören, die Kripo kommt sicher gleich.«

»Okay, aber du weißt, wo du uns findest. Komm einfach bei uns zu Hause vorbei, wenn du eine heiße Schokolade brauchst. Oder einen anständigen Drink.«

»Ja. Bis bald.«

Es klickte, und sie war weg.

Er legte auf und betrachtete verwirrt das Telefon. Sie hatte angerufen um zu reden, aber nichts gesagt. Nichts.

Anne kam ins Zimmer und setzte sich in einen Sessel. Sie sah bekümmert aus.

»Ich habe gerade davon gehört. Verdammt! Wie kann jemand Beatrice so etwas antun? Ausgerechnet ihr, die schon so viel Schreckliches erlebt hat?«

»Karin hat eben angerufen«, sagte John.

»Was sagt sie? Wie geht es ihr?«

»Schlecht. Ich hatte den Eindruck, sie wollte mir etwas sagen und hat es sich in letzter Sekunde anders überlegt. Erst ruft Andreas aus dem Gefängnis an und will irgendwas, rückt aber nicht damit raus, dann ruft Karin aus dem Justizministerium an und macht es genauso. Seltsamer Zufall.«

»Wäre es möglich, dass sie vor jemandem Angst hat? Wird sie erpresst?«, überlegte Anne. »Sie hat dich angerufen, nicht mich. Das könnte bedeuten, dass sie auf der Suche nach konkreter Hilfe ist. Nach dem, was im Frühjahr passiert ist, glaubt sie sicher, dass du der Richtige dafür bist.«

»Ja, nur wie, um Himmels willen, soll ich ihr helfen, wenn sie etwas Wichtiges für sich behält?«, sagte er ärgerlich. »Und mich nicht einmal um Hilfe bittet?«

»Nein, du kannst nicht helfen. Lass es gut sein. Wenn jemand alle Hilfe hat, die er braucht, dann sie. Außerdem hast du das Deinige geleistet. Ich denke, das ist ihr bewusst. Sie will dich nirgends mit hineinziehen, was dich belasten könnte.«

Da hatte sie Recht. Er stand auf und nahm ihre Hand.

»Ist es in Ordnung, wenn ich ein bisschen rausgehe?«

»Klar. Mach das.«

Er nahm seinen Mantel, trat auf die Straße und ging gedankenverloren Richtung Kungsträdgården.

Passanten eilten die Alleen hinunter, ein paar Kinder spielten am Fuße des Denkmals. Bald würde hier wie jeden Winter die Eisfläche präpariert werden. Er ging an dem Teehaus bei den Ulmen vorbei, bis ans Wasser und weiter den Kai entlang, wo Kinder den Schwänen und Enten Brotstückchen zuwarfen. Zwei Männer angelten.

Voller Wehmut dachte er an Beatrice. Er dachte an die Abendeinladungen, an die späten Stunden, wenn man im Halbdunkel sitzt und sich unterhält. Er dachte an ihr lachendes Gesicht und ihre Stimme. Es hatte so lange gedauert, bis sie endlich erzählen konnte, was sie in Guatemala erlebt hatte. Es waren grauenvolle Dinge. Und dennoch besaß sie so viel Kraft und Lebensfreude.

Was war in dieser Nacht in Rosenbad geschehen? Wer hatte das getan und aus welchem Grund? Politik? Eifersucht? Wahnsinn? War sie zur falschen Zeit am falschen Ort gewesen? Oder hatte sie etwas gesehen, was sie nicht sehen durfte?

Er verscheuchte seine Gedanken und merkte, dass er vor dem Haupteingang des Regierungsgebäudes stand, genau dort, wohin er eigentlich nicht hätte gehen sollen.

Am Kai und auf der Fredsgatan standen etliche Streifenwagen. Jemand befestigte Absperrbänder. Der Beamte schickte ihn mit einem Winken weg, und John stolperte ungeschickt in den kleinen Park hinunter.

Er hatte nicht an die Journalisten gedacht. Sie standen grüppchenweise unter den Bäumen und auf dem Bürgersteig. Er wollte unbemerkt an ihnen vorbeihuschen, aber irgendjemand erkannte ihn, und schnell fand er sich von den Journalisten umzingelt. Und er hatte kein Auto, in das er sich hätte flüchten können.

Sie löcherten ihn mit Fragen. Er räumte ein, Karin und Beatrice zu kennen, aber darüber, wie es Beatrice ging, wisse er nicht mehr als die Reporter, und er sei auch nicht im Ministerium gewesen. Sie fragten, was er dann hier wolle, und mit irgendeiner witzigen Ausrede konnte er ihnen nicht kommen. »Ging spazieren und träumte vor mich hin« klang nicht sehr glaubwürdig.

Die Scheinwerfer der Kameramänner blendeten ihn. Fotografen machten Fotos mit Blitzlicht von ihm. Seit er in der Nazikaderschmiede gewesen war, konnte er Menschenmengen nicht mehr ertragen, sie lösten klaustrophobische Gefühle in ihm aus. Er merkte, wie sein bedauerndes Lächeln zu einer Fratze gefror.

Endlich ließen sie ihn ziehen. Erleichtert ging er durch den Park zurück in die Kanzlei.

John war nichts eingefallen, was er für Karin hätte tun können. Sie hatte die Polizei, sie hatte die Säpo, und der Fall hatte sicher erste Priorität. Ihren Impuls, ihn um etwas zu bitten, konnte er ebenso gut vergessen. Genau wie sie es getan hatte.

Als er wieder in seinem Büro saß, nahm er den Telefonhörer ab und bestellte zwei Blumensträuße. Einen für Beatrice im Krankenhaus und einen für Karin in Rosenbad.

Er überlegte und bestellte noch einen für Anne.

5

Es ist Anfang Mai. Der Sommer ist noch weit entfernt, aber der Frühling steht in voller Blüte, und die Luft duftet.

Margareta Davidsson sitzt zusammen mit ihrem Kollegen Kalle in einem Helikopter auf dem Weg nordwärts zu einer Schlucht in Norrland. Die schwarze Landschaft zieht unter ihnen vorbei, und wenn Margareta durch das dicke Glas nach oben blickt, dann sieht sie am Himmel über sich die Morgendämmerung. Der Motor dröhnt.

Über Funk erfahren sie, was am Haus passiert. Der Pilot dreht sich mit einem fragenden Gesichtsausdruck zu ihnen um. Zwei Stunden später steigen sie zwischen zwei bewaldeten Bergkuppen aus dem Hubschrauber und sehen die Verwüstung. Ein siebzigjähriger Mann sitzt auf weißen Gartenmöbeln auf einer Wiese in der Schlucht. Er hat eine Decke umgelegt und scheint nicht richtig ansprechbar zu sein. Kent Johansson sitzt auf einem Hügel, ein Stückchen abseits. Sie ist froh, dass er lebt. Er sieht sie müde an, lächelt schwach und hebt grüßend eine Hand, aber steht nicht auf. John liegt neben ihm, er trägt einen schmutzigen Trainingsanzug. Als sie näher kommt, bemerkt sie den starken Geruch von Schweiß, Pulverdampf und Zigaretten.

Ein Mann ist durch zwei Schüsse getötet worden. Der erste traf ihn am Hals. Der zweite, der tödliche, ins Herz. Martin Barfors wird in einem schwarzen Plastiksack aus dem Haus getragen.

Eineinhalb Kilometer von Rosenbad entfernt in einer Zweizimmerwohnung im Stadtteil Vasastan, lag die Kriminalkommissarin Margareta Davidsson in ihrem Schlafzimmer im Bett. Sie schlief nicht mehr, sondern befand sich in einem quälenden Dämmerzustand.

Warum tauchte dieser Fall ständig in ihren Träumen auf, obwohl er längst abgeschlossen und die Gerichtsurteile gefällt waren? Warum dieses anhaltende Gefühl der Gefahr? Weil Kent, der Kollege, in den sie fast ein bisschen verliebt gewesen war, einen Menschen getötet hatte? In derselben Situation hätte auch sie definitiv geschossen, davon war sie überzeugt. Aber warum beunruhigte sie das alles so?

Sie beschloss, nicht weiter über den Traum nachzugrübeln, blickte abwesend zum Fenster und fand es schön, dass der Herbst gekommen war. Das Rollo war dunkelgrün, und wenn wie jetzt das frühe Morgenlicht hindurchschimmerte, leuchtete die Farbe satt und prächtig. Es war seltsam mit der Schönheit. Wie simpel sie auch sein mochte, sie war immer neu. Während Margareta langsam wach wurde, spürte sie, wie sich ihre angespannten Nerven beruhigten und sich ein Gefühl von Wohlbehagen in ihrem Körper ausbreitete.

Kalle lag neben ihr. Er hatte ihr den Rücken zugewandt und schlief. Sein glattes, schwarzes Haar war zerzaust, und seine Gliedmaßen zeichneten sich unter der Decke ab. Nach den langen, anstrengenden Ermittlungen und Verhandlungen würden sie sich endlich ein paar Tage freinehmen. Den Fall ad acta legen, etwas Neues anfangen. Ein paar faule Tage zusammen verbringen. Vielleicht würden sie sich aufraffen und ein bisschen spazieren gehen. Wahrscheinlich bei Schloss Karlberg, unten am Kanal, oder im Hagapark. Oder sie könnten auch rausfahren und auf Djurgård in der Sonne zu Mittag essen.

Es hatte seine Zeit gebraucht, sich daran zu gewöhnen, wieder jemanden im Bett liegen zu haben. Offiziell waren sie kein Paar, und im Präsidium wusste niemand, dass sie zusammen waren, aber ein paarmal pro Woche schlief er bei ihr. Allerdings hatte sie noch keine Nacht bei ihm verbracht. Vielleicht war das ihr stiller Protest gegen den Altersunterschied: Vierzehn Jahre. Das klang furchtbar viel. Natürlich war er kein Kind mehr, er war dreißig, aber sie hatte die heimliche Angst, plötzlich aufzuwachen und in den Armen eines Knaben zu liegen. Der Augenblick, in dem sie diesen speziellen, unreifen Geruch wahrnehmen würde, der Jungenzimmer so oft kennzeichnete – gesetzt den Fall, dass es bei Kalle so roch –, wäre der Anfang vom Ende. Sie wollte ihn wenigstens noch eine Weile behalten.

Und es war nicht zu Ende. Er war hier, Gott sei Dank.

Sie merkte plötzlich, dass sie schrecklich hungrig war. Ohne ihn zu wecken, stand sie auf, öffnete das Fenster, duschte kurz, wickelte sich in ihren weiten Morgenmantel und ging schlaftrunken und summend in die Küche. Eigentlich war es noch viel zu früh, aber sie kochte Kaffee, goss Milch ein, schmierte Brote und setzte sich, um zu essen. Vielleicht würde sie ihn später mit einem Frühstück im Bett wecken. Danach könnten sie sich wieder hinlegen und es sich noch ein paar Stunden gemütlich machen.

Das Handy, das vor ihr auf dem Tisch lag, klingelte. Es schrillte so unerwartet, dass sie zusammenfuhr. Widerwillig meldete sie sich. Es war ihr Chef, Björn Alberg.

Sie runzelte die Stirn. Gerade er durfte nicht anrufen. Nicht heute.

»Ja?«, sagte sie misstrauisch.

»Hallo, Margareta, du hast nicht zufällig den Fernseher laufen?«, hörte sie seine Stimme.

»Nein, ich sitze hier und lasse es langsam angehen. Ich sollte heute eigentlich freihaben. Was gibt es denn im Fernsehen?«

»Der Frieden ist vorbei, leider. Die Staatssekretärin unserer Justizministerin Karin Landberg ist in Rosenbad überfallen und niedergeschlagen worden.«

»Drinnen im Gebäude? Im Regierungsgebäude?«

»So ist es. Eine Staatssekretärin ist die rechte Hand des Ministers, falls du das noch nicht wusstest, nicht die, die Kaffee kocht und sich um ihre Termine kümmert oder so. Landberg hat sie selbst gefunden, etwa vor einer Stunde in ihrem Nebenraum. Sie hat zwei, ihr Dienstzimmer und ein kleines Kabuff mit Bett. Das Opfer hat einen Schädelbruch. Sie lebt, aber ihr Zustand ist kritisch. In diesem Moment wird das Haus von uns durchsucht, aber noch haben wir keinen Täter gefunden.«

»Und Landberg?«

»Gott sei Dank, unverletzt. Der Täter hatte sich offenbar schon aus dem Staub gemacht, als sie kam.«

»Wissen wir, was das Opfer im Nebenzimmer ihrer Chefin wollte?«, fragte sie und versuchte sich zu zwingen, interessiert zuzuhören.

»Noch nicht. Sie ist übrigens eine Maya-Indianerin aus Südamerika. Beatrice Chiquin. Mittlerweile schwedische Staatsbürgerin.«

»Indianerin? So richtig?«

»Natürlich. Sie ist als Flüchtling aus Guatemala gekommen. Ihre Familie ist gerade auf dem Weg ins Krankenhaus. Karin Landberg hat ab sofort Personenschutz durch die Säpo, und die Leitstelle ist alarmiert. Ich werde mich in Kürze mit den Großmogulen treffen. Kümmer du dich um den Tatort. Ich rufe Kalle an, dann kannst du ihn unterwegs abholen.«

Dieses Unterwegs war ungefähr fünf Meter von ihr entfernt, und sie hatte beabsichtigt, dort wieder unter die Decke zu kriechen. Sie fluchte innerlich.

»Okay«, sagte sie laut. »Aber wenn wir das hier übernehmen sollen, dann will ich Jenny dabeihaben.«

»Jenny? Das Mädchen von der Fahndung?«

»Ja, sie hat ihre Sache im Frühjahr sehr gut gemacht. Hat Ideen. Hat Intuition. Sie ist unverbraucht, aber wir werden noch ein Auge auf sie haben müssen.«

»Gut, wenn du meinst. Sie kann Jonas begleiten und mit Chiquins Familie reden. Zieh dir was an und fahr sofort los. Der Einsatzleiter heißt Lennart Jarlberg. Er wird an dich übergeben, du wirst mich auf dem Laufenden halten, und ich halte den Kontakt aufrecht. Wir dürfen in dieser Sache nicht den Überblick verlieren.«

Großmogule, gemäß Björns Sprachgebrauch, bedeutete heute vermutlich die Säpo, den Bezirkspolizeichef und einen Staatsanwalt.

»Welcher Staatsanwalt?«, fragte sie.

»Lisbet Essburg. Sie wird die Voruntersuchungen leiten. Was gar nicht schlecht ist, ihr sollte das Milieu vertraut sein. Würde mich nicht wundern, wenn sie Landberg und Chiquin persönlich kennt. Das könnte sie natürlich auch blind machen. Aber sie ist sehr professionell.«

Margareta grunzte zustimmend. Sie verspürte nicht die geringste Lust loszuziehen, um ein Gewaltverbrechen im Regierungsgebäude zu untersuchen, mit allem was an aufgeregten Medien dazugehörte, aber sie hatte keine Wahl.

Sie stopfte sich ein Butterbrot in den Mund und lief ins Schlafzimmer, um sich anzuziehen. Auf dem Nachttisch klingelte Kalles Handy. Er fuhr aus den Decken hoch und meldete sich mit belegter Stimme. Als er das Gespräch wieder beendet hatte, stieg er nackt aus dem Bett, umarmte sie von hinten und küsste ihren Nacken.

»Es gibt frischen Kaffee«, sagte sie.

»Mhm?«, murmelte er.

Es war schön, ihn so nah zu haben. Warm und verschlafen. Sie wollte heute am liebsten nirgends hingehen, das war geradezu ein Verbrechen wider die Natur. Sie sollte auf die Ministerin pfeifen, genau wie auf böse Träume aus der Vergangenheit. Das Leben genießen.

Während er ins Bad wankte um zu duschen, zog sie sich eine Hose und einen Pullover über, warf sich einen Schal um den Hals, kramte in einer Schublade nach dem Diktiergerät und ein paar neuen Kassetten, griff ihren Mantel und das Handy und verließ hastig die Wohnung. Vielleicht konnte das ihre Lebensgeister wecken und verhindern, dass sie sich noch ein paar Minuten mit ihm im Bett genehmigte, wenn er aus der Dusche zurückkam.

Es war ein klarer Oktobermorgen mit blauem Himmel, einer Sonne, die im Laufe des Tages immer wärmer werden würde, und frischer, kühler Luft. Margareta setzte sich ins Auto, um dort auf Kalle zu warten. Nach fünf Minuten kam er Knäckebrot kauend aus dem Haus. Sie trat aufs Gas, und sie fuhren Richtung Rosenbad.

Sie brauchten zehn Minuten bis zum Ministerium. Als sie darauf zufuhren, sahen sie, dass der Einsatzleiter zwei ganze Häuserblöcke hatte absperren lassen. Es sah aus, als hätte sich das halbe untere Norrmalm in der frühen Morgensonne in ein Katastrophengebiet verwandelt. Jarlberg muss ein Fanatiker sein, dachte sie. Wahrscheinlich hatte er nach den Morden an Olof Palme und Anna Lindh dagesessen und sich mit knirschenden Zähnen überlegt, was er selbst in so einem Fall unternommen hätte, wenn er denn zufällig im Dienst gewesen wäre. Dieses Mal durfte absolut nichts schief gehen.

Sie entschieden sich für den Weg über den Gustav Adolfs Torg, um nicht in das Durcheinander am Hauptbahnhof hineinzugeraten und um die Presse zu umgehen, die wahrscheinlich schon am Haupteingang von Rosenbad lauerte. Sie zeigte den beiden grimmigen Sicherheitsbeamten an der Norrbro ihre Dienstmarke, und sie hoben die Absperrung an, der Wagen rollte am Außenministerium und dem Repräsentationsgebäude des Staatsministers vorbei, überquerte die Drottninggata und fuhr an der Südseite von Rosenbad entlang Richtung Ufer, bevor sie vor dem Eingang abbog und stehen blieb.

Vor der Absperrung standen neugierige Schaulustige, und zwei Übertragungswagen brachten sich für einen längeren Bericht in Stellung, der mindestens bis zwei Uhr mittags dauern würde. Diese Umstände sorgten dafür, dass Margareta wieder vollständig in der Gegenwart angekommen war. Ihr Adrenalinspiegel stieg sekündlich. Der Morgen, die Situation und der ganze Wirbel trieben sie an. Sie gab Kalle einen Klaps aufs Knie, er lächelte sie flüchtig an, dann stiegen sie aus dem Wagen.

Der Fanatiker Jarlberg erwartete sie vor der Tür. Er war klein und untersetzt und hatte nicht mehr allzu viele Haare auf dem Kopf. Die Haare, die noch da waren, waren stahlgrau und kurz geschoren. Er strahlte Kraft und Energie aus. Er gab ihr zerstreut die Hand, mit einem Druck, der sie nach Luft schnappen ließ, nickte Kalle zu und eilte ins Gebäude.

»Schon Neuigkeiten aus dem Krankenhaus?«, fragte sie.

»Sie lebt noch.«

Die Glastüren der Schleuse öffneten sich vor ihnen. Er nahm sie mit in einen überraschend kleinen und gewöhnlichen Aufzug und drückte auf einen Knopf.

»Wir sind noch dabei, den ganzen Kasten vom Keller bis zum Dachboden abzusuchen. Die Sicherheitsleute haben dasselbe gemacht. Bislang ohne Ergebnis. Seid ihr schon mal hier gewesen?«

Kalle schüttelte den Kopf.

»Einmal vor vielen Jahren«, sagte Margareta.

»Es ist ein übler Ort für Ermittlungen. Der ganze Block ist ein einziges Labyrinth. Es sind drei Kästen, die miteinander verbunden sind, und ich habe keine Ahnung, wie viele Menschen hier arbeiten.«

»Ausgänge?«

»Unzählige, in alle Richtungen. Haupteingang, Garagenzugang, Restauranteingang, Touristenshop, Restaurant mit Fenstern und Balkontüren zum Wasser. Unten im Keller Verbindungen zu den anderen Ministerien. Ich habe alles bis auf das letzte Mauseloch abschließen lassen. Aber es hat ja auch eine Weile gedauert, bis wir hier waren.«

Der Aufzug hielt, und sie stiegen aus.

»Das hier ist das Reich der Justizministerin und hier weiter runter das des Ministers für Soziales und Gleichstellung. Der Staatsminister und zwei weitere Minister sitzen weiter oben. Einige Türen sind verschlossen, man benötigt überall Karten, aber im Prinzip kann man auf einer Etage eine Runde durch alle drei Gebäude drehen. Es gibt Halbtreppen und Flure und tausend Winkel und Ecken. Ich glaube, nicht einmal die, die hier arbeiten, finden alles.«

»Wir behalten die Leute hier, die sich in dem abgeschlossenen Bereich um den Tatort befanden«, sagte Margareta. »Hebt die äußeren Sperren auf, wenn sich alle anderen im Haus ausgewiesen haben. Dann können sie gehen, wenn sie wollen, oder weiterarbeiten.«

»Dann müsst ihr euch nur noch um die in der Cafeteria kümmern. Das waren zwar vorhin noch nicht so viele, aber es werden immer mehr.«

Er lieferte ihnen einen kurzen Bericht, ohne nachdenken zu müssen. Sie hörten aufmerksam zu.

»Was willst du zuerst machen?«, schloss er seine Rede.

»Den Tatort besichtigen. Wo ist der Sicherheitschef?«

»Das ist Markus Larsson. Er steht da drinnen.«

»Gut. Wir benötigen mehrere Kollegen für das Verhör der Gruppe in der Cafeteria. Wenn dort viele sind, könnten wir sie natürlich ebenso gut ins Präsidium fahren. Kalle und ich sprechen selbst mit der Ministerin, dem Sicherheitschef und den beiden Sekretären. Danach will ich mich im Haus umsehen.«

Jarlberg nickte, und sie betraten das Ministerium. Hinter der Glastür standen eine uniformierte Polizistin und ein Mann, der knapp unter fünfzig zu sein schien. Er war mittelgroß und durchtrainiert, seine kurzen Haare zeigten die ersten grauen Strähnen, und er hatte einen Dreitagebart, der ihm ziemlich gut stand. Er trug Jackett und Hose.

»Markus Larsson, der Sicherheitschef. Margareta Davidsson und Kalle Jensen von der Kriminalpolizei«, stellte Jarlberg sie einander vor. »Sie arbeiten unter dem Ermittlungsleiter Björn Alberg.«

Larsson streckte die Hand aus. Er sah freundlich aus. Sie dachte, dass es die Hölle sein musste, heute in seinen Schuhen zu stecken. Er begann, sie durch die Räume zu führen, und sie bogen auf einen breiten Korridor, von dem zu beiden Seiten Räume abgingen. Die einzigen Menschen, die zu sehen waren, waren mehrere uniformierte Polizisten. Ihre Anwesenheit an diesem Ort war befremdlich, als hätte gerade eine Revolution samt Regimewechsel stattgefunden und die ganze Regierung wäre aus dem Haus geworfen worden.

Der Korridor mündete in einen offenen Empfangsraum, in dem prächtige antike Polsterstühle standen – oder vielleicht waren es auch nur Nachbildungen, Margareta konnte das nicht ausmachen – und ein runder Tisch. Zwei Türen gingen von dem Raum ab.

»Warten Sie, ich möchte mich hier umsehen«, sagte sie. »Können Sie mir kurz etwas über diese Räume sagen? Wo sind wir hier gerade?«

»Wir sind eben an einer Reihe Büros vorbeigekommen, in denen unter anderem die Rechtsreferenten sitzen«, erklärte Markus Larsson. »Das große Eckzimmer hier ist das so genannte Blaue Zimmer, der Konferenzraum. Karin Landberg empfängt hier Besucher und auch die Medien. Es sei denn, sie wird in ihrem Büro interviewt.«

Margareta schaute hinein. Es war ein großer Raum, mit Fenstern an zwei Seiten. Sie sah eine schwedische und eine europäische Flagge, einen riesigen runden Tisch mit Stühlen und diverse technische Geräte für Präsentationen. Sie hatte das Gefühl, den Raum von Fernsehinterviews mit der Justizministerin wiederzuerkennen. Der Sicherheitschef wies auf die andere Tür.

»Hier sind die Zimmer der Staatssekretärin. Chiquin. Das Opfer. Wir haben nichts Auffälliges darin finden können, aber Ihre Techniker werden die Räume natürlich noch überprüfen. Hier vorne sitzt normalerweise ihre Assistentin, Moa Dahlman. Wollen Sie …?«

»Ja, das können wir ebenso gut gleich machen. Ist das hier der einzige Zugang zu Chiquins Dienstzimmer?«

Der Sicherheitschef nickte. Sie gingen durch einen Raum, der dezent nach Eau de Cologne duftete und betraten Chiquins Büro. Es war geräumig, an einer Wand hing ein farbenfroher indianischer Wandteppich. Auch der Schreibtisch war riesig, auf ihm lagen gediegene Stapel von Berichten, Büchern und Akten. Es gab drei gerahmte Fotografien, die alle einen Jungen mit schwarzen Haaren zeigten.

»Ihr Sohn?«, fragte Margareta, und Larsson nickte.

Auf einem der Bilder war auch Chiquin selbst zu sehen.

Ein Sommerbild von ihr und dem Jungen, der auf einem Holzgartenstuhl saß. Sie stand hinter ihm, hatte die Arme um ihn gelegt und lächelte in die Kamera. Ihr Gesicht war weich und leicht gebräunt, mit geraden Zügen und intelligenten, humorvollen Augen. Sie trug ein rotes Kleid, und ihre Haare waren mit einem eingeflochtenen roten Band hochgesteckt. Hinter ihnen waren das Meer, blauer Himmel und Kiefern zu erkennen. Schwedische Schären, dachte Margareta.

Hinter dem Schreibtisch war eine Tür, die zu einer Toilette führte. An der Wand gegenüber hing eine Reihe großer Fotografien mit indianischen und schwedischen Motiven. Mehrere kleinformatigere Bilder zeigten Chiquin, wie sie verschiedene Würdenträger bei offiziellen Anlässen begrüßte.

»Nirgends ist ein Ehemann auf den Bildern«, wisperte Kalle hinter ihr.

Sie traten wieder auf den Flur hinaus.

»Zur Hofseite hin liegen diverse kleinere Arbeitszimmer und Kopierräume«, sagte Larsson. »Die Pressesprecherin sitzt hier. Die Ministerin und ihr Sekretär, Anders Kjellbo, befinden sich im Augenblick in dem Zimmer dort drüben, wo der Wachmann steht.«

Margareta nickte. Der Wachmann war ein uniformierter Hüne. Etwas weiter entfernt sah sie zwei Polizisten, die vor einer offenen Sicherheitstür postiert waren. Es war eine von nur zwei Türen an der rechten Korridorwand.

»Diese schmale Tür hier führt zu einer Besenkammer, die zwischen Beatrice Chiquins und Karin Landbergs Räumen liegt. Sie befindet sich auf einer Höhe mit Beatrice Chiquins Toilette. Daran schließt das Reich der Ministerin an. Hier gelangt man in das Zimmer ihres Assistenten und dann weiter in ihr eigenes.«

Die vier traten ein, und Margareta hielt einen Augenblick inne.

Durch das große Fenster schien jetzt die Sonne in Anders Kjellbos Raum. Sein Schreibtisch war brechend voll, aber ordentlich, es gab diverse Bücherregale und einen Schrank. An einem Garderobenständer aus Holz hing ein Mantel. Kjellbo schien seine eigene Kunst an die Wände gehängt zu haben. Zwei schwarz-weiße, abstrakte Reproduktionen und daneben zwei Fotografien, die sie kannte.

Sie beugte sich vor. Es waren Kopien von Bildern, mit denen die Fotografin Elisabeth Ohlson vor einigen Jahren in ihrer Ausstellung »Ecce Homo« für Wirbel gesorgt hatte, als sie christliche Motive aus den Evangelien mit homosexuellen Darstellern nachgestellt hatte. Hier hingen zwei Kopien davon.

Eine zeigte die Kreuzigung. Hoch oben auf einem Berg lag im Dunkel der Nacht ein verwundeter Mann. Skinheads waren zu sehen, die die Tat begangen hatten und jetzt zusammen mit anderen Extremisten weggingen, die Anzüge trugen. Einige richteten ihre hasserfüllten Gesichter in die Kamera. Ein grelles, nacktes Licht auf die Szene. Über dem Opfer lag ein Schatten in Form eines Kreuzes. Im Hintergrund zeichnete sich das vor sich hinbrütende, dunkle Stockholm ab. Das andere Foto zeigte in Leder gekleidete Schwule und Lesben mit Ketten und Nieten, die unterwürfig eine weiß gekleidete Messiasgestalt anbeteten und seine Knie umarmten. Einer von ihnen hockte an Jesus' Füßen, das Gesicht dem Betrachter zugewandt.

Ecce Homo. Ein lateinisches Bibelzitat, das »sieh, ein Mensch« bedeutet.

Diese Bilder hatte Margareta hier nicht erwartet. Darauf war sie nicht vorbereitet gewesen, und wie schon damals, als sie die Fotos zum ersten Mal gesehen hatte, war sie berührt. Sie war nicht lesbisch, und sie war keine Christin, aber dennoch wühlten diese Bilder sie auf. Berührten ihre inbrünstige Menschlichkeit und ihre wehrlose Sehnsucht. Zeigten die Schönheit des menschlichen Körpers, seine Fehler und seine Zerbrechlichkeit, die überall dieselben waren, ganz gleich, ob es der Körper eines Kindes, eines Mannes oder einer Frau war, egal, ob angezogen, ausgezogen oder verkleidet, ob hetero oder homo. Die Verletzlichkeit der menschlichen Seele.

Sie spürte, dass sie mit ihrer Reaktion allein im Raum war. Sie konnte nicht ausmachen, was Kalle dachte, aber sie musste nicht erst Larsson und Jarlberg ansehen, um zu wissen, dass sie die Bilder gesehen hatten und sie an diesem Ort absolut unangemessen fanden. Aber als sie die beiden ansah, konnte sie kein Mienenspiel in ihren Gesichtern entdecken. Sie waren völlig ausdruckslos. Professionell bis in die Fingerspitzen, dachte sie.

Sie trat in Karin Landbergs Büro, sorgfältig darauf bedacht, nichts zu berühren. Sie betrachtete flüchtig den Schreibtisch, warf einen Blick auf die Sitzgruppe und in den Schrank, registrierte das Familienportrait und ging weiter in das Nebenzimmer, blieb jedoch auf der Schwelle stehen.

Etwas war anders. Obgleich die Tür offen stand, hatte sie das Gefühl, in einem Raum zu sein, der sich um sein Geheimnis geschlossen hatte. Fast vernahm sie die jetzt unhörbaren Worte, die hier gewechselt worden waren, fast sah sie die vor vielen Stunden erstarrten Bewegungen. Schläge, die im Halbdunkel fielen. Eine Frau, die schrie, laut oder vielleicht nur innerlich. Leid und Erinnerung.

Jetzt war der Raum leer. Ein Bett mit blutigem Überwurf. Ein kleiner Schreibtisch, ein Stuhl, ein Kleiderständer mit Damenkleidung. Blut auf dem Boden, eine Lache, die von den Schuhabdrücken und der Bahre der Sanitäter verteilt worden war. Fußspuren, die auf sie zukamen. Die Spurensicherung würde später die gesamte Oberfläche nach Hinweisen absuchen.

Sie machte einen großen Schritt über die Abdrücke und schob vorsichtig die Tür zur Dusche auf. Es war ein gewöhnliches, weiß gekacheltes Bad. Keine Blutspuren, soweit sie sehen konnte. Der Täter hatte sich entweder woanders gewaschen oder sorgfältig hinter sich geputzt.

Nun, das würde ihm vermutlich nicht helfen. Es war äußerst wahrscheinlich, dass sich an Beatrices Kleidern, auf dem Überwurf, dem Boden und an den Wänden unzählige Spuren fanden – Fasern, Hautschuppen, Haarsträhnen. DNA.

Der Tathergang musste ziemlich improvisiert gewesen sein, und es gab eine Reihe denkbarer Szenarien. Sie strengte sich an, sich nicht auf eines festzulegen, sondern alle Sinne wach zu halten. Sie gingen zurück in den Flur.

»Wie sind Sie hierher gekommen?«, fragte sie Larsson.

»Die Leitstelle hat mich angerufen. Sie hatten die Säpo schon verständigt.«

»Wir müssen selbstverständlich alle Log-ins und auch die Bänder der Überwachungskameras beschlagnahmen. Jarlberg wird dafür sorgen, dass Sie jemand begleitet und das jetzt erledigt. Unterdessen werde ich mich ein wenig mit den Angestellten unterhalten, die in der Cafeteria sitzen. Das ist die offene Tür dort drüben, oder? Kalle und ich werden ein paar Worte mit den übrigen Ministern wechseln, damit sie zurück an ihre Arbeit gehen können, danach werden wir zu Landberg gehen, und im Anschluss benötigen wir einen Raum, um mit Kjellbo, Dahlman und Ihnen zu sprechen. Können Sie das bitte in die Wege leiten?«

Er nickte. Gemeinsam mit Kalle ging Margareta in die

Cafeteria, die zur Hofseite zeigte. Es war ein großer Raum mit hellblauen Wänden. Ungefähr 75 Personen saßen an den kleinen Tischen oder standen an den Seiten, und alle sahen sie an, als sie eintrat.

Während sie den Blick von einem zum anderen wandern ließ und sich fragte, ob einer von ihnen verrückt genug war, auf seine Chefin loszugehen, erläuterte sie kurz, dass der Täter noch nicht gefunden war und die Anwesenden deshalb zum Verhör ins Präsidium fahren mussten. Das würde vermutlich ein paar Stunden in Anspruch nehmen. Die Gruppe wirkte angespannt, aber niemand protestierte. Eine Frau erkundigte sich nach Beatrices Befinden.

»Unseren Informationen zufolge ist ihr Zustand unverändert«, antwortete Margareta.

Sie verließ die Versammlung, um gemeinsam mit Kalle den Minister für Soziales und Gleichstellung zu treffen. Er war sichtlich schockiert und betroffen, aber gefasst. Das Gespräch verlief recht kurz, da er erst um acht Uhr direkt vom Flughafen ins Ministerium gekommen war und nichts Besonderes gesehen oder gehört hatte. Sie bedankten sich für seine Kooperationsbereitschaft und gingen dann zu Karin Landberg.

6

Die Justizministerin saß in einem winzigen Zimmerchen am Schreibtisch. Der junge Mann, der an ein Bücherregal gelehnt stand, musste Anders Kjellbo sein. Er ließ sie sofort alleine.

Margareta stellte sich und Kalle vor und legte das Diktiergerät vor die Ministerin. Auf dem Tisch lag ein Blatt Papier, darauf ein blutiges Handy, das jemand notdürftig abgewischt hatte. Margareta runzelte unwillkürlich die Stirn und die Justizministerin folgte ihrem Blick.

»Das ist mein Handy«, sagte sie, und ihre Stimme war überraschend ruhig. »Es ist mir neben Beatrice auf den Boden gefallen, nachdem ich den Notarzt gerufen hatte. Anders hat versucht, es für mich abzuwischen. Das hätte er vielleicht nicht tun sollen.«

Von der Ministerin ging eine Atmosphäre aus, die Margareta überaus sympathisch war. Sie machte sich eine Notiz und betrachtete die Sache damit als erledigt.

»Wir müssen es natürlich mitnehmen, ebenso wie Ihre Kleidung«, bemerkte sie kurz. »Alles was in dem Raum war, muss untersucht werden.«

Kalle postierte sich in der Nähe der Tür. Margareta setzte sich auf den Besucherstuhl und betrachtete die Ministerin.

Landberg war keine große Frau, vielleicht eins sechzig. Es war merkwürdig, sie hier so unmittelbar vor sich zu sehen. Überraschenderweise war sie völlig ungeschminkt. Und obwohl sie gerade jetzt erschüttert und ein wenig abwesend aussah, strahlte sie eine Energie aus, die sie wesentlich jünger erscheinen ließ.

Sie trug ein rotes Wollkleid, schlicht geschnitten. Ein sandfarbener Mantel mit großen Blutflecken hing an einem Kleiderhaken. Sie hatte Blut auf Brust und Armen und einen Blutfleck im Gesicht. Wahrscheinlich hatte sie sich mit einer müden Geste die Augen gerieben. Sie hatte Gewicht – nicht an Kilos, sondern an Autorität.

Und sie war die oberste Chefin des schwedischen Polizeikorps. Irritiert merkte Margareta plötzlich, wie sie von einem Gefühl der Ehrfurcht ihrer Macht gegenüber ergriffen wurde. Sie war beschämt und verärgert. Es sah ihr sonst nicht ähnlich, Unterschiede zwischen den Menschen zu machen, und es war ihrer Arbeit definitiv nicht zuträglich.

Sie schaltete das Diktiergerät ein. Sie wusste nicht, wann sie das nächste Mal Gelegenheit haben würde, mit Landberg zu sprechen, und es schien ausgeschlossen, sie mit zum Präsidium zu nehmen, also konnte sie ebenso gut gleich zur Sache kommen.

»Ich weiß in etwa, was geschehen ist, aber ich möchte das gerne noch einmal von Ihnen hören«, begann sie. »Ich denke, wir sollten in aller Ruhe mit dem gestrigen Tag beginnen und uns langsam vorwärts arbeiten. Gestern war Montag. Was ist da gewesen?«

Die Ministerin hatte keine Einwände.

»Gestern hatten wir zuerst unsere Morgensitzung im Blauen Zimmer«, sagte sie. »Ich weiß nicht, wie gut Sie über das Ministerium Bescheid wissen, aber vereinfacht gesagt arbeiten hier zwei verschiedene Gruppen. Einerseits wir, die hier aus politischen Gründen sitzen und durch Wahlen oder vom Staatsminister ausgewechselt werden können, andererseits gibt es eine ganze Menge von Beamten, die hier immer arbeiten, unabhängig davon, welche Partei gerade an der Macht ist. Wir von der politischen Seite treffen uns jeden Montagmorgen. Beatrice ist genau wie ich eine politische Angestellte, deshalb war sie natürlich dabei.«

»Was für einen Eindruck machte sie?«

»Sie war wie immer. Nach der Morgensitzung wurden uns einige Referentenentwürfe vorgestellt, und dann bin ich mit Elin, der Pressesprecherin, für eine Fernsehaufzeichnung nach Göteborg gefahren. Im Laufe des Nachmittags hat Beatrice zweimal angerufen. Das war das Letzte, was ich von ihr gehört habe.«

Die Ministerin verstummte für einen Augenblick. Es

schien, als versuche sie, sich zu sammeln und ihre Gefühle in den Griff zu bekommen.

»Um acht Uhr abends war ich wieder in Stockholm, bin nach Hause gefahren, habe mich umgezogen und bin dann auf die Privatfeier meines ehemaligen Kollegen Hans Olbring gegangen. Er ist Anwalt. Um neun Uhr war ich, glaube ich, dort, und gegen Mitternacht habe ich das Fest wieder verlassen.«

Ihr Gesichtsausdruck veränderte sich plötzlich ganz leicht, als zöge eine träge Sommerwolke über einen stillen See. Margareta hatte das schon öfter beobachtet, wenn ihr Gegenüber etwas lieber für sich behalten hätte.

»Sind Sie nach Hause gefahren?«, fragte sie.

»Nein. Ich habe Øystein Christensen begleitet, der für das Catering auf dem Fest zuständig war. Ich bin heute Morgen direkt von seiner Wohnung hierher gekommen.«

Also hatte die Ministerin ein Abenteuer gehabt, es sei denn, die beiden haben nur Rezepte getauscht.

Margareta nickte. Sie ging davon aus, dass das nicht unbedingt an die Öffentlichkeit gelangen musste.

»Ich muss Sie dann noch um seine Telefonnummer bitten. Sie haben Chiquin also zwischen der Morgensitzung gestern und dem Zeitpunkt, als Sie sie heute früh gefunden haben, nicht gesehen? Und nach den beiden Telefonaten auch nicht mehr gesprochen?«

»Nein«, bestätigte Landberg.

»Wissen Sie, warum sie sich in Ihrem privaten Raum aufgehalten hat?«

»Ich habe absolut keine Ahnung. Es erstaunt mich selbst.«

»Hat sie einen Schlüssel?«

»Ich habe keinen Überblick über die Schlüssel. Vielleicht

weiß Anders mehr. Oder Moa. Ich vermute, die Putzkräfte haben einen, die müssen ja reinkommen.«

»Sie haben ihr die Schlüssel also nicht gegeben?«

»Ich wüsste nicht, warum ich das hätte tun sollen.«

Sie machte eine hilflose Geste. Margareta ging nicht weiter darauf ein.

»Kennen Sie Christensen schon lange?«

»Øystein? Nein, wir haben uns erst gestern Abend kennen gelernt.«

»Wie sind Sie heute Morgen hierher gekommen?«

»Ich habe ein Taxi genommen. Taxi City. Ich habe selbst bezahlt.«

Also keine offizielle Quittung, die verriet, woher sie gekommen war.

»Damit wären wir am heutigen Morgen angelangt«, sagte Margareta. »Wann waren Sie hier?«

»Ich kam gegen halb neun und habe den direkten Weg nach oben genommen. Habe im Flur ein paar Worte mit Moa gewechselt, gefragt, ob sie Beatrice gesehen hätte. Hatte sie nicht.«

»Was für einen Eindruck machte Moa?«

»Wie immer. Ruhig und freundlich. Hat mich gefragt, ob ich Kaffee wollte. Ich habe abgelehnt.«

»Wen haben Sie noch gesehen?«

Landberg dachte nach.

»Einen der Rechtsreferenten. Espen Karlsson. Wir sind uns ungefähr auf Höhe der Ecke begegnet, wo der Flur den Knick macht. Er kam mir entgegen. Ich dachte, dass er wahrscheinlich auch in der Cafeteria gewesen war.«

»Aber er kam nicht aus einem der anderen Räume? Zum Beispiel aus Ihrem?«

»Das ist theoretisch möglich. Wie auch immer, ich bin weitergegangen, in Anders' Büro. Er war nicht zu sehen.

Meine Tür war abgeschlossen, also machte ich auf und ging hinein. Er tauchte gleich danach auf, und wir haben uns kurz über die Klatschzeitung unterhalten, die schon angerufen hatte. Dann bin ich in die Kammer, um mich umzuziehen, und dort habe ich Beatrice auf dem Bett gefunden.«

»Wie sah es in dem Zimmer aus, als Sie reinkamen?«

»Es war dunkel. Aber es war nichts umgeworfen, wenn es das ist, was Sie wissen wollen. Es sah nicht so aus, als hätte ein Handgemenge stattgefunden. Ich habe nachgesehen, ob noch jemand im Bad ist, dann habe ich ihre Hand genommen. Sie hat den Namen ihres Sohnes Paulo geflüstert, und ich habe versucht, sie zu beruhigen. Ich habe dann die 112 angerufen, um so schnell wie möglich einen Rettungswagen herzubekommen.«

»Sie haben nicht versucht, jemand anders hier aus dem Stockwerk zu holen?«

»Das hätte zu lange gedauert. Und zuallererst wollte ich einen Arzt, keinen Sicherheitsmann.«

»Hat sie sonst noch etwas gesagt?«

»Nein, sie war unruhig wegen Paulo, dann hat sie das Bewusstsein verloren. Die Polizei hat Anders verständigt. Und Markus, nehme ich an. Anders war zuerst hier.«

»Wie hat er es aufgenommen?«

»Ich vermute, er hat einen Schock bekommen. Ich war ganz und gar auf Beatrice konzentriert, ich kann mich nicht erinnern, ob ich zu ihm hochgesehen habe oder nicht. Ich hatte eine Polizistin am Telefon, die nicht auflegen wollte.«

Sie hob die Augenbrauen und blickte zur Tür.

»Was passiert jetzt da draußen?«

»Wir durchsuchen das Gebäude, und die Kriminaltechniker sind hierher unterwegs. Lassen Sie uns noch ein wenig bei Beatrice bleiben. Wie würden Sie sie als Person beschreiben?«

Die Ministerin dachte eine Sekunde nach.

»Energisch. Tüchtig. Natürlich hat es seine Zeit gebraucht, bis sie sich eingearbeitet hatte, genau wie bei mir, aber ihr Vorgänger ist extra länger geblieben, um sie in alles einzuweisen. Ich glaube schon, dass sie den Beamten ein Dorn im Auge ist, sie finden vielleicht, dass sie sich anfangs ein bisschen zu oft eingemischt hat, aber gleichzeitig schätzen sie durchaus, dass sie Richtung und Struktur in die Sache bringt.«

Sie lächelte plötzlich. Ein warmes, selbstkritisches Lächeln.

»Aber ich sollte natürlich nicht hier sitzen und darüber spekulieren, was andere denken. Das sollen sie Ihnen lieber selbst sagen.«

»Wie gut kennen Sie und Beatrice sich?«

»Ziemlich gut. Ich kenne ihre Familie, und sie kennt meine.«

»Mit Familie meinen Sie …?«

»Beatrices schwedischen Mann Fredrik und ihren Sohn Paulo. Er ist vierzehn. Ich habe auch ihren chilenischen Ex, Vicente, getroffen, den Vater des Jungen. Sie sind vor zehn Jahren zusammen hierher gekommen. Er war auf der Geburtstagsfeier ihres Fünfunddreißigsten dabei. Und dann hat sie noch eine Schwester, die Bildhauerin ist. Rosa.«

Margareta dachte daran, dass Beatrice kein Bild ihres Mannes auf dem Schreibtisch hatte. Von keinem ihrer Männer.

»Wissen Sie, warum sie von ihrem ersten Mann geschieden worden ist?«

»Das ist eine Sache, die sie so eigentlich nicht wollte. Vicente ist sehr talentiert, und sie haben so viel zusammen durchgestanden. Dann sind sie hierher gekommen, und sie hatte Erfolg, aber er nicht. Das hat ihrer Ehe schwer zugesetzt. Es ist gut möglich, dass ihn das verbittert hat. Beatrice ist gläubige Katholikin, und es hat lange gedauert, bis sie sich zu einer Scheidung durchringen konnte. Aber am Ende war es wohl unvermeidlich.«

»Und wie entwickelte sich ihre neue Beziehung?«

»Harmonisch, soweit ich das beurteilen kann. Fredrik und sie sind seit vier Jahren verheiratet, und die Ehe scheint gut zu funktionieren.«

»Irgendwelche früheren Krisen, die Sie miterlebt haben oder die sie Ihnen anvertraut hat?«

Landberg schüttelte den Kopf.

»Nichts Erwähnenswertes.«

»Und wie sieht es heute zwischen ihr und Vicente aus?«

»Ich glaube, sie sind gute Freunde.«

Es war offensichtlich, dass die Ministerin so wenig wie möglich über die persönlichen Verhältnisse sagen wollte. Margareta beschloss, Vicente Jonas und Jenny zu überlassen, und wechselte das Thema.

»Sie haben erwähnt, dass manche der Beamten nicht allzu gut auf Beatrice Chiquin zu sprechen sind. Gibt es jemanden, der sie wirklich ernsthaft abzulehnen scheint?«

Karin Landberg zögerte. Zum ersten Mal in diesem Gespräch spürte Margareta einen Widerstand.

»Nicht so, dass es in diesem Zusammenhang relevant wäre«, antwortete die Ministerin schließlich. »Natürlich gibt es hier Antipathien und Sympathien wie wohl an den meisten Arbeitsplätzen, aber das bewegt sich auf einem ganz anderen Niveau. Dieser Vorfall ist so irrsinnig. Hier teilt man Keulenschläge aus, indem man eine Augenbraue hebt und ›Was du nicht sagst?‹ säuselt. Will man wirklich tödliche Kritik üben, dann sagt man: ›In diesem Punkt stimme ich nicht mit dir überein.‹ Aber das jetzt – das ist, als wäre es auf einem anderen Planeten geschehen. Als wären wir in einer anderen Dimension gelandet.«

»Wenn Sie Namen kennen, könnten Sie sie mir vielleicht trotzdem geben, damit wir die Betreffenden ausschließen können?«

Die Ministerin fixierte sie schweigend.

»Ja, er wird ja vermutlich im Laufe der Ermittlungen ohnehin auftauchen. Hannes Ölund tut sich vielleicht besonders schwer mit ihr. Aber er ist erfahren und professionell und arbeitet schon seit vielen Jahren hier, was an sich übrigens eher ungewöhnlich ist. Dass er sich zu einer solchen Ungeheuerlichkeit hinreißen lassen würde, ist ganz undenkbar. Ich finde, das alles hat etwas – ja, es hat etwas Improvisiertes an sich.«

»Woher wissen Sie, dass er Schwierigkeiten mit ihr hat?«

»Nun, woher weiß man so etwas? Das kristallisiert sich wohl in Gesprächen heraus. Unterschwellige, spitze Kommentare. Blicke, die gewechselt werden, das ist manchmal schwer zu greifen. Aber wie gesagt, so etwas gibt es doch an allen Arbeitsplätzen.«

»Sind Sie der Meinung, dass man die Art, wie er sie behandelt, als Mobbing bezeichnen kann?«

Die Ministerin rümpfte die Nase.

»Absolut nicht. Beatrice ist seine Vorgesetzte. Sie hat keine Schwierigkeiten.«

»Ich verstehe. Ist Beatrice oder Ihnen selbst in den letzten Tagen etwas Besonderes aufgefallen? Merkwürdige Telefongespräche? Ein vager Verdacht, beobachtet zu werden?«

»Nichts. Und Beatrice hat kein Wort über etwas Derartiges verloren. Das hier war wie ein Blitz aus heiterem Himmel.«

Margareta beendete die Befragung und schaltete das Diktiergerät aus. Die Ministerin atmete durch.

»Ich nehme an, dass es in Ordnung ist, wenn ich in diesem Zimmer bleibe und arbeite?«

»Sie können bleiben, bis Sie frische Kleidung bekommen haben. Danach wäre es besser, wenn Sie sich ein bisschen weiter weg setzen, bis die Kriminaltechniker fertig sind. Wir müssen das ganze Areal um Ihr Büro herum untersuchen.«

Landberg nickte. Es war angenehm, es mit einer erfahrenen Juristin zu tun zu haben, die sich nicht über Routinen beschwerte oder sich persönlich angegriffen fühlte. Sie gaben sich die Hand, und Margareta verließ zusammen mit Kalle das Büro.

»Und du hast gar nichts gesagt?«

Er zuckte mit den Schultern.

»Es gab keinen Anlass. Es lief so gut mit euch beiden. Du hast übrigens ziemlich viel gefragt. Brauchen wir das alles?«

»Das wissen wir noch nicht. Aber sie scheint ein Alibi für die Tatzeit zu haben. Es sei denn, es wäre unmittelbar bevor sie die 112 gewählt hat passiert.«

Er schaute sie an und lächelte schwach.

»Ja, es sei denn. Du hast dich total von ihr beeindrucken lassen. Vergiss nicht, dass sie Politikerin ist. Es würde mich nicht wundern, wenn sie so einiges vor uns verbergen würde.«

Margareta schwieg. Einer der Kriminaltechniker, Bengt Ek, wartete vor Anders' Büro. Hinter ihm verließ ein Kollege mit einer durchsichtigen Plastiktüte den Raum, in der sich das blutige Bettzeug aus dem Nebenzimmer befand.

»Wir sind schon eine Weile da. Ich habe mich ein bisschen umgesehen«, sagte Bengt auf seine nachdenkliche Art. »In Chiquins eigenem Zimmer und bei Landberg scheint alles normal, soweit man das ganz oberflächlich beurteilen kann. Auch am Tatort selbst scheint es keine Handgreiflichkeiten gegeben zu haben.«

»Ist das Nebenzimmer der Tatort?«

»Dem Blut nach zu urteilen, ja. Wir müssen abwarten, was die Ärzte sagen, es wäre immerhin denkbar, dass sie noch andere Wunden hat, die ihr anderswo zugefügt wurden. Der Konsistenz des Blutes nach zu urteilen, ist sie zwischen halb vier und halb fünf heute früh niedergeschlagen worden. Wir haben uns nach möglichen Waffen umgesehen. Das Einzige, was in diesem Raum dafür in Frage kommt, ist eine antike, eiserne Uhr. Dann gibt es noch ein paar Sachen im Amtszimmer und im Zimmer ihrer Sekretärin, die auch denkbar wären. Wir nehmen alles mit und sehen es uns genauer an.«

»Denkst du, die Verletzung könnte von einem Handy stammen?«, fragte Kalle.

»Schon möglich. Aber wir müssen uns erst einmal ein genaueres Bild davon verschaffen, wie sie aussieht.«

»Die Justizministerin hat blutige Kleider und ein blutverschmiertes Handy in ihrem Büro.«

»Das holen wir natürlich ab. Ich habe jemanden losgeschickt, um Chiquin und ihre Kleider im Krankenhaus auf Spuren zu untersuchen. Wir werden uns alle Räume in der Nähe ansehen, in denen der Täter sich vor oder nach der Tat versteckt haben könnte. Die Besenkammer, zum Beispiel.«

»Schaut euch auch unten bei den Sicherheitsbeamten um. Die sind die ganze Nacht da. Und bei der Putzkolonne. Die kommen früh.«

»Klar. Ich werde mir auch Chiquins Computer näher ansehen, dann erfahren wir, womit sie sich zurzeit beschäftigt. Vielleicht finden wir da ein Motiv.«

»Was meinst du ganz spontan, wonach sieht das aus?«, fragte Margareta.

»Tja. Nach einem Streit mit gewalttätigem Ende. Aber es könnte ebenso gut ein geplanter Überfall sein.«

Jarlberg tauchte neben ihr auf.

»Wir haben jetzt den ganzen Kasten und alle Verbindungsgänge abgesucht. Nichts. Ich habe die Absperrung, bis auf die am Haupteingang, aufgehoben. Da steht ein ganzer Pulk Schaulustiger rum. Und ich habe die Bänder und Listen von Markus Larsson bekommen.«

Margareta nickte und sah auf die Uhr.

»Wir belassen die Absperrung um den Tatort und die umliegenden Räume herum. Also diesen Abschnitt des Flures. Wenn wir dort nichts finden, arbeiten wir uns weiter nach draußen vor.«

Sie trat beiseite und rief Alberg an, um ihm zu berichten, was bisher passiert war. Er hörte kommentarlos zu.

»Scheint, als hättest du alles im Griff. Die Mitarbeiter aus der Cafeteria sind inzwischen hier«, sagte er. »Irgendwas Spezielles, auf das wir uns konzentrieren sollten?«

»In erster Linie auf die Frage, ob zwischen halb vier und halb fünf heute Morgen jemand hier war. Dann alles über Hannes Ölund. Tratsch über das Opfer, ob sie einen Liebhaber hatte zum Beispiel. In der Kammer, in der sie gefunden wurde, steht ein Bett, und das ganze Szenario ist dem der üblichen Gewalt gegen Frauen erstaunlich ähnlich. Und dann gilt es zu bedenken, dass Landberg selbst sie gefunden hat.«

»Vielleicht rivalisieren sie um denselben Mann?«, mutmaßte Alberg.

»Wer weiß? Das Ganze ist wahnsinnig. Vielleicht werden wir auf den Bändern oder den Anwesenheitslisten fündig. Es geht ja nur um einen einzigen verschlossenen Raum in einem streng bewachten Areal. Das kann doch nicht so schwer sein?«

»Sag das nicht, das lässt mich Böses ahnen. Okay. Sei um zwölf hier, dann treffen wir uns alle. Meinst du, wir können die Pressekonferenz auf eins legen?«

»Halb zwei wäre besser.«

»Abgemacht. Halb zwei.«

Markus Larsson überließ ihnen einen Raum, und sie setzten die Befragung mit Karin Landbergs Sekretär, Anders Kjellbo, fort.

Er war mittelgroß und schlank, aber es war schwer zu sagen, ob er mager oder drahtig war. Er sah beinahe lächerlich jung aus, zu jung für diesen Job, mit seinem kindlich-unschuldigen Gesicht und den dunklen wirren Haaren. Aber er war hochkonzentriert. Er trat ein, blickte ihr einen kurzen Moment in die Augen und setzte sich schweigend auf den Stuhl, den sie ihm zuwies.

»Wie lange arbeiten Sie schon hier?«, eröffnete sie das Gespräch.

»Zwei Jahre. Karin hat mich hergeholt. Ich habe vorher in einer Anwaltskanzlei gearbeitet. Nicht in ihrer. Mein Chef hat mich empfohlen.«

»Mögen Sie Ihre Arbeit?«

»Ja, ich mag sie wirklich. Anfangs ist es natürlich aufregend, bis man sich eingearbeitet hat, aber seitdem läuft es. Man ist auf gewisse Weise flexibel und frei. Ich unterstütze Karin, organisiere ihren Alltag. Wir können gut zusammenarbeiten.«

»Dann würde ich jetzt gerne hören, was passiert ist, seit Sie heute morgen aufgestanden sind. Schildern Sie alles bis zum Eintreffen der Polizei.«

Sie sah, dass er auf diese Frage vorbereitet war und sich schon überlegt hatte, was er darauf antworten würde.

»Okay. Ich bin wie gewöhnlich um sechs Uhr aufgestanden, habe geduscht und mich angezogen, habe einen Blick in die Nachrichten geworfen und bin hergefahren. Kurz vor halb acht war ich da.«

»So früh?«

»Ja, ich bin ein Morgenmensch, und ich wollte noch ein paar Sachen überprüfen, die das heutige Programm betreffen. Außerdem wollte ich noch nachsehen, ob etwas in der Zeitung steht, was sie wissen sollte.«

»Ist Ihnen in den Räumen jemand begegnet?«

»Nicht, als ich kam. Ich nehme an, die Putzleute waren unmittelbar vor mir da. Ich schloss auf und ging in mein Büro. Als ich die Zeitungen in Karins Büro gebracht habe, habe ich auch dort nach dem Rechten gesehen. Alles sah aus wie immer. In das Nebenzimmer bin ich nicht gegangen. Das ist eher ihr privater Bereich.«

»Ist Ihnen etwas Ungewöhnliches aufgefallen?«

Er schüttelte den Kopf, dann fiel ihm das Diktiergerät wieder ein, und er antwortete:

»Nein.«

»Haben Sie etwas gehört? Geräusche?«

»Nein. Ich habe schon darüber nachgedacht, ob Beatrice vielleicht vor Schmerzen gestöhnt hat, aber nein. Dann bin ich in die Cafeteria und habe mir einen Kaffee geholt. Allmählich kamen die ersten Kollegen. Wir saßen zusammen und unterhielten uns. Und dann rief plötzlich die Notrufzentrale auf meinem Handy an und teilte mir mit, was passiert war. Das war ein Schock. Ich bin in Karins Zimmer gestürzt und dann dieser Anblick… Es war schrecklich. Karin kniete mit dem Rücken zur Tür auf dem Boden, erst dachte ich, sie wäre auch niedergeschlagen worden. Ich hatte Todesangst. Aber sie war unverletzt, Gott sei Dank. Kurz darauf kam Markus Larsson ins Zimmer gestürzt. Das muss alles sehr unangenehm sein für ihn.«

»Und Beatrice?«

»Sie lag reglos auf dem Bett. Rührte sich nicht und sagte nichts. Sie sah wirklich aus wie tot. Ich hoffe, sie schafft es.«

»Was haben Sie gemacht?«

»Gemacht? Ja, ich habe im Bad nachgesehen, ob der Scheißkerl noch da ist, dann habe ich versucht, Karin zu trösten. Aber was ich gesagt habe, weiß ich nicht mehr.«

Margareta wechselte das Thema.

»Vielleicht können Sie mir noch sagen, wann Sie gestern gegangen sind. Und was Sie gestern Abend getan haben.«

»Ich bin um halb sechs gegangen und war den ganzen Abend mit meinem Lebensgefährten zu Hause. Er heißt Linus Hamberg. Wir haben ferngesehen und zu Abend gegessen. Also, eigentlich vor dem Fernseher. Gegen elf sind wir ins Bett und haben die ganze Nacht geschlafen.«

Vor Margaretas innerem Auge sah sie zwei schlaksige Kerle in Unterhosen auf einem Sofa.

»Was macht Linus Hamberg beruflich?«

»Er ist Zahnarzt. Arbeitet in einer Gemeinschaftspraxis mit drei anderen Kollegen.«

»Sind er und Beatrice sich irgendwann begegnet?«

»Nein. Er hat Karin ein paarmal getroffen, aber Beatrice nicht.«

»Wann haben Sie Beatrice zum letzten Mal gesehen? Bevor sie gefunden wurde, meine ich?«

Er dachte nach.

»Schwer zu sagen. Sie war gestern mehrmals kurz in der Cafeteria. Wirkte gestresst, aber das ist sie immer. Jedenfalls haben wir uns nicht unterhalten.«

»Wie ist sie in das Nebenzimmer Ihrer Chefin gekommen?«

»Das frage ich mich auch. Vielleicht hat Karin ihr die

Schlüssel gegeben, vielleicht darf sie sich dort ausruhen, wenn es nötig ist – ich weiß es wirklich nicht. Sie sind schließlich gut befreundet.«

»Kennen Sie jemanden, der oder die Beatrice gegenüber feindlich eingestellt ist?«

Er zögerte.

»Niemanden, der so etwas tun würde.«

»Und sonst?«

»Das ist eine komplizierte Frage. Subtil.«

Er klang widerwillig. Kalle beugte sich vor.

»Versuchen Sie es! Jemand hat sie auf nicht sonderlich subtile Weise blutig niedergeschlagen. Nur ein paar Meter von hier entfernt!«

»Darauf müssen Sie mich nicht erst hinweisen. Ich weiß, dass es ernst ist, aber es ist trotzdem schwer, diese Frage zu beantworten. Sie hat mit einer ganz eigenen Garnitur von Ideen hier angefangen. Und wir befinden uns nicht unbedingt am wandlungsfähigsten Ort der Welt, was hier wohl auch nicht angemessen wäre. Die meisten fanden es angenehm und erfreulich, dass sie gekommen ist, und haben sie unterstützt, aber manche waren zurückhaltender. Tatsächlich begegnet man auf Regierungsebene in Schweden nicht so häufig Indianern. Die meisten kennen Indianer wohl nur aus dem Kino oder denken an die Typen in Ponchos, die auf dem Sergels Torg südamerikanische Volksmusik spielen. Hier ist es wie an allen Arbeitsplätzen auch. Einige Kollegen haben Vorurteile und finden vielleicht deshalb grundsätzlich alles schlecht.«

»Namen?«, sagte Margareta.

Der junge Mann blinzelte, als hätte er einen Peitschenhieb abbekommen.

»Hannes Ölund«, antwortete er schließlich.

»Woher wissen Sie das?«

»Cafeteria. Feiern. Die Leute – ja, die Leute lassen sich sogar hier manchmal gehen. Ich habe ihn gehört, als er sich für einen Moment weniger bedeckt gehalten hat.«

»Und was hält man hier im Allgemeinen von Karin Landberg?«

»Mit ihr läuft es prima. Laila Freivalds war Respekt einflößend, aber sie hat, wie es heißt, in der ganzen Zeit nie den Weg in die Cafeteria gefunden. Tomas Bodström war einer von den Jungs. Und Karin ist irgendetwas dazwischen. Wie eine Lieblingslehrerin, die auch mal beim Fußball mitspielt, wenn sie Lust hat. Die Leute fühlen sich sicher bei ihr. Sie ist beliebt hier im Ministerium.«

Margareta drehte den Lautstärkeregler leicht herunter und nickte freundlich.

»Gut. Es ist mir peinlich, das zu sagen, aber, wie Sie sich vielleicht vorstellen können, wissen wir über die Arbeitsabläufe hier nicht sehr viel. Können Sie uns aufklären – was machen die Beamten eigentlich?«

»Sie halten Kontakt zu den Behörden und bereiten Verschiedenes vor, Gesetzesentwürfe zum Beispiel. Sie legen sie ihren Vorgesetzten vor, die wiederum ihren Vorgesetzten, die wiederum geben sie an Beatrice weiter und schließlich landen sie bei Karin. Manchmal rutschen die Vorlagen den ganzen Weg wieder zurück, dann müssen sie sie aufpolieren oder von vorne anfangen. Es gibt sicher noch andere, die sich ärgern, vielleicht sogar noch mehr als Hannes, und tun das im Stillen. Aber mit Schlägen …? Das alles findet doch auf ganz anderer Ebene statt. Die würden nie auch nur ein negatives Wort direkt an Beatrice richten.«

»Und wie ist der Kontakt zwischen Beatrice und Ihnen?«, fragte Margareta, ohne den Tonfall zu ändern. »Haben Sie sie niedergeschlagen?«

Die Atmosphäre änderte sich schlagartig. Plötzlich

wirkte er befangen. Offensichtlich war das Verhältnis zwischen ihm und Chiquin nicht mehr frei von Spannungen. Aber wenn sie durchkam und wieder gesund wurde, dann würden sie auch weiterhin für dieselbe Ministerin arbeiten, deshalb wollte er lieber nicht zu viel sagen. Falls er ein Verbrecher war, dachte sie, dann kein besonders abgebrühter. Er war leicht zu durchschauen. Aber er konnte schließlich auch eine gespaltene Persönlichkeit sein. Vielleicht machten Alkohol oder Drogen einen völlig anderen Menschen aus ihm.

»Nein, ich habe sie nicht niedergeschlagen«, sagte Kjellbo vorwurfsvoll. »Wir wissen beide unsere jeweilige berufliche Kompetenz zu schätzen. Wenn wir, was selten vorkommt, miteinander zu tun haben, dann arbeiten wir gut zusammen. Sie ist sehr wertvoll für Karin.«

»Aber wie ist die persönliche Chemie zwischen Ihnen beiden?«

»Vielleicht nicht die beste.«

»Nicht? Woher kommt das?«

»Ja, woher? Es kann ja nicht jeder jeden leiden.«

»Haben Sie ein Problem damit, dass sie Ausländerin ist?«

»Nein, nein, absolut nicht! Ich bin nicht derjenige, der…« Er hielt inne.

»Was ist es dann? Ist sie homophob?«

»Das kann ich Ihnen wirklich nicht beantworten.«

»Sie haben sich keine Meinung darüber gebildet?«

»Sie hat nichts dergleichen zu mir gesagt.«

»Aber Sie haben den Eindruck?«

»Man kann einem Menschen nicht in den Kopf sehen«, erwiderte er starrsinnig.

Margareta trommelte mit den Fingern auf die Armlehne.

»Ich habe Ihre Ecce-Homo-Bilder gesehen«, sagte sie.

»Ja, das ist mir klar. Ich finde die Bilder schön und ergreifend. Ich bin nicht gläubig, aber Linus ist Christ. Es ist ein bisschen seine Schuld, dass ich sie dort hängen habe. Sie sind wie ein – ja, sie sind wie ein Fenster, das frische Luft hereinlässt.«

Sie beendete das Gespräch, und er ging leicht verwirrt hinaus. Die Tür schlug zu. Kalle schaltete das Aufnahmegerät aus und drehte sich zu ihr um.

»Du sammelst zu viele Informationen«, meinte er. »Du hast bereitwillig zugelassen, dass dieser Knabe sich völlig unnötig vor uns entblößt und sich ziemlich unwohl dabei gefühlt hat. Das Einzige, was wir tun müssen, ist doch den zu finden, der zwischen halb vier und halb fünf hier war.«

Sie sah ihn abwesend an.

»Ich hatte das Gefühl, es ist wichtig. Ich kann nicht erklären warum. Lass es gut sein, Kalle. Übernimm du Moa. Ich muss das hier erstmal sacken lassen, und außerdem unterhält sie sich vielleicht lieber mit einem hübschen jungen Mann.«

Moa hatte rotgeweinte Augen und sah mitgenommen aus. Sie erzählte, dass sie schon früher für Beatrice gearbeitet hatte und ihr ins Ministerium gefolgt war. Sie war Single, lebte allein in einem Vorort und war am Vorabend mit einer Freundin im Kino gewesen. Hinterher waren sie ein Bier trinken gegangen, und sie war erst gegen Mitternacht ins Bett gekommen. Sie berichtete, was Beatrice den Montag über getan hatte. Sie hatten sich gegen sechs Uhr getrennt, als Moa nach Hause gegangen war. Beatrice hatte erschöpft gewirkt, aber nicht verstört oder auf irgendeine Art beunruhigt.

»Sie war also noch hier, als Sie gingen?«, fragte Kalle.

»Ja, sie arbeitet viel.«

»Wo genau war sie, als Sie gegangen sind?«

»Sie saß am Schreibtisch.«

»Und Sie haben sie seitdem weder gehört noch gesehen?«

»Ja.«

»Wie kommen Sie miteinander zurecht?«

»Ich mag sie sehr. Das klingt vielleicht albern, weil sie nur fünf Jahre älter ist als ich, aber sie ist wie eine Mutter. Ich meine damit nicht, dass sie herablassend wäre, sondern sie ist fürsorglich. Aber sie verlangt auch viel.«

»Treffen Sie sich privat?«

»Nicht direkt, aber wir waren natürlich auf denselben Feiern im Ministerium und haben dabei auch zusammen gesessen und uns unterhalten. Manchmal gehen wir auch in der Mittagspause zusammen eine Kleinigkeit essen.«

»Wissen Sie, ob jemand sie auf dem Kieker hat?«

»So sehr, dass er sie auf diese Weise angreifen würde? Absolut nicht. Das war ja ein richtiger Mordversuch! Sicher hat niemand eine wirklich neutrale Meinung über Beatrice, genau wie über Karin. Man mag die beiden oder nicht. Ich glaube, sie machen manchen Menschen Angst.«

»Ihnen nicht?«

»Mir nicht. Ich weiß ja, dass sie niemandem Böses wollen, sie sind nur sehr energisch. Karin ist eher geradeheraus, Beatrice ist weicher, aber sie sind beide gleichermaßen stur. Möglich, dass es ein paar Beamte gibt, die deshalb ihre Schwierigkeiten mit ihr haben.«

»Namen?«, fragte Kalle bestimmt.

»Oje, ... Hannes Ölund«, gab sie widerwillig zu. »Aber er ist ja nicht *von Hass zerfressen*. Ich kann mir nicht vorstellen, dass er die Fassung verlieren und physisch auf sie losgehen würde. Wir prügeln uns hier nicht. Übrigens – zu Anfang bekam sie eine ganze Weile ziemlich viele Hassbriefe von irgendwelchen Rassisten, weil sie aus Guatemala stammt. Die meisten kennen Indianer wahrscheinlich nur aus Wildwestfilmen. Aber das hat nachgelassen. Mit Karin kommt sie jedenfalls hervorragend aus.«

»Und Anders?«

Sie sah überrascht aus, dann ungeduldig.

»Ach, je, das! Ja, Anders glaubt, dass sie etwas gegen ihn hat, wegen seiner… wegen seines Lebensgefährten. Aber das stimmt überhaupt nicht. Er hat das einfach in den falschen Hals gekriegt. Sie hat gewisse Vorbehalte, weil er so offensiv damit umgeht, das ist alles. Oh, Himmel, es ist mir überhaupt nicht recht, darüber zu reden. Das kann hoffentlich unter uns bleiben?«

»Ja, das ist sehr wahrscheinlich. Beatrice ist also der Ansicht, er sollte sich lieber mehr zurückhalten?«

»Er sollte vielleicht ein wenig diskreter sein, ja.«

»Karin denkt offensichtlich anders darüber«, entgegnete Kalle.

»Ja, und das respektiert Beatrice selbstverständlich«, erwiderte Moa knapp. »Es ist einfach so, dass Karin schwedisch und liberal ist, und das ist Beatrice natürlich auch, aber sie weiß, wie andere Menschen das empfinden, die nicht so sind. Herrgott, jetzt haben Sie mich schon so weit gebracht, dass es so klingt, als hätten wir eine ernsthafte Kontroverse, aber so ist es absolut nicht. Das ist nur eine Lappalie, mehr nicht. Und Anders und ich verstehen uns hervorragend. Ich finde ihn fantastisch!«

Ihre Wangen röteten sich, und sie schien sich immer mehr über sich selbst zu ärgern, je mehr sie zu erklären versuchte. Sie verstummte und lächelte Kalle resigniert an.

»Ich weiß nicht, ob jetzt deutlich geworden ist, was ich meine. Ich bin gerade ziemlich nervös. Entschuldigen Sie, bitte.«

»Haben Sie selbst einen Partner?«, fragte Margareta.

»Ich? Nein. Ich war bis vor einem Jahr verlobt, aber wir haben uns getrennt.«

»Hat Beatrice irgendwelche engeren Freundschaften hier?«, erkundigte sich Kalle diskret.

»Freundschaften …? Außer Karin …?«

Plötzlich begriff sie die Absicht hinter der Frage.

»Sie meinen, ob sie einen Liebhaber hat? Wirklich nicht«, antwortete sie kurz.

»Vielen Dank«, schloss Margareta das Gespräch. »Möglicherweise kommen wir in den nächsten Tagen noch einmal auf Sie zu.«

Moa stand sofort auf, lächelte ihnen zu und verließ den Raum.

Sie folgten ihr. Markus Larsson stand im Korridor und wartete darauf, dass er an die Reihe kam. Statt ihn hineinzubitten, schlug Margareta vor, irgendwo einen Kaffee trinken zu gehen. Er schien froh darüber zu sein und führte sie in das Restaurant im Erdgeschoss. Es war fast leer und im Augenblick für die Allgemeinheit geschlossen.

Er ging souverän mit der Situation um. Er holte Kaffee für alle drei und setzte sich dann auf einen Stuhl neben Margareta, leicht nach vorne gebeugt, die Unterarme auf die Oberschenkel gestützt, so dass die eine Hand locker die Finger der anderen hielt. Er machte einen entspannten und zugleich aufmerksamen Eindruck. Sie saßen nur wenige Zentimeter voneinander entfernt, und plötzlich fiel ihr auf, wie attraktiv er war. Seine Nähe vermittelte ihr ein vages Gefühl von Wohlbehagen.

»Kommen Sie mit Ihrer Arbeit da oben gut voran?«, fragte er.

»Danke, es läuft gut. Wie denken Sie über die Ereignisse hier?«, sagte Margareta.

»Das alles ist natürlich unbeschreiblich abscheulich. Ich

bin seit fünf Jahren Sicherheitschef in diesem Haus, und einen solchen Zwischenfall hat es hier noch nie gegeben. Hier werden schließlich wichtige Sachen entschieden, die Leute wissen, dass sie eine große Verantwortung tragen, und sie verhalten sich entsprechend. Im Großen und Ganzen herrscht hier eine positive Stimmung.«

»Kennen Sie Beatrice persönlich?«, erkundigte sie sich und fragte sich, wie viel Wahrheit an der Behauptung über die positive Stimmung dran sein mochte.

Er schüttelte den Kopf.

»Hier im Haus sitzen fünf Minister, und alle haben Staatssekretäre. Wir haben wohl ein paar Sicherheitsüberprüfungen gehabt, wir haben uns ein paarmal unterhalten. Und sind uns flüchtig auf Festen begegnet. Wir sehen uns natürlich gelegentlich im Zusammenhang mit Pressekonferenzen und Ähnlichem. Ich bin verantwortlich für die Sicherheit in diesem Haus. Und das ist keine kleine Hütte.«

»Nein, das haben wir schon bemerkt«, entgegnete Margareta, »und dazu noch Völkerwanderungen, die sowohl nach drinnen wie auch nach draußen stattfinden.«

»Ja, aber wir haben ein zuverlässiges System. Die einzigen Eingänge für gewöhnliche Besucher sind beim Informationszentrum an der Ecke Drottninggatan, der Restauranteingang, der nur ein paar Stunden am Tag geöffnet ist, und das große Foyer. Und dann der Presseraum. Aber damit hat es sich. Es gibt eine innere Sicherheitszone, in die man nur mit einer eigenen Karte kommt. Und zu Pressekonferenzen sperren wir auch den Presseraum und lassen nur Journalisten mit Presseausweis oder Einladung herein. Dann finden selbstverständlich auch häufig verschiedene Konferenzen oder Seminare statt, mit extra geladenen Gästen und Journalisten. Dafür gibt es ein Konferenzzentrum im Haus.«

»Wer arbeitet hier?«

»Nun, Minister, Beamte, politische Sachverständige, Pressesprecher. Reinigungskräfte. Servicepersonal des Restaurants. Sicherheitspersonal.«

»Wissen Sie, ob Beatrice Feinde hat?«, fragte Kalle.

»Darüber habe ich natürlich auch schon nachgedacht. Zu Anfang kamen einige Hassbriefe, die Säpo hat sie sich angesehen, aber sie konnten keine Hinweise auf eine unmittelbare Bedrohung erkennen. Sie werden ja sicher noch mit ihnen reden. Und hier im Hause – nein, nichts, was bekannt wäre. Es ist eher selten, dass eine so ernste Attacke aus heiterem Himmel kommt. Wenn es persönlichen Groll gibt, dann offenbart sich das doch meist schon im Vorfeld. Streit. Aber das kennen Sie ja. Die ganze Sache ist ein Mysterium. Moa weiß bestimmt mehr über ihre privaten Verhältnisse. Wenn es sich um einen jähzornigen Ehemann handelt, dann würde er sie wohl kaum hier angreifen, aber gesetzt den Fall, dass es sich doch so verhielte, dann hätten wir ihn ohnehin bald dank des Wachpersonals und der Kameras.«

»Sagt Ihnen der Name Hannes Ölund etwas?«

»Nein.«

Margareta sah auf die Uhr.

»Wann haben Sie selbst das Gebäude betreten?«

»Um acht. Mein Büro ist ganz oben. Als die Leitstelle anrief, habe ich an meinen Akten gesessen. Ich bin selbstverständlich gleich zu Karin heruntergelaufen.«

»Wie sah es in dem Nebenraum aus, als Sie kamen?«

»Beatrice lag rücklings auf dem Bett. Karin kniete neben ihr. Hielt mit der einen Hand Beatrices Arm und mit der anderen ihr blutiges Handy. Anders stand neben ihr.«

»Und was haben Sie gestern gemacht?«

»Gestern? Ich war den ganzen Tag hier. Habe einen

Umbau diskutiert. Eine Fassade zur Fredsgatan soll renoviert werden, so etwas hat auch Sicherheitsaspekte. Bin gegen sechs gegangen. Über etwas habe ich übrigens noch nachgedacht. So ein brutaler Überfall ist ein ganz außerordentliches Ereignis. Was ich jetzt sage, ist natürlich nichts als Spekulation, aber – es wäre doch denkbar, dass jemand, der bisher noch nie Gewaltbereitschaft gezeigt hat, betrunken oder unter Drogeneinfluss ins Ministerium gekommen ist, möglicherweise nach einem Fest oder nachdem er zu Hause vor sich hin gegrübelt hat, vielleicht hatte er aber auch einen Flachmann in der Schreibtischschublade – und als er dann richtig im Vollrausch war, hat er Beatrice gesehen und vollkommen die Kontrolle über sich verloren. Vielleicht kann er sich nicht einmal selbst daran erinnern.«

»Danke. Wären Sie so freundlich, uns jetzt das Gebäude zu zeigen?«

Er stand sofort auf.

»Wollen Sie oben oder unten beginnen?«

»Oben«, entschied Margareta.

Er nahm sie beim Wort. Fünf Minuten später standen sie oben im linken Turm auf Rosenbads schwarzem Dach und blickten auf Parabolantennen und Zinnen. Sie waren an neu gebauten Büroräumen mit schrägen Dächern vorbeigegangen, über einen großen Dachboden und eine enge Treppe hinauf.

Über Fahrstühle und Wendeltreppen durchquerten sie das Haus auf dem Weg nach unten, liefen verschlungene Korridore entlang, die von übervollen Bücherregalen gesäumt waren, sie schauten in Büros und Ruheräume, in große Kantinen, Presseräume und das Restaurant, in die Küche und in die breiten unterirdischen Verbindungsgänge. Als sie schließlich wieder aus der Unterwelt auftauchten, ließ er sie durch die Tür in der Drottninggatan hinaus, wo sie hofften, verschwinden zu können, ohne sofort von der Presse überfallen zu werden. Sie bedankten sich, und die Tür schloss sich hinter ihnen.

Auf dem Bürgersteig bewegten sich die Passanten inzwischen wieder ungehindert. Niemand bemerkte sie. Sie gingen an den Kanal hinunter, und Margareta betrachtete Rosenbads rote Sandsteinmauern im Sonnenschein. All das, was dahinter lag, fühlte sich schon ganz fern an. Es gab eine Welt innerhalb der Mauern und eine Welt außerhalb.

»Unsere Regierung. Man darf sich fragen, wie viel Bedeutung sie noch haben wird, wenn wir erst tiefer in die EU hineingezogen werden«, sagte Kalle. »Wie spät ist es?«

»Elf. Wir schaffen es gerade noch zu essen.«

Margareta sah sich um. Sie wollte sich weder mit einem warmen Würstchen begnügen, noch in eines der nahe gelegenen Restaurants gehen, wo möglicherweise die Presse saß. Stattdessen schlenderten sie gemeinsam über die Brücke nach Gamla Stan, fanden ein kleines, schummriges Café, wo die Sonne nicht schien, und aßen jeweils ein großes, üppig belegtes Sandwich. Sie kauten schweigend. Es tat gut, nach den einleitenden Verhören für eine Weile abzuschalten.

Sie ließ ihren Gedanken freien Lauf. Sie kreisten träge und ohne Ziel um das Opfer. Energisch, kompetent. Sicher intelligent und informiert und doch so gestört von Anders Sexualität, dass sie das mit ihrer Ministerin besprechen musste. Eine komplizierte Natur? Beharrlichkeit und Stärke hatten sie bis hierher gebracht, und dennoch gab es diese gefühlsmäßige Schwäche. Vielleicht ließ sich das durch Erfahrungen in ihrer Vergangenheit erklären.

Und dann brachte sie auch noch einen gewissen Ölund auf die Palme.

Margareta kehrte in die Gegenwart zurück und sah Kalle an. Ihr fiel auf, dass sie noch nie über ihre oder seine Kindheit und Jugend gesprochen hatten. Sie wusste, dass er aus Vietnam stammte und als Einjähriger adoptiert worden war, und sie fragte sich, ob er nicht neugierig auf seine biologischen Eltern sein musste, seine vietnamesische Mutter und seinen amerikanischen Vater. Sie hatte das noch nie angesprochen. Flüchtig stellte sie sich vor, wie sie ihn nach Asien und USA begleitete, um nach seinen Wurzeln zu forschen.

Wollte er das? Sie wusste es nicht. Eines Tages würde sie ihn fragen.

Sie trank von ihrem Saft, lehnte sich bequem auf der Sitzbank zurück und versuchte, an nichts zu denken.

7

Kent Johansson hatte zusammen mit den wenigen im Haus verbliebenen Fahndern die Sondersendung der Nachrichten verfolgt. Ein Gutteil der Polizisten war damit beschäftigt, nach den Menschen zu fahnden, die sich in der letzten Nacht oder früh an diesem Morgen in der Gegend um Rosenbad aufgehalten hatten und denen möglicherweise etwas Verdächtiges aufgefallen war, wie etwa Taxifahrer oder Straßenkehrer. Aber noch schien es für ihn selbst in diesem Fall nichts zu tun zu geben.

Er machte sich unauffällig aus dem Staub, um endlich auf ein Stündchen bei Carina vorbeizuschauen. Er nahm die U-Bahn bis Slussen und stapfte zum Hotel Vingen hinauf. Es lag in einer der kleineren Straßen auf Söder. Es war keine Pension, sondern ein richtiges kleines Hotel. Es hatte eine winzige, ganz neu renovierte Lobby in Zartrosa, Holzjalousien vor den großen Fenstern, die zur Straße hinausgingen, tiefblaue Vorhänge und neue, glänzende, schweinslederne Sofas auf nebelgrauem Teppich.

Es sah luxuriös aus, und der ganze Ort schien vor Erwartung zu vibrieren. Carinas Erwartung. Er sah sie sofort. Im Schein der Lampen, die in die Deckenverkleidung eingebaut waren, stand sie hinter einem polierten Mahagonitresen mit Messingleisten. Sie trug eine rosa Seidenbluse und um den Hals ein schmales weinrotes Tuch, was hervorragend zum Interieur passte. Ihr braunes, glattes Haar hatte sie zurückgekämmt und ein diskretes Make-up aufgelegt. Es war ein Vergnügen, sie anzusehen. Sie war richtig schön. Ihr rundliches Gesicht glühte vor Arbeitseifer und Motivation. Sie wurde mit den Jahren immer attraktiver. Er hatte sie selten so fröhlich gesehen, so selbstsicher und… was lag da noch in der Atmosphäre, die sie umgab? Das Gefühl, ganz komplett zu sein?

Gleichgewicht, dachte er. Sie ist im Gleichgewicht. Das schwarze, gähnende Loch in ihrer Seele ist kleiner geworden. Die Leere, die sie dazu gebracht hatte, sich an alles zu klammern, was irgendeine Zugehörigkeit versprach, und mochte es auch nur die Identität einer Prostituierten sein. Diese Leere wird kleiner. Sie spürt sie sicher immer noch, aber sie macht ihr keine Angst mehr. Sie beginnt, die zu werden, die sie ist.

Er lächelte vor sich hin. Um ihn herum schienen alle weiterzugehen. Nur er selbst trat noch immer auf der Stelle. Nur dieser alte Knacker hier kam nicht vom Fleck.

Der Gast, um den sie sich gekümmert hatte, verschwand im Aufzug. Sie blickte suchend durch die Lobby, entdeckte Kent, und ihr Gesicht strahlte vor Freude. Sie lief um den Tresen herum und fiel ihm um den Hals.

»Nun bist du doch gekommen! Setz dich!«

Sie wies auf die ledernen Möbel. Er zögerte.

»Kann sich ein schäbiger, alter Bulle wie ich wirklich da hinsetzen? Bekommst du deshalb keinen Ärger?«

»Red nicht so einen Unsinn!«, sagte sie und setzte sich. »Wenn jemand fragt, dann kann ich doch damit angeben, dass ich dich kenne. Schließlich warst du oben in Norrland und hast diese Naziorganisation gesprengt.«

Er folgte ihrem Beispiel und ließ sich in einem Sessel nieder.

»Na ja, dass ich es war, stimmt ja nicht so ganz. Eigentlich war es der Anwalt. Danielsson.«

»Natürlich warst du es! Wie geht es dir inzwischen?«

»Gut. Ich bin ein zäher, alter Teufel, das weißt du doch. Dem Job sei Dank! Ich habe dich gerade heimlich beobachtet. Du passt hierher, du bist wie geschaffen dafür, hier zu wirken und elegant auszusehen«

Ihr Gesicht glühte. Er fühlte einen Hauch der alten Scham, der Scham darüber, ein solcher Idiot gewesen zu sein und mit ihr in der Anfangszeit geschlafen zu haben. Er hatte sie nicht unter Druck gesetzt, nicht bezahlt. Er hatte sie gern gehabt. Aber angesichts ihres Schicksals war es einfach nur Verrat gewesen. Sie brauchte einen Freund und nicht noch mehr Sex mit jemandem, der sie nicht so liebte, wie sie es verdient hatte. Er hatte das eingesehen und sich zusammengerissen und den sexuellen Teil ihrer Verbindung beendet.

Das hatte sie erschreckt, und sie hatte versucht, ihn ins Bett zurückzuholen, panisch vor Angst, ihn zu verlieren. Er hatte widerstanden. Ganz langsam hatte sie begriffen, dass er auch ohne Sex an ihrem Leben teilhaben würde, und nach und nach hatte sie ihre Verführungsversuche eingestellt und begonnen, ihm zu vertrauen. Aber sie hatten nie wirklich über die ganze Sache geredet.

»Findest du? Ja, ich fühle mich wirklich wohl«, sagte sie jetzt. »Ich hatte kein Geld für einen Computerkurs, aber da war ein Typ in der Bibliothek, der mir geholfen hat, so dass ich jetzt die Buchungen erledigen kann, ohne wie eine Idiotin dazustehen.«

»Ein Typ in der Bibliothek? Was willst du von dem? Ich hätte dir den Computerkram gerne beigebracht.«

»Du hast mir doch schon so viel geholfen. Ich habe schon immer gerne an Problemen herumgebastelt und sie gelöst, und hier gibt es eine Menge zu lösen. Das gefällt mir. Seit dem ersten August bin ich fest angestellt. Ich hatte noch nie so lange eine feste Arbeit. Stell dir vor, man könnte eines Tages ein eigenes Hotel aufmachen. Ein kleines! Das wäre wunderbar.«

Sie lehnte sich nicht bequem zurück, sondern saß aufrecht, mit geradem Rücken, als wäre das Leben voller Möglichkeiten und als wolle sie keine Sekunde verpassen, um aufspringen und zugreifen zu können, wenn eine von ihnen vorbeikommen sollte. Aber das war nicht alles. Er betrachtete sie forschend.

»Da ist noch etwas«, sagte er. »Komm schon, erzähl. Was ist es?«

Sie zögerte einen Augenblick und schnitt eine Grimasse.

»Es ist zum Verrücktwerden, wenn man so einen alten Schnüffler zum Freund hat. Du siehst ja alles. Okay. Ich habe jemanden kennen gelernt.«

Sie klang plötzlich verunsichert wie eine Vierzehnjährige, und er verspürte einen unerwarteten Stich von Eifersucht. Aber er sah, dass sie sich danach sehnte, erzählen zu dürfen, und er lehnte sich vor, die Unterarme auf die Knie gestützt.

»Wie schön! Erzähl, ich will alles wissen. Wann? Wo? Wer?«

»Hier. Anfang Juli. Er kam auf einen Drink. Wir sahen uns an. Er sagte nichts, aber am nächsten Tag kam er wieder. Wir begannen, uns zu treffen. Er ist groß, sieht gut aus und ist nett. In deinem Alter. Schöne Augen. Ich bin immer ganz außer mir, wenn er in der Nähe ist. Es ist geradezu lächerlich. Warst du schon mal richtig verliebt, Kent? Weißt du, wie das ist?«

Er lächelte breit.

»Wie heißt der Kerl?«, fragte er.

»Sag nicht, dass du vorhast, ihn zu überprüfen!«

»Da kannst du Gift drauf nehmen, dass ich das vorhabe.«

Sie legte den Kopf schief und sah ihn amüsiert vorwurfsvoll an.

»Ich weiß, dass du es gut meinst, aber ich will nicht für alle Zeiten beschützt werden. Ich will jemandem begegnen und mich verlieben können, wie ein ganz normaler Mensch, ohne dass du nach Problemen schnüffelst. Um mich herum gibt es kein Problem. Schon seit einigen Jahren nicht mehr.«

»Entschuldige. Berufskrankheit.«

»Ich weiß! Ich weiß es doch, warum kann ich nicht einfach die Klappe halten.«

»Weil ich ein treuer, alter Freund bin und gerne wissen möchte, was in deinem Leben passiert. Und jetzt kann ich nur nochmal gratulieren. Es hat mich wirklich riesig gefreut, das zu hören. Ich bin sicher, dass alles gut gehen wird.«

Er stand auf und ging zum Sofa, setzte sich neben sie und strich ihr zärtlich über die Wange. Sie lächelte ein wenig versöhnlicher.

»Aus reinem Interesse«, sagte er. »Du könntest mir doch wenigstens erzählen, was er beruflich macht.«

»Du stures, altes Ekel! Er hat einen ganz gewöhnlichen,

soliden Job, das ist alles, was du wissen musst. Nimmt keine Drogen, trinkt nicht, raucht nicht mal. Und sollte er eine Ehefrau in Ystad oder sonst etwas in der Art haben, verspreche ich dir, dass ich zu dir kommen und mich an deiner Schulter ausweinen werde. Aber *wenn* er eine Frau in Ystad hat, dann hat er sie seit Juli nicht mehr gesehen, denn in der Zeit haben wir uns ständig getroffen.«

Kent entgegnete nichts. Er war froh, dass es ihm wenigstens gelungen war, die Frage »Weiß er, womit du früher dein Geld verdient hast?« hinunterzuschlucken. Er selbst fand nicht, dass es diesen Superhelden etwas anging, wer auch immer er sein mochte. Aber wenn das Ganze etwas Ernstes war, würde es früher oder später herauskommen, und dann würde Carina Unterstützung brauchen. Er hoffte, dass der Mann kein kindischer Idiot war. Vorurteile gegenüber ehemaligen Prostituierten konnten tief sitzen.

Ein paar Minuten schwiegen sie.

»Da ist nur eine Sache«, sagte sie plötzlich leise.

»Was denn?«

Eine Familie kam mit Bergen von Gepäck durch die Glastür. Sie unterbrach sich sofort, sprang vom Sofa auf und eilte zurück zum Tresen, um sie zu empfangen.

Das Mittagessen war beendet. Andreas stand als Erster von allen auf, ging den Flur zum Aufenthaltsraum hinunter, einen Becher mit Kaffee in der Hand, und setzte sich auf seinen Stammplatz auf der schmalen, unbequemen Bank an der Wand. Er sah zu, wie die übrigen Häftlinge nacheinander hereintrotteten. Eigentlich hatten sie nach dem Mittagessen eine halbe Stunde Freigang im Hof, aber die meisten wollten die Nachrichten sehen, um die jüngsten Entwicklungen in Rosenbad zu verfolgen.

Die Bank bot einen guten Platz. Er konnte alles überblicken, was in dem heruntergekommenen, hellgrünen Raum vor sich ging, hatte beide Eingänge und die beiden spartanischen Sitzgruppen im Blick. Es gab keinen Stuhl neben der Bank, der einen anderen hätte einladen können, sich zu setzen und sich zu unterhalten, und er hatte den Rücken frei. Er wusste, dass er zu jung war, um einen richtig abgebrühten Eindruck zu machen, aber er gab sein Bestes, indem er mit reglosem Gesicht dasaß.

Als man die Verurteilten von Gransele auf die Gefängnisse verteilt hatte, hatte man sorgfältig darauf geachtet, sie zu trennen. Niemand wollte eine Nazitruppe in seiner Abteilung haben. Die Ausländer hatten ihn misstrauisch beobachtet, aber er hatte sich ruhig verhalten und versucht, eine Position zu finden, die ihm eine gewisse Distanz zu den Mitgefangenen verschaffte, ohne dass es den Eindruck machte, er würde sich furchtsam in der Ecke verkriechen. Es war eine Gratwanderung.

Gleichzeitig war ihm klar, dass es schwer werden würde, John auf seine Seite zu ziehen, wenn er sich zu weit mit den anderen einließ. Er war fest davon überzeugt, dass es unmöglich war, John zu manipulieren oder auszutricksen. Mit ihm konnte man kein doppeltes Spiel treiben. Das war eine der Sachen, die Andreas so faszinierten.

John hatte überhaupt etwas an sich, das ihm Sicherheit vermittelte. Einen Grund. Er hatte lange darüber nachgedacht, was es war. Als sie John entführt hatten und er ihnen vollständig ausgeliefert gewesen war, blieb er dennoch unberührbar. Er war lebenserfahren, er wusste, wer er war. Das hatte es ihm ermöglicht, sogar jemandem wie Andreas zuzuhören, seinem absoluten Feind. In diesem Keller dort oben in Norrland war er bereit gewesen zuzuhören, und Andreas war schon fast entschlossen gewesen zu reden. Etwas in ihm hatte begonnen, sich zu ändern.

Aber dann war das Chaos ausgebrochen, und die Enttäuschung, dass John ihn niedergeschlagen hatte, brannte noch immer wie ein Messerstich in seinem Bauch. Dieses Gefühl konnte er nicht vertreiben. Er konnte verstehen, dass es notwendig gewesen war, aber zugleich war es, als hätte sein eigener Vater ihn bewusstlos geschlagen.

Nur war John nicht sein Vater. Er war der Vater eines Mädchens namens Miriam, und sie war ihm das Wichtigste. Selbstverständlich. Das musste er schließlich akzeptieren. Gleichzeitig machte es ihn krank vor Enttäuschung. Er verspürte einen unbändigen Wunsch, von John wahrgenommen zu werden. Von ihm akzeptiert zu werden.

Was konnte er tun, um das zu erreichen? Was konnte er ihm geben?

Plötzlich horchte er auf. Er hatte eine Stimme gehört, die er kannte.

Er sprang von der Bank auf und stellte sich vor den Fernseher. Dort stand John, vor der Regierungskanzlei, umgeben von einem ganzen Pulk von Journalisten und vier Mikrophone vor dem Gesicht. Er sah müde und bedrückt aus, aber er lächelte.

»Nein, ich war nicht oben bei der Ministerin«, sagte er abwehrend.

»Kennen Sie Karin Landberg persönlich? Hat sie Sie gerufen?«, fragte eine Frau mit viel zu schriller Stimme.

»Wir kennen uns, aber sie hat mich nicht um Unterstützung gebeten. Dieses tragische Verbrechen wird von der Polizei untersucht.«

»Können Sie Verbindungen zur rechten Szene erkennen? Sind Sie deshalb nach Rosenbad geholt worden?«

»Ich bin nicht nach Rosenbad geholt worden, und soweit ich weiß, gibt es auch keine solchen Verbindungen«, antwortete John geduldig. »Mein tiefes Mitgefühl gilt Karin

Landberg und Beatrice Chiquin, aber ich bin wirklich nur zufällig hier vorbeigekommen.«

Das Bild wechselte zurück ins Studio.

»Das war der Stand der Dinge in Rosenbad vor wenigen Stunden«, kommentierte die Nachrichtensprecherin. »Der Anwalt John Danielsson, der im Frühjahr von einer Naziorganisation entführt und gefangen gehalten wurde, wurde heute am frühen Vormittag vor dem Regierungsgebäude angetroffen. Er selbst und die Pressesprecherin der Justizministerin bestreiten jedoch, Gespräche über den Angriff auf die Staatssekretärin geführt zu haben.«

»Geh vom Fernseher weg«, raunzte ihn einer der Alten an.

Er warf Andreas einen misstrauischen Blick zu. Andreas trat ein paar Schritte auf die Seite.

Wilde und verschwörerische Spekulationen, was die Indianerin angestellt haben mochte, um derartig Prügel zu beziehen, machten die Runde. Eine Phalanx war der Ansicht, dass eine Frau, die der Regierung eines Landes so nahe stand, unberührbar war, sakrosankt, und unter gar keinen Umständen angegriffen werden durfte. Eine andere ging davon aus, dass an der ganzen Sache etwas faul sein musste und die Regierung den Hintergrund des Überfalls bewusst nicht preisgab. Vermutlich wussten sie, wer es gewesen war und schützten den Täter. Oder aber sie hatten den Angriff selbst inszeniert. Wahrscheinlich hatte sie etwas getan, das den Interessen des Landes schadete, was sie aber nicht zugeben wollten. Vielleicht hatte das etwas mit Drogen zu tun, etwas, das dem Ansehen der Regierung schaden konnte. Sie kam schließlich aus Südamerika.

Es war ihm gleichgültig. Er blendete ihre Stimmen aus.

Das Leben da draußen ging weiter, während er hier hinter Gittern verschimmelte. Erst vor ein paar Stunden hatte er versucht, am Telefon mit John zu sprechen und war brüsk abgewiesen worden. In der Zwischenzeit waren bei John andere wichtige Dinge vorgefallen, die jeden Gedanken, den er an einen Jungen irgendwo im Bau verschwendet haben könnte, in weite Ferne geschoben haben mussten.

Andreas hatte das Gefühl, verdrängt zu werden. Als existiere er nicht.

8

An dem großen Tisch saß Margareta dort, wo sie immer saß, weiter hinten, neben Alberg. Die Staatsanwältin Lisbet Essburg saß auf der anderen Seite, dann kam Kalle. Sicherheitshalber waren sie nacheinander erschienen.

Sie ließ den Blick über die Gruppe schweifen. Der Neuzugang, die junge und erwartungsvolle Jenny, saß neben den Veteranen Jonas und Manne, dahinter Christer. Jonas war um die vierzig und sah aus, als könne er kein Wässerchen trüben, aber seine Körpersprache war ungeduldig und fahrig. Manne war gerade fünfzig geworden und vermittelte einen entspannten, manchmal beinahe schläfrigen Eindruck, wie er mit über dem Bauch verschränkten Händen dasaß. Das Leben ist, wie es ist, aber am Ende regelt es sich doch, lautete sein Motto. Christer hatte noch ein paar Jährchen mehr auf dem Buckel. Er war schlaksig, sein Haar war schütter, und er sagte nie viel, hörte genau zu und dachte nach.

Bengt fehlte am Tisch. Er war noch immer in der Kriminaltechnik beschäftigt.

Lisbet Essburg wirkte aufmerksam. Sie lehnte sich zurück und gab zu verstehen, dass sie in erster Linie zuzuhören gedachte.

»Mehrere denkbare Szenarien«, begann Alberg. »Dieser Knacks zwischen Kjellbo und Chiquin, von dem er nichts wissen will, ist natürlich interessant. Was haben wir noch? Kannst du uns erzählen, was die Familie des Opfers zu sagen hat, Jenny?«

Jenny errötete schwach und blickte auf ihre voll gekritzelten Unterlagen.

»Folgendes haben Jonas und ich herausgefunden, als wir bei der Familie im Krankenhaus waren. Gemäß ihrem Mann, Fredrik Karlstedt, ist Beatrice heute Nacht überhaupt nicht nach Hause gekommen. Er arbeitet bei der SE-Bank und war gestern den ganzen Tag dort. Er gibt an, gestern zu keinem Zeitpunkt im Ministerium gewesen zu sein. Vicente Chiquin, der Vater des Jungen, arbeitet bei der U-Bahn. Einer von denen mit den blauen Jacken, ihr wisst schon. Eigentlich ist er Ingenieur, aber er hat hier in Schweden nie eine entsprechende Stelle gefunden. Der Junge war in der Schule, ist dann allein nach Hause gegangen und hat den restlichen Nachmittag vor dem Computer verbracht.«

Essburg nickte. Margareta hatte das Gefühl, dass die Staatsanwältin ziemlich viele im Ministerium kannte und es am liebsten sehen würde, wenn der Täter von außerhalb kam.

»War Chiquin in Südamerika schon Juristin?«, erkundigte sich Kalle.

»Ja, sie stammt aus einem sehr armen Milieu, hat sich aber nach oben geboxt. Sie hat mit zweiundzwanzig Examen gemacht«, erklärte Essburg rasch. »Wurde vom Regime verfolgt, deshalb sind sie und Vicente hierher geflohen – '95, mit ihrem damals vierjährigen Sohn. Kämpften mit der Einwanderungsbehörde, die sie wieder zurückschicken wollte, durften schließlich bleiben. Sie vervollständigte hier ihr Examen und fand eine Stelle in einer Anwaltskanzlei. Arbeitete dort drei Jahre. Schwedische Staatsbürgerin seit 2000. Und dann wurde Karin Landberg auf sie aufmerksam, als ihr erster Staatssekretär aufhörte.«

»Ein weiter Weg«, sagte Margareta. »Vom Elend in Guatemala in ein schwedisches Ministerium. Muss eine wirklich fantastische Frau sein.«

»Wirklich so fantastisch«, bestätigte Essburg. »Karin Landberg bemerkte sie, weil sie so aktiv an der Gesellschaftsdebatte teilnahm. Hat mit mehreren NGOs zusammengearbeitet, Zeitungsartikel verfasst. Auf diese Weise sind sie sich bei den entsprechenden Gelegenheiten oft begegnet.«

»NGO?«, fragte Jonas.

»Sorry. Das bedeutet ›non-governmental organization‹. Also Freiwilligenorganisationen. Ärzte ohne Grenzen, Save the Children und so.«

»Man fragt sich ja, wie sie sich in so kurzer Zeit an die schwedischen Verhältnisse anpassen konnte. Wie die Arbeit in einer solchen Position abläuft«, meinte Christer.

»So etwas geht, wenn man schlau wie ein Fuchs ist und arbeitet wie ein Sklave, so wie sie. Sie brennt ihre Kerze von zwei Enden ab. Außerdem hat sie ihrem Vorgänger zwei Monate lang über die Schulter geschaut.«

»Um mit Vicente Chiquin fortzufahren, er hat sie nicht mehr gesehen, seit Paulo vor vierzehn Tagen das letzte Mal bei ihm gewesen ist«, fuhr Jenny fort.

»Er kam nur in ihr Büro, wenn es etwas Besonderes zu besprechen gab. Er wusste nicht, dass sie gestern Nacht nicht nach Hause gekommen ist.«

»Was sagt ihr Ehemann dazu, dass sie nicht zu Hause war?«

»Er war damit einverstanden. Sie hatte ihm Bescheid gegeben, dass sie die ganze Nacht im Ministerium bleiben wollte. Es gibt einen Ruheraum dort.«

»Hat sie öfter dort übernachtet?«, fragte Manne.

»Offenbar ein paarmal pro Monat, wenn viel zu tun war. Sie hatte immer frische Kleidung in ihrem Büro. Beide Männer haben ausgesagt, dass sie in ihren Betten lagen und die ganze Nacht geschlafen haben.«

Margareta blickte zu Kalle hinüber. Er hatte wie immer die Arme verschränkt, die Beine ausgestreckt, und sein Gesicht hatte einen wachen, konzentrierten Ausdruck angenommen. Es war angenehm, hier mit ihm im selben Raum zusammenzuarbeiten.

»Ihre Schwester, Rosa, ist auf einem Künstlertreffen in Dalarna«, fuhr Jenny fort. »Paulo war natürlich zu Hause und hat geschlafen.«

Sie sah auf und zögerte.

»Er kam mir ein bisschen merkwürdig vor, als ich im Krankenhaus mit ihm geredet habe. Man konnte kaum Kontakt mit ihm aufnehmen. Er steht natürlich unter Schock, aber trotzdem ist er immerhin vierzehn und nicht mehr sieben. Er hätte wenigstens ein paar Worte sagen können. Aber er saß nur da. Er ist ziemlich klein für sein Alter, was vielleicht an seinen indianischen Wurzeln liegt. Sein Vater ist auch eher klein. Jedenfalls ist keinem in der Familie in letzter Zeit etwas Besonderes aufgefallen.«

Nach diesem Redefluss verstummte sie und schaute abwartend zu Essburg hinüber. Essburg nickte lediglich.

»Manne?«, fragte Alberg.

Manne wechselte die Stellung.

»Ja, Christer und ich haben mit Karin Landbergs vier

Kindern und ihrem Exmann gesprochen. Keiner von ihnen hat etwas geahnt. Die drei ältesten Kinder – Eva, Richard und Gabriel – sind entweder verheiratet oder leben mit ihrem Partner zusammen und waren mit ihren jeweiligen besseren Hälften die Nacht über zu Hause. Ihr Exmann Patrik ist wieder verheiratet und will in einer Woche mit seiner zweiten Frau Mia nach Grönland reisen. Sie ist Archäologin. Ihr jüngster Sohn Albin saß die halbe Nacht in irgendeinem Pub. Zwei seiner Freunde können das bezeugen, falls nötig. Er schien mir nicht in Topform zu sein. Er wollte gerade mit frischen Kleidern zu seiner Mutter fahren, als wir mit ihm geredet haben. Wir haben ihn eben überprüft, und er ist auf direktem Wege wieder nach Hause gestiefelt und ins Bett zurückgekrochen.«

Er blickte in die Runde.

»Er ist zwanzig«, fügte er erklärend hinzu.

»Er wohnt nicht bei ihr?«

»Nein, er hat ein Zimmer gemietet. Büffelt Pädagogik an der Uni.«

»Okay. Zurück nach Rosenbad«, sagte Alberg. »Lasst uns ein bisschen sammeln, ohne uns auf etwas festzulegen. Dass Beatrice die ganze Nacht im Ministerium geblieben ist, war also ihre eigene Idee. Aber warum war sie in diesem Nebenzimmer?«

Es trat betretenes Schweigen ein.

»Nur zu«, sagte Essburg. »Mir ist nichts Menschliches fremd. Kümmert euch nicht darum, dass ich den einen oder anderen Beteiligten kenne. Ich habe keinerlei vorgefertigte Meinung über das, was vorgefallen sein könnte.«

»Sie könnte dorthin gegangen sein, um etwas zu holen«, meinte Margareta. »Oder sie war dort verabredet. Oder sie könnte auf jemanden gestoßen sein, der schon da war, vielleicht ein Dieb, der zum Personal gehört. Die andere Alternative wäre, dass der Täter sie dorthin gelockt oder gezwungen hat. Entweder um ungestört zu sein oder gerade weil es Karin Landbergs Zimmer ist.«

»Sie könnte Geräusche durch die Tür gehört haben und wollte nachsehen, was los ist«, überlegte Kalle.

»Statt die Sicherheitsbeamten zu rufen?«, bezweifelte Jenny.

»Sie muss ja nicht notwendigerweise gedacht haben, dass es etwas Ernstes ist. Wir sollten jemanden hinschicken, um zu überprüfen, wie viel man durch die Wände hört. Beatrices Toilette grenzt direkt an Anders' Vorzimmer.«

Jonas rutschte auf seinem Stuhl hin und her.

»Vielleicht brauchen wir gar nicht so viel zu konstruieren«, sagte er. »Ich finde, die Tat sieht eigentlich nicht sehr sophisticated aus. Wahrscheinlich geht es um etwas total Simples. Ein Putzmann hat versucht zu klauen, und sie ist ihm auf die Schliche gekommen. Es muss ja nichts Wertvolles gewesen sein, was er stehlen wollte, es könnte ein Fetischist gewesen sein, der auf die Schlüpfer der Ministerin aus war oder so was. Ja, entschuldige, Lisbet.«

»Kein Problem. Auch Minister tragen Unterhosen«, erwiderte Essburg trocken. »I presume.«

»Beatrice könnte ihn auf frischer Tat ertappt haben. Da hat er Angst bekommen, seinen Job zu verlieren und hat zugeschlagen. In diesem Fall sollten wir eigentlich reichlich Spuren finden.«

»Wenn die Tat allerdings geplant gewesen ist, dann ist sie dorthin gelockt oder gezwungen worden«, spann Margareta den Faden weiter. »Dann könnte es sich um einen Fanatiker handeln, der sie hasst, weil sie Südamerikanerin ist oder weil ihm ihre Einstellung zu manchen Dingen nicht gefällt. Oder es ist etwas Privates.«

»Diese beiden letzten Vermutungen könnten miteinander zusammenhängen«, sagte Jenny. »Wenn es Anders Kjellbo war. Möglicherweise hasst er sie wegen ihrer Einstellung zu einer Sache, die privat ist. Nämlich der Tatsache, dass er schwul ist.«

»Es kann trotzdem jeder andere gewesen sein«, ging Margareta dazwischen. »Wir dürfen auch Karin Landberg nicht vergessen, auch wenn das ein sensibler Bereich ist, und obwohl ihr neuer Bekannter bestätigt hat, dass sie die ganze Nacht bei ihm gewesen ist. Weder Vicente noch Fredrik können ohne Erlaubnis das Gebäude betreten. In diesem Fall würden wir also von dem diensthabenden Wachpersonal mehr erfahren.«

»Wenn sie nicht gerade in der Keramikabteilung waren oder in ihren Kaffee gestarrt haben.«

»Ja, ja, aber sie wären in jedem Fall von den Kameras erfasst worden.«

»Dann hätten wir noch die Möglichkeit eines anderen Motivs«, sagte Alberg. »Weit hergeholt, aber trotzdem. Der Täter könnte ursprünglich Karin Landberg im Visier gehabt haben. Aber solange wir nichts über Landbergs aktive Feinde wissen, kommen wir auf dieser Spur gegenwärtig nicht viel weiter.«

Es blieb einen Augenblick still.

»Was sagt die Säpo?«, erkundigte sich Kalle.

»Die haben auch nicht viel mehr. Sie checken alles Politische und kramen alte Drohmails und –briefe raus. Weitere Ideen? Christer?«

Christer schüttelte den Kopf.

»Dann können wir im Moment nicht mehr viel tun. Aber so wie ich das sehe, müssten wir bald mehr Puzzlestückchen beisammenhaben. Unser Fall spielt sich schließlich in einem einzigen Zimmer in komplett überwachtem

Umfeld, während einer einzigen kritischen Stunde ab. Unabhängig vom Motiv kann die Tat nur von einem oder mehreren Tätern begangen worden sein, der oder die sich zwischen halb vier und halb fünf heute früh im Ministerium befunden haben. Diesen Täterkreis sollten wir eingrenzen können. Wir haben Unmengen von Zeugenaussagen von Beamten, Reinigungskräften und Wachleuten vorliegen, die heute Nacht Dienst hatten, und wenn nötig, können wir das alles mit den Ergebnissen der Spurensicherung und den Filmen der Überwachungskameras kombinieren.«

Er blickte in die Runde.

»Hoffentlich erwacht Chiquin im Laufe des Tages aus ihrer Bewusstlosigkeit und kann das Problem selbst lösen. Andernfalls halten Lisbet und ich heute um halb zwei eine Pressekonferenz mit den Großmogulen ab. Wir geben nichts bekannt, außer dass Beatrice verletzt worden ist und dass es in Rosenbad geschehen ist.«

»Bekommt Karin Landberg Schutz?«, fragte Margareta.

»Inzwischen kümmern sich Beamte von der Säpo um sie«, erklärte Essburg. »Und es steht auch ein Beamter vor Beatrice Chiquins Tür?«

Alberg nickte und sah auf die Uhr.

»So ist es. Wir sehen uns um fünf und schauen uns die Zeugenaussagen an, die wir schon haben. Ich verschwinde dann nach Rosenbad und schaue mich ein bisschen um. Manne und Christer, ihr seht die Bänder durch. Ihr anderen könnt euch weiter damit beschäftigen, euch Ölunds, Landbergs und Kjellbos Vergangenheit ein bisschen näher anzusehen. Lisbet …?«

Essburg schüttelte den Kopf.

»Dem habe ich vorläufig nichts hinzuzufügen. Ich finde, alle haben sich glänzend geschlagen in dieser kurzen Zeit.

Wir können nur hoffen, dass der Fall schnell gelöst wird. Dass es das ist, wonach es aussieht: eine Affekttat. Aber man kann nie wissen.«

Alle standen auf. Margareta tauschte einen Blick mit Kalle, aber sie gingen nicht gemeinsam hinaus. Sie sah ihn in sein Zimmer verschwinden und ging zurück in ihr Büro.

9

Albin hatte seiner Mutter in Rosenbad frische Kleidung gebracht. Er sah so jung und müde aus, wie er mit den Kleidern über dem Arm dastand und wartete. Karin hatte ihn umarmt und ihm nachgeschaut, als er wegging. Sie hatte seinen Nacken und Rücken betrachtet und musste plötzlich an früher denken. An die Jahre, als sie noch verheiratet war und er und seine Geschwister noch klein gewesen waren. An die Samstagmorgen, an denen sie alle zusammen in dem großen Bett gespielt und gelacht hatten, an denen sie die Kinder zum Spaß durch das ganze Haus gejagt hatte. Kakao und Käsebrote in der Küche. Kalte Füße auf dem Fußboden, klebrige Marmeladenreste auf dem Esstisch. Berge mit sandigen Schuhen in der Diele. Ihre eifrigen Kindergesichter. Ein kleines Kind auf dem Schoß. Das Gefühl von Zusammengehörigkeit.

Ein Kriminaltechniker hatte sich um Karins blutverschmierte Kleidung gekümmert, hatte Finger- und Schuhabdrücke sowie eine DNA-Probe genommen. Sie hatte geduscht, sich umgezogen und eilig geschminkt, bevor sie unten im Bella Venezia vor sorgfältig kontrollierten Journalisten und Fotografen eine Stellungnahme über Beatrice abgab. Der Staatsminister saß neben ihr. Auch er sagte ein paar Worte, und wenigstens dieses eine Mal spürte sie fast eine Art Solidarität mit ihm. Das überraschte sie. Das Gefühl war angenehm und beunruhigend zugleich.

Mit den Rechtsreferenten diskutierte sie die EU-Gesetzgebung und sehnte sich die ganze Zeit nach Beatrices Meinungen. Elins Telefon klingelte ununterbrochen. Ein paar Gespräche mit mitfühlenden Amtskollegen anderer Länder nahm Karin selbst entgegen. Einige Verwandte und Freunde riefen sie auf ihrem Handy an. Øystein schickte eine diskrete SMS, diesmal war der Ton ernster. »Denke an dich«. Er wollte nicht stören oder lästig sein, indem er anrief.

Karin empfing die Kinder der *Kamratposten* unter den Kristallleuchtern des großen Salons vor der Kantine. Ihr Enthusiasmus und ihre leuchtenden Augen hellten den Tag ein wenig auf.

Das Mittagessen mit der Regierung verlief nicht unbedingt schweigsam, das tat es selten, aber es fiel Karin schwer, sich an der Unterhaltung zu beteiligen. Die Stimmung war eigenartig. Alle zeigten Sympathie und Mitgefühl und erkundigten sich nach Beatrice, aber gleichzeitig gärte etwas anderes unter der Oberfläche, eine unausgesprochene Anschuldigung.

Wärst du nicht so ehrgeizig gewesen, wäre das sicher nie passiert. Es war viel zu früh, eine Staatssekretärin anzustellen, die erst zehn Jahre in Schweden ist und noch längst nicht genau weiß, wie die Dinge hier funktionieren. Und überhaupt, was wissen wir eigentlich über all die merkwürdigen südamerikanischen Angelegenheiten, in die sie möglicherweise verwickelt ist? Drogenhandel vielleicht? Sie könnte auch selbst jemanden mit in die Kammer genommen haben!

Vielleicht waren sie selbst sich dessen gar nicht bewusst.

Sie betrachtete ihre Kollegen und Mitarbeiter und fragte sich, ob dem Volk eigentlich klar war, dass hier ein Haufen ganz gewöhnlicher Durchschnittsschweden unter dem Kristallleuchter versammelt saß. Sie selbst eingeschlossen.

Anschließend ging sie mit Anders und Elin in das Blaue Zimmer und verfolgte die Pressekonferenz. Die drei auf dem Podium, die sie sehr gut kannte, hatten nicht viel zu bieten. Die Medien verbissen sich wie Terrier, aber die drei ließen sich nicht aus der Ruhe bringen. Und obwohl sie wusste, dass es nicht geschehen würde, hoffte sie dennoch, dass plötzlich irgendetwas bekannt gegeben würde, das den Täter verriet. Es war unerträglich, auf diese Weise im Dunkeln zu tappen.

Wer hatte Beatrice niedergeschlagen? Warum? Wie viel Angst hatte sie gehabt? Was fühlte er, als er es tat, wo war er jetzt? War er noch im Haus und arbeitete ganz in ihrer Nähe in aller Ruhe weiter? Lachte er über den Ring, den die Polizei um den ganzen Block gelegt hatte?

Als die Konferenz zu Ende war, wandte sie sich an Anders.

»Was hast du gesagt, gibt es etwas Neues aus dem Krankenhaus?«

»Keine Veränderung. Sie warten noch immer.«

Beatrices Hirn war angeschwollen, und die Chirurgen überlegten, den Schädel zu öffnen, um dem Hirn mehr Raum zu geben, damit es durch den erhöhten Druck der Schädeldecke nicht geschädigt würde. Schon der Gedanke allein löste bei Karin physische Schmerzen aus.

Sie stand auf. Anders und Elin blieben schweigend sitzen. Sie ging unruhig im Zimmer auf und ab.

»So geht das nicht«, sagte sie schließlich. »Wir fahren ins Krankenhaus. Elin, du und Moa, ihr haltet hier so lange die Stellung.«

»Willst du, dass ich mitkomme?«, fragte Anders.

»Ja, sei so lieb.«

Er holte ihren Mantel. So viel Zeit wie an diesem Tag hatten sie selten miteinander verbracht.

Sie stiegen zusammen mit den Säpo-Wachen in den Aufzug. Ein Regierungsfahrzeug fuhr vor den Eingang, sie rannten die wenigen Schritte von der Tür zum Auto und stiegen hastig ein. Hinter der Absperrung, die die Polizei vor dem Haupteingang hatte aufstellen lassen, standen Schaulustige, die mit großen Augen das Spektakel betrachteten. Mehrere Fotoapparate blitzten. Sie kam sich vor wie ein Idiot. Anders setzte sich neben sie auf den Rücksitz, und einer der Leibwächter stieg vorn ein. Der andere setzte sich in das Auto hinter ihnen.

»Nimm es dir nicht so zu Herzen«, murmelte Anders. »Sie bewachen eine Ministerin, nicht dich.«

Sie schnaubte.

»Vielen Dank auch.«

»Du weißt, dass ich es so nicht gemeint habe«, protestierte er.

Sein Lächeln war das erste richtige Lächeln, das sie an diesem Tag von einem Erwachsenen zu sehen bekam. Abgesehen von Øysteins über seinen schwarz lackierten Frühstückstisch.

Sie glitten durch die Stadt zum Krankenhaus, wo die ganze Prozedur sich in umgekehrter Reihenfolge wiederholte. Die Bodyguards begleiteten Karin in einen Aufzug und folgten ihr durch die Korridore. Sie fühlte sich schrecklich unwohl in ihrer Gesellschaft. Bis jetzt war es ihr meist gelungen, eine gewisse Distanz zwischen sich und ihrer Arbeit als Ministerin aufrechtzuerhalten, und sie hatte so viele Annehmlichkeiten wie möglich abgelehnt. Auch wenn sie sich immer ein bisschen idiotisch dabei vorgekommen war, all die Privilegien, die sich bequem in Reichweite befanden, nicht in Anspruch zu nehmen. So, als versuche sie, besser und edler als alle anderen Sterblichen zu sein. Aber nachdem sie anfing, das als Bestandteil ihrer Arbeit zu betrachten, war es besser geworden.

Sie fand Fredrik, Vicente und Paulo in einem unpersönlichen Warteraum mit tristen, neutralen Gardinen und Möbeln. Der Junge mit den hohen Wangenknochen und dem glatten, schwarzen Schopf versuchte, sich auf seinen Gameboy zu konzentrieren, aber er zappelte die ganze Zeit, als hätte er Ameisen in den Kleidern. Fredrik war blass und vermittelte ihr den Anblick eines Kindes, dem gerade klar geworden war, dass man wirklich sterben konnte. Vicente sah aus wie eine Gewitterwolke. Seine gedrungene Gestalt und sein wutverzerrtes Gesicht standen in starkem Kontrast zu den weit aufgerissenen Augen des schlaksigen Schweden mit der geröteten Haut. Karin fragte sich, welchen Kriterien Beatrice hinsichtlich ihres Männergeschmacks folgte. Wie hatte sie sich für zwei so grundverschiedene Männer entscheiden können?

Sie umarmte alle der Reihe nach. Anders gab ihnen die Hand und setzte sich auf eine Bank, die ein wenig abseits stand.

»Die Polizei war hier«, sagte Fredrik unvermittelt. »Ein Mann und ein junges Mädchen. Sie hat darauf bestanden, mit Paulo zu sprechen. Dabei liegt seine Mama mit eingeschlagenem Schädel da drinnen, ich fasse es nicht, wie sie sich das erlauben konnte!«

»Sie hatte guten Grund dazu«, beruhigte sie ihn. »Paulo könnte zum Beispiel bemerkt haben, dass in letzter Zeit jemand euer Haus beobachtet hat. Die Polizei kann ihre Arbeit nicht aufschieben, denn der Täter soll keinen zu großen Vorsprung bekommen. Wie geht es Beatrice?«

»So gut, wie man es eben erwarten kann«, sagte Vicente mit zusammengebissenen Zähnen. »Sie mussten ihr wenigstens nicht den Kopf aufbohren.«

Karin fühlte sich unsagbar erleichtert, aber sie merkte, wie angespannt die Atmosphäre war. Die beiden Männer sahen sie an, als erwarteten sie, dass sie alles in Ordnung bringen würde, weil sie Beatrices Vorgesetzte war.

»Die Polizei überprüft alle Bänder der Überwachungskameras«, erklärte sie. »Wenn letzte Nacht ein Fremder im Haus war, dann ist er in jedem Fall von ihnen erfasst worden.«

Das schien sie nicht zu beruhigen. Vicente schnaubte.

»Ich will mit dir reden!«, sagte Fredrik.

Er griff ihren Arm, überraschend fest für einen Mann, der aussah, als würde er jeden Moment zusammenbrechen, und führte sie auf den Flur. Die Bodyguards, die zusammen mit einem uniformierten Polizeibeamten draußen standen, kamen sofort näher. Karin machte eine abwehrende Geste, und die Männer zogen sich wieder zurück. Fredrik warf ihnen einen gehetzten Blick zu.

»In deinem Ministerium gehen seltsame Dinge vor«, flüsterte er ihr leise zu. »Hast du das nicht bemerkt?«

»Nein. Was meinst du?«

»Warum bleibt Beatrice manchmal über Nacht im Büro? Ist das normal? Hat sie so viel zu tun, dass sie nicht einmal mehr nach Hause fahren kann? Was geht da vor sich? Was passiert mit ihr?«

Er sah sie eindringlich an, als erwarte er eine umfassende Erklärung.

»Es passiert gar nichts Besonderes im Ministerium«, sagte sie. »Was meinst du denn? Kannst du nicht ein bisschen deutlicher werden?«

»Okay, dann werde ich jetzt verdammt deutlich. Warum

zur Hölle war sie die ganzen letzten Nächte dort? Haltet ihr Voodooseancen ab? Orgien? Seid ihr eine fanatische Sekte? Oder hat sie einen Liebhaber? Sag es mir! Sag es, verdammt nochmal!«

Sein Gesicht war plötzlich dicht an ihrem, und für eine Sekunde fühlte sie sich bedroht. Sie wich einen Schritt zurück.

»Orgien? Großer Gott, Fredrik. Wir da oben sind wie eine brave Schulklasse.«

»Woher willst du das denn wissen?«, beharrte er. »Das ist nur die Oberfläche, das ist es, was sie dir zeigen. Alles war gut bis zu dem Zeitpunkt, als sie im Ministerium angefangen hat. Warum kümmerst du dich nicht um sie?«

Aus den Augenwinkeln sah sie, dass Anders in der Tür aufgetaucht war. Vicente stand direkt hinter ihm.

»Das würde ich natürlich tun, wenn es nötig wäre«, erwiderte sie. »Woher hast du all diese bizarren Ideen?«

»Sie ist nicht mehr dieselbe. Sie ist so verschlossen geworden.«

»Nicht mir gegenüber. Geht es dir gut? Hast du selbst vielleicht Probleme in der Arbeit?«

Er verdrehte gekränkt die Augen und schwieg. Vicente drängte sich an Anders vorbei.

»Worüber redet ihr?«, fragte er misstrauisch.

Karin blickte von einem Mann zum anderen. Beatrice lag, dank irgendeines Prachtexemplars von Idiot, schwer verletzt hinter einer dieser Türen, und ihr Mann stand im Flur und zog über sie her. Ein schwacher Mann, der offenkundig keine belastende Situation bewältigen konnte, ohne eine dritte Person anzugreifen. Und sein Vorgänger stand daneben und wollte sich nichts entgehen lassen. Mit einem Mal wurde Karin bewusst, wie einsam Beatrice in Wirklichkeit sein musste, all ihrer Energie und Stärke zum Trotz.

Sie hatte von beiden Männern genug.

»Wo liegt Beatrice?«, fragte sie deshalb.

Fredrik zeigte zögernd auf eine der Türen. Sie ließ die beiden stehen, öffnete die Tür und betrat ein großes Krankenzimmer, in dem ein Bett stand. Abgesehen von der Krankenschwester, die auf einem Stuhl saß, war Beatrice allein in dem Raum. Sie lag mit verbundenem Kopf im Bett, der Arm mit dem Tropf ruhte auf der Decke. Ihre Augen waren geschlossen.

Karins Herz schlug eine Volte. Alles andere was an diesem Tag geschehen war, seit sie ihr Nebenzimmer betreten hatte, war unwirklich gewesen, eine Schattenwelt. Das hier war wirklich. Der Schmerz traf sie jäh und stechend.

Sie ging zu Beatrice und streichelte ihr vorsichtig die unbewegte Hand. Sie war warm, aber sie reagierte nicht. Draußen vor dem Fenster stand ein großer Baum mit gelben Blättern, die sich in der Sonne bewegten. Es war ein stiller Ort, der falsche Ort für Beatrice Chiquin. Eine Falle. Die Stille war eine lauernde Gefahr, die die Frau im Bett zu verschlingen drohte, um sie aus dem Kreis der Lebenden zu reißen. Karin spürte, wie die Angst in ihr aufstieg, und plötzlich wollte sie Beatrice packen. Sie wollte sie anschreien, wecken, sie schütteln. Sie von hier wegholen.

Sie beugte sich zu ihr hinunter, küsste die bewusstlose Frau auf die Wange und blieb einen Moment bei ihr stehen. Lächelte der Krankenschwester zu, verließ das Krankenzimmer und ging zwischen den Männern zurück zum Warteraum und steuerte auf Paulo zu. Er blickte nicht auf.

»Hallo, Paulo«, sagte sie.

»Hallo«, murmelte er abwesend.

»Wie läuft das Spiel?«

»Gut.«

»Ich weiß, dass du Angst um deine Mutter hast. Wir alle

denken an sie. Aber sie hat gute Ärzte, es wird alles gut. Auch wenn es eine Weile dauern wird.«

Er schielte zu ihr hoch. Etwas lag in seinem Blick, das sie nicht deuten konnte, eine Mischung zwischen Angst und Enttäuschung. Als hätte er erwartet und gehofft, dass sie etwas unternehmen würde, aber jetzt war ihm klar geworden, dass auch sie nicht mehr als warme Worte zu bieten hatte.

Vielleicht schaffte er es einfach nicht, über die Sache zu reden. Versuchte, die Wirklichkeit zu verdrängen. Gab es überhaupt etwas in diesem Raum, das ihn stützen konnte? Sein eigener Vater, zum Beispiel?

Fredrik und Vicente standen schweigend ein Stück voneinander entfernt. Der Säpo-Wachmann hatte sich definitiv dafür entschieden, sie im Blick zu behalten und stand mit unergründlicher Miene in der Tür. Anders sah seine Chefin aufmerksam an.

»Ich glaube, wir müssen jetzt los«, erklärte sie. Ließ ihre Hand einen Augenblick auf Paulos Schulter ruhen und ging hinaus. Anders folgte ihr.

»Kapier doch, dass ich sie liebe!«, schrie Fredrik hinter ihr her.

Sie antwortete nicht. Drehte sich nicht um.

»Was ist los mit den Männern?«, murmelte sie. »Ist es der Stress, der die Menschen so verändert? Wir kennen uns doch! Wir haben in der Küche meines Sommerhauses gestanden und zusammen Pfannkuchen gebacken!«

Während Beatrice auf der Wiese im Liegestuhl gesessen und in vollen Zügen die Sonne genossen hatte, erinnerte Karin sich.

»Er steht unter Schock«, meinte Anders. »Du musst wohl ein bisschen Nachsicht mit ihm haben.«

»Und wo zur Hölle ist ihre Schwester?«

»Kunsttreffen in Dalarna. Sagt Moa.«

»Warum kommt sie dann nicht her? Beatrice hat sie gerettet, hat sie aus Guatemala mitgenommen!«

Sie hetzte durch die Korridore.

»Was sagen eure Instinkte?«, fragte sie die Säpo-Beamten. »Könnte einer von denen da drinnen die Staatssekretärin überfallen haben?«

»Schwer zu sagen«, antwortete einer unbeteiligt. »So was sieht man den Leuten schließlich nicht immer an.«

»Ihr Ehemann scheint völlig überspannt zu sein. Und Vicente schweigt und tobt innerlich vor Wut.«

»Dafür kann es ja viele Gründe geben«, sagte der Sicherheitsmann vieldeutig.

Sein Gesicht war ausdruckslos, und sie verstand, was er meinte. Sicher, Untreue war eine Möglichkeit. Oder Streit mit Fredrik oder mit Vicente. Obwohl das Beatrice gar nicht ähnlich sah. Und warum gerade da, in Rosenbad, in Karins privatem Zimmer? Hatte sie sich mit dem Täter zu einem Schäferstündchen dorthin zurückgezogen? Und warum hatte er dann zugeschlagen? Aus Eifersucht? Stress durch Unzufriedenheit mit der Arbeit oder ein Gefühl von Heimatlosigkeit in einem Land, in dem er nicht leben wollte? Oder war es doch Fredrik gewesen?

Plötzlich wurde ihr bewusst, dass sie selbst gekränkt war. Sie hatte es sich nicht eingestehen wollen, weil es Beatrice war, die man misshandelt hatte und die der Hilfe bedurfte, aber sie war gekränkt. Gekränkt, weil Beatrice ihre Probleme verschwiegen hatte, weil sie sich ausgerechnet das Nebenzimmer, das private Zimmer ausgesucht hatte, um sich vielleicht mit Vicente zu treffen. Was hatte das zu bedeuten? Das war ein Vertrauensbruch, den sie nicht erwartet hätte. Sie war weder gefragt noch eingeweiht worden.

Außerdem machte sie das auch wütend. Noch eine verprügelte Frau, die ihren Peiniger nicht rechtzeitig entlarvt hatte. Und jetzt steckte Karin auch selbst in der Falle, vor der sie gewarnt worden war. Trau niemandem, denn alle können dich im Stich lassen. Bindest du dich, dann wirst auch du verletzbar.

Dann muss das wohl so sein!, dachte sie trotzig. Ich kann mein Leben nicht in einem Vakuum verbringen. Wenn ich mich gefühlsmäßig umorientieren muss, dann schaffe ich das auch. Ich habe *gezeigt*, dass ich das schaffe. Aber zuerst müssen wir dafür sorgen, dass dieser Gewalttäter gefasst wird, wer auch immer es sein mag. Und wenn Beatrice ihre Geheimnisse hat? Lass sie erst aufwachen! Gib ihr Zeit! Es gibt eine Erklärung für das alles hier.

Die Säpo-Beamten versuchten wieder, sie daran zu hindern, als Erste hinauszugehen, aber sie weigerte sich. Sie ging geradeaus weiter und erwartete, mit ihnen zusammenzustoßen, aber auf wundersame Weise glitten sie einfach auseinander. Sie registrierte aus den Augenwinkeln ihre verblüfften Blicke.

Sie stieg unter dem Blitzlichtgewitter der Kameras ins Auto. Es waren dieselben Fotografen wie vor Rosenbad.

»Du hast ein starkes Ki«, murmelte Anders ihr zu.

»Was hab ich?«

»Starkes Ki. Du hast es von Natur aus. Ich habe Aikido trainiert. Der Personenschutz hat sich nicht einfach zurückgezogen, sondern du hast ihn weggeschoben. Wenn jemand mit starkem Ki auf einen zukommt, ohne eine Sekunde zu zögern, kann man das richtig physisch spüren. Man kann nicht stehen bleiben.«

»Aha«, sagte sie zerstreut. »Diese Hünen? Die einen halben Kilometer größer und ungefähr eine Tonne schwerer sind als ich? *Und* jünger?«

»Das spielt keine Rolle. Du hast das stärkere Ki.«

Doch Karin hörte nicht länger zu. Während der Chauffeur sie in die Stadt zurückbrachte, blickte sie hinaus auf die Bäume auf dem Friedhof mit ihren gewaltigen, prächtigen gelben, roten und grünen Kronen. Hinter dem Eisenzaun war das Gras satt und grün, der Himmel darüber war klar und blau. Der Anblick dieses Stücks Natur beruhigte sie.

Anders verstummte. Ihr fiel ein, dass sie noch immer keine Kopfschmerztablette bekommen hatte.

Heute Abend würde sie Øystein wiedersehen. Wenn sie sich das überhaupt vorstellen konnte, in Gesellschaft dieser beiden grimmigen Knaben in Schwarz, die über sie wachen würden, wie Hennen über ihre Küken. Wenn *er* es sich vorstellen konnte. Sie war sich nicht ganz sicher, ob sie immer noch Lust dazu hatte, nachdem sie in Fredriks Augen geschaut hatte. Männer waren ein Mysterium.

Als sie das Ministerium betrat, drehte sie sich irritiert nach Anders um.

»Was zur Hölle treibt ihr hier eigentlich abends im Ministerium, wenn ich nicht mehr da bin? Spielt ihr Strippoker?«

Er sah sie maßlos erstaunt an.

»Ich? Ich spiele Strippoker mit Beatrice?«

Das Bild, das vor ihrem inneren Auge aufstieg, brachte sie zum Lachen. Sie besann sich.

»Entschuldige. Scheint ansteckend zu sein, diese Aggressivität.«

Ohne noch mehr zu sagen, fuhr sie in dem engen Aufzug, umgeben von drei schweigenden Männern nach oben. Die Kriminaltechniker waren inzwischen fertig. Selbstverständlich hatten sie sich beeilt, damit die Justizministerin möglichst rasch weiterarbeiten konnte. Karin durfte wieder in ihr Büro, aber die Tür zum Nebenzimmer war verschlossen und mit einem gelben Polizeisiegel versehen. Abgesperrt.

Sie wollte nicht hier sein, sie wollte in Beatrices Krankenzimmer sitzen. Sie ließ sich auf ihren Schreibtischstuhl fallen und war wieder in der grauen, neuen Dimension gelandet.

Früher oder später, wenn die Techniker sicher waren, dass es nichts mehr zu finden gab, würde die Putzkolonne dort durchgehen und alle Spuren des Verbrechens wegschrubben, alle Spuren der Angst, die dort drinnen in dieser Nacht geherrscht haben musste. Die Wischeimer, die sie diskret an ihr vorbeischmuggeln würden, würden einen blutigen Bodensatz haben.

Ein gewöhnlicher Arbeitsplatz. Ein wichtiger Arbeitsplatz. Mehr als dreihundert Menschen arbeiteten unter ihr in Rosenbad. Vierzigtausend im ganzen Land.

Sie musste einen Schritt zurück machen und das, was geschehen war, aus der Entfernung betrachten. Was rührte sich da unter der Oberfläche? Was gab es hier, das sie nicht sah? Ging sie zu sehr von sich selbst aus, gab es ganz andere Vorkommnisse und Verbindungen, die sie nie bemerkt hatte? Hätte sie John um Hilfe bitten sollen?

Nein, entschied sie.

Draußen im Flur stand der Mann von der Säpo. Anders war wieder an seinem Platz. Karin sah auf und blickte auf die geschlossene Tür zu seinem Büro. Sie spürte Beatrices Verzweiflung im Zimmer hinter sich und Anders' Gegenwart, und für eine Zehntelsekunde sah sie ein Bild, das sie nicht sehen wollte. Es drängte sich auf. Das Bild eines lautstarken Streits zwischen einem gekränkten Anders und einer überarbeiteten Beatrice, danach Anders, der irgendetwas zu fassen bekam und besinnungslos auf ihren Kopf schlug, um sie zum Schweigen zu bringen.

10

Wie immer machte es Margareta ganz nervös, dass alles so langsam voranging. Es entstanden viel zu große Pausen. Sie hätte lieber in einem durchgearbeitet, ohne Unterbrechungen. Ein paar Personen am Computer zu überprüfen hatte weniger Zeit in Anspruch genommen, als die vier Stunden, die sie zur Verfügung hatte.

Margareta hatte gemeinsam mit den anderen aus dem Team die Pressekonferenz verfolgt und war froh gewesen, nicht mit oben auf dem Podium sitzen zu müssen. Jetzt saß sie an ihrem Schreibtisch und schaute aus dem Fenster. Die Aussicht zum Hof war durch das neue Nebengebäude wirklich beeinträchtigt worden. Alles veränderte sich. Manchmal machte sie das traurig.

Sie war todmüde. Vielleicht lag es an all den Eindrücken, die sie gesammelt hatte, die Anspannung des Morgens, die Stimmen, die in ihrem Kopf widerhallten, die Geheimnisse, die die Menschen preisgaben, und die, die sie verbargen. Sie legte ihr Gesicht auf die Tischplatte und entspannte sich.

Sie ließ sich treiben. Und plötzlich, irgendwo zwischen Wachen und Schlafen, spürte sie, dass ihr verstorbener Mann im Zimmer war. Das Glücksgefühl, das in ihrer Brust aufflammte, weckte sie fast. Ein intensives Gefühl seiner Nähe, das sie seit seinem Tod oft verspürt hatte. Das letzte Mal war schon lange her, viel zu lange her. Aber jetzt spürte sie es wieder.

Er saß ganz dicht neben ihr, so dass sie die Wärme seines Körpers fühlen konnte. Hellwach, erheblich wacher als sie selbst. Als sie den Kopf drehte, sah sie, wie sein Gesicht vor Liebe strahlte. Ihre missliche Lage schien ihn zu amüsieren, wie immer, wenn sie zu ernst wurde.

»Schau nicht so düster«, sagte er aufmunternd und knuffte sie in die Seite. »Du sollst nicht jubeln, ehe der Bär erlegt ist!«

»Das Fell«, verbesserte sie schlaftrunken. »Du sollst das Fell nicht verkaufen, ehe der Bär erlegt ist.«

»Ja, das wäre auch zu dumm«, stimmte er generös zu. »Aber man sollte auch nie über den Graben springen, ehe man nicht gejubelt hat. Und wenn man einen Spatz in der Hand hat, kann man sicher sein, dass er einen Schiss macht!«

Sie kicherte und wurde zugleich ärgerlich wie immer, wenn er seinen Spaß mit ihr trieb. Er lachte sie an, mit der Wärme, an die sie sich so gut erinnerte. Sie schmolz dahin und ließ sich in seine Umarmung sinken. Sie fühlte, wie er seine Arme um sie legte und sog den Geruch seines Pullovers ein.

Dann wachte sie auf. Sie kämpfte dagegen an, aber unbarmherzig wurde sie durch die Etagen ihres Bewusstseins gezerrt, als stünde sie in einem Aufzug, der sie mit Schwindel erregender Geschwindigkeit aufwärts beförderte. Ihr Mann verschwand, löste sich auf. Oder zog sich vielmehr in sie zurück. Das war der Ort, an dem er jetzt wohnte. Sie konnte ihn fast physisch spüren. Gerade eben waren sie noch zwei voneinander getrennte, verschiedene Personen gewesen, jetzt war sie nur noch eine. Wieder allein.

Die Leere war lähmend. Tränen brannten unter ihren Augenlidern. Sie setzte sich auf und lehnte sich in ihrem Stuhl zurück.

Das Bild eines anderen Mannes trat vor ihre Augen. Ernster, stiller. Kent Johansson. Es war keine Entscheidung, die sie getroffen hatte, er war einfach da. Es war wie ein leiser, warnender Ton, der alles untermalte, was gerade geschah. Er war nicht zu hören, wenn sich die polternde

Wirklichkeit aufdrängte, aber sie nahm ihn wahr, wenn es still um sie wurde.

Sie döste wieder ein, und eine Erinnerung stieg in ihr auf.

Das Grauen ist endlich vorbei.

Sie sitzen in einem Auto auf dem Weg von Arlanda zum Polizeipräsidium auf Kungsholmen. Sie auf dem Rücksitz neben Kent, Kalle auf dem Beifahrersitz vorne. Alle sind müde, und es ist still im Auto. Sie ist in diffuse Träume versunken.

Plötzlich ist es, als schlüge ihr ein kalter Wind entgegen, er strömt von dem Mann neben ihr aus. Irgendetwas ist grundlegend verkehrt.

Sie dreht langsam den Kopf und sieht ihn halb abwesend an. Sie sieht nicht länger sein wohlbekanntes Gesicht mit den tiefen Falten und den eindringlichen, gefährlichen Augen. Sie sieht das, was darunter liegt. Erinnerung, Schmerz, Rastlosigkeit. Gewalt, Berechnung. Ihre Seelen treffen sich und heften sich für eine Sekunde aneinander wie zwei Kugeln in Zeitlupe. Lassen sich wieder los und entfernen sich voneinander, aber der Zusammenprall war so stark, dass sie zusammenzuckt.

Was war seither geschehen? Sie war zu sich gekommen, und ihr war klar geworden, wie einsam er sein musste. Dann hatte sie ihm den peinlichen Vorschlag gemacht, er solle Carina heiraten.

Sie wurde noch immer rot, wenn sie daran dachte. Sie wusste, dass er und Carina viele Jahre lang irgendeine Art Beziehung gehabt hatten. Sie war nicht sicher, woraus sie wirklich bestand. Vielleicht halfen sie einander wie gute Freunde, vielleicht hegten sie tiefe Gefühle füreinander. Sie hatte keine Lust sich vorzustellen, dass er Carina ausgenutzt haben könnte, als sie noch als Prostituierte gearbeitet hatte.

Sie war Carina ein paarmal begegnet, und sie mochte sie. Manchmal hatte sie den flüchtigen Wunschtraum gehegt, die beiden könnten zusammen glücklich werden. Warum konnte die Welt nicht wenigstens ab und zu einfach so funktionieren wie sie sollte? Und manche Geschichte mit einem Happy End versehen?

Kent hatte ausweichend geantwortet. Sie hatten oben in der Cafeteria der Fahndung Kaffee getrunken, und dann war er in sein Büro verschwunden. Danach war sie vollauf mit den Voruntersuchungen und dem Zusammenstellen der Beweise beschäftigt gewesen. Den Sommer hatte sie mit Verhören, Pressekonferenzen und Besprechungen mit den anderen Abteilungen zugebracht.

Kent war stillschweigend in die Peripherie verschwunden. Sie dachte ab und zu an ihn, aber sie hatte zu viel zu tun. Er war in ihrem Kopf nicht mehr präsent.

Sie zögerte. *Du sammelst zu viele Informationen.* Verdammt nochmal! Sie nahm den Hörer ab und wählte Kents Nummer. Aller Wahrscheinlichkeit zum Trotz saß er an seinem Platz, worüber sie fast lächerlich erleichtert war.

»Johansson«, hörte sie seine Stimme.

»Hallo, hier ist Margareta. Viel zu tun?«

»Im Augenblick nicht.«

»Involviert in die Rosenbad-Sache?«

»Bislang nicht. Ich habe nachher noch einen anderen Termin.«

»Prima. Hast du Zeit auf einen Kaffee?«

»Jetzt gleich?«

»Ja, wenn du kannst.«

»Klar. Unten in der Cafeteria?«

»Das wäre das Einfachste.«

»Okay, dann sehen wir uns in fünf Minuten«, sagte er und legte auf.

Kein Erstaunen in der heiseren Stimme. Kein Erklärungsbedarf. Und auch keine übermäßige Begeisterung, dachte sie schuldbewusst. Sie beabsichtigte, ihn auszuhorchen, und er ahnte nichts davon.

Sie nahm den Fahrstuhl nach unten und ging durch den Verbindungsgang in das Nebengebäude. Er saß bereits vor der Glaswand, die den Blick auf die Schwimmhalle freigab, eine Tasse Kaffee vor sich auf dem Tisch. Er hatte sich so platziert, dass er den Eingang im Blick hatte und, wenn er sich mit dem Rücken zur Glaswand setzte, auch das übrige Lokal. Nicht zu nah, nicht zu weit entfernt. Ein routinierter, alter Fahnder.

Margareta holte sich Kaffee und ein Kuchenteilchen und setzte sich ihm gegenüber. Kent trug dunkelblaue Jeans und einen hellen, blaugrauen Pullover mit weitem Halsausschnitt. Gesicht und Arme waren braungebrannt. Sie fragte sich, wo er den Sommer über gewesen sein mochte. Sie lächelten sich ein wenig abwartend an.

»Wie geht's dir?«, fragte sie.

»Ganz gut«, antwortete er. »Und du?«

»Prima.«

Sie nahm ihren Mut zusammen und fügte hinzu:

»Hast du dich inzwischen von Norrland erholt?«

Sein Lächeln wurde eine Spur breiter, und seine Augenbrauen hüpften leicht in die Höhe, als hätte sie etwas unfreiwillig Komisches gesagt. Die Falten um seine Augen wurden tiefer.

»Das sollte ich wohl getan haben. Ist ja schon ein Weilchen her.«

»Aber du hast immerhin einen Mann erschossen.«

Jetzt war es heraus. Er schien ihr die Bemerkung nicht übel zu nehmen.

»So war es, leider. Vielleicht wäre es anders gekommen, wenn ich Zweifel gehabt hätte. Aber er hat ja auf uns gezielt. Da gab es keine große Wahl.«

Sie sah ihm in die Augen, und er erwiderte ihren Blick, freundlich, aber ohne etwas von sich preiszugeben. Margareta merkte, wie der Elan sie verließ.

»Das war ein merkwürdiger Ort, dieses Haus da oben in Norrland«, erinnerte sie sich.

»Ja. Habe mich auch schon gefragt, was jetzt damit passiert. Wenn Malmberg nicht genug Kleingeld hat, um die Entschädigungen zu bezahlen, wird wohl die Gemeinde das Ganze übernehmen. Sonst stünde es wahrscheinlich nur leer.«

»Sie haben sicher aufgeräumt.«

»Ja, sie können ja nicht den ganzen Schrott da rumliegen lassen. Das wäre auch viel zu gefährlich für Touristen und Kinder.«

»Sie reißen es sicher ab«, überlegte sie. »Schütten Kies und Erde drüber. Was wohl die Archäologen denken, wenn sie in fünfhundert Jahren darüber stolpern?«

Er lachte über diesen unerwarteten Gedanken.

»Ja, das ist eine gute Frage.«

Es wurde wieder still. Sie biss von ihrem Kuchen ab.

»Weißt du eigentlich, was aus diesem Jungen geworden ist, Andreas?«, fragte er. »Dieser schmale Hänfling?«

»Als ich mich um ihn gekümmert habe, hat er nur nach John Danielsson gefragt. Wollte um jeden Preis mit ihm sprechen. Das war schon ein bisschen komisch.«

»Nicht unbedingt. Es wäre doch möglich, dass der Bursche im Begriff war, die Organisation zu verlassen, obwohl er selbst sich dessen vielleicht noch gar nicht bewusst war.«

Sie hielt inne, die Kaffeetasse auf halbem Weg zum Mund.

»Ach ja?«

»Ja. Er fing an, da rauszuwachsen. Mit dem Nationalsozialismus abzuschließen.«

»Wieso glaubst du das?«

»Weil er so verflucht enttäuscht von John war. Haben sie noch miteinander geredet?«

»Ich bezweifle, dass John Lust dazu hat. Er will das Ganze endlich hinter sich lassen. Er sah schrecklich blass und mitgenommen aus, als ich im Präsidium von Gransele mit ihm gesprochen habe. Ein Schatten seiner selbst.«

»Wie geht es seiner Frau und seiner Tochter?«

»Ist schon eine Weile her, dass ich sie gesehen habe.«

»Ich frage mich, wie eine Familie mit solchen Belastungen fertig wird«, überlegte er. »Da muss es ja zur Krise kommen. Danielsson war übrigens heute Morgen im Fernsehen. Er kennt die Justizministerin.«

»Aha?«

Er blickte sich im Raum um, routiniert, unbewusst. Margareta war quälend bewusst, dass er das Gespräch auf ihre Spielfeldhälfte gelenkt hatte, weg von sich selbst und weg von Gransele. Es war verführerisch, es einfach dabei zu belassen.

Er sah auf die Uhr.

»Ich muss los. Ich habe noch ein paar Sachen zu erledigen.«

»Sicher«, sagte sie. »Ich wollte nur sehen, ob es dir gut geht.«

Er stand mit einem schwachen Lächeln auf, stellte seinen Kaffeebecher ordentlich in einen Geschirrwagen und verschwand in Richtung Ausgang.

Sie fühlte sich, als hätte sie versucht, etwas zu fangen, das ihr immer wieder aus den Fingern geglitten war.

Ärgerlich aß sie den Rest ihres Kuchens, spülte ihn mit kaltem Kaffee hinunter und kehrte an ihren Schreibtisch zurück.

11

Kent nahm den Aufzug nach oben. Betrat den Flur, grüßte ein paar Kollegen und ging in sein Büro. Es war leer. Jenny, der der andere Schreibtisch gehörte, war unerwartet befördert worden und außer sich vor Freude förmlich aus dem Büro getanzt.

Er ließ sich auf seinen Stuhl fallen. Der Fernseher auf dem Bücherregal lief ohne Ton, ein klappriger Apparat, der noch aus den Achtzigern stammen musste. Er sendete eine Endlosschleife von Berichten über den Überfall, ohne wirklich etwas zu berichten zu haben. Kent zappte in einen anderen Kanal. Dort hatte man klugerweise eine beruhigende Sendung über Seeadler ins Programm genommen. Eine Weile betrachtete er die majestätischen Vögel, die mit großen, ruhigen Bewegungen am Himmel kreisten, die gewaltigen Schwingen ausgebreitet. Was für ein fantastisches Schauspiel.

Margaretas Anruf hatte ihn völlig unvorbereitet getroffen. Er hatte nicht damit gerechnet, sie so nah bei sich zu haben, jetzt, wo es keinen konkreten Grund dafür gab. Er hatte gemerkt, wie die Gedanken hinter ihrer Stirn gearbeitet hatten, vorwärts und rückwärts. Das beunruhigte und faszinierte ihn zugleich.

Er rief sich zur Ordnung, verbannte ihr Bild aus seinem Bewusstsein, nahm sich eine Akte und schleuderte sie auf den Schreibtisch. Er hatte wirklich anderes zu tun.

Aber es funktionierte nicht. Die Buchstaben flimmerten und verschwammen vor seinen Augen. Die Seeadler waren das Einzige, was ihn in diesem Moment erreichte, dachte er. Was würde danach kommen? Fruchtfliegen?

Die eine Hälfte seines Bewusstseins war nur damit beschäftigt gewesen, sich darüber zu freuen, dass sie ihm gegenüber saß. Vor fünf Monaten hatte er noch, mit seinen Träumen und Befürchtungen alleine, im Dunkel der Nacht auf dem Hügel in Fredhäll gestanden und einen Müllsack ins Wasser geworfen, einen Sack voller Gegenstände, die ihn kompromittieren konnten. Er erinnerte sich an seinen Wunsch, Margareta möge auf irgendeine Weise in sein Leben treten, in seine Zimmer, sich umsehen und da sein. Ihn konfrontieren. Die andere Hälfte seiner selbst war beunruhigt und irritiert. Dieser Teil von ihm mochte keine Veränderungen.

Etwas, über das er keine Kontrolle besaß, regte sich tief in seinem Innersten, dort wo die Konturen, die er sonst so deutlich sah, im Dunkeln verschwammen. Dorthin konnte er sie unmöglich vordringen lassen. Doch gerade dorthin wollte er sie lassen. Der heiße Wind der Gefahr blies ihm in den Nacken, und es machte ihm Angst, dass er ihn spüren wollte.

Jemand klopfte vorsichtig an die Tür. Kent sprang fast auf.

»Entschuldige, dass ich deine schönen Träume störe«, sagte der Kollege in der Türöffnung. »Könntest du mit Bengt Ek nach Rosenbad fahren und eine Geräuschprobe machen? Er hat mich gebeten, aber ich habe keine Zeit.«

»Klar«, sagte Kent und stand auf.

Etwas, das kein Nachdenken erforderte. Das war perfekt. Er fuhr mit Bengt hinunter in die Garage. Sie hatten schon oft zusammen gearbeitet, er war ein großer, ernsthafter Mann.

»Wie läuft's?«, fragte er.

»Noch zu früh, um Genaueres zu sagen«, antwortete Bengt. »Es sieht simpel aus, aber es ist ein komplizierter Tatort.«

Sie nahmen den Wagen der Kriminaltechnik und fuhren nach Rosenbad. Ein roter Kombi. Die Sonne schien über der Stadt.

»Schönes Wetter«, sagte Kent.

»Ja, Gott scheint seine Pflicht, uns heute zu duschen, vergessen zu haben«, erwiderte Bengt und grinste. »Vielleicht sind wir so sauber, dass es jetzt reicht.«

Ein Blitzlichtgewitter prasselte auf sie nieder, als sie durch die Absperrung fuhren. Sie zeigten am Empfang ihre Marken vor und setzten ihren Weg ins Ministerium fort. Vereinzelt waren uniformierte Polizisten zu sehen, aber davon abgesehen schien das Leben in den Fluren und Zimmern weiterzugehen wie zuvor. Wie es wohl sein mag, hier zu arbeiten, fragte er sich. Bengt ging vor ihm her in einen Raum auf der Südseite. Ein junger Mann im Anzug blickte von seinem Schreibtisch auf. Eine dunkle Strähne fiel ihm in die Stirn. Er sah gut aus, wirkte aber ein wenig nervös.

»Ja?«

»Wir sind uns heute Morgen schon begegnet. Leider müssen wir Sie nochmal einen Augenblick stören«, erklärte Bengt. »Wir bräuchten das Büro hier für fünf Minuten.«

Der junge Mann sah sie an.

»Dieses hier? Oder Karin Landbergs?«

»Nur das hier. Wenn sie dort drinnen ist, dann kann sie ruhig sitzen bleiben. Aber vielleicht gehen Sie kurz einen Kaffee trinken? Und es wäre schön, wenn Sie Moa Dahlman mitnehmen könnten.«

Der junge Mann öffnete den Mund, um eine Frage zu stellen, machte ihn aber wieder zu. Er ging zu der weißen Sicherheitstür, öffnete sie einen Spalt breit und klopfte an den Rahmen. Offenbar antwortete jemand, ehe er den Kopf durch den Spalt steckte.

»Die Polizei ist hier. Sie müssen nicht mit dir sprechen, aber so wie es aussieht, brauchen sie mein Büro für ein paar Minuten, um irgendetwas zu untersuchen. Ich gehe so lange in die Cafeteria.«

»Okay«, war eine Stimme aus dem Zimmer zu hören.

Kent beugte sich vor und sah die Justizministerin hinter einem Schreibtisch am Ende des Raumes sitzen. Sie trug etwas Grünes. Der Anzugbubi trat auf den Flur.

»Zwischen diesem Zimmer und dem des Tatopfers liegt eine Toilette«, erklärte Bengt. »Ich werde hineingehen und prüfen, ob Chiquin etwas durch die Wand gehört haben könnte, nachsehen wollte und dann hier auf den Täter getroffen ist. Ich gehe ins Klo, und du machst Folgendes: in normaler Lautstärke reden, schreien, eine Schublade aufziehen und etwas auf den Boden fallen lassen. Okay?«

»Türen öffnen«, fügte Kent hinzu.

»Gut. Fünf Sachen. Wir halten über Handy Kontakt.«

Er verschwand. Kent blieb stehen und wartete auf das Startsignal. Es kam.

»Fuchs du hast die Gans gestohlen«, sagte er. »Wenn ich ein Vöglein wär. Du alter, du freier, du felsiger Norden.«

»Hier ist nichts zu hören«, meldete der Kriminaltechniker durchs Telefon. »Jetzt schrei.«

Er schrie in verschiedenen Tonhöhen, während er sich überlegte, was die Ministerin drüben in ihrem Büro wohl denken mochte, er zog die Schreibtischschubladen des Sekretärs auf, ließ Bücher auf den Boden fallen und öffnete beide Sicherheitstüren. Karin Landberg sah ihm erstaunt zu, wie er mit ernster Miene ihre Tür auf- und zumachte. Die Scharniere quietschten.

»Was machen Sie denn da?«, erkundigte sie sich.

»Technische Probe«, erklärte er seriös.

Ihre Mundwinkel zuckten, als wollte sie laut loslachen.

»Das dachte ich mir«, sagte sie, und er realisierte, dass er kaum fünf Meter von einer Ministerin entfernt stand und dass sie sympathisch aussah. Er machte eine ironische Verbeugung und schloss die Tür wieder.

Der Techniker kam zurück. »Okay. Wir können abhauen.«

»Was hast du gehört?«

»Ich habe auf zwei Arten gelauscht: auf der Toilette sitzend und mit dem Ohr an der Wand. Ich habe die Schreie gehört, die Bücher und die quietschende Tür der Justizministerin.«

»Vielleicht hat das Opfer dasselbe gehört. Hätte jemand dieses Scharnier geölt, wäre die Sache vielleicht gut ausgegangen.«

»Möglich.«

Mit Kent im Schlepptau lief er den Flur hinunter, steckte den Kopf in einen blauen Raum, in dem es nach Kaffee duftete, nickte dem jungen Anzugträger zu, der zusammen mit einem hoch gewachsenen Mädchen in Grau an einem runden Tisch saß.

»Kjellbo? Wir sind fertig.«

»Das ging schnell«, sagte das Mädchen.

»Nur zur Komplettierung«, erklärte Bengt.

Sie kehrten zum Aufzug zurück. Bengt warf ihm einen Seitenblick zu.

»So, jetzt hast du unsere höchste Chefin gesehen.«

»Sie scheint in Ordnung zu sein.«

»Findest du? Tja, sie ist wohl so wie die meisten Politiker sind. Alles dreht sich nur um Taktik und Machtspiele. Sieh dir doch an, was sie in den letzten zehn Jahren mit der Polizei gemacht haben. Die Hälfte der Alten, die noch was von ihrer Arbeit verstanden, hat schon lange aufgegeben, und wenn die andere Hälfte irgendwann aufhört, dann wird es ein gewaltiges Durcheinander geben.«

»Ich glaube kaum, dass die Ärmste da oben viel dagegen tun kann«, entgegnete Kent. »In der Regierung ist sie auch nur eine von vielen. Und Schweden ist nur ein Land von vielen in der EU.«

»Wenn alle so denken, dann gewinnen am Ende nur noch die Willensstarken«, sagte der Techniker. »Sie könnte eine Menge ändern. Wenn sie nur wollte.«

12

Das Ermittlerteam traf sich um Punkt fünf Uhr wieder. Draußen begann es schon zu dämmern, und Jonas hatte dafür gesorgt, dass ein kleiner Imbiss mit Kaffee und Mineralwasser für sie bereit stand. Lisbet Essburg nahm ein Käsebrot. Während sich die anderen ebenfalls versorgten, wanderte Alberg unruhig auf und ab. Schließlich setzte er sich.

»Manne«, sagte er.

Das gedämpfte Murmeln verstummte. Manne fing an, bedächtig nach seinen Unterlagen zu kramen. Sein rundliches Gesicht verriet nichts.

»Also. Dann werden wir mal unsere Aufmerksamkeit auf ein paar Fakten richten und von vorn anfangen. Bis jetzt haben wir niemanden gefunden, der Beatrice noch später als Moa gesehen hat, die sich gestern Nachmittag um sechs von ihr verabschiedet hat, aber wir haben noch nicht alle Zeugen gehört. Zum Beispiel steht noch die Befragung einiger Reinigungskräfte aus.«

»Das Wachpersonal?«

»Sie waren letzte Nacht zu dritt. Einer an der Rezeption, zwei, die abwechselnd ihre Runde gedreht haben. Sie machen drei Runden pro Nacht. Um neun, um zwölf und um drei.«

»Das klingt nicht danach, als wäre das Haus übermäßig gut bewacht.«

»Nicht so, dass es stört. Aber es ist ja auch eigentlich so, dass der Kasten um diese Zeit im Großen und Ganzen leer ist. Wie auch immer, keiner von denen, die ihre Runde gemacht haben, hat Beatrice gesehen. Sie scheint die Tür zu ihrem Büro abgeschlossen zu haben. Sie haben auch sonst nichts Erwähnenswertes bemerkt. Übrigens war keiner von ihnen zwischen halb vier und halb fünf im entsprechenden Stockwerk.«

»Wissen wir sonst etwas über sie?«

»Noch nicht. Es sind zwei Männer und eine Frau. Alle drei arbeiten seit über einem Jahr im Haus.«

Er zog die nächste Mappe hervor.

»Die Bänder: es gibt viel darauf zu sehen. Wir haben uns in der Kürze der Zeit auf das konzentriert, was zwischen drei und fünf Uhr passiert ist, zwischen sechs und neun Uhr gestern Abend und zwischen halb sechs und halb neun heute Morgen. Das Band von gestern Abend hat ziemlich wenig ergeben. Wir haben nicht gesehen, ob Beatrice das Haus verlassen hat, aber wir werden natürlich weitersuchen. Sie könnte irgendwohin gegangen und dann wiedergekommen sein. Kurz vor sechs heute früh kamen die Putzkolonne und einzelne andere Personen. Niemand, der nicht zum Haus gehört.«

Er hob den Kopf und sah sie ausdruckslos an.

»Eine Person *verließ* das Gebäude. Jemand, der im Justizministerium arbeitet. Abteilung für Urteile. Auf Landbergs Etage.«

»Wer?«, fragte Margareta.

»Hannes Ölund.«

»Was?«

»Ja. Er hat das auch in seiner Zeugenaussage angegeben, es ist auf der Anwesenheitsliste zu sehen, und wir haben ihn, wie gesagt, auch auf dem Videoband erkannt. Er sagt, er wäre ziemlich lang auf einer Feier gewesen und hätte dann schon um drei Uhr morgens im Büro vorbeigeschaut, um über ein paar Formulierungen für irgendeinen Vorschlag nachzudenken. Es gab da wohl ein paar verzwickte Punkte.«

»Und das musste er um drei Uhr morgens erledigen?«

»Offensichtlich. Er sagt, ihm wären ein paar gute Sachen eingefallen, und er hätte damit nicht warten können. Er ist mit Leib und Seele bei der Arbeit. Wie auch immer, er saß in seinem Büro, blind und taub für alles andere, glaubt, irgendwann einen Putzmann gesehen zu haben, aber sonst niemanden. Hat nichts gehört. Ging um halb sechs, um noch ein paar Stunden zu schlafen und dann wiederzukommen. Er wohnt in Gamla Stan, fünf Minuten von Rosenbad entfernt und betrachtet seinen Arbeitsplatz offenbar als Erweiterung seiner eigenen Hütte.«

»Was für einen Eindruck hat er im Verhör gemacht?«, fragte Alberg.

»Müde und nervös.«

Sie tauschten Blicke.

»Aha«, machte Margareta, mit einem Gefühl sinkender Spannung. »Ist es so einfach, dass er es war? Reicht das aus, um ihn festzunehmen und seine Wohnung zu durchsuchen? Vielleicht liegt da ja ein stumpfer Gegenstand herum und wartet nur auf uns, und die blutige Kleidung steckt im Wäschekorb oder Müllschlucker? Das würde auch erklären, warum er zwischendurch nach Hause musste.«

Sie musterte Lisbet Essburg. Die Staatsanwältin sah skeptisch aus und schüttelte den Kopf. Sie wollte noch mehr hören.

»So simpel kann es gar nicht sein«, meinte Kalle.

»Warum nicht?«, widersprach Jonas. »Denkt an den Lasermann! Ein Polizist konnte sich nicht vorstellen, dass man so bekloppt sein kann, in einem Auto zu seinen Banküberfällen zu fahren, das man auf den eigenen Namen gemietet hat, aber genau das hat er getan. Vielleicht ist Ölund ein Fanatiker. Ein Urteilsfanatiker. Vielleicht ist er davon überzeugt, dass es in seine Zuständigkeit fällt, eine Staatssekretärin, die er für schlecht hält, in die Schranken zu weisen? Er hat seine Pflicht getan, ist nach Hause gegangen, hat sich frische Sachen angezogen und ist zurückgekommen, um weiterzuarbeiten.«

»Dann wäre er doch total wahnsinnig.«

»Aber das ist doch nicht völlig abwegig. Warum soll es nicht wenigstens dieses eine Mal einfach und bequem sein? Chiquin wird wieder ganz gesund, wir schnappen den Strolch nach einem Tag, und es liegt keine Bedrohung der Justizministerin vor. Case closed. Weiter zum nächsten.«

»Und wer war der Putzmann, der vorbeigekommen ist?«, fragte Alberg.

»Wir haben ihn noch nicht gefunden«, räumte Manne ein. »Aber wir suchen weiter. Er muss ja irgendwann reingegangen und auch wieder rausgekommen sein, und sei es, dass er sich an jemanden drangehängt hat. Wenn es ihn überhaupt gibt. Sonst fangen die Putzleute, wie gesagt, um sechs an.«

»Dann werden wir ihn jetzt für eine Weile verlassen, wer immer er sein mag. Was wissen wir über die zwischenmenschlichen Verhältnisse im Ministerium?«, fuhr Alberg fort.

Manne suchte nach dem entsprechenden Blatt.

»Ich habe versucht, die Aussagen der Befragten zu sammeln. Das Verhältnis zwischen Beatrice und Karin: bislang keine anderen Hinweise als darauf, dass sie wirklich gut befreundet sind. Verhältnis zwischen Beatrice und Hannes Ölund: Nur wenige wollen ihn wirklich als feindselig bezeichnen. Die Mitarbeiter wollen ihr Ministerium schützen. Aber Ölunds Vorgesetzter ließ durchblicken, dass längst nicht alles Friede, Freude, Eierkuchen ist. Allerdings sehr widerstrebend. Er will die Ermittlungen natürlich nicht behindern, aber gleichzeitig hinter seiner Abteilung stehen, gefreut hat ihn das alles also nicht. Auch über das Verhältnis zwischen Anders Kjellbo und dem Opfer wollte niemand gerne reden. Aber sie wissen davon. Alles ist ziemlich vage. Wir müssen weiterhin alle Möglichkeiten im Auge behalten.«

»Das werden wir«, bestätigte Alberg.

»Könnte Ölund ein heimlicher Liebhaber sein?«, überlegte Margareta zögernd. »Sie tun so, als wären sie Gegenspieler, damit ihnen niemand auf die Schliche kommt, verabreden ein nächtliches Tête-a-Tête, er dreht durch und schlägt sie beinahe tot?«

»Hemmungslose Orgien in der Regierung!«, stichelte Jenny ironisch.

»Warum nicht? Das sind auch nur Menschen wie du und ich.«

»Wenn ich alles richtig verstanden habe, dann haben wir im Augenblick, ohne alles gesehen zu haben, vier interessante bekannte Personen und einen Unbekannten«, fasste

Alberg zusammen. »Der Unbekannte ist der Putzmann, von dem wir noch immer nichts wissen. Dann Kjellbo und Ölund. Wir können auch noch Dahlman im Hinterkopf behalten, sie scheint die Letzte zu sein, die Chiquin gesehen hat, bevor sie gefunden wurde. Dann bleibt noch Landberg selbst, die sich theoretisch natürlich auch aus der Wohnung des Kochs geschlichen haben könnte. Kjellbo war schon vor dem Fund des Opfers an seinem Platz, und es steht fest, dass Ölund in dieser Nacht da gewesen ist. Alle hatten theoretisch eine Möglichkeit. Dem Motiv nach zu urteilen sind Ölund und Kjellbo die wahrscheinlichsten Kandidaten, aber von den beiden hatte Kjellbo weniger Zeit, und außerdem wohnt er mit seinem Partner zusammen.«

»Es gibt noch eine Gruppe, die vor Ort war und die wir die ganze Zeit zu vergessen scheinen«, sagte Jenny. »Das Wachpersonal. Sie könnte genauso gut in einen Wachmann verliebt gewesen sein oder Feinde unter ihnen haben. Und sie haben Schlüssel. Ist einer von ihnen Mitglied einer fremdenfeindlichen Organisation? Oder aus Guatemala? Oder in derselben Wohnungsbaugenossenschaft und sauer wegen einer unordentlichen Waschküche?«

»Richtig, das müssen wir überprüfen, aber gerade von der Sache mit den Schlüsseln dürfen wir uns nicht blenden lassen. Der Betreffende könnte sich einen Schlüssel geliehen und nachgemacht haben. Was hast du über Ölund herausgefunden, Margareta?«

»Nada. Er ist seit zehn Jahren geschieden. Ein erwachsener Sohn. Lebt alleine, soweit bekannt. Keine Vorstrafen.«

»Kjellbo, Landberg und Dahlman?«

»Auch da Fehlanzeige. Ich habe ein ziemlich cooles Bild von Kjellbo bei der Gaypride-Parade gefunden, Dahlmann hat zwei Geldstrafen wegen Geschwindigkeitsübertretung, und aus Karin Landbergs wilder Jugend gibt es auch ein bisschen Material«, zählte Kalle auf. »Sie war in den Siebzigern aktive Umweltschützerin, und ich habe einen Zeitungsartikel gefunden, wo sie auf einem Festival tanzt. Sie sah übrigens ziemlich cool aus. Auf dem Bild trägt sie eine Art knallorangefarbene Samttunika mit großen, weißen Applikationen.«

»So eine hatte ich auch«, sagte Essburg. »Mahjong. Eigentlich sehr elegant. Und schön. Besser als diese unsäglichen ausgeschnittenen Tops, all die nackten Bäuche und String-Tangas.«

»Wir werden mit der Säpo abgleichen müssen, ob sich noch etwas anderes in ihrem Background finden lässt.«

Jenny räusperte sich.

»Nur noch eine Kleinigkeit«, sagte sie.

Alle Blicke wandten sich ihr zu. Sie wirkte ein bisschen nervös.

»Ich sagte ja bereits, dass irgendwas an dem Jungen seltsam war. Also bei Paulo, ihrem Sohn. Deshalb habe ich mir erlaubt, ihn etwas näher unter die Lupe zu nehmen, Zeit genug hatten wir ja.«

Sie machte eine fragende Pause. Niemand schien Einwände zu haben.

»Sie waren natürlich nicht gerade erfreut darüber, dass ich noch einmal im Krankenhaus aufgetaucht bin. Auf jeden Fall, ich habe mit ihm geredet. Er machte immer noch einen etwas abwesenden Eindruck. Man könnte fast meinen, dass er nicht besonders schlau ist. Aber das stimmt so nicht. Ich habe an der Schule nachgeforscht. Er hat gute Zensuren. Das Lernen fällt ihm leicht. Also ist es vermutlich der Schock. Wie auch immer, es war nicht einfach, einen Eindruck davon zu bekommen, wie er die Sache mit seiner Mutter aufnimmt. Man sieht ihm nicht an, ob er Angst hat oder beunruhigt ist.«

Alberg und Essburg hörten skeptisch zu.

»Seine Lehrerin sagt, er wäre ein einsamer Wolf. Sie glaubt, dass das an seiner Intelligenz liegt. Er fühlt sich oft fremd unter den anderen Kindern. Ganz offensichtlich hat es aber nichts mit seiner südamerikanischen Abstammung zu tun. Kein ethnisches Mobbing. Aber er hat mit einer Psychologin gesprochen. Ich habe auch sie angerufen. Sie war ein bisschen aufgebracht und wollte natürlich am liebsten überhaupt nichts sagen. Er zeigt jedoch keine Gewalttendenzen, meint sie jedenfalls, wenn ich sie recht verstanden habe. Aber er scheint ein schweres Trauma zu haben, vielleicht durch die Scheidung. Das könnte immerhin erklären, warum er sich ein wenig ausgeschlossen fühlt.«

»Lisbet?«, fragte Alberg.

»Neuigkeiten für mich«, sagte sie.

»Dann könnte Beatrice Schwierigkeiten mit ihm haben. Oder er mit ihr«, überlegte Kalle. »Noch ein Problem – abgesehen davon, dass sie homophob ist.«

»Bist du da nicht gerade ein bisschen voreilig mit deinem Urteil?«, fragte Jenny. »Vielleicht hat sie gar nichts gegen Homosexualität, sondern findet lediglich, dass die Justizministerin so etwas in ihrer unmittelbaren Umgebung vielleicht nicht unbedingt fördern sollte?«

»Aber genau *das* bedeutet ja homophob«, erklärte Margareta freundlich. »Es geht gerade darum zu denken, dass ›sowas‹ etwas Schlechteres ist. Anders und unnatürlich.«

»Ist es das denn nicht?«

»Nicht für acht Prozent der Bevölkerung. Und das schließt Tiere mit ein.«

»Aber rein anatomisch …«, hob Jenny an.

»Rein anatomisch scheint es Menschen zu geben, die sich vom selben Geschlecht angezogen fühlen«, unterbrach Margareta und registrierte selbst, wie ihr Ton schärfer wurde. »Und es ginge ihnen gut dabei, danke der Nachfrage, wenn die anderen endlich aufhören könnten, auf ihnen herumzuhacken.«

Jenny senkte mit rotem Kopf den Blick auf ihre Unterlagen.

»Es ist eine natürliche Variante«, fuhr Margareta fort und versuchte ihre aufkeimende Wut zu beherrschen. »Genau wie blondes oder rotes Haar. Und weiter? Es schadet doch wohl keiner Menschenseele, wenn Anders Kjellbo in seinen Linus verliebt ist, oder? Je mehr Menschen glücklich sind, umso besser. Oder bist du anderer Ansicht?«

Von seinem Platz aus beobachtete Kalle sie aufmerksam, er saß ihr gegenüber. Niemand mischte sich ein. Lähmende Stille machte sich breit. Jenny fühlte sich angegriffen und wollte sich nicht geschlagen geben.

»Du hast gesagt, dass dieser Anders einige der Ecce-Homo-Bilder in seinem Büro an der Wand hängen hat«, widersprach sie entrüstet. »Also zwei Meter von der Justizministerin des Landes entfernt! Bilder dieser Ausstellung, die von Jesus handeln sollte, aber voll war mit erigierten Penissen. Das hat eine Journalistin vom *Expressen* geschrieben!«

»Das stimmt so wirklich nicht. Hast du die Bilder überhaupt gesehen?«

»Diese Diskussion artet aus«, griff Alberg nach einem Seitenblick auf Essburg ein. »Es spielt wirklich keine Rolle, ob wir, die verehrten Mitglieder dieser Versammlung homophob sind oder nicht, solange wir als Polizisten professionell bleiben. Wir sollen ein Verbrechen aufklären, nicht die großen Fragen des Lebens abhandeln. Könnten wir also bitte zum Wesentlichen zurückkommen?«

»Natürlich spielt das eine Rolle!«, widersprach Margareta. »Es spielt eine Rolle, weil es unsere Einstellung den

Verdächtigen gegenüber beeinflusst. Jenny, du hast Anders Kjellbo eben »dieser Anders« genannt. Aber tatsächlich kennst du ihn gar nicht. Soweit mir bekannt ist, bist du ihm nicht einmal begegnet.«

»Okay, okay, aber ich will nur an eine Sache erinnern, die den Sohn betrifft«, ergab sich Jenny. »Beatrice hat ein einziges Wort zu Karin Landberg gesagt. Nämlich ›Paulo‹. Den Namen ihres Sohnes. Wir sind davon ausgegangen, dass sie sich einfach Sorgen um ihn gemacht hat. Aber es könnte auch etwas anderes bedeutet haben. Zum Beispiel könnte er der Täter gewesen sein.«

»Gut gedacht«, sagte Margareta.

»Und ich würde niemals zulassen, dass meine persönlichen Ansichten meine Arbeit beeinträchtigen«, ergänzte Jenny knapp.

»Mit dieser treffenden Äußerung könnten wir jetzt bitte für den Moment einen Strich unter diese Debatte machen«, sagte Alberg. »Wenn Paulo gestern Abend oder Nacht wirklich oben im Ministerium bei seiner Mutter war, dann werden wir das auf den Bändern sehen. Zurück zu dem, was jetzt ansteht. Was meinst du, wie wir weiter verfahren sollen, Lisbet?«

Sie machte eine ungeduldige Geste.

»Ölund? Er ist ein Grenzfall. Wir haben Material aus dem Zimmer und vom Opfer, das offenbar zu gar nichts führt. Dass er im Ministerium war, ist durchaus bemerkenswert, aber muss nicht zwingend etwas zu bedeuten haben. Ich finde, wir warten bei ihm noch ein wenig ab und suchen weiter nach dem geheimnisvollen Putzmann und vergleichen die Anwesenheitslisten mit den Bändern. Haben wirklich alle, die gestern gegangen sind, vor halb vier Uhr nachts das Gebäude verlassen? Wir wissen noch zu wenig. Es könnte nach wie vor sein, dass zur betreffenden Zeit noch mehr Menschen oben im Ministerium waren. Und ich meine, wir sollten das bedenken, was Jenny gesagt hat, und das Wachpersonal nicht vergessen. Sie hätten außerdem die Gelegenheit, die Listen und Bänder zu manipulieren, wenn sie das für notwendig hielten.«

»Dann machen wir es so«, sagte Alberg. »Wir werden noch weiter Fakten abwarten und das Sicherheitspersonal nochmal verhören. Manne und Jonas nehmen sie eingehender unter die Lupe, und ich bleibe heute Abend länger, für den Fall, dass noch etwas auftaucht. Ihr könnt erstmal nach Hause gehen. Mit eingeschalteten Handys.«

Alle blieben sitzen, sie wollten noch nicht aufstehen.

»Das Problem mit Ölund ist doch, dass es mit der technischen Beweisführung heikel wird«, gab Kalle zu bedenken. »Es gibt ganz legale Gründe, weshalb er und Beatrice Spuren des jeweils anderen an sich tragen könnten. Sie arbeiten schließlich zusammen.«

»Aber kaum, wenn es um Sperma oder Blut geht und kaum, wenn er Fingerabdrücke im Nebenzimmer hinterlassen hat«, widersprach Margareta. »Wir könnten Landberg fragen, ob Ölund jemals in ihrer Kammer gewesen ist. Oder Kjellbo.«

»Vielleicht haben ja auch *die* beiden da aufeinander gesessen«, rutschte es Jenny heraus, die sich diesen Kommentar nicht verkneifen konnte.

Niemand nahm Notiz von ihr. Stattdessen standen alle auf und gingen. Sie errötete erneut, klaubte ihre Akten zusammen und eilte hinaus auf den Flur.

Margareta wechselte einen Blick mit Alberg und folgte ihr.

»Warte mal, Jenny!«

Widerstrebend blieb Jenny stehen. Margareta zog sie beiseite.

»Jetzt sag mir bitte, was das hier eigentlich soll. Was war das eben für ein schwulenfeindlicher Auftritt da drinnen?«

»Ich bitte um Verzeihung, wenn es unpassend war«, entgegnete das Mädchen schnippisch.

»Red nicht so einen Quatsch. Komm schon! Raus damit.«

Jenny sah sich um und begann mit gedämpfter, verbitterter Stimme zu reden.

»Wie du willst. Aber du hast gefragt! Du hast mich da drinnen hingestellt, als wäre ich eine Art Monster, nur weil ich fühle, wie ich eben fühle. Das Ganze hat seinen Grund, aber ich hatte keine Lust, das vor euch allen auszubreiten. Ich habe damals in Göteborg einen Mordfall erlebt, bei dem ein kleiner Junge einem Sexualmord zum Opfer gefallen ist. Es war einfach entsetzlich. Sein Anus war verletzt, und dieses verdammte, kranke Scheusal hatte ihm Knutschflecken verpasst! Einem Kind!«

»Glaubst du, dass es Anders Kjellbo gewesen ist?«

»Nein, das habe ich nie behauptet, aber es war ein Schwuler! Du hättest den armen Kleinen sehen sollen!«

»Das war ein pädophiler und sadistischer Mörder. Soweit ich weiß, ist Kjellbo weder das eine noch das andere. Ich verstehe, dass das unglaublich schrecklich war, aber was hat das mit ihm zu tun?«

Jenny starrte sie aggressiv an.

»Dieses Gewäsch ist so typisch für Pseudoliberale wie dich! Ein Haufen Logik, dem man nicht widersprechen kann, aber in Wirklichkeit ist es euch einfach egal. Das Einzige, woran ihr denkt, ist politisch korrekt zu sein!«

Margaretas Augenbrauen fuhren nach oben.

»Findest du nicht, dass es für die Opfer heterosexueller Pädophiler genauso entsetzlich ist?«, entgegnete sie. »Kleine Mädchen? Verabscheust du deshalb heterosexuelle Männer?«

Jenny antwortete nicht. Der dunkle Schatten über ihrem Gesicht wollte nicht weichen. Es spielte keine Rolle, dass Anders Kjellbo vielleicht lammfromm war. Er ließ sie an diesen grauenvollen Anblick denken, den sie ihr Lebtag nicht vergessen würde. Das reichte.

»Das ändert nichts!«, brach es verzweifelt aus ihr heraus.

Margareta sah sie an.

»Jetzt hör mir zu. Ich habe dich in diese Ermittlung geholt, und ich erwarte, dass du dich professionell verhältst. Das bedeutet: Keine Ausbrüche, die auf deinen früheren Erlebnissen oder Vorurteilen basieren, gegen Menschen, die Gegenstand unserer Ermittlung sind. Keine Ausfälle gegen mich aus irgendwelchen vagen, gefühlsbedingten Gründen. Sonst klappt es nicht, das beeinträchtigt die Ermittlungen. Verstanden? Noch so eine Sache, und du bist draußen. Oder muss ich dich sofort zur Fahndung zurückschicken?«

Jenny rang mit sich. Margareta wartete. Sie war sichtlich enttäuscht. Sie hatte von Jenny Beiträge zur Ermittlung erwartet, Ideen. Das hier war ganz und gar nicht das, was sie sich erhofft hatte. Und gleichzeitig wünschte sie sich von ganzem Herzen, dass das Mädchen jetzt nicht die Nase in die Luft reckte und protestierte. Dann wäre ihr Gastspiel im Team beendet, und Margareta hätte auf das falsche Pferd gesetzt.

Aber Jenny schien die Botschaft verstanden zu haben.

»Dann entschuldige«, sagte sie eine Spur zu kurz angebunden.

»Entschuldige was?«

»Entschuldige, was ich über Anders Kjellbo gesagt habe, dass ich den Mordfall in Göteborg mit in die Sache gezogen habe und dass ich dich beleidigt habe. Ich hatte absolut keine Veranlassung dazu.«

»Okay. Vergessen wir das. Geh jetzt nach Hause und mach Großputz in deinem Kopf und deinen Gefühlen. Sonst wird es, wie gesagt, nicht funktionieren.«

»Ich werde es versuchen. Nochmals Entschuldigung für das, was ich eben über dich gesagt habe. Ich kann mir gar nicht vorstellen, woher das kam.«

»Daran ist nichts Ungewöhnliches«, sagte Margareta. »Es ist nur natürlich. Es ist nur Ausdruck deiner Sehnsucht, diesen kleinen Jungen zu beschützen, selbst wenn es nur im Rückblick ist.«

Jenny musterte sie nachdenklich. Plötzlich wirkte sie verletzlich. Sie wollte noch mehr sagen, aber sie wusste nicht, ob sie es tun sollte.

»Ich weiß, dass du mich ins Team geholt hast, aber ich fühle mich so ausgeschlossen«, entfuhr es ihr schließlich. »Ihr anderen arbeitet schon seit Jahren zusammen. Ich hatte wohl irgendwie gedacht, dass wir beide mehr Kontakt haben würden. Dass wir über den Fall reden würden. Zusammensitzen und diskutieren und so. Jetzt war ich fast den ganzen Tag mit Jonas zusammen, und er ist nicht besonders redselig. Und mit einer der ersten Sachen, die ich anpacke, stelle ich mir gleich selbst ein Bein.«

Ihre Lippen begannen zu zittern, und sie war kurz davor, in Tränen auszubrechen.

Margareta verfluchte sich selbst. All die Erwartungen und Hoffnungen, all die Arbeit, die dieses Mädchen sich gemacht hatte, und sie hatte ihr nicht einen Gedanken gewidmet.

»Du hast Recht. Ach, Mist, wie ungeschickt von mir«, sagte sie. »Es ist erst ein Tag vergangen, und der war von oben bis unten vollgepackt. Ich habe nicht daran gedacht, dass du neu bist. Ich bin wohl einfach davon ausgegangen, dass es ein Kinderspiel werden würde. Das solltest du als

Kompliment verstehen. Vielleicht können wir uns in Zukunft ein bisschen öfter sehen?«

Das Mädchen nickte.

»Abgemacht, Jenny. Du machst deine Sache prima. Und das mit Paulo war wirklich gut. Auch wenn das gegenwärtig nirgends hinführt.«

Die Spannung löste sich so plötzlich, wie sie gekommen war. Jenny wagte sogar ein Lächeln. Beschämt, aber hoffnungsvoll optimistisch verabschiedete sie sich.

Der Flur war jetzt leer. Margareta ging in ihr Büro. Sie setzte sich und griff nach den Gelben Seiten. Es war fünf vor sechs. Pseudoliberal wie sie war, rief sie eine Buchhandlung an und fragte nach dem Ecce-Homo-Buch. Sie hatte keine Ahnung, ob die Bilder in Buchform herausgegeben worden waren, aber wenn es so war, dann wollte sie sich die Fotos noch einmal genauer ansehen. Doch niemand hatte von einem Ecce-Homo-Buch gehört. Sie fing an, stattdessen am Computer zu suchen und fand eine Seite im Internet, auf der die Bilder zusammen mit den Kommentaren der Fotografin gezeigt wurden.

Das hier sollte Jenny sich mal ansehen, dachte sie, als sie sich Bild für Bild durchklickte.

Es waren Freunde der Fotografin, die da posierten. Einige von ihnen aidskrank. Mütter, die ihre Kinder verloren hatten. Die Pietà, Maria, die den toten Leib Jesu auf dem Schoß hält, posierte vor der Krankenstation, auf der die Fotografin selbst Abschied von ihren todkranken Freunden genommen hatte. Dass überhaupt irgendjemand dies als Verhöhnung seiner Religion betrachten konnte, war nicht zu fassen.

Erigierte Penisse fand sie nirgends, obwohl es sie nicht einmal gestört hätte, wenn es so gewesen wäre. Es fiel ihr schwer, die menschlichen Erfahrungen in geistige und körperliche zu trennen, wobei die körperlichen weniger wert sein sollten. Die Szene, in der Jesus von Johannes dem Täufer gesegnet wird, kam Jennys Befürchtungen am nächsten. Der Mann, der Jesus darstellte, war nackt. Aber wenn die Naturgesetze nicht plötzlich aufgehoben wurden und ein Penis, der zu Boden zeigte, als erigiert betrachtet werden durfte, dann war er es auch nicht. »Die Journalistin vom *Expressen*« musste wohl ihre Brille vergessen haben.

Sie hörte Geräusche hinter sich. Kalle kam ins Büro und starrte auf den Bildschirm.

»Prächtiger Schwanz«, sagte er. »Und du sitzt da und bewunderst ihn?«

»Ja, er ist großartig, aber das ist nicht der Grund, warum ich ihn mir ansehe«, sagte sie und versuchte ihren Ärger darüber, dass er in ihr Zimmer gestiefelt war, ohne anzuklopfen, hinunterzuschlucken.

»Er hat einen Ständer«, sagte Kalle.

»Wie willst du daraus einen Ständer machen?«

»Na, wenn der noch größer werden kann, dann wäre das ziemlich ungerecht uns anderen Kerlen gegenüber. Was ergibt es denn für einen Sinn, Jennys Ideen nachzugehen, wenn du nicht daran glaubst? Was willst du denn auf diesen Bildern finden?«

»Ich weiß es nicht. Irgendetwas sagte mir, dass ich sie mir ansehen sollte.«

»Ganz ohne Grund?«

Sie schob ihren Stuhl mit einer heftigen Bewegung zurück und sah wütend zu ihm auf.

»Jetzt reicht es aber!«, platzte sie heraus. »Was glaubst du eigentlich, wer du bist? Was zum Teufel gibt dir das Recht, die ganze Zeit meine Verhöre und meine Einfälle dirigieren zu wollen? Und jetzt auch noch meine *Gedanken*?«

»Wie bitte?«, fragte er entgeistert.

»Das machst du schon den ganzen Tag! Ein paarmal miteinander ins Bett, und du musst plötzlich jede Kleinigkeit kommentieren und beurteilen, die ich mache?«

»*Ein paarmal miteinander ins Bett?* So nennst du das? Ist das alles, was wir machen?«, fragte er verletzt.

Sie stöhnte laut und frustriert auf.

»Schluss damit! Du klingst wie ein Sechzehnjähriger! Versuch doch nicht, das, was ich sage, zu widerlegen, indem du mir das Wort im Mund umdrehst, verdammt!«

»Okay. Wie du willst. Ich werde die Klappe halten, wenn dir das nicht gefällt.«

»Tu das!«, fauchte sie.

Er machte gekränkt auf dem Absatz kehrt, stolperte auf den Flur und schlug die Tür hinter sich zu. Wütend hielt sie sich am Schreibtisch fest und zog sich so schnell zurück an den Rechner, dass sie sich die Tischkante in den Bauch rammte. Was für ein Kindskopf! Sie hatte ganz sicher nicht vor, ihm hinterherzustürzen, sich um ihn zu kümmern, verständnisvoll zu sein und zu erklären. Wenn er das nicht selbst begreifen konnte, dann war es aus zwischen ihnen, ganz gleich wie. Was war los mit den Männern? Warum betrachteten sie sich als Autorität über jede Frau, die sie nackt im Bett gesehen hatten? Er war seit drei Jahren in ihrer Abteilung und hatte ihre Arbeit nie in Frage gestellt. Und jetzt wollte er sie plötzlich bis ins letzte Detail kontrollieren. Ihre Spekulationen einschränken, in ihre Hirnwindungen kriechen.

Sie schluckte ihren Zorn hinunter und klickte sich weiter durch die Bilder.

Bei dem, das den Judaskuss darstellte, hielt sie inne. Ein junger Mann in ausgebeultem, gelbem Anzug drängte sich zu der Jesusgestalt vor, nahm seine Hand und küsste seine

Wange, während ein Priester seine Anhänger mit einem Stab auf Abstand hielt. Im Hintergrund waren Polizei, Fackelträger und ein Mann mit Sturmmaske zu sehen. Auf dem langen, weißen Gewand, das Jesus trug, war das rosa Dreieck zu erkennen, das Kennzeichen, das die Nazis allen Homosexuellen aufgezwungen hatten, bevor viele von ihnen ins KZ geschickt wurden.

Sie betrachtete das Bild eingehend. Irgendetwas daran berührte ein Gefühl tief in ihrem Unterbewusstsein. Ein Gefühl, das nicht an die Oberfläche dringen wollte.

Sie versuchte, klar zu denken. Wovon handelte das Bild? Verrat. Enttäuschung, die Enttäuschung des Verratenen. Bedrohung. Stigmatisierung. Liebe und verleugnete Liebe. Was noch? Warum versagte Judas? Waren es nur die Gier und die Sehnsucht nach dreißig Silberlingen? Oder gab es noch etwas anderes? Verletzte Gefühle nach längst vergangenen Kränkungen? Eifersucht?

Sie blätterte zwischen den Bildern vor und zurück, als sie plötzlich bemerkte, dass es draußen dunkel geworden war und im Flur völlige Stille herrschte. Müde sah sie auf die Uhr. Es war schon fast sieben, und die meisten waren in Übereinstimmung mit Albergs Direktive längst nach Hause gegangen. Vermutlich war Kalle vorhin nur kurz vorbeigekommen, um zu fragen, ob sie zusammen gehen wollten. Wo war er jetzt? Vielleicht unterwegs, um seinen Kummer in Bier zu ertränken. Es war das erste Mal, dass sie aneinander geraten waren. Müsste man fast feiern, dachte sie dumpf.

Die leeren Arbeitsplätze am Abend hatten etwas Trostloses an sich. Sie stand auf, zog ihren Mantel über und schaute bei Alberg vorbei, um tschüss zu sagen. Er saß mit Jonas und Manne an einem kleinen runden Tisch, auf dem drei Kaffeetassen standen, daneben eine aufgerissene Plastiktüte mit einem Hefekranz. So trist und so schwedisch, dachte sie.

»Du bist noch da? Wie ist es mit dem Mädchen gelaufen? Mit Jenny?«, fragte Alberg.

»Das wird schon. Gibt's was Neues?«

»Nicht das Geringste. Zwei Wachmänner aus Rosenbad sind auf dem Weg, damit wir sie noch ein bisschen in die Mangel nehmen können. Ansonsten nur Zeitungen, die im Viertelstundentakt anrufen.

»Okay. Dann verschwinde ich jetzt.«

»Mach das.«

Sie fuhr ins Erdgeschoss, ging zur U-Bahn und fuhr nach Hause.

Auch in der Wohnung war es still und dunkel, aber es war die freundliche Dunkelheit der Ruhe, und Margaretas Nerven entspannten sich. Nur das rote Lämpchen des Anrufbeantworters blinkte unermüdlich. Sie ging davon aus, dass Reporter um Rückruf baten und ignorierte ihre Nachrichten. Es gab nichts zu sagen, und das wussten sie auch. Nun, sie überließ sie liebend gern dem Pressesprecher der Polizei.

Sie ging ins Schlafzimmer und zog sich ihren hellgrauen, ausgebeulten Trainingsanzug an, eine warme Strickjacke darüber, trottete ins Bad und sammelte die schmutzige Wäsche zusammen. Mit dem Handy in der Tasche ging sie in den Waschkeller hinunter und füllte zwei Maschinen. Das vertraute, monotone Bullern der Geräte sorgte selbst unter dem kalten Licht der Neonröhre für Geborgenheit.

Eine angespannte Kriminalbeamtin bei der Ermittlung, dachte sie schläfrig. Das sollte die sensationslüsterne Presse sehen. Sie fuhr wieder hoch in ihre Wohnung, taute Krabben auf und machte sich drei üppige Brote mit Salat,

Zwiebelringen und Majonäse. Schenkte sich ein Glas Wein ein. Heute Nacht musste es bei einem bleiben.

Der Wein und die Krabben hinterließen ein wohliges Gefühl im Magen. Sie hatte sich auf das Sofa gekuschelt und spürte, wie sie schläfrig wurde, schwer und behaglich.

Das Telefon klingelte, und sie zuckte zusammen. Ihre eigene muntere Ansage ertönte, dann ein endlos langer Pfeifton, bevor der Anrufer schließlich zu Wort kam.

»Margareta?« Es war Kalle. »Bist du da?«

Er wartete. Sie blieb sitzen. Sie war froh, seine Stimme zu hören, froh, dass er anrief, aber sie war immer noch ärgerlich.

»Okay, ich wollte nur sagen, dass ich verstehe, was du gemeint hast, jedenfalls fast. Ich wollte mich nicht einmischen und dich kontrollieren. Es tut mir leid. Ich war nur neugierig.«

Er verstummte für einen Augenblick.

»Vielleicht sollte ich versuchen, von dir zu lernen?«, meinte er hoffnungsvoll.

»Dann hör einfach auf damit, mir zu sagen, was ich tun und lassen soll«, murmelte Margareta auf dem Sofa vor sich hin.

»Oder besser nicht. Jedenfalls, ich habe einen enormen Respekt vor dir und deiner Arbeit. Immer gehabt. Du warst wirklich souverän im Frühjahr. Ich dachte die ganze Zeit, alles würde uns über den Kopf wachsen und kein Hauch einer verflixten Spur weit und breit und Kent, der plötzlich verschwunden war, aber du hast nie den Überblick verloren. Vielleicht hat das auch mit männlicher/weiblicher Sichtweise zu tun. Mich interessiert nur, wer zur kritischen Zeit wo war, alles andere ist mir egal, und du siehst lieber das ganze Bild, einschließlich Umgebung und den dazugehörigen Personen drumherum.«

Er machte erneut eine Pause.

»Vielleicht auch nicht. Ich denke, ich sollte lieber aufhören zu reden. Ruf mich an, wenn du willst. Ich liebe dich. Will versuchen, mich zusammenzureißen.«

Er legte auf. Margareta fühlte sich langsam wieder besser. Sie trank Wein. Schaltete ab, hing ihren Gedanken nach. Sie zogen große Kreise, dann kleinere. Jäh realisierte sie, dass sie wieder am selben Punkt wie heute Morgen angelangt war. Sie dachte an Kent.

Kent, der verschwunden war. Kent, der auf dem Hügel die Hand grüßend in ihre Richtung gehoben hatte, ohne näher zu kommen, der zugesehen hatte, wie der tote Barfors in einem Plastiksack mit Reißverschluss fortgetragen worden war. Kent ihr gegenüber in der Cafeteria. Aufmerksam. Taxierend.

Zwei Schüsse. War das einer zu viel? Und wenn ja, warum?

Sie ging wieder in den Keller. Die Maschinen waren schon lange fertig. Sie steckte die Wäsche in den Trockner.

Kent, der verschwunden war.

Sie blieb vor der offenen, gelben Stahltür stehen und hörte dem Brummen des Trockners zu. Schloss die Augen und ließ sich die warme Luft über ihr Gesicht strömen. Jetzt war sie wieder an dem Punkt angelangt. Ich leide an chronischer Ermittlungssucht, dachte sie. Was für eine Krankheit. Und jetzt soll ich ernsthaft den Überfall auf Beatrice Chiquin in Angriff nehmen? Den ganzen Winter über?

Sie ging in ihre Wohnung zurück und sah auf die Uhr. Schon zehn. Sie setzte sich an den Schreibtisch. Zwei Herzen schlugen in ihrer Brust. Das eine war von Kalles Stimme geweckt worden, von der wohligen Erinnerung an seine Hand, die ihr Bein berührte und auf der Innenseite ihres

Schenkels innehielt. Das andere trug die Erinnerung an Kents abwartenden Blick in sich.

Sie schlug Kents Adresse im Telefonbuch nach. Er wohnte in Fredhäll. Sie wählte die Nummer, ohne sich ein Zögern zu erlauben. Was würde er denken? Dass sie ihm nachstellte? Nein, es gab keine andere Möglichkeit. Sie musste ihrer Seele Frieden verschaffen, diese Sache abschließen.

Er nahm sofort ab.

»Hallo, hier ist Margareta«, sagte sie.

»Oh, hallo! Wo bist du?«

»Zu Hause. Wasche.«

»Alles in Ordnung?«

»Klar, keine Probleme. Denke nur nach. Kniffliger Fall, die Sache in Rosenbad. Ich habe mich gefragt, ob es okay wäre, wenn ich noch kurz bei dir vorbeischauen würde?«

Ihr fiel keine gute Erklärung ein warum, deshalb schwieg sie. Sie konnte seine Überraschung förmlich spüren.

»Das geht schon in Ordnung«, antwortete er einen Augenblick später.

Er klang zurückhaltend. Das war gut. Offenbar hatte sie den Eindruck vermittelt, sie wolle mit ihm den Fall Chiquin diskutieren. Ideen jonglieren.

»Du wohnst in Fredhäll, oder?«, fragte sie. »Ich will auch nichts essen oder so.«

»Du bist willkommen. Bis gleich.«

»Schön!«, sagte sie und legte auf.

Zehn Minuten später hatte sie eilig geduscht, sich umgezogen und war in ein Taxi gestiegen. Blickte aus dem Fenster, während sie durch die nächtliche Stadt fuhren. Odengatan, St. Eriksbron, der Brückenbogen über dem dunklen Rålambshovsparken mit seiner spärlichen Laternenbeleuchtung, das Gebäude der Zeitung.

Bis der Wagen vor seinem Haus oben auf dem Hügel hielt.

13

Kent legte den Hörer auf. Sie wollte noch einmal mit ihm sprechen. Diesmal bei ihm zu Hause.

Er konnte sich nicht daran erinnern, ob er je davon geträumt hatte, dass sie hierher kommen würde. Natürlich hatte er viele erotische Fantasien gehabt. Fantasien, in denen sie ganz nah war, ihm fest in die Augen sah. Sie waren nicht länger zwei Individuen, sie waren eins. Aber wo sollte das stattfinden? Er hatte nur eine undeutliche Vorstellung davon – war es in seinem Bett? Oder waren sie durch ein schwarzes Universum geschwebt?

Sie wollte mit ihm reden. Sie war unterwegs. Sie hatte die naheliegendste aller Ausreden – er hatte nicht einmal Lust, sich zu erinnern welche –, aber er wusste ohne den geringsten Zweifel, warum sie kam. Sie wurde von ihrem Misstrauen getrieben. Das Treffen in der Cafeteria war lediglich ein Vorgeplänkel gewesen. Oder hielt ihn seine Paranoia zum Narren? Vielleicht wollte sie – ja, sich einfach mit ihm treffen? Der Club der alten Kameraden?

Das war absurd. Der Club der alten Kameraden, dann müsste John Danielsson ihn besuchen. Margareta war erst nach Norrland gekommen, als alles vorüber war. Also warum? Wollte sie eigentlich etwas ganz anderes?

Welchen Grund auch immer sie hatte, sie würde bald da sein, er hatte sie schließlich eingeladen. Es war unmöglich gewesen zu widerstehen, obwohl seine Vernunft versucht hatte, ihn umzustimmen. Sie will nichts von dir, alter

Freund. Und selbst wenn doch, dann wäre es gefährlich. Sie hat den Röntgenblick. Und sie teilt deine Gefühle und Gedanken nicht. Sie war nicht dabei, als du aufgewachsen bist, sie kann das nicht verstehen. Sie würde sich voller Abscheu von dir abwenden, wenn sie herausfände, wer du wirklich bist.

Es war nicht nötig, die Wohnung aufzuräumen, sie war immer ordentlich. In erster Linie, weil er so selten zu Hause war, und wenn er da war, hatte er keine Interessen, die Unordnung machten. Er überlegte, wie es wohl bei ihr zu Hause aussah, doch er konnte es sich nur schwer vorstellen. Dorthin würde er natürlich nie kommen. Er stellte sich weiße Wände vor, Holzmöbel, rote Bilder. Öl. Vielleicht Antiquitäten.

Er hatte darüber gegrübelt, was er anziehen sollte und war zu dem Schluss gekommen, dass es merkwürdig und aufgesetzt aussehen würde, ganz gleich, was er wählte, wenn es nicht seine üblichen Sachen waren. Also zog er einfach saubere Jeans an und ein frisches, weinrotes T-Shirt.

Mehr gab es nicht zu tun. Als es an der Tür klingelte, hatte er seit fünf Minuten sinnlos in der Diele herumgestanden und gewartet.

Er öffnete sofort. Sie stand vor der Tür, ohne Mütze, mit Mantel. Zu seiner Überraschung Blumen. Keine roten. Sie musste sie in aller Eile noch in einem 7-Eleven gekauft haben. Sie war so verflixt wunderbar. Sie lächelte, und die kleinen Fältchen um die Augen vertieften sich. Sein Herz schmolz.

»Komm rein«, sagte er und machte einen Schritt zurück.

Sie trat ein. Er nahm die Blumen und legte sie schnell auf der Küchenanrichte ab, um ihr aus dem Mantel zu helfen. Sie verströmte einen schwachen Duft von Eau de Cologne.

Sie trug Jeans, eine weiße Bluse und eine moosgrüne Strickjacke. Ihre kleinen Brüste zeichneten sich darunter ab. Er hätte sie berühren mögen, vorsichtig, bis ihre Augen glücklich würden und glänzend vor Lust und dann …

Er machte eine Geste in Richtung Wohnzimmer, und sie ging vor ihm hinein. Das Zimmer war dunkel, nur eine Lampe am Bücherregal brannte. Er wollte es so. Sie setzte sich auf sein Sofa und legte ihre Tasche neben sich. Er blieb stehen.

»Wie wär's mit einem Drink? Oder Bier? Oder Kaffee?«

Sie zögerte einen Augenblick.

»Ein Glas Wein, wenn du hast, danke. Sonst ist alles andere auch prima.«

Er ging in die Küche, schenkte zwei Gläser Wein ein und versuchte, seinen Körper zu überreden, nicht mehr auf ihren Busen zu reagieren. Er trug den Wein ins Wohnzimmer, ging zurück in die Küche, stellte die Blumen ins Wasser und holte ein Schälchen mit gerösteten Mandeln. Als er sich ihr gegenüber in den Sessel fallen ließ, hatte er sich wieder vollständig unter Kontrolle.

Sie sahen sich an. Die Luft war aufgeladen. Und dann dieser Abstand, der immer zwischen ihnen gewesen war. Geschlechtergrenze, Klassengrenze, Gesinnungsgrenze. Er hätte gerne eine Weile so schweigend mit ihr zusammen gesessen. Ein goldener Moment, ein strahlender Planet im schwarzen Universum.

Sein Gesicht war im Halbdunkel kaum zu erkennen.

»Fünf Monate«, sagte sie.

»Ja.«

»Es braucht Zeit, wieder runterzukommen. Ich habe das noch nicht geschafft. Es ist immer noch viel zu präsent.«

»Wirklich? Ich dachte, für dich wäre diese Sache abgeschlossen. Und jetzt hast du ja auch andere Sorgen.«

»Und nicht mal kleine. Den Angriff auf Chiquin zu knacken, ist eine harte Nuss. Das Mysterium des verschlossenen Raums. Wer hatte Zugang? Wann ist es geschehen? War es eine Affekttat oder eine Art Botschaft für Karin Landberg? Hüte dich, sonst…«

»Wie ist sie so? Also, die Ministerin?«

»Sie ist in Ordnung. Erschüttert, aber professionell. Überspielt es. Besorgt um Beatrice Chiquin. Stinkwütend auf den Täter. Wild entschlossen, ihn zu verdonnern, dass es nur so kracht.«

»Aber ein politisches Attentat innerhalb des Hauses kommt doch wohl kaum in Frage?«, überlegte er. »Der Täter hat ja auch nicht Landberg selbst angegriffen. Und trotzdem habt ihr gleich Großalarm gegeben. Was natürlich in Ordnung war.«

»Das war der Einsatzleiter. Er hatte nicht vor, auch nur eine Kakerlake entwischen zu lassen, und deshalb hat er nicht nur den einen Raum, sondern gleich zwei Häuserblöcke absperren lassen. Als ich gekommen bin, musste ich mich nur noch dranhängen. Und dieses Mal haben wir *alle* Videobänder mitgenommen. Von allen überwachten öffentlichen Plätzen der Umgebung. Auch aus der U-Bahn. Aber trotzdem haben wir sicher irgendwas vergessen.«

»Mach dir keine Sorgen. Das wirst du früh genug aus der Presse erfahren.«

Sie schmunzelte. Das war richtig. Sie fragte sich, wie sie das hier zu Ende bringen sollte. Er war derjenige, der sich auf ein geschicktes Verhör verstand, nicht sie.

»Wie lange kennen wir uns jetzt schon, Kent?«, fragte sie.

»Vierzehn Jahre. Im September.«

»Und trotzdem weiß ich nichts über dich. Erzähl! Bist du hier in Stockholm geboren?«

Es war offensichtlich, dass er dieses Manöver nicht erwartet hatte. Er spielte mit seinem Glas.

»Ja. Vor langer Zeit. In einer anderen Welt.«

»Zentrum?«

»Ja. Genauer gesagt Frejgata. In den Fünfzigern. Eine andere Welt, wie gesagt.«

»Hast du Geschwister?«

Er lächelte. Er hatte nicht vor, mehr als notwendig zu erzählen, aber ein Häppchen sollte sie bekommen. Wenn sie denn wollte.

»Mama, Papa, ich. In einer Zweizimmerwohnung. Ein Halbbruder. Mein Vater hatte eine andere, bevor er meine Mutter traf. Sie waren nie verheiratet, ich glaube, sie war ein Oberschichtmädchen, das unbeabsichtigt die Klassengrenze überschritten hatte und seine Ideen teilte. Am Ende wurde sie wieder zur Ordnung gerufen. Mit einem Banker. So hat man das damals genannt. Aber sie hat bald darauf einen anderen geheiratet.«

»Dann hast du also einen Halbbruder? Hast du noch Kontakt zu ihm?«

Er schüttelte den Kopf.

»Als Kinder sind wir uns ab und zu begegnet. Später nochmal, als ich fünfzehn und er achtzehn war. Die Wege trennten sich. Seitdem noch ein paarmal.«

»Schade. Wo hat dein Vater gearbeitet?«

»Fernmeldeverwaltung. Meine Mutter hat genäht. Fantastische Sachen. Farben. Sie war kreativ, hatte Talent. Leider habe ich davon nichts geerbt.«

Sie ging ihm ganz offensichtlich langsam zu weit, denn er wurde unruhig. Statt das Thema zu wechseln, beugte sie sich mit dem Glas in der Hand vor und sah ihm in die Augen.

»Bist du ein Nazi, Kent?«, fragte sie.

Falls die Frage ihn schockierte, dann zeigte er es nicht. Er schwieg. Sie wich ihm mit dem Blick nicht aus. Jetzt hatte sie sich ins tiefe Wasser gestürzt, und jetzt musste sie weitermachen. Sie war gespannt wie ein Bogen. Kontrolle und Selbstverteidigung.

»Mein Vater war einer«, antwortete er schließlich.

»Dein Vater?«

»Ja. Er war Nationalsozialist. Im Krieg war er in der Partei. Danach waren von den nationalsozialistischen Organisationen nur noch Trümmer übrig. In einem dieser Trümmerteile ist mein Vater geblieben.«

»Und er war es auch noch, als du geboren wurdest?«

»Natürlich. Meine ganze Kindheit hindurch.«

»Was hast du darüber gedacht?«

»Was sollte ich darüber denken? Es war, wie es war. Er war nicht gerade ein gutmütiger Mann. Aber wenn er davon erzählte, dann lebte er auf. Das waren die einzigen Momente, in denen er das Leben liebte. Und mich.«

Er verstummte, und sie versuchte sich vorzustellen, welche Erinnerungen in ihm aufsteigen mochten. Das Bild blieb vage. Eine Schattenwelt. Aber für ihn war sie lebendig, wirklich. Eine vergangene Zeit, die in seinem Kopf weiter existierte. Ein Vater, der seinen Sohn anlächelt. Ein Vater, dessen krankhafteste Züge auch zugleich seine gesündesten sind, der einzige Moment von Ruhe und Zusammengehörigkeit. Der einzige Moment, in dem er erreichbar ist. Sie sah das Bild eines Jungen vor sich, der seinem Vater auf den Schoß kletterte und wenigstens ein Mal dort sitzen durfte, geborgen und sicher, und hörte, wie das Herz seines Vaters schlug.

»Deshalb hast du daran festgehalten?«

Er gab ihr keine Antwort. Es war unübersehbar, dass er nicht vorhatte, irgendetwas zuzugeben, aber mit einem Mal war sie sich fast sicher. Er hatte es getan. Er hatte sich nicht nur verteidigt, er hatte einen Mann ermordet. Das Bild von ihm, wie er den Schuss abfeuerte, wurde immer deutlicher.

Seit Monaten war sie auf diese Gewissheit vorbereitet gewesen, und dennoch war die Erkenntnis ein gewaltiger, tief greifender Schock. Eine bodenlose Enttäuschung loderte in ihr auf. Wenn Kent wirklich vorsätzlich getötet hatte, dann konnten sie sich niemals näher kommen. Ein Abgrund tat sich zwischen ihnen auf.

Es war dunkel, aber sie wollte die Vertrautheit zwischen ihnen nicht stören, indem sie aufstand und Licht machte. Wagte es auch nicht. Ihre psychische Stärke war ihr einziger Schutz. Sie war sich der Tatsache durchaus bewusst, dass sie allein mit ihm in dieser Wohnung war. Unterhalb der Klippe, hinter dem Haus, begannen die Schären.

»Hast du deshalb geschossen? Um zu töten? Weil er dich erkannt hatte? Weil er über dich geredet hätte, wenn wir ihn verhört hätten?«, fragte sie. »Weil wir dann alles erfahren hätten?«

Er schwieg noch immer. Stritt nichts ab.

»Was hast du dir eigentlich gedacht? Wolltest du zu Malmbergs Organisation überlaufen?«

»Malmberg ist ein Idiot«, entgegnete er.

Margareta sah sich in dem kahlen Zimmer um. »Was hätte ich gesehen, wenn ich im Mai gekommen wäre? Eine Hakenkreuzfahne?«

»Mein Vater hatte eine Hakenkreuzfahne. Er hat sie aus Deutschland bekommen. Sie war aus dem Dritten Reich.«

»Wo ist sie jetzt?«

Doch als sie die Frage stellte, spürte sie, dass sie weg war. Er hatte die Fahne geopfert. Was war noch aus seiner Wohnung verschwunden? Und warum war es verschwunden? Das hier war sein Zuhause. Es war niemandem verboten, nazistische Ansichten zu haben, nicht einmal einem Polizisten. Und trotzdem hatte er nichts behalten. Keine Erinnerung an den Vater.

Dafür konnte es nur einen Grund geben. Ihm war klar gewesen, dass sie früher oder später hierher kommen würde, und er hatte ihr die Wahrheit ersparen wollen. Allein vor ihr hatte er diesen Abgrund verbergen wollen.

Was für eine Qual musste es für ihn gewesen sein. Welche Paranoia musste ihn angetrieben haben, welche Besessenheit. Und jetzt saß er ihr direkt gegenüber. Ein mutmaßlicher Mörder. Was in ihm vorging, wusste sie immer noch nicht. Vielleicht war das alles eine Katastrophe für ihn und seine Gedanken und Gefühle ein einziges Chaos. Aber seine Schale war intakt. Sie kam nicht an ihn heran.

Ein Knoten aus Angst und bösen Ahnungen schnürte ihr die Kehle zu. Sie versuchte, nicht daran zu denken.

»Ich verstehe das trotzdem nicht ganz«, nahm sie den Faden wieder auf. »Ich habe stundenlang dagesessen und mit Malmberg und seinen Nazis geredet. Das, was sie miteinander verbunden hat und worüber sie am allermeisten gesprochen haben, war ihre Kameradschaft. Die Gemeinschaft mit den anderen. Sie dachten, sie wären von einer feindlich gesinnten Welt umgeben, die ihnen kein Verständnis entgegenbrachte. So fanden sie ihre Freiheit darin, zusammen zu sein und gemeinsam zu hassen und zu träumen. Aber du bist allein.«

Es spielt wirklich keine Rolle, ob wir, die verehrten Mitglieder dieser Versammlung, homophob sind oder nicht, solange wir als Polizisten professionell bleiben, klang Albergs Stimme in ihr nach. Galt dasselbe für Nazismus? Unmöglich. Das galt überhaupt nicht.

Und Andreas' verzweifelte Worte: »*Ich muss mit John reden*!«

Das hier war also der Grund für die Distanz, die sie immer zwischen sich und Kent empfunden hatte. Er wusste, dass sie jede Art von Totalitarismus verabscheute, alles, was Menschen auf Grund von Geschlecht, Glaube oder Herkunft diskriminierte. Deshalb hatte er sich bedeckt gehalten. Aber er hatte sie nicht loslassen können. Auf eine unbewusste, unausgesprochene, abstrakte Weise war er es gewesen, der sie hierher gelockt hatte. Sie hatte geglaubt, die treibende Kraft zu sein. Aber genau genommen hatte er dafür gesorgt, dass sie jetzt hier saß.

Es war besser zu gehen, aber es gelang ihr noch nicht.

»Jetzt, als Erwachsener, musst du doch begreifen, dass die Ideologie deines Vaters falsch war«, sagte sie. »Es ist geradezu verboten, so alt wie du zu sein und das nicht zu kapieren. Die Konzentrationslager, Kent. Die Gewalt! Die Millionen von Toten. All diese wahnwitzigen Rassentheorien! Du hast doch wohl hoffentlich verdammt nochmal nicht vor, mir ins Gesicht zu schleudern, dass Dachau von den Amerikanern gebaut wurde und die Leichen aus Plastik waren?«

»Wirklich nicht«, antwortete er steif. »Die Internierten starben. Wurden ermordet.«

Er saß unbewegt auf dem Sofa. Dann ging es also um ein Gefühl. Etwas, mit dem er nicht abschließen konnte, weil er ihm nichts entgegenzusetzen hatte. Wer ist Kent?, hatte sie damals in ihren Computer getippt. Er hätte sich das selbst fragen können. Er wusste nicht, wer er war. Wenn er das auslöschte, was sein ganzer Halt im Leben gewesen war, was blieb ihm dann noch? Er müsste neu geboren werden. Sich selbst von Grund auf neu definieren.

Was sollte sie jetzt tun? Wenn er wirklich durch sein Schweigen zugegeben hatte, Martin Barfors ermordet zu haben, würde sie ihn niemals dafür zur Rechenschaft ziehen können. Sie saß ihm gegenüber und konnte nichts tun, um ihn für diesen eventuellen Mord in die Verantwortung zu nehmen. Ebenso wenig konnte sie etwas verhindern, was in Zukunft passieren konnte.

Sie erhob sich und schaltete die Stehlampe hinter sich an. Kent stand ebenfalls auf.

»Ich gehe jetzt«, sagte sie. »Aber wir sollten weiterreden.«

Er blieb schweigend stehen, und für eine Sekunde überfiel sie die beklemmende Angst, er könne sie nicht gehen lassen. Panik durchfuhr ihren Körper, und sie spannte alle Muskeln an, auf einen Angriff vorbereitet. Sie warf einen kurzen Blick auf seine Jeans. Soweit sie erkennen konnte, hatte er keine Waffe bei sich.

Er ging vor ihr in die Diele, die Hände in den Hosentaschen. Sie wusste, dass er sie dort behielt, um ihr zu zeigen, dass sie nicht in Gefahr war. Er reichte ihr den Mantel und stand an den Rahmen der Wohnungstür gelehnt, während sie ihn anzog.

»Dieser Augenblick im Auto auf der Rückfahrt von Arlanda«, murmelte sie.

»Ja«, sagte er und sah sie an.

Sie schloss die Tür hinter sich und ging zum Fahrstuhl.

Als sie auf die einsame Straße trat, hatte sie das Gefühl, vor Erschöpfung zusammenzubrechen. Die Anspannung oben in Kents Wohnung hatte ihre gesamte Kraft aufgefressen. Sie fühlte sich leer. Gerädert.

Sie trat an die niedrige Mauer, die die Straße von dem

steilen Felshang trennte. Die Böschung war spärlich mit Grasbüscheln, Büschen und Bäumen bewachsen. Kiefern. Es gab einen schmalen Pfad, auf dem man den Hang hinuntergehen konnte, das wusste sie. Und unten war der Mälaren.

Sie verspürte plötzlich Lust, über die Mauer zu klettern, sich in das Herbstlaub zu legen und einfach zu schlafen. Aber sie riss sich zusammen und ging weiter. Ein Stück entfernt gab es Gott sei Dank eine Bushaltestelle. Der Kiosk daneben war geschlossen. Sie hatte eigentlich ein Taxi rufen wollen, aber der Bus kam gerade. Also stieg sie ein und setzte sich.

Der Bus brachte sie schaukelnd den ganzen langen Weg zum Fridhemsplan zurück. Dort angelangt, stieg sie in die U-Bahn und fuhr nach Hause. Ging ins Wohnzimmer, ohne den Mantel auszuziehen, setzte sich und starrte das Telefon an.

Es gab nur einen Ausweg, wenn sie Kent nicht anzeigen konnte. Sie musste ihn heilen. Was würde ihm sonst in einer Woche einfallen? In einem Jahr?

Sie wählte wieder seine Nummer und hörte, wie er den Hörer abnahm.

»Du brauchst psychiatrische Hilfe«, sagte sie ohne Umschweife.

Zu ihrem Erstaunen lachte er auf. Sie ließ sich nicht abschrecken.

»Tu es«, beharrte sie.

»Was denn?«

»Der Polizeipsychologe. Du hast dir nach dem Schusswechsel nie Hilfe geholt, oder? Geh jetzt zu ihm! Sag, dass du deinen Schock verdrängt hast. An Schlaflosigkeit leidest. Fang damit an.«

»Du weißt, dass ich das nicht kann.«

»Du musst, verdammt! Dann in eine psychiatrische Klinik? Privat?«

»Ich kann unmöglich zu einem Psychiater gehen. Das ist zu riskant.«

»Psychiater sehen die Welt abstrakt. Sie werden die physische Wirklichkeit nicht verstehen. Blut und zerfetztes Gewebe. Sie werden mit dir über deine Abhängigkeit vom Nazismus reden und darüber, wie du da rauskommst.«

»Hör auf zu drängen, Margareta«, bat er.

Es war zum Aus-der-Haut-Fahren. Am liebsten hätte sie ihm eine runtergehauen.

»Wie du willst. Aber du hast keine Wahl!«, fauchte sie und legte auf.

Sie stand schwerfällig auf, ging ins Schlafzimmer und ließ sich in ihren Kleidern auf das ungemachte Bett fallen.

Das Letzte, woran sie dachte, war die Wäsche, die sie im Keller vergessen hatte.

14

John stand im Trainingsanzug unter einem Baum auf der Insel Djurgården und war aus der Puste. Er war fast 10 km gelaufen, um das Unbehagen hinter sich zu lassen. Er war in einem Wäldchen auf dieser großen Insel gelandet, die unmittelbar an die Stadt angrenzte. Irgendwo hier gab es Rehe, das wusste er, aber er hatte schon seit Jahren keines mehr gesehen.

Es war ein Fehler gewesen, Andreas zu besuchen. Das trostlose Gefängnis, der Junge, der ihm vorkam wie ein Gespenst aus einer Vergangenheit, an die er sich nicht mehr erinnern wollte. Gegenwart und Vergangenheit rangen in ihm miteinander. Der letzte Mandant von heute hatte angerufen und abgesagt, so dass er schon um vier das Büro verlassen konnte. Dankbar hatte er die Gelegenheit genutzt, zu Fuß nach Hause zu gehen. Er hatte nur zwanzig Minuten gebraucht, und schon im Aufzug hatte er das Dröhnen der Bässe gehört, die selbst den Steinboden zum Vibrieren brachten. Miriam war zu Hause.

Er schloss auf und trat in die Diele. Hämmernder, wuchtiger Rock einer Band, deren Namen er nicht einmal ahnte, schleuderte ihn fast zu Boden. Er warf einen Blick ins Wohnzimmer. Miriam war zu seinem Erstaunen mit nichts als einem Betttuch bekleidet, völlig ins Tanzen vertieft.

Sie hatte ihn nicht gehört. Fasziniert blieb er stehen und sah ihr zu. Sie nahm nichts davon wahr, was um sie herum geschah. Er war froh, dass sie sich so frei fühlte, ihre zurückhaltende Art, die sie nach der Katastrophe im Frühjahr geprägt hatte, schien ganz verschwunden zu sein. Aber zugleich machte ihm ihre enorme Lebensenergie ein wenig Angst.

Er wollte sie nicht bloßstellen, deshalb ging er in die Küche, ließ Wasser laufen und knallte mit der Kühlschranktür, damit sie merkte, dass sie nicht mehr allein war. Kurz darauf verstummte die Musik abrupt, und sie kam in die Küche, sorgfältig in ihr Laken gewickelt, und blickte ihn misstrauisch an. Ihre Wangen waren vor Verlegenheit leicht gerötet.

»Hast du mich gesehen?«, fragte sie.

»Nur im Vorbeigehen.«

»Wieso bist du schon zu Hause?«

»Mein letzter Mandant hat abgesagt.«

Er trank das Wasserglas leer, mit dem er sich bewaffnet hatte und vermied es gewissenhaft, sie zu bitten, sich anzuziehen. Zurzeit war sie absolut überempfindlich, was alle Arten von Bitten oder Hinweisen betraf, weshalb er sich seine Worte für die wirklich wichtigen Dinge aufsparte, bei denen er sicher war, dass er sie uneingeschränkt vertreten konnte.

Sie verschwand von sich aus in ihrem Zimmer und kam in Jeans und rosa Pullover zurück. Auch gelang es ihm, die Frage, ob sie etwas gegessen hatte, herunterzuschlucken. Sie ließ sich ihm gegenüber auf einen Stuhl am Küchentisch fallen.

»Ich will ins Gefängnis mitkommen und diesen Andreas besuchen«, verkündete sie geradeheraus.

»Nie im Leben«, lehnte er ohne nachzudenken ab.

»Aber ich will wissen, wie er aussieht!«

»Nix da. Daraus wird nichts.«

Sie schaute ihn an. Seit einem halben Jahr hatte ihr Blick eine neue Schärfe.«

»Ich weiß warum. Du glaubst, dass ich mich in ihn verliebe. Du glaubst, dass ich eins von diesen Mädchen bin, die sich in Desperados verknallen.«

»Er hat nicht darum gebeten, dich zu treffen, Miriam. Man kann nicht einfach ins Gefängnis spazieren, nur weil man sich irgendwelche Häftlinge ansehen will. Die haben auch ein Recht auf Privatleben.«

Sie ließ sich nicht davon abbringen.

»Du glaubst, dass ich ihn gefährlich und toll finde und mich in ihn verliebe«, beharrte sie störrisch.

»So was kommt vor«, sagte John. »Menschen sind Menschen. Ich will dich nicht mit diesem Milieu und diesen Jungs konfrontieren. Solche Kerle sind wirklich gefährlich. Man kann nicht kontrollieren, in wen man sich verliebt, und wenn man sich verliebt, dann hat das Gefühl eine starke Macht. Man denkt, Berge versetzen zu können, und man meint alles so gut. Aber diese Menschen dort sind manchmal so kaputt, dass man auf normalem Wege nicht bis zu ihnen vordringt. Man glaubt, die eigenen Gefühle würden erwidert, aber in Wirklichkeit stehen diese Burschen nur daneben, sehen dir zu und überlegen, welchen Nutzen sie aus dir ziehen könnten. Sie leben gleichsam außerhalb unserer Werte und Normen. Und wenn man dann dahinterkommt, dann kann man wirklich einen ernsthaften Knacks bekommen. Ich will nicht, dass dir so etwas passiert.«

»Sie können sich ja wohl wie alle anderen richtig verlieben«, protestierte sie ungeduldig. »Du hast Vorurteile gegen Häftlinge!«

»Vermutlich. Aber Andreas habe ich in voller Aktion erlebt. Mit der Waffe in der Hand.«

Er erwartete einen Wutausbruch als Entgegnung, aber sie sah ihn weiterhin eindringlich an.

»Du siehst müde aus«, sagte sie.

»Ja, ich glaube, dieser Junge tut auch mir nicht besonders gut. Es war idiotisch hinzugehen. Können wir jetzt über etwas anderes reden, Süße?«

»Er ist doch sicher nur so geworden, weil er in seinem Leben schlimme Sachen mitgemacht hat. Wenn du ihm helfen könntest...?«

»Das ist ganz einfach nicht unsere Aufgabe. Vergiss ihn, Miriam. Da draußen laufen prima Jungs rum, um die du dich kümmern kannst. Mit denen wird es schon schwierig genug werden. Deine Gefühle und dein Wohlwollen in allen Ehren, aber sie sollen für dich arbeiten und nicht gegen dich. Andreas ist erwachsen. Er hat seine Wahl getroffen, und dabei hat er nicht an dich gedacht. Oder an mich. Du musst für dich selbst entscheiden.«

Ein gefährlicher Glanz trat in ihre Augen. Wenn man nur ihre Energie hätte, dachte er.

»Mag sein«, erwiderte sie, »aber wenn es nun einmal so

ist, dass Frauen sich um andere Menschen kümmern, dann ist das vielleicht unsere Bestimmung. Vielleicht ist es das, was diesen Planeten zusammenhält. Und jetzt verlangst du von mir, meine natürlichen Impulse zu unterdrücken und egoistisch zu sein!«

»Nein, das verlange ich nicht. Ich rate dir, auf dich selbst zu achten. Arbeite für das, woran du glaubst, arbeite für einen besseren Strafvollzug, wenn du willst und wenn du erwachsen bist, das ist richtig und gut. Gott weiß, wie nötig das wäre. Aber gib niemals dein eigenes Leben auf. Niemals.«

Er merkte, dass sie an ihm zweifelte. Sie musste an ihm zweifeln, die Welt in einem neuen Licht sehen, sie von Anbeginn neu erfinden. Aber sie wusste zugleich, was er selbst geopfert hatte. Sie wusste, wie nah sie daran gewesen war, ihn zu verlieren. Und nah daran, selbst zu sterben.

Sie rang mit sich und wurde ungeduldig. Sie stand schnaubend auf und verschwand in ihr Zimmer. John fühlte sich plötzlich steinalt.

Später war Anne nach Hause gekommen, und es war ein ganz gewöhnlicher Abend geworden, aber diese surrende Ruhelosigkeit war er nicht losgeworden. Schließlich hatte er sich umgezogen und war in die Dunkelheit verschwunden. Und jetzt stand er hier unter dem Baum auf Djurgården.

Es war ein Fehler gewesen, Andreas zu besuchen. Aber das Problem war nicht etwa, dass er sich für den Burschen verantwortlich fühlte, obwohl das gar nicht seine Aufgabe war. Sondern, dass zwischen ihnen ein schwaches Band bestand. Keine Freundschaft, kein Verständnis. Einfach irgendetwas. Eine schwache – Möglichkeit?

Wollte er mit Andreas sprechen? Ihm von Afrika erzählen? Ihm zuhören? Oder war der Preis zu hoch? War ein solches Unterfangen von vorneherein zum Scheitern verurteilt?

Er zog sein Handy aus der Tasche. Es war halb zwölf.

Er joggte langsam über die Brücke zurück, begegnete nur ein paar Hundehaltern. Als er wieder die Wohnung betrat, waren Anne und Miriam schon schlafen gegangen. Verschwitzt ging er ins Arbeitszimmer und setzte sich an den Computer.

Beatrices Zustand machte ihm Sorgen, und Karins Anruf ging ihm nicht aus dem Kopf.

Er gab den Namen von Beatrices Mann, Fredrik Karlstedt, in eine Suchmaschine ein. Er erfuhr nichts, was er nicht schon gewusst hatte. Fredrik war Abteilungsleiter einer Bank. Segler. Beatrice hatte ihn sicher auf irgendeiner Wohltätigkeitsveranstaltung kennen gelernt. Vicente Chiquin war im Netz hingegen gar nicht zu finden. Über Karin und ihre Kinder fand er viel, aber immer noch nichts, was er nicht gewusst hätte. Er gab alle vier Kinder einzeln ein. Vielleicht war einer ihrer Sprösslinge in eine gefährliche, fremdenfeindliche Organisation eingetreten, und Karin hatte es ihm sagen wollen, ehe sie es sich wieder anders überlegt hatte? Vielleicht konnte er Andreas fragen, ob er Karin kannte? Wie sollte er das tun, ohne Namen zu nennen?

Er verwarf den Gedanken. Wen kannte er noch? Er ging auf die Seite der Regierungskanzlei und suchte den Sicherheitschef, Markus Larsson. Er kopierte den Namen in die Suchmaschine. Fünf Zeitungsartikel erschienen, einer davon war ein Interview zu seinem Amtsantritt. Er erzählte kurz, dass er Polizeibeamter gewesen war und später eine zweijährige Ausbildung in den USA absolviert hatte. Es gab ein Bild von ihm aus dieser Zeit, ein sehniger Mann mit kurz geschorenen Haaren in einem schwarzen Tarnanzug mit aufgekrempelten Ärmeln. Er hatte die Arme in die Seiten gestemmt, hielt den Kopf ein wenig schief und lächelte breit in der brennenden Sonne Arizonas. John empfand ein flüchtiges Gefühl von Bruderschaft und dachte an seine eigene Zeit als Hilfsarbeiter in Afrika. Dieselbe Hitze, Schweiß und Staub.

Für Larsson eine steinharte Sicherheitsausbildung. Aber selbst das hatte den Überfall auf Beatrice nicht verhindern können.

Ich spiele in dieser Geschichte keine Rolle, dachte er müde, warum höre ich nicht einfach auf?

Er ging ins Bad, zog sich aus und stellte sich unter die warme Dusche, bevor er nackt neben Anne unter die warme Decke kroch, tief und erleichtert durchatmete und in den Schlaf glitt.

Karin hatte das verabredete Abendessen nicht abgesagt. Sie hatte zwar das Gefühl, dass sie es hätte es tun sollen, aber sie wollte nicht allein sein. Zur Erleichterung ihrer Bodyguards hatten sie in ihrer Küche gegessen. Es war spät geworden. Øystein hatte ein Gericht mit Kalbfleisch zubereitet, während sie am Küchentisch saß und seinen Bewegungen folgte. Sie aßen schweigend, und sie trank ein Glas von dem Weißwein, den er mitgebracht hatte.

Jetzt saßen sie auf dem Sofa, ihr Kopf ruhte auf seinen Knien. Keine Fragen. Das war schön. Sie entspannte sich, ließ den Schmerz an ihre alte Liebe verebben und ersetzte ihn durch Wohlbehagen.

Ministertreffen. Davor kam der EU-Ausschuss. Sie würde nicht in Bestform sein. Die Argumente und Vorschläge, mit denen sie sich im Zusammenhang mit der EU beschäftigen sollte und die sie zunächst den Repräsentanten des Reichstags vorlegen musste, schwirrten in ihrem Kopf herum.

Beatrice und zwei ihrer Referenten hatten ganze Arbeit geleistet. Was den Plan betraf, das Recht der Frauen auf Abtreibung als Menschenrecht anzuerkennen, hatte sie den Vatikan und die katholischen Länder in der Opposition. Die Kirche, dachte sie, die Kirche, die sich auf die Worte Jesu berief, auch die zweite Wange hinzuhalten, den Inhalt statt der Form zu sehen, nicht siebenmal, sondern sieben mal siebzigmal zu verzeihen, die predigte, dass derjenige ohne Schuld den ersten Stein werfen solle und dass wir einander dienen sollen. Gab es irgendwo auf der Welt eine einzige christliche Kirche, die nicht jedes einzelne dieser Gebote gebrochen hatte? Die nicht sofort eine männliche Hierarchie mit lächerlichem Pomp und Prunk und Attributen aufgebaut hatte, die nicht sofort begonnen hatte, Frauen und Kinder und manchmal sogar Männer mit rigorosen Dogmen und Regeln zu unterdrücken, die sich nur nach der Form richteten und sich so gut wie gar nicht um den Inhalt scherten?

Hätte Jesus mit goldenem Mantel, Mitra und Krummstab durch eine Kathedrale schreiten und von den Menschen Unterwerfung verlangen, den Frauen, die predigen wollten, einen Tritt versetzen können? Karin konnte sich das nur schwer vorstellen. Sie glaubte, er hätte bei diesem ganzen Spektakel den Kopf geschüttelt. Er hatte seine eigene Religion, das Judentum, reformieren wollen und dabei Einfachheit, Wahrhaftigkeit und Ursprünglichkeit betont. Fort mit der Gier nach Macht, der Buchstabentreue und Heuchelei. Er war gescheitert.

Und in Schweden hatte sie die Konservativen und die Christdemokraten gegen sich, die der Ansicht waren, im Hinblick auf Abtreibung sei das Recht der Frau an ihrem eigenen Leib keineswegs universell, sondern läge im Ermessen jedes einzelnen Landes. Es gab Frauen, die in Portugal, Malta und Polen zu langjährigen Haftstrafen verurteilt wurden, weil sie abtrieben oder anderen dabei halfen. Eine Form geschlechtsgebundener Folter, in die sich also kein anderes Land einmischen sollte, so wie man früher der Ansicht war, eine misshandelte Ehefrau ginge nur die eigene Familie etwas an. Die gravierenden juristischen Folgen, die langen Haftstrafen, waren der Grund, warum sie bei dem Thema Menschenrechte mit dem Außenminister zusammenarbeiten wollte. Und mit dem Sozialministerium beim Thema »Das Wohl der Frauen«.

Auf den Ministerkonferenzen selbst fanden meist keine nennenswerten Diskussionen statt. Das meiste war schon vorbereitet und in hunderten von Meetings durchgekaut worden. Aber sie beabsichtigte, eine flammende Rede zu halten, und dafür musste sie sich wappnen, genau wie für die Treffen im Vorfeld. Gespräche, Begegnungen, bei denen der Zeitgeist bestimmt wurde.

Sie spürte eine Hand auf ihrer Wange und wurde aus ihren Gedanken gerissen.

»Wo bist du?«, fragte er.

Sie wandte ihm das Gesicht zu. Sie trafen sich heute zum dritten Mal, und er war noch ein Fremder für sie. Hier war eine ganz neue Welt, ein Leben, von dem sie kaum etwas wusste. Bis jetzt genügte ihr der Blick in seine humorvollen Augen und das angenehme Gefühl, ihn bei sich zu haben. Aber sie konnte sich ihm noch nicht anvertrauen. Vielleicht würde auch gar nicht mehr daraus werden. Vielleicht würde er in ein paar Tagen anrufen und mit leichtem Bedauern mitteilen, dass es mit ihnen nicht klappte.

Eigentlich durfte er gar nicht hier sein. Das schwächte sie. *The comfort of strangers.* Oder war es *the company of strangers*? Sie sollte eine vertrackte Situation wie diese lieber allein meistern.

»Das wird schon«, sagte er mit seinem norwegischen Akzent, den sie so liebenswert fand. »Bist du sicher, dass ich noch bleiben soll? Du hast viel nachzudenken. Ich nehme dir nicht übel, wenn es dir lieber ist, dass ich nach Hause fahre.«

Sie dachte sorgfältig nach.

»Bleib«, sagte sie. »Wenn du willst.«

Um halb zwölf klingelte das Telefon auf ihrem Nachttisch. Es war das Krankenhaus. Beatrice war aufgewacht.

15

Das Handy klingelte. Margareta hob schlaftrunken den Kopf vom Kissen und blinzelte Richtung Uhr. Sie hatte im Mantel und bei brennendem Licht geschlafen. Es war zehn vor eins. Sie tastete mit der Hand nach dem Telefon und setzte sich mühsam auf.

Das Display zeigte keine Rufnummer an. Sie runzelte die Stirn und nahm das Gespräch entgegen.

»Entschuldigen Sie, dass ich so spät anrufe«, hörte sie Karin Landbergs Stimme am anderen Ende. »Aber Sie hatten mir Ihre Karte gegeben.«

»Das ist in Ordnung. Ich war noch auf. Was ist passiert?«

»Beatrice ist aufgewacht. Ich bin gerade im Karolinska-Krankenhaus. Die ganze Familie hat sich hier versammelt. Vielleicht sollten Sie herkommen.«

Sie klang nicht erleichtert, sondern müde und zögerlich. Das war beunruhigend.

»Ich komme sofort.«

Margareta stand schlaftrunken auf, ging ins Bad, spritzte sich kaltes Wasser ins Gesicht, putzte die Zähne und fuhr sich mit dem Kamm durch die Haare. Sie vermied es, ihr Spiegelbild anzusehen. Es war definitiv nicht zulässig, so benommen von dem Wein Auto zu fahren, also rief sie ein Taxi. Sie stieg hinten ein und wählte Albergs Nummer, riss ihn aus dem Schlaf und berichtete, wohin sie unterwegs war. Hoffentlich war dieser Fall damit beendet. Sie würde sich ausschlafen können, die Sache mit Kent regeln und das mit Kalle in Ordnung bringen. Urlaub machen.

Sie war gespannt darauf, auf die Frau zu treffen, um die sich den letzten Tag alles gedreht hatte. Im Krankenhaus zeigte sie den beiden Säpo-Beamten und dem uniformierten Polizisten ihre Legitimation und öffnete die Tür zur Station. Die beiden Ärzte, die für Beatrice verantwortlich waren, erwarteten sie. Sie begrüßte sie und hoffte, dass niemand bemerkte, wie betäubt sie von dem Schlafmangel war.

Hinter einer Trennwand saßen vier Personen auf einer Sitzgruppe, von denen sie annahm, dass es Fredrik, der schwedische Ehemann der Staatssekretärin, ihr Exmann Vicente, ihre Schwester Rosa und ihr Sohn Paulo waren. Der Junge hatte den Kopf an den Arm seiner Tante gelehnt und schlief fast. Margareta ging zu ihnen, stellte sich vor und fragte, ob Beatrice etwas gesagt hatte. Sie schüttelten den Kopf.

»Sie hat große Schmerzen«, erklärte ihr Mann abweisend.

»Das verstehe ich«, sagte sie. »Wir werden natürlich nichts ohne das Einverständnis der Ärzte tun. Ihre Gesundheit hat allererste Priorität.«

Vor der Tür der Patientin stand die Justizministerin, als wollte sie sich von den anderen fern halten. Neben ihr stand Moa. Beide sahen müde aus, die Ministerin wirkte geradezu hohläugig und hatte dunkle Ringe unter den Augen. Zusammen mit den Ärzten ging Margareta zu ihnen und gab ihnen die Hand.

»Beatrice ist aufgewacht, das sind ja großartige Nachrichten«, sagte sie an Karin gewandt. »Waren Sie schon bei ihr? War sie ansprechbar?«

Die Ministerin blinzelte, als fiele es ihr schwer, ihre Gefühle unter Kontrolle zu halten.

»Ich war bei ihr. Aber ob sie mich wirklich registriert hat, ist schwer zu sagen. Sie hat Schmerzen und weint. Ich habe versucht zu fragen, wer sie angegriffen hat. Sie schien mich zu hören, aber sie hat nicht auf die Frage geantwortet. Entweder kann sie sich nicht erinnern, oder sie will es nicht sagen.«

Margareta betrat mit den Ärzten das Krankenzimmer. Die Ministerin und Moa warteten draußen.

Margareta trat ans Bett, aber blieb stehen, damit die Patientin den Kopf nicht drehen musste.

Das war also das Opfer. Die Freundin der Justizministerin und ihre Staatssekretärin. Sie war genauso schön wie auf dem Bild, das Margareta gesehen hatte. Ihr schwarzes Haar war aus der Stirn gestrichen. Im Gesicht war sie nicht verletzt, aber ihr Kopf war bandagiert. Sie hatte zarte Hände. Am Arm war ein Tropf gelegt.

»Frau Karlstedt?«, sagte sie. »Mein Name ist Margareta Davidsson. Ich bin Kommissarin und untersuche die Gewalttat, die auf Sie verübt worden ist. Können Sie sich daran erinnern, verletzt worden zu sein?«

Beatrice schloss die Augen und öffnete sie wieder.

»Wissen Sie, wo Sie sich befanden, als Sie attackiert wurden?«

Sie antwortete noch immer nicht. Aber sie schien bei

vollem Bewusstsein zu sein. Ihr Blick war intelligent, aber er hatte auch die tiefe Traurigkeit, die Margareta bei so vielen misshandelten Frauen gesehen hatte. Es lag etwas Stumpfes, Besiegtes in ihren Augen und zugleich ein vages Erstaunen über die eigene Zerbrechlichkeit. Fast amüsiert. Sie war eine starke Frau, die zerbrechlich geworden, in die Knie gezwungen worden war und jetzt den Schlag bekommen hatte, der sie auf den Abgrund zutrieb. Es war beängstigend.

»Sie waren in Karins privatem Zimmer im Ministerium. War jemand bei Ihnen? Wissen Sie, wer Sie überfallen hat?«, fragte Margareta eine Spur zu eindringlich.

Erneutes Schweigen. Margareta holte Luft.

»Wenn Sie etwas wissen, müssen Sie mit uns reden. Ich verstehe, dass das schwer für Sie ist, aber Sie müssen uns den Namen nennen, damit wir den Täter verhaften können, um weitere Verbrechen zu verhindern. Verstehen Sie?«

Sie merkte, wie die Ärzte reagierten. Vermutlich hielten sie sie für eine starrsinnige, gefühllose Kuh.

»Es wird nicht wieder passieren«, flüsterte die Frau im Krankenbett plötzlich, unerwartet klar und mit resignierter Ruhe.

Es war das erste Mal, dass sie Beatrice sprechen hörte. Sie hatte einen starken Akzent, aber die Worte kamen ohne Zögern. Margareta beugte sich vor.

»Woher wissen Sie das?«

Sie sahen sich in die Augen. Margaretas waren grau, müde. Die von Beatrice dunkel, traurig. Beatrice lächelte. Ein kaum sichtbares, freundliches Lächeln. Aber sie sagte nichts mehr.

Sie hat aufgegeben, dachte Margareta. Was geht da vor sich? Wer steckt dahinter? Hat die Tat etwas mit Guatemala zu tun? Warum erfahren wir nichts?

»Das reicht jetzt«, sagte einer der Ärzte.

Sie fügte sich. Gab der Patientin die Hand, die den Abschied mit einem warmen Händedruck erwiderte. Es war, als wollte sie sagen: Entschuldigen Sie, dass ich schweige. Wenn Sie mir helfen könnten – ich würde Sie um Hilfe bitten.

Gemeinsam verließen sie das Zimmer. Margareta wandte sich an Karin Landberg.

»Sie kennen sie, was halten Sie von ihrem Zustand?«

»Es macht ganz den Eindruck, als wüsste sie, wer es gewesen ist«, meinte die Ministerin. »Ich weiß nicht, warum sie es nicht sagen will. Nicht einmal mir, obwohl wir sonst über alles reden. Das soll nicht überheblich klingen, aber so ist es.«

»Es sieht so aus, als würde sie glauben, dass der Täter so etwas nicht wieder tun wird«, mischte sich einer der Ärzte ein. »Vielleicht ist er aus der Stadt verschwunden, wer immer es sein mag.«

»Ich würde sagen, sie wirkt deprimiert«, meinte Margareta. »Etwas belastet sie. Etwas, das sehr tief geht.«

»Wir können hier kein Kreuzverhör dulden«, mischte sich der andere Arzt ein.

»Das wollte ich auch nicht vorschlagen. Wir sollten zunächst dafür sorgen, dass sie hier sicher ist. Es ist nicht auszuschließen, dass der Täter aus ihrem Umfeld stammt.«

»Lassen Sie die Männer nicht allein in ihr Zimmer«, sagte Landberg.

»Wieso das?«

»Nur zur Sicherheit. Fredrik scheint nicht sehr stabil zu sein. Ich will nicht behaupten, dass einer von ihnen schuldig ist, aber da Beatrice nicht sagen will, wer es ist, müssen wir alle Eventualitäten in Betracht ziehen. Außerdem – außerdem scheint sie sie im Augenblick nicht sehen zu wollen.«

Margareta musterte sie.

»Gibt es noch etwas, das Sie mir erzählen sollten?«

»Nein, mehr weiß ich auch nicht.«

Sie schien ehrlich zu sein. Kalle hätte sicher keine Geduld mit ihr gehabt, aber Margareta nickte. Hier lag offenbar ein Hund begraben, aber sie hatte nicht vor, jetzt tiefer danach zu bohren. Es war besser, der Ministerin ein paar Stunden Zeit zum Nachdenken zu geben und ihr Vertrauen zu gewinnen.

»Ab sofort wird niemand mehr mit der Patientin allein gelassen«, entschied sie. »Es wird das Einfachste sein, wenn wir das generell festlegen. Ich muss jetzt los. Benachrichtigen Sie mich umgehend, wenn es so aussieht, als wollte die Staatssekretärin darüber reden oder wenn irgendwelche Veränderungen eintreten, dann komme ich sofort.«

Sie gab den Ärzten ihre Karte, reichte Karin die Hand und lächelte. Justizministerin oder nicht, sie sah aus, als könnte sie ein wenig Freundlichkeit gebrauchen.

»Vielleicht braucht sie nach diesem Schock psychiatrische Hilfe, aber es wird sicher alles gut werden. Melden Sie sich, wenn Ihnen irgendetwas einfällt. Jederzeit.«

Sie ging wieder zu der Sitzgruppe, wo Beatrices Familie saß und teilte ihnen die Entscheidungen mit. Fredrik und Vicente hörten mit wachsendem Ärger zu. Sie schauten beleidigt zu Karin hinüber, überzeugt davon, dass die Anordnung bewachter Besuche bei der Patientin direkt aus ihrem Munde stammte. Margareta gab allen die Hand, Paulo eingeschlossen, informierte den Polizisten, der sich vor Beatrices Tür stellte. Dann verließ sie die Station.

Sie rief Alberg an und berichtete kurz, was sie gehört und getan hatte.

»Gut«, sagte er. »Wir besprechen die Sache mit Beatrices

Männern in der Morgensitzung, es sei denn, du meinst, wir sollen uns sofort darum kümmern?«

»Nein, es ist besser, wir warten noch. Wir geben Landberg die Chance, aus Chiquin herauszubekommen, wer es war und über ein paar Sachen nachzudenken. Einen halben Tag etwa.« »Okay, dann sehen wir uns um zehn. Keine Minute früher. Jetzt nach Hause mit dir und ab ins Bett.«

Sie hatte das Gefühl, als würde sie auf der Stelle treten, und keinen Millimeter vorwärts kommen. Sie trat aus dem großen, erleuchteten Krankenhaus hinaus in die Dunkelheit, erwischte ein Taxi und fuhr nach Hause.

Als sie nach einer kurzen Fahrt durch die leeren, nächtlichen Straßen angekommen waren, musste der Fahrer sie wecken. Margareta bezahlte, nahm den Aufzug, betrat ihre Wohnung, warf einen Blick auf die Uhr, sah, dass noch sieben goldene Stunden Schlaf vor ihr lagen, und kroch ins Bett. Noch immer vollständig angezogen.

Um drei Uhr morgens klingelte das Telefon. Sie konnte es kaum glauben. Sie hatte eine Stunde geschlafen. Sie fühlte sich vor Müdigkeit wie gelähmt. Sie tastete nach dem Telefon und schaute auf das Display.

Es war nicht Karin, die anrief um zu sagen, dass Beatrice gestorben war, Gott sei dank. Nicht Kalle. Nicht Kent. Sondern Alberg.

»Es tut mir Leid, dass ich dich wecke, du musst völlig fertig sein. Aber wir haben jetzt die Bilder der Überwachungskameras, ein Typ ist kurz vor halb sechs durch die Warenannahme rausgekommen. Er hat sich auch dort ausgeloggt.«

»Wer?«

»Ist nicht zu erkennen. Er trägt eine Sportjacke mit heruntergezogener Kapuze. Verschwunden in einer Sekunde, wir hätten ihn fast verpasst. Hörst du zu? Gut. Gemäß der Anwesenheitsliste handelt es sich um einen Putzmann namens Samuel Bergosc. Jugoslawe. Könnte der sein, den Ölund gesehen hat. Es ist nur so, dass er planmäßig an diesem Morgen gar nicht hätte arbeiten sollen. Er behauptet auch hartnäckig, er wäre nicht da gewesen. Und die Putzkolonne fängt ja auch nie vor sechs an. Aber wir haben ihn gleich festgenommen.«

»Hat er mit Chiquin eine Rechnung offen?«

»Nicht soweit wir wissen. Er sitzt hier und ist furchtbar aufgebracht. Sagt, dass vielleicht jemand mit einer gefälschten Karte da gewesen ist, aber ganz sicher nicht er. Seine Frau ist natürlich in Tränen aufgelöst und beteuert, dass er zu Hause war.«

»Essburg?«

»Wartet. Es gibt noch keinen Beweis. Wir behalten ihn hier zum Verhör und holen uns Ölund und Kjellbo dazu, um sie zu grillen und in der Zeit in alle drei Wohnungen gehen zu können. Dann sehen wir, was wir finden.«

»Mit welcher Begründung denn? Wir können doch nicht Zwangsmaßnahmen gegen drei verschiedene Verdächtige zugleich einleiten, obwohl wir nicht glauben, dass sie zusammenarbeiten?«

»Lisbet sagt, dass wir das nicht ausschließen können. Sie wird dafür später die Verantwortung übernehmen. Aber wir müssen jetzt irgendwie einen Durchbruch schaffen. Chiquin will ja nichts sagen. Und es könnte für sie auch gefährlich werden, wenn wir warten. Wir sind jetzt alles durchgegangen, Margareta, und Bergosc und Ölund sind die Einzigen, die da waren. Es gibt keinerlei Anzeichen, dass, abgesehen vom Wachpersonal, noch jemand oben war, und die haben sich gegenseitig kontrolliert. Wir haben uns den halben Abend mit ihnen rumgeschlagen. Im Augenblick sind sie Plan B.«

Margareta fühlte einen heftigen, inneren Widerstand. Ein Misston, wie eine Nadel, die über eine Schallplatte kratzt.

»Ich habe ein ziemlich schlechtes Gefühl bei dieser Geschichte«, sagte sie. »Bergosc und Ölund, möglich. Aber nicht Anders Kjellbo. Ganz sicher nicht er. Lasst ihn außen vor.«

»Es ist, wie es ist. Wir können das nicht mehr diskutieren. Er hatte ein Motiv und Zugang zu dem Raum. Komm her. Du bekommst drei Tage frei am Stück, wenn alles vorbei ist. Irgendwann. Ich schwöre.«

Sie beendeten das Gespräch, und Margareta stand auf.

Sie roch nach Schweiß. Und sie hatte einen schlechten Geschmack im Mund. Sie zog alles aus und stieg unter die warme Dusche. Anschließend betrachtete sie ihr todmüdes Gesicht im Spiegel.

Der Schock nach dem Gespräch mit Kent war noch immer sichtbar. Das war nicht gut, wenn sie ein Verhör leiten sollte. Sie zog eine schwarze Strumpfhose an, ein schwarzes Poloshirt und einen langen, hellen Wildlederrock. Sie musste versuchen so auszusehen, als hätte sie alles im Griff. Sie nahm sich die Zeit, Make-up aufzulegen, was sie nur selten tat, aber sie konnte nicht in ein Verhör hineinstolpern und wie eine Leiche aussehen.

Sie hätte einen halben Liter Kaffee gebraucht, aber dafür war keine Zeit mehr. Stattdessen trank sie vor dem Kühlschrank stehend kalte Milch, schluckte eine Kopfschmerztablette und suchte nach einer Scheibe Knäckebrot.

Sie entschloss sich, diesmal selbst zu fahren. Sie trat in die stockdunkle Nacht, stieg in ihr Auto, und auf der Fahrt durch die leeren Straßen ins Präsidium aß sie ihr trockenes Brot.

Ölund wurde von zu Hause geholt und Kjellbo, nach einer Nacht in der Stadt, genau vor seiner Wohnungstür auf Kungsholmen abgepasst. Ein aufgebrachter Linus wusste nicht, ob er dableiben und im Auge behalten sollte, was die Kriminaltechniker mit ihrer Wohnung anstellten, oder ob er Anders als moralische Unterstützung begleiten und in irgendeinem Wartezimmer des Präsidiums auf ihn warten sollte. Schließlich entschied er sich, zu Hause zu bleiben.

Während sie darauf warteten, dass die Interviewopfer die Initiationsriten absolviert hatten, saß die Kommission zusammen und sah sich die Auszüge aus dem Band der Überwachungskamera an. Manne bediente den Videorekorder. Er hatte nur zwei Stunden geschlafen, war blass und hatte Gleichgewichtsprobleme vor Müdigkeit.

Zuerst zeigte er die Aufzeichnungen mit Ölund. Als die eingeblendete Uhrzeit zwanzig nach drei anzeigte, sah man einen energischen, kleinen Mann, untersetzt und mit Halbglatze, durch die Tür und die leere Lobby stürmen. Er trug einen dunklen Mantel. Er zog seine Karte durch das Lesegerät, öffnete die Türen der Schleuse und verschwand in einem Aufzug. Ein Sprung in der Zeitfolge, und es war fünf nach sechs. Jetzt war zu sehen, wie er aus dem Aufzug kam, die Karte durchzog und zielstrebig zum Ausgang eilte. Dabei rannte er fast eine Frau um, die gerade das Gebäude betrat.

Ein neuer Sprung, und es war zehn nach acht. Jetzt war er wieder auf dem Weg nach drinnen, im braunen Anzug, einen offenen Popelinmantel darüber, gemessenen und würdevollen Schrittes.

»Spiel das Stück, wo er um sechs Uhr rausgeht, nochmal langsamer ab«, bat Margareta.

Das Band wurde zurückgespult und Bild für Bild abgespielt. Hannes Ölund lief mit abgehackten Bewegungen auf den Ausgang zu. Sein schwarzer Mantel war nicht zugeknöpft und flatterte offen über einem ebenso dunklen Anzug mit weißem Hemd.

»Er hält nichts in den Händen«, bemerkte Kalle.

»Sein Gesicht?«, fragte Margareta.

Das Band wurde ein Stück weiter vorgespult. Genau in dem Moment, bevor Ölund durch die zweite Tür der Schleuse ging, blickte er hastig nach oben in die Kamera. Das Band wurde gestoppt und das Bild eingefroren. Er sah müde und gestresst aus.

»Er sieht nicht gerade danach aus, als wäre er mit der Arbeit der letzten Stunden zufrieden«, meinte Kalle. »Eher wirkte er gehetzt.«

»Ängstlich? Geschockt?«

»Er hat es auf dem Weg nach oben genauso eilig wie auf dem Rückweg«, bemerkte Jenny.

Direkt im Anschluss folgte das Band von der Kamera, die den Lieferanteneingang des Restaurants überwachte, der an der schmalen Fredsgatan lag. Jemand in dunkler Hose und Jacke, die Kapuze über den Kopf gezogen, kam hinaus. Er – wenn es ein Mann war – war in einer Sekunde verschwunden.

»Und er hat sich nicht eingeloggt?«, erkundigte sich Margareta.

»Das ist es ja«, erklärte Alberg. »Wir haben ihn noch nicht gefunden. Er könnte irgendwo dort sein. Oder er hat sich an jemanden drangehängt, ohne seine eigene Karte zu benutzen. Manne, wenn du und ich Kjellbo übernehmen, dann können Margareta und Kalle sich um Ölund kümmern. Jonas und Christer reden mit Bergosc. Jenny, du bleibst als Beobachterin dabei.«

Manne rührte sich nicht. Er rutschte unruhig auf seinem Stuhl hin und her.

»Ich kann Kjellbo nicht übernehmen«, sagte er.

»Warum nicht?«

»Weil ich ihn privat kenne. Wir sind nicht befreundet, aber ich kenne ihn. Wenn es in dieser Sache ein homophobes Motiv gibt, dann kann ich Anders Kjellbo nicht verhören.« Er lehnte sich mit verschränkten Armen an die Wand, als wollte er sich schützen. »Hättet ihr euch bei der Gaypride auf den Weg gemacht, um euren schwulen Kollegen zuzuwinken, dann wüsstet ihr das. Im vorletzten Jahr durften wir zum ersten Mal in unseren Uniformen an der Parade teilnehmen. Das war gigantisch. Die Leute haben geklatscht wie wahnsinnig. Ganz normale Menschen haben vor Begeisterung geschrien. Die haben diese Machopolizisten so satt, das glaubt ihr gar nicht.«

Es wurde totenstill im Raum. Alle starrten ihn an. Er blickte verlegen auf die Uhr.

»Jetzt habt ihr zehn Sekunden geglotzt. Ihr dürft noch fünf Sekunden geschockt sein, dann könnt ihr von mir aus irgendwas sagen.«

Margareta ging zu ihm, legte ihm den Arm um die füllige Taille und knuffte ihn scherzhaft in die Seite.

»Wir sind nur so überrascht, dass du uns das nicht schon viel früher gesagt hast«, sagte sie. »Willkommen draußen, Manne! In Zukunft wollen wir alles über deine Kerle und deinen Liebeskummer wissen, wenn wir dürfen. Denk daran, dass wir schon Jahre damit im Verzug sind!«

»Aber du kannst doch trotzdem Kjellbo verhören«, fragte Alberg irritiert. »Sonst dürfte ich ja auch keine normalen – ich meine heterosexuellen – Männer mehr verhören?«

»So sieht es aus auf der Welt«, sagte Manne düster. »Wenn es irgendwelche Scherereien gibt, werden die Leute behaupten, der Zusammenhalt unter den Schwulen würde ihm den Rücken decken.«

»Kalle und ich können Kjellbo auch noch übernehmen«, sagte Margareta. »Das ist gar nicht mal schlecht, nachdem wir ja schon mit ihm geredet haben.«

Sie sollten sich sputen, aber alle hielten inne. Mannes Offenbarung war so unerwartet gekommen, jahrelang musste er geschwiegen, sich versteckt und gelitten haben. Sie hatten das Bedürfnis, das auf irgendeine Weise zu würdigen, nicht nur mit der Aufforderung, Liebesabenteuer zum Besten zu geben. Aber niemandem fiel etwas ein. Sie schauten ihn an und versuchten kameradschaftlich und ganz einfach ermutigend auszusehen, während sie in ihrer Erinnerung nach dämlichen Schwulenwitzen kramten, die sie vielleicht irgendwann in all den Jahren gerissen hatten. Jennys Wangen glühten, sie schämte sich über das, was sie selbst erst am Vormittag von sich gegeben hatte und war zugleich wütend auf ihn, weil er nichts erzählt und sie damit überhaupt erst in diese Situation gebracht hatte. Aber sie wusste, dass es ihr eigener Fehler gewesen war.

»Ja, dann machen wir jetzt wohl mal weiter«, sagte Alberg und klopfte Manne plump auf die Schulter.

Der Star des Films »Ölund sprintet rein und raus« saß im Verhörzimmer. Er hatte noch einen Anwalt auftreiben können, der in untadeligem Anzug neben ihm saß und erschöpft aussah, ein junger Mann mit fahlem Gesicht. Er hatte genauso fettig glänzende, zurückgekämmte, halblange Haare, wie man sie gemäß der seltsamen Gigolo-Mode etlicher BWL-ler und Anwälte trug, die von sich selbst glaubten, eine wichtige Rolle im heruntergekommenen Spiel der wirklichen Welt zu spielen. Wenn auch nur als Lokalvariante von Michael Douglas, dem gewissenlosen Finanzbroker Gecko aus dem Film ›Wall Street‹.

Margareta und Kalle gingen hinein und setzten sich den

beiden gegenüber. Der uniformierte Beamte verließ den Raum. Margareta schaltete das Aufnahmegerät ein.

Ölund saß mit gespreizten Beinen da, eine Hand umklammerte fest das Handgelenk der anderen. Die freie Hand war zur Faust geballt. Er hatte sich in aller Eile wieder den braunen Anzug angezogen, und ein schwacher Rest von Aftershave mischte sich mit leichtem Schweißgeruch. Er sah aus, als hätte auch er die ganze Nacht nicht geschlafen. Er war müde, die Festnahme setzte ihn unter Stress, genau wie die Tatsache, aufs Neue hier zu sitzen und zu warten. Ungeahnte Strapazen, während er eigentlich in Ruhe und Frieden zu Hause schlafen wollte, nach einem dringend nötigen Bad und vielleicht einem Drink.

»Hannes Ölund«, begann Margareta. »Wissen Sie, warum Sie hier sind?«

»Ja, das ist schließlich nicht schwer zu erraten. Ich war gestern Abend oben im Ministerium, und irgendwann in dieser Zeit ist Beatrice Chiquin misshandelt worden, vielleicht. Es sei denn, es wäre vor halb vier oder nach sechs passiert, also als ich *nicht* da war. Wie Sie den Aufzeichnungen der Überwachungskamera wohl entnehmen können.«

»Als Sie gekommen sind, haben Sie da gesehen, ob Karins Tür offen stand oder geschlossen war?«, fragte Margareta ruhig.

»Ihre Tür? Ich nehme an, sie war zu. Sonst wäre mir das sicher aufgefallen.«

»Und die Tür zu Beatrices Zimmer?«

»Keine Ahnung. Das Zimmer liegt so, dass die Tür angelehnt sein kann, ohne dass man es sieht, wenn man auf dem Flur daran vorbeihetzt, wie ich gestern.«

»Wussten Sie, dass sie manchmal im Ministerium übernachtet?«, fragte Kalle.

»Jein. Wissen und wissen. Es ist nichts Ungewöhnliches, manche machen das.«

»Sind Sie ihr irgendwann mal nachts begegnet?«

Ölunds Gesicht lief plötzlich puterrot an, und er warf seinem Anwalt einen gehetzten Blick zu.

»Ein Mal«, gab er zu. »Aber das war vor einem Monat. Ich hatte bis Mitternacht gearbeitet und war auf dem Weg nach Hause, als sie plötzlich aus dem Ruheraum kam.«

»Wie hat sie reagiert, als sie Sie gesehen hat?«

»Überhaupt nicht. Nickte vielleicht und verschwand dann in die andere Richtung. In ihr Zimmer, nehme ich an. Oder um sich Kaffee zu holen.«

»Was hatte sie an?«

»Herrgott nochmal, das weiß ich nicht mehr! Glauben Sie …? Ja, es war sicher kein Pyjama oder so was. Ich glaube, es war was Indianisches. Rot, mit lauter Mustern.«

»Haben Sie hinter ihr im Zimmer jemanden gesehen?«

»Absolut nicht!«

Er sah schon bei dem bloßen Gedanken entsetzt aus.

»Was denken Sie über Beatrice?«, fragte Kalle in ernsthaftem Ton.

»Was spielt das für eine Rolle? Die Justizministerin hat sie ausgesucht. Sie scheint zufrieden.«

»Aber Sie arbeiten seit vielen Jahren im Ministerium. Sie können vergleichen, Landberg nicht. Also, was denken Sie?«

»Dass es vielleicht Bessere gegeben hätte.«

»Wieso?«

Er seufzte.

»Jeder arbeitet auf seine Weise. Jeder hat seine Kultur. Beatrice kommt aus einer ganz anderen. Sie sollte Karin stützen, aber sie *diskutiert* mit ihr. So etwas tut man nicht, das ist respektlos, und es belastet die Ministerin. Natürlich darf sie ihre Meinung sagen, wenn sie gefragt wird, dafür ist sie da, aber bei ihr scheint das etwas ganz anderes zu bedeuten. Und gegenüber den Beamten benimmt sie sich ziemlich arrogant. Sie tut zwar freundlich, aber sie behandelt uns wie Dienstboten. Passiv-aggressiv. Und sie scheint nicht zu begreifen, dass es seine Zeit braucht, wenn man etwas ordentlich macht. Aber Karin will es eben so, und wir versuchen, uns damit zu arrangieren.«

»Was glauben Sie, warum Karin sie schätzt, wenn sie so anstrengend ist?«

Ölund verzog das Gesicht.

»Wenn ich das wüsste. Sie scheint ganz besessen von ihr zu sein. Was mich wirklich beunruhigt, es beunruhigt mich sogar sehr, denn ich fürchte, sie beginnt ihre Selbstständigkeit gegenüber ihrer eigenen Staatssekretärin zu verlieren.«

»Das klingt ernst.«

»Das *ist* ernst. Beatrice hängt mit halbem Herzen noch in Guatemala. Was wissen wir denn von ihrer Agenda? Außerdem hat sie die übertriebensten Erwartungen an das, was wir tun können, sie will nicht einsehen, dass verschiedene Aufgabenbereiche bei verschiedenen Ministerien liegen. Sie scheint der Ansicht zu sein, alle Fragen wären juristisch.«

»Warum sind Sie mitten in der Nacht ins Ministerium gegangen?«, fuhr Kalle fort.

»Das habe ich doch schon gesagt. Um einen Vorschlag über stärker prozessökonomische Regeln bei Berufungen aufzupolieren. Wir versuchen alles einfacher und klarer zu machen, und ich bin auf die Idee … Glauben Sie mir, ich hätte lieber in meinem Bett gelegen, aber Beatrice hat so einen Druck deswegen gemacht, ich war ganz einfach gezwungen. Sie treibt die Leute an, man hat kein Privatleben mehr. Aber ich habe sie *nicht* niedergeschlagen! Herrgott nochmal! Das ist doch absurd. Ich würde nicht einmal davon träumen! Und ich wusste doch auch gar nicht, dass sie da war! Sie sind Polizisten, Sie kommen aus einer viel drastischeren Welt, Sie verstehen nicht, dass es völlig ausgeschlossen ist, dass ...«

Er verstummte und schüttelte den Kopf.

»Haben Sie sonst noch jemanden in den Räumen angetroffen?«

»Niemanden außer den Wachleuten unten am Empfang. Ich dachte, ich hätte draußen auf dem Gang einen der Putzmänner gesehen, als ich den Blick für eine Sekunde hob. Er lief eilig vorbei. Ich erinnere mich, dass ich erstaunt darüber war. Das kam mir doch sehr früh vor. Fangen die nicht erst um sechs an?«

»Es war ein Mann?«

»Das war mein Eindruck. Ich habe keine Ahnung. Vielleicht war es eine große Gestalt, und ich ging deshalb davon aus, dass es ein Mann war.«

»Wie sah er aus? Kleidung?«

»Weiß nicht. Konnte ich nicht sehen.«

»Denken Sie nach. Wir haben alle Zeit der Welt.«

Ölund schüttelte den Kopf.

»Das geht nicht. Es gibt nur diesen Eindruck. Und das Geräusch von Schritten, als er vorbeigegangen ist.«

»Andere Geräusche?«

Wieder schüttelte er den Kopf.

»In Worten, bitte.«

»Entschuldigung. Nein, keine anderen Geräusche.«

Er blickte zur Decke hinauf, seine Lippen begannen zu zittern, und sie wusste, dass er kurz davor war, in Tränen auszubrechen.

»Ich bitte um Entschuldigung«, sagte er steif. »Ich habe seit mehreren Nächten nicht mehr ordentlich geschlafen, um mit all der Arbeit fertig zu werden, die man mir aufgebürdet hat, und der Dank dafür ist, dass ich jetzt mit einem Anwalt hier sitze, während Kriminaltechniker in diesem Augenblick meine Wohnung auf den Kopf stellen. Das ist so, als täte man mir Gewalt an.«

Margareta und Kalle sahen ihn an, ohne eine Miene zu verziehen.

»Was halten Sie von Karin Landberg?«, fuhr Margareta fort.

»Was ich von ihr *halte*? Großer Gott, Sie reden von unserer Justizministerin. Ich wünschte wirklich, Sie würden ein bisschen mehr Respekt aufbringen. Wir erleben sie als sehr pflichtbewusst und enthusiastisch. Sie hat sehr klare Vorstellungen und springt nicht dauernd hin und her und ändert alles. Das passiert, wenn man schwache Minister hat, die haben eine Idee oder lesen ein Buch und stürzen los, dann gibt es die ersten Reaktionen, der Vorschlag wird im Gesetzgebungsausschuss abgeschmettert, und sie müssen zurückrudern. Und wir dürfen die Sache dann ausbaden. Sie müssen wissen, dass wir Beamte schließlich unter jeder beliebigen Regierung zu funktionieren haben, radikal oder konservativ.«

»Also gehen Sie nie gegen Gesetzesentwürfe oder Direktiven vor, die Ihnen nicht gefallen?«

Er sah schockiert und gekränkt aus. Wandte den Blick ab und ließ sich nicht zu einer Antwort herab.

»Ich verstehe nicht, was das mit dieser Sache zu tun haben soll. Und vielleicht könnten wir rein persönliche Angriffe unterlassen?«, schaltete sich sein Anwalt zum ersten Mal ein.

»Die Frage ist insofern relevant, als der Angriff auf Beatrice Chiquin politische Ursachen haben könnte«, entgegnete Margareta. »Seien Sie so freundlich, und beantworten

Sie bitte die Frage. Kommt es vor, dass man im Ministerium gegen die politische Führung arbeitet und Vorschläge verschleppt?«

»Die Antwort ist nein!«

»Danke.«

Sie setzten ihm noch eine Weile zu, befragten ihn zum gestrigen Tag und dem Tag davor und baten ihn, Zwischenfälle zu schildern, bei denen er der Ansicht war, Beatrice habe sich nicht korrekt verhalten. Das war oft geschehen, aber größtenteils ging es um Petitessen. Es war offensichtlich, dass sie ihm auf die Nerven ging, dass er müde und überarbeitet war und nicht das Gefühl hatte, seine Liebe zur Arbeit würde belohnt oder geschätzt. Er hasste es, jeden Freitag ihre energischen Schritte auf dem Flur zu hören, wenn sie ihre Runde durch die Abteilungen drehte.

Sonst kamen sie nicht weiter. Über sein Privatleben sagte er, dass er keinen Kontakt mehr zu seiner Exfrau hatte, aber bisweilen seinen Sohn traf. Außer seiner Arbeit hatte er keine Interessen. Keine Liebesbeziehungen.

Sie ließen ihn mit einem Beamten im Zimmer zurück, sorgten dafür, dass er und sein Anwalt Kaffee bekamen und gingen auf den Flur. Kalle verschränkte die Arme und lehnte sich müde an die Wand.

»Er wäre der perfekte Schurke. Fühlt sich ungerecht behandelt und ausgenutzt. Einsam. Es ist nicht sehr schwer sich vorzustellen, dass er explodiert, wenn sie plötzlich mit irgendeiner spitzfindigen Kritik auftaucht, während er nachts dasitzt und sich den Arsch aufreißt.«

»Das Problem daran ist der Tatort. Ist dir sonst nichts aufgefallen?«

»Was denn?«

»Meinst du, er könnte in Karin verliebt sein? Und erträgt es nicht, dass Beatrice und sie sich so gut verstehen? Eifersucht könnte ein Motiv sein. Aber vielleicht interpretiere ich das, was er gesagt hat, auch zu stark. Hast du bei der Sache mit dem Putzmann, der draußen vorbeiging, etwas bemerkt?«

»Nein?«

»Er hat nur Schritte gehört. Nichts anderes.«

»Und?«

»Und wenn es ein Putzmann gewesen wäre, dann hätte er doch das Klappern des Putzwagens hören müssen, oder? Naja, wie auch immer, er legt ja kein Geständnis ab. Er war da, aber er hat weder Beatrice noch jemand anderen gesehen, den er benennen könnte. Ich glaube nicht, dass wir für den Moment noch sehr viel weiterkommen. Wir lassen ihn eine Weile in Ruhe und nehmen uns Anders vor.«

Anders sah blass und ausgelaugt aus und war von einer Wolke aus Alkoholdunst und Zigarettenrauch umgeben. Er trug jetzt keinen Anzug mehr, sondern Jeans und eine Filzjacke. Er hatte sich nicht darum bemüht, einen Anwalt hinzuzuziehen, sondern erklärte sich bereit, auch allein mit ihnen zu reden.

»Also, wo sind Sie heute Nacht gewesen?«, begann Kalle.

»Durch die Clubs gezogen.«

»Mit Linus?«

»Nein, ohne Linus. Er ist cleverer als ich und geht nicht mitten in der Woche aus und haut auf den Putz. Ich bin essen gegangen, danach war ich tanzen, und dann bin ich mit drei Freunden nach Hause gefahren, und wir haben noch zusammen gesessen und uns unterhalten. Habe mich gegen halb drei auf den Heimweg gemacht. Nur um vor der Tür der Ordnungsmacht zu begegnen«, setzte er hinzu, nicht ohne eine gewisse Verbitterung in der Stimme.

»Welche Freunde?«, fragte Margareta.

Er zog einen Zettel aus der Tasche und schob ihn teilnahmslos über den Tisch.

»Hier. Die Namen der Lokale und Freunde. Dachte, das könnte uns Zeit sparen.«

»Gut«, sagte Margareta und warf einen Blick auf das Papier, ehe sie es an Kalle weiterreichte. »Jetzt will ich ein bisschen mehr darüber erfahren, wie das Verhältnis zwischen Ihnen und Beatrice ist, Anders.«

Er sah an ihr vorbei und seufzte resigniert.

»Müssen wir wirklich so tief wühlen?«

»Ich fürchte ja. Erzählen Sie. Halten Sie sie für homophob?«

Er warf einen Blick auf Kalle.

»Sie würde es selbst nie zugeben, nachdem ihr der Gedanke gefällt, alle gleichermaßen zu achten, aber okay, ja, ich glaube, man könnte sie homophob nennen. Es passt ihr nicht, dass ich Karins Sekretär bin. Sie findet, ich sollte entweder meine so genannte Neigung verstecken oder meinen Job aufgeben, weil beides zusammen keinen guten Eindruck macht.«

»Hat sie sich bei Karin darüber beklagt?«

»Ja, zu mir hat sie es nicht gesagt. Aber es geht nicht an, dass man Karin mit solchen Sachen behelligt. Das funktioniert nicht. Wenn man etwas zu besprechen hat, dann macht man das einmal ordentlich, und dann lässt man es gut sein. Wir haben zu viel anderes zu erledigen. Karin hat nichts zu mir gesagt, weil sie anderer Meinung ist als Beatrice. Ich weiß das alles nur, weil ich zufällig gehört habe, wie sie sich darüber unterhalten haben. Sie waren drinnen bei Karin, und Beatrice dachte, ich wäre noch beim Essen. Die Tür zu meinem Büro war nur angelehnt. Ich kam rein, als sie gerade angefangen hatten zu reden. Die Diskussion war zu emotional, als dass sie merkte, dass ich da war. Dann ist Beatrice an mir vorbeigerauscht.«

»Wie tritt sie Ihnen gegenüber auf?«

»Sanft und höflich. Sie ist stark, aber sie verbirgt es hinter einer harmlosen Fassade. Sie wird nie laut.«

Margareta und Kalle beobachteten ihn stumm. Er blickte von einem zum anderen und fühlte sich immer schlechter. Wäre er Jurist gewesen, hätte er gemerkt, dass sie keine Fakten gegen ihn in der Hand hatten, sondern nur ihre Netze auslegten, um zu sehen, ob sich etwas darin verfing, aber er fühlte sich in die Enge getrieben.

»Mir ist klar, dass Sie nach Brüchen und Meinungsverschiedenheiten suchen, das ist Ihr Job, aber diese Sache ist kein weltbewegender Konflikt. Wir arbeiten auch nicht direkt zusammen. Ich habe noch nicht mal was gegen sie, eigentlich ganz im Gegenteil. Würde ich durch die Gegend laufen und mich über alle Homophoben aufregen, dann würden mir eine Menge interessanter Seiten an den Menschen entgehen, und außerdem hätte ich dann keine Kraft mehr, mein eigenes Leben zu leben. Es ist einfach so, dass ihre Einstellung permanent an diesen einen Teil von mir erinnert, als wäre er mein ganzes Ich. Das ist störend, als hätte man einen Stein im Schuh. Man fühlt sich wie ein rosa Flamingo, der zwischen kleinen, runden Pinguinen über die Flure stolziert. Deutlich von der Norm abweichend. Und man wünscht sich die ganze Zeit, zu wesentlicheren Dingen zurückzukehren.«

Man sah ihm an, wie leid er dieses Gespräch war.

»Und jetzt sitzen wir hier die Nacht ab und reden nur über ihre Gefühle. Es hat uns allen ganz unnötig Stunden unseres Lebens geraubt. Lassen Sie sich davon nicht auf die falsche Fährte locken.«

»Waren Sie gestern Nacht im Ministerium?«

»Nein, ich war zu Hause und habe geschlafen. Wie ich bereits gesagt habe.«

»Kennen Sie das Reinigungspersonal?«

»Wie bitte?«

»Kennen Sie jemanden aus der Putzkolonne«, wiederholte Margareta.

Er sah sie perplex an und dachte nach.

»Nicht persönlich. Sie sind meistens schon fertig, wenn ich komme. Ich kenne ein paar vom Sehen. Ein dunkelhäutiger Mann, vielleicht Araber. Ein paar Frauen. Damen, sollte ich vielleicht sagen. Aber ich weiß nicht, wie sie heißen, was schon peinlich genug ist. Fällt die Entscheidung zwischen mir und jemandem vom Reinigungstrupp?«

»Wissen Sie, wo sie sich aufhalten?«

»Die Putzleute? Keine Ahnung. Ich habe sie im ganzen Haus gesehen. Vielleicht im Keller? Irgendwo beim Restaurant? Im Hof gibt es einen Pausenraum, wo sie rauchen und etwas essen können, vielleicht dort? Haben die ihren Hauptsitz denn überhaupt im Haus, ich dachte, die würden von einer Reinigungsfirma geschickt? Aber warum quäle ich mich überhaupt damit? Die wissen doch auch nicht wo ich sitze.«

»Doch, das tun sie.«

»Natürlich, ja. Ist ja klar. Aber wenn ich Ihr Zimmer geputzt hätte, wüsste ich auch wo es ist.«

Er schien wieder wacher zu werden und rieb sich die Augen.

»Kann mich nicht endlich jemand zum Schweigen bringen?«

»Kennen Sie Samuel Bergosc?«

»Samuel? Sicher. Wir waren mal eine Weile zusammen, bevor ich Linus kennen lernte. Aber da befinden wir uns schon drei Jahre in der Vergangenheit. Was hat Samuel damit zu tun?«

Kalle warf Margareta einen schnellen Blick zu und lehnte sich zurück. Sie versuchte, ihre Überraschung zu verbergen.

»Er arbeitet als Reinigungskraft in Rosenbad«, erklärte sie in neutralem Ton.

Anders' Gesicht verzog sich zu einem einzigen, breiten, misstrauischen Lächeln.

»Samuel *Bergosc* ist Reinigungskraft in Rosenbad? Ist das wahr? Großer Gott! Warum bin ich ihm nie begegnet? Obwohl, es ist ein ziemlich großer Kasten. Samuel *Bergosc*?«

Er wurde ernst.

»Warum fragen Sie das?«

»Es sieht so aus, als wäre er zur fraglichen Zeit im Haus gewesen. Als Beatrice überfallen wurde. Wie ist Ihr Verhältnis zu ihm heute?«

»Wir haben keins. Er hat sich in ein Mädchen verliebt und wollte sie heiraten. Ich habe keine Ahnung, was daraus geworden ist.«

»Wie haben Sie sich getrennt?«

»Mit Schreien und Toben, das ganze Ballett, leider. Wie schade, dass ich nicht wusste, dass wir im selben Haus arbeiten. Hätte ihn gerne auf eine Tasse Kaffee oder zum Lunch eingeladen.«

»Dann sind Sie nicht mehr wütend auf ihn?«

»Nein, kein bisschen. Wenn er nicht gegangen wäre, dann hätte ich Linus vielleicht nie getroffen. Was haben Sie gesagt, er war im Haus, als Beatrice überfallen wurde? Aber er kann es nicht gewesen sein! Ausgeschlossen.«

»Alle scheinen zu denken, dass es vollständig ausgeschlossen ist, dass es überhaupt irgendjemand gewesen ist. Und doch ist es passiert. Sie sagten, sie sei homophob.«

»Ja, aber um Himmels willen, warum sollte sie von Samuel wissen? Wenn er da gewesen ist, dann hat er wohl ganz einfach gearbeitet!«

Margareta schwieg. Sie wollte nicht näher auf die Uhrzeit eingehen.

»Samuel und ich«, sagte Anders. »Samuel und ich. Da muss jemand anders dahinterstecken. Jemand, der uns alle kennt und das hier arrangiert hat. Ein *wirklicher* Schwulenhasser. Mag sein, dass Samuel im Haus war, aber ich war zu Hause und habe geschlafen. Linus kann das bezeugen, aber wahrscheinlich geben Sie ohnehin nicht viel auf das, was Linus sagt. Verdammt, ich will jetzt nichts mehr sagen. Ich muss mir erst einen Anwalt besorgen, wenn Sie weitermachen wollen.«

Er starrte sie mit leerem, niedergeschlagenem Blick an.

»Wie sieht es aus? Bin ich vorläufig festgenommen, oder wie das heißt?«

»Nicht, solange kein Haftbefehl vorliegt«, sagte Margareta. »Sie werden sich noch eine Weile gedulden müssen.«

Sie stellten sich in den Flur, wo auch Alberg wartete und sahen zu, wie Bergosc aus dem Verhörzimmer geführt wurde. Er war um die fünfundzwanzig, wie Anders, aber dunkel und kräftig. Sein Haar war zerzaust, und man sah ihm an, dass er bis ins Mark erschüttert und gekränkt war. Er warf ihnen einen gequälten Blick zu, als er an ihnen vorbeigeführt wurde. Christer, Jonas und Jenny traten ebenfalls auf den Flur.

»Wo ist seine Frau?«, erkundigte sich Margareta.

»In einem der Wartezimmer«, sagte Jenny. »Sie ist ganz

außer sich. Wollte nicht zu Hause bleiben, während die Spurensicherung da ist. Gott sei Dank haben sie keine Kinder.«

»Kjellbo und Bergosc kennen sich«, verkündete Margareta. »Sie waren sogar mal ein Paar, bevor Samuel seine Frau und Anders Linus kennen gelernt hat.«

Albergs Miene hellte sich auf.

»Ist das wahr? Das ist ja unglaublich. Endlich was Neues!«

»Anders hat das ohne Zögern zugegeben. Sagt, er hätte nicht gewusst, dass Samuel als Putzmann in Rosenbad arbeitet. Was hat Samuel über Anders gesagt?«

»Wir sind nicht auf Kjellbo zu sprechen gekommen«, entgegnete Christer kleinlaut. »Wir sind wohl davon ausgegangen, dass er von Anders weiß, nachdem er manchmal oben im Ministerium sauber macht, wenn er Dienst hat. Wir sind überhaupt nicht auf Bisexualität gekommen, weil er eine Frau hat. Und ja, äh, wir sind wohl einfach davon ausgegangen, dass die Putzkolonne und die anderen im Haus in verschiedenen Welten leben.«

Alberg ging vor ihnen in die Kaffeeküche, schenkte fünf Tassen ein, verteilte sie und ließ sich auf einen Stuhl sinken.

»Dann geht ihr in einer Viertelstunde zurück zu ihm und greift das Thema nochmal auf. Es fängt an, sich zu konkretisieren. Aber wir dürfen jetzt nichts überstürzen. Lisbet will, dass wir alles ruhig angehen. Aber wir müssen Ölund zu einer Gegenüberstellung mit Bergosc bringen. Vielleicht erkennt er ihn.«

»Diese Bänder werden im Fernsehen landen«, warf Jonas ein.

»Damit werden sie sich alle abfinden müssen. Wie spät ist es jetzt? Halb fünf? Also: Ölund war zur kritischen Zeit nachweislich da, Bergosc ebenfalls, oder zumindest seine

Karte. Kjellbo war seinem Partner zufolge zu Hause, und er ist auch nicht eingeloggt. Was das zu bedeuten hat, wissen wir noch nicht. Jedenfalls kennt er Bergosc, er könnte sich auf dem Weg nach oben an ihn drangehängt haben. Hätten wir ihn jetzt nicht direkt gefragt, hätten wir nie davon erfahren«, fügte er mit einem Seitenblick auf Margareta hinzu.

»Was sagt das Sicherheitspersonal?«, fragte Kalle.

Manne schüttelte den Kopf.

»Sie bleiben dabei, dass sie ihre Runden gedreht und nichts gesehen oder gehört haben. Die meiste Zeit hatten sie einander im Blick. Es wäre höchstens denkbar, dass sie zusammenarbeiten.«

»Wir müssen alle drei wenigstens so lange hier behalten, bis die Spurensicherung mit ihrer Arbeit fertig ist«, sagte Alberg. »Vielleicht findet sich die Kapuzenjacke irgendwo.«

»Möglicherweise hatte aber auch Anders Samuels Karte, und Samuel war wirklich zu Hause und hat seelenruhig geschlafen«, überlegte Kalle intelligent.

»Da hast du Recht. Das ist eine verflucht gute Idee. Wenn wir Bergoscs Fingerabdrücke bei Anders zu Hause finden, wissen wir, dass sie sich immer noch treffen. Wir müssen den Aufenthaltsraum der Putzkolonne nochmal überprüfen und schauen, ob Anders irgendwelche Spuren hinterlassen hat.«

»Und wenn nichts dabei rauskommt?«, fragte Margareta.

»Darüber denken wir dann nach. Aber es bleibt das Problem mit dem Geheimnis des verschlossenen Zimmers«, meinte Alberg. »Es gibt so verflucht wenig Verdächtige. Und wenn man die nicht festnehmen kann, dann steht man wieder mit leeren Händen da.«

16

Draußen im Flur legte Margareta Jenny die Hand auf die Schulter.

»Hol deinen Mantel«, murmelte sie.

Jenny sah sie überrascht an. Sie fuhren mit dem Lift in die Garage hinunter und gingen zu Margaretas Auto.

»Wohin?«, fragte Jenny neugierig. »Und warum?«

»Rosenbad. Ich will ein Gefühl dafür bekommen, wie es da um diese Tageszeit dort aussieht.«

Jennys müde Augen begannen zu leuchten. Margareta ließ den Motor an und fuhr durch den langen Tunnel nach draußen. Es war noch dunkel, aber auf dem Fridhemsplan herrschte schon reger Verkehr. Sie fuhr die St. Eriksgatan entlang, bog in die Torsgatan, dann in die Vasagatan, am Hauptbahnhof vorbei, in die Fredsgatan, wo sie vor dem kleinen, dreieckigen Park stehen blieb.

Sie stellte den Motor ab.

Schweigend saßen sie im Halbdunkel und blickten auf die leeren Straßen und Rosenbads beleuchteten Eingang. Jemand ging an dem eisernen Zaun entlang Richtung Mälaren und verschwand.

Ein kleiner schwarzer PKW hielt vor der Kunstakademie zu ihrer Linken. Eine junge Frau stieg aus, öffnete den Kofferraum, holte einen Stapel Zeitungen heraus und verschwand damit durch den Eingang.

Margareta und Jenny schauten ihr nach.

»So ein Mist. Die Zeitungsboten, haben wir daran gedacht? Sollten wir jedenfalls!«, meinte Margareta.

Jenny war voller Tatendrang.

»Wollen wir nicht mit ihr reden, wo wir schon mal da sind?«

Noch bevor sie sich entschieden hatten, kam das Mädchen zurück, stieg ins Auto und fuhr vor den Eingang von Rosenbad. Dort verschwand sie wieder mit einem Stapel Zeitungen.

Jenny und Margareta sprangen gleichzeitig aus dem Auto und liefen hinterher. Jenny kam als Erste an. Das Mädchen hatte die Zeitungen nur vor der Glastür abgelegt und war schon im Begriff weiterzufahren, als Jenny sie aufhielt. Sie streckte ihre Hand durch das offene Seitenfenster und hielt ihre Polizeimarke hoch.

»Polizei. Können wir kurz mit Ihnen sprechen?«

Das Mädchen wurde nervös, als versuche sie sich an eine Sünde zu erinnern, die sie begangen hatte.

»Ich denke schon«, erwiderte sie misstrauisch.

»Würden Sie bitte aussteigen.«

»Sie brauchen nichts zu befürchten. Ich heiße Margareta Davidsson, und das ist Jenny Appelberg. Wir würden gern wissen, ob Sie gestern früh auch Dienst hatten?«

»Ja.«

»Ist Ihnen hier etwas Ungewöhnliches aufgefallen?«

»Nein. Was meinen Sie denn?«

»Haben Sie jemand aus Rosenbad herauskommen sehen?«

»Hier durch den Haupteingang?«

»Egal aus welchem Eingang.«

Das Mädchen dachte nach.

»Nicht, dass ich mich erinnern könnte.«

»War irgendjemand hier draußen auf dem Platz? Oder in der Fredsgatan? Oder Drottninggatan?«

»Fredsgatan?«, erwiderte sie erstaunt und zeigte hinter sich. »Das gehört auch zu Rosenbad?«

»Ja, der ganze Block gehört zur Regierungskanzlei.«

»Oh, das wusste ich nicht. Das sind doch ganz andere

Häuser. Doch, ich habe einen Mann gesehen, der aus einer Tür in der Fredsgatan kam. Ich habe mich noch gewundert, denn die Türen da sehen aus, als wären sie zugeschweißt.«

»Wann war das?«

»Weiß nicht genau. Etwa Viertel nach fünf.«

»Können Sie uns genau zeigen wo?«

Sie bogen um die Ecke in die enge Seitenstraße. Ein paar Lieferwagen fuhren vorbei. Sie folgten dem schmalen Bürgersteig, an Fenstern mit zugezogenen Vorhängen vorbei und erreichten zwei grün patinierte Kupfertüren.

»Hier«, sagte das Mädchen.

Sie trat einen Schritt zurück.

»Da ist ja auch eine Überwachungskamera! Das ist mir noch nie aufgefallen. Ja, hier ist er rausgekommen. Ich hatte die Zeitungen für Rosenbad ausgeliefert und bin ganz langsam gefahren, da ging diese Tür auf, und der Mann kam raus.« »Können Sie ihn beschreiben?«

»Ja, er hatte dunkle Hosen und eine dunkelgrüne Kapuzenjacke an, die Kapuze über den Kopf gezogen. Das sah ein bisschen dubios aus, so was haben die Leute in solchen Häusern ja sonst nicht an. Wie man das sich so vorstellt. Das war auch der Grund, warum ich noch ein zweites Mal hingesehen habe.«

»Konnten Sie sein Gesicht erkennen?«

»Aber ja. Es war ein erwachsener Mann. Seine Haare habe ich nicht gesehen, aber dafür sein Gesicht. Er hat mich direkt angeschaut. Dann überquerte er hinter meinem Auto die Straße und ging Richtung Hauptbahnhof, glaube ich.«

»Kein Haar war unter der Kapuze zu erspähen?«

»Nein, also entweder war es kurz, oder aber er war langhaarig mit Pferdeschwanz. Und das hier gehört *wirklich* zu Rosenbad? Ich hatte ja keine Ahnung!«

Sie sah die beiden Beamtinnen an.

»Es geht um den Überfall auf diese Frau in der Regierung, oder? Diese indianische Frau? Und dieser Typ könnte es gewesen sein? Wenn ich gewusst hätte, was das für ein Haus ist, dann hätte ich mich längst von mir aus gemeldet. Was für ein Glück, dass Sie gerade hier waren!«

»Wir müssen Sie bitten, direkt nach der Arbeit in unser Präsidium zu kommen, um eine Zeugenaussage zu machen«, sagte Margareta und zückte ihren Block. »Es ist wichtig, Sie dürfen also unter überhaupt keinen Umständen irgendwohin verschwinden. Wir werden Ihnen verschiedene Männer gegenüberstellen, und Sie müssen uns sagen, ob Sie den wiedererkennen, der aus der Tür gekommen ist. Die Männer können Sie dabei nicht sehen, Sie brauchen keine Angst zu haben.«

»Ach, das ist mir doch egal. Die Hauptsache ist, dass Sie ihn schnappen. Natürlich komme ich!«

»Kann ich Ihren Führerschein sehen?«

Sie suchte ihn bereitwillig heraus, und Margareta notierte ihren Namen. Das Mädchen hieß Tine Lundh.

»Dann brauche ich noch Ihre Telefonnummer, zu Hause, Handy und die Ihres Arbeitgebers. Wo wohnen Sie?«

»Tyskbagargata. Ich weiß, wo das Präsidium ist, aber es ist so riesig. Das sind ja auch mehrere Gebäude, ich weiß nie, wo es anfängt und wo es aufhört. Wohin soll ich kommen?«

»Sie können durch das Stahltor in der Bergsgata gehen, aber es ist auch nicht schlimm, wenn Sie sich verlaufen. Es gibt überall Pförtner. Sagen Sie, zu wem Sie wollen oder dass es um den Überfall in Rosenbad geht, dann sorgen die Kollegen schon dafür, dass Sie den Weg finden. Wenn es irgendwelche Schwierigkeiten geben sollte, können Sie mich auch anrufen.«

Sie reichte ihr eine Visitenkarte. Das Mädchen nahm sie aufgeregt entgegen.

»Ich komme«, sagte sie. »Keine zehn Pferde könnten mich davon abhalten!«

»Es ist wichtig, dass Sie das hier für sich behalten. Verzichten Sie darauf, Ihre Mutter oder Freunde anzurufen. Deren Reaktionen könnten Ihre Erinnerungen beeinträchtigen. Es ist sehr wichtig, dass das nicht passiert.«

»Okay. Ich sage nichts, bevor Sie mir nicht grünes Licht gegeben haben.«

Sie ließen sie gehen. Das Mädchen verschwand die Straße hinunter, und kurz darauf fuhr sie in ihrem Auto an ihnen vorbei und winkte.

Margareta und Jenny sahen sich an und mussten lachen. Zitternd vor Kälte machte Jenny einen kleinen Luftsprung vor Freude.

»Das kam jetzt völlig unerwartet. Oh, Mann, sowas!«, rief sie. »Niemand hat sie befragt! Wie konnten wir nur die Zeitungsboten vergessen!«

»Und hätten wir sie gefragt, ob sie gesehen hat, wie jemand Rosenbad verlassen hat, hätten wir ein Nein kassiert.«

»Was machen wir jetzt? Direkt zurückfahren?«

»Ruf Alberg an. Ich will mich erst noch ein bisschen umsehen.«

Jenny nahm ihr Handy und gab ihm strotzend vor Stolz die Neuigkeit durch. Aufgeräumt gingen sie zum Haupteingang und blickten die Fassade hoch.

Das große Foyer leuchtete hell durch die bogenförmigen Fenster. Im Stockwerk darüber brannte ebenfalls Licht, genau wie ein Stück entfernt im Pressezentrum und in einigen Fenstern des Kellergeschosses. Die übrigen Fenster waren noch dunkel. Sie gingen an die Südseite, die zur Wasserseite zeigte. Margareta sah zum Fenster des Staatsministers auf. Auch dort war noch alles dunkel, genau wie in den Büros von Landberg und Beatrice. Weiter hinten in der Staatskanzlei brannte Licht, und ein schwacher Lichtschein drang aus dem Stockwerk des Ministeriums für Soziales und Gleichstellung darunter. Vielleicht aus dem Konferenzraum.

Die zurückgesetzten Balkone mit ihren steinernen Brüstungen, die zur Straße hinaus lagen, waren leer. Die Restaurants im Gebäude lagen noch im Dunkeln, aber in der Küche konnten sie Licht erkennen.

Sie gingen in die Drottninggatan, begegneten wieder dem Auto der Zeitungsfrau und erreichten die Straßenecke, an der sich das Informationszentrum befand. Die Drottninggatan lag lang und schmal vor ihnen, mit vielen beleuchteten, aber noch geschlossenen Geschäften. Eine Menschentraube kam ihnen aus der U-Bahn-Station entgegen. Ein paar Männer und viele Frauen. Einige gingen für sich, andere waren zu zweit.

»Die Raumpflegerinnen«, murmelte Margareta.

Verschlafen, aber bereit, vor dem Morgengrauen ihrer Arbeit nachzugehen, trabten sie mit raschen Schritten an ihnen vorbei und bogen Richtung Rosenbad ab. Samuel Bergosc würde nicht unter ihnen zu finden sein.

»Okay, jetzt fahren wir zurück«, entschied Margareta.

Sie folgten der Gruppe bis zu ihrem Auto. Margareta setzte sich hinter das Steuer, ließ den Motor an und drehte die Heizung voll auf. Sie rieb ihre klammen Hände. Ein Wildlederrock war einfach nicht für so einen eiskalten Morgen geeignet. Jenny ließ sich neben ihr auf den Sitz fallen. Margareta fuhr mit Vollgas auf den gepflasterten Platz vor Rosenbad, wendete rasant und fuhr auf demselben Weg, den sie gekommen waren, zurück zum Präsidium.

Im Flur begegneten sie Kalle.

»Hab schon gehört«, sagte er. »Glückwunsch!«

Jenny ging beschwingt in ihr Büro. Kalle zog Margareta mit sich in den leeren Konferenzraum. Sie blieben an dem langen Tisch stehen und musterten einander.

»Es wird noch ein bisschen dauern, bis deine Zeitungsausträgerin kommt«, sagte er. »Was meinst du? Wollen wir nicht in irgendeine Taxifahrerkneipe fahren und ein bisschen reden? Wir sollten jedenfalls reden.«

Sie schüttelte den Kopf.

»Das sollten wir wirklich, aber nicht jetzt. Ich bin viel zu beschäftigt.«

»Aber wir haben uns gestritten! Du hast doch hoffentlich nicht vor, das einfach auszusitzen, bis alles im Sande verlaufen ist?«

»Natürlich nicht. Nur nicht jetzt. Ich will das hier nicht verderben.«

Er steckte die Hände in die Hosentaschen und versuchte, seinen Unmut zu verbergen.

»Wie du willst. Können wir uns heute Abend sehen? Bei mir? Du warst noch nie bei mir. Ich habe seit fünf Monaten alles tipp-topp aufgeräumt, nur für den Fall, dass es dir vielleicht mal behagt zu kommen. Ich halte das nicht mehr lange durch. Bald bricht das Ganze in sich zusammen, und es gibt nur noch Fußball im Fernsehen, Dosenbier und Feinrippunterhemden. Also, was ist?«

Sie sah ihn mit einem schiefen Lächeln an und schwieg. Plötzlich war ihr ganz warm ums Herz geworden.

»Also, was ist?«, wiederholte er störrisch und schob das Kinn vor.

»Okay«, sagte sie. »Okay. Heute Abend.«

17

Kent hatte nicht schlafen können. Er war in seiner Wohnung auf und ab getigert, hatte Margaretas Blumen und die leeren Weingläser betrachtet und durch das Fenster auf den Mälaren geblickt. Sich im Dunkeln auf sein Bett gelegt und die Zimmerdecke angestarrt.

Jetzt wusste sie Bescheid. Er hatte befürchtet, dass es so weit kommen würde. Aber was hatte das Gespräch zu bedeuten, das sie geführt hatten? Wohin würde es führen, wenn überhaupt? Was dachte sie? Aber eigentlich hatte er gar nichts erzählt. Er hatte nicht nachgegeben.

Um halb sechs Uhr morgens war ihm klar, dass er eine Aufgabe brauchte, wenn er nicht verrückt werden wollte. Er zog sich einen dicken Pullover und seine Jacke über, stieg ins Auto und fuhr über die Västerbro in die südlichen Vororte. Zehn Minuten später hatte er vor Carinas Haustür Stellung bezogen und sah zu ihrem Fenster hinauf.

Sie wohnte in einer Zweizimmerwohnung in einem gepflegten Dreiparteienhaus ohne Aufzug, das in den Fünfzigern gebaut sein musste. Küchen- und Wohnzimmerfenster zeigten zur Straße. Er hatte versprochen, ihren Liebhaber nicht zu überprüfen, aber er wusste, dass er dieses Versprechen ohnehin nicht lange würde halten können. Also konnte er das genauso gut gleich erledigen.

Er blieb im Auto sitzen und wagte nicht einmal, Zeitung zu lesen, aus Angst, den Mann zu verpassen. Das Einzige, was er tun konnte, war rauchen, was ihn auch nicht gerade aufmunterte. Um Punkt sechs ging das Licht in der Küche an. Carina wohnte im ersten Stock, deshalb konnte er beobachten, wie sie in ihrem dunkelgrünen Morgenmantel Butter und Milch aus dem Kühlschrank holte. Sie verschwand aus seinem Blickfeld, vermutlich um die Kaffeekanne auf den Herd zu stellen.

Kaffee. Sie hatte keine Kaffeemaschine. Ihm kam die Idee, ihr eine zu Weihnachten zu schenken. Sie ging wieder zurück zum Kühlschrank. Ihre Bewegungen waren ruhig und entspannt. Er kam sich schlecht vor. Aber er blieb.

Der Esstisch stand direkt am Fenster. Als Carina sich schließlich setzte um zu frühstücken, war nur noch ihr Kopf zu sehen. Er griff nach dem Fernglas und stellte es scharf, um ihr Gesicht zu sehen. Sie lächelte und schien mit jemandem zu reden, der von einer großen Topfpflanze verdeckt wurde.

Das war er also, wer immer er sein mochte. Kent wäre am liebsten auf das Autodach geklettert, um besser sehen zu können. Es war komisch, ihr zuzusehen, wie sie mit einem Unbekannten zusammensaß und glücklich war, mit einem Fremden, den sie erst seit knapp drei Monaten kannte.

Er stieg aus dem Auto, stellte sich auf den Bürgersteig, die Ellenbogen auf das Autodach gestützt und stellte das Fernglas erneut ein. Aber es wurde nicht besser. Der Mann blieb hinter der Topfpflanze. Ein Grapefruitbaum mit großen, grünen Blättern, den sie selbst gezogen hatte und der inzwischen fast einen Meter hoch war. Alles, was er von dem Mann sehen konnte, war ein Kopf mit kurz geschorenen Haaren. Die Minuten kamen ihm wie eine Ewigkeit vor, aber endlich stand der Unbekannte auf, und Kent erhaschte einen Blick auf seinen Hinterkopf und seinen nackten Rücken. Nicht mehr jung, aber durchtrainiert. Er ist ein bisschen wie du, hatte Carina gesagt. Das war doch auch ein Trost.

Beide verschwanden, aber das Licht in der Küche blieb an. Vielleicht liebten sie sich ein letztes Mal, bevor sie zur

Arbeit mussten? Oder sie duschten zusammen? Ihn überkam ein plötzliches Lustgefühl, und zugleich spürte er Eifersucht. Er hatte alle Gedanken an ihren nackten Körper so gut er konnte unterdrückt. Es war ihm nicht immer gelungen, aber meistens. Was blieb war die Tatsache, mit ihr geschlafen zu haben. Das bedeutete, dass er ihr etwas schuldig war. Eine Schuld, die nie ganz zu begleichen war.

Die ersten Berufstätigen kamen aus der Haustür. Diejenigen, die um sechs anfingen, waren schon weg, diejenigen, die um sieben loslegten, waren jetzt auf dem Sprung. Kent versteckte das Fernglas unter seiner Jacke und tat, als würde er auf jemanden warten. Was er ja auch tat.

Eine Frau verließ Carinas Haus. Er erkannte sie, sie war die Nachbarin aus dem Erdgeschoss. Sie war jünger als Carina, etwa dreißig. Er meinte sich zu erinnern, dass sie in einem Fitnessstudio arbeitete. Im Sommer war sie immer mit einer Wasserflasche unterwegs. Er dagegen hatte ein langes Leben ohne Wasserflaschen geführt. Aber so war es schließlich auch gegangen.

Das Fitnesswunder verschwand in Richtung U-Bahn, und für eine Weile kehrte wieder Ruhe ein. Erst um sieben öffnete sich die Tür wieder. Er war es – eine schlanke Gestalt im Mantel.

Kent schnappte nach Luft und fluchte. Er kannte den Mann. Wahrhaftig, er kannte ihn. Diese Entdeckung beschleunigte das Blut in seinen Adern, und vor Übelkeit wurde ihm fast schwarz vor Augen. Vor zwei Tagen hatte er ihn das letzte Mal gesehen, vor dem Fenster des Zeitungskiosks am Fridhemsplan, als er auf den Bus gewartet hatte. Eine Begegnung, die er verdrängt hatte.

Der Mann warf ihm einen desinteressierten Blick zu und lief weiter. Kent schleuderte das Fernglas auf den Fahrersitz, knallte die Autotür zu und rannte ihm nach. Packte ihn unsanft am Ärmel. Der Mann drehte sich abrupt um, und sein freier Arm schoss reflexartig in die Höhe um zuzuschlagen. Er war schnell, aber Kent wich aus. Aber die Hand stoppte, unmittelbar bevor der Schlag traf.

»Kent?«

Kent ließ los und schwieg. Sie sahen sich an. Der Mann musterte ihn neugierig.

»Natürlich bist du es! Richtig, du wohnst ja mittlerweile in Stockholm. Verdammt, ich dachte, du wärst in Göteborg, bis ich es im Frühjahr in den Zeitungen gelesen habe.«

»Göteborg ist schon eine Weile her«, entgegnete Kent. »Ich dachte, du wärst in Malmö?«

Der Mann wurde unsicher.

»Auch das ist lange her.«

»Haben sie dich rausgeschmissen?«

»Rausgeschmissen? Vergiss es, ich habe schließlich immer Leistung gezeigt. Warum sollten sie mich rausschmeißen?«

»Und du kennst Carina?«, fragte Kent und wechselte auf die einzige Spur, die für ihn im Augenblick von Interesse war.

»Du kennst sie auch? Alter Kunde?«

Er wusste es also. Kent knirschte mit den Zähnen.

»Alter Freund«, erwiderte er.

»Ja, das kann man am Ende auch werden.«

»Bin nie Kunde gewesen. Ich weiß nicht, warum du dich an sie ranmachst, aber lass sie in Ruhe. Sie kann nicht noch mehr Ärger brauchen. Sie kann dich nicht gebrauchen.«

»Da scheint sie ganz anderer Ansicht zu sein. Was machst du überhaupt hier? Wohnst du hier? Oder verfolgst du sie? Weiß sie, dass du hier vor ihrer Tür stehst und spionierst? Bist du von ihr besessen, oder was?«

»Alte Freundschaft, wie gesagt. Wollte überprüfen, wen

sie sich da an Land gezogen hat. Ich kenne dich, und ich wünsche ihr etwas Besseres, deshalb mein ernst gemeinter Rat: Lass sie in Frieden. Setz sie vorsichtig ab und verschwinde. Für immer.«

Der Mann betrachtete ihn abschätzig von oben bis unten.

»Dir ist noch nicht in den Sinn gekommen, dass ich sie vielleicht wirklich mag?«

»Ich hoffe nicht, dass du das tust. Denn dann täte sie mir Leid. Und wenn sie mir Leid tut, habe ich mit dir kein Mitleid mehr.«

Der Mann lachte, aber er nahm den Fehdehandschuh nicht auf. Die Jahre hatten ihn geschliffen. Er konnte sich beherrschen, musste keine Herausforderung mehr annehmen, wenn sie ihm nicht dienlich war.

»Ah, ja?«, entgegnete er. »Ja, ich höre, was du sagst. Aber wenn du den Stein ins Rollen bringst und sie vor mir warnst, dann geschieht das natürlich auf eigenes Risiko. Es findet sich auch das ein oder andere, was man über dich erzählen könnte, wenn mich die Erinnerung nicht trügt. Und jetzt würde ich gern zur Arbeit fahren.«

»Wo arbeitest du?«

»Nun, darüber unterhalten wir uns ein andermal. Ich möchte nicht, dass du um meinen Arbeitsplatz herumschleichst. Kann mir nicht vorstellen, dass meine Arbeitgeber das zu schätzen wüssten.«

»Ich werde dich bis ins Letzte durchleuchten«, knurrte Kent, der merkte, dass ihm die Situation entglitt.

»Tu das!«, gab der Mann mit einem spöttischen Zwinkern zurück.

Er drehte sich um und ging zur U-Bahn. Kent blieb stehen, erfüllt von dem beunruhigenden Gefühl, von jemandem überlistet worden zu sein, der mehr wusste und konnte als er selbst.

Nun, daran war nichts zu ändern. Es war Zeit, sich dem jüngsten Gericht zu stellen. Er fürchtete sich vor Carinas Reaktion, er wollte ihr ihr Glück nicht nehmen. Aber er hatte keine Wahl.

Er ging ins Haus und rannte die Treppe hinauf. Klingelte an ihrer Tür. Sie öffnete, noch immer in den dunkelgrünen, samtigen Morgenrock gehüllt, mit glänzenden Augen und erwartungsvollem Blick. Er begriff, dass sie glaubte, der Mann, in den sie verliebt war, wäre zurückgekommen. Ihre Freude erstarb, als sie sah, wer es war, und es vergingen nur Sekunden, bis ihr klar war, warum Kent hier war. Sie verstand offenbar schnell, das hatte sie immer getan.

Sie machte auf dem Absatz kehrt und rannte ins Wohnzimmer. Er schlug die Tür zu und folgte ihr.

»Der Teufel soll dich holen!«, schrie sie. »Du hast ihn überprüft! Ich habe dir gesagt, du sollst es lassen, aber du hast ihn trotzdem überprüft!«

Er schwieg. Sie blieb mitten im Zimmer stehen.

»Und was für sensationelle Entdeckungen hast du gemacht? Gehört er der jugoslawischen Mafia an? Alkoholschmuggler? Scheckbetrüger? Denn wenn du nichts zu bieten hast, dann hättest du gut daran getan, uns in Ruhe zu lassen!«

»Er ist mein Bruder«, erklärte Kent.

Sie fuhr zusammen, als hätte er sie geschlagen. Ein Ausdruck von Widerwillen trat in ihr Gesicht.

»Dein *Bruder*? Gute Güte, das kommt einem fast inzestuös vor. Aber was heißt überhaupt ›dein Bruder‹? Wir kennen uns seit elf Jahren, und du hast mir nie etwas von einem Bruder erzählt. Ich dachte, wir wären Freunde!«

»Wir *sind* Freunde. Ich versuche nur zu vergessen, dass es ihn gibt.«

»Du lügst!«, fauchte sie. »Versuchst zu vergessen, dass

es ihn gibt? Wir haben in all den Jahren über alles geredet!«

»Nicht ganz alles«, erwiderte er.

Hilflos sah er, wie eine gewaltige Enttäuschung in ihr wuchs. Plötzlich machte sie einen Schritt nach vorne und schlug ihm ins Gesicht.

»Nicht *ganz alles*? Der Teufel soll dich holen, Kent! Der Teufel soll dich holen! Ich habe dir alles über mein Leben erzählt, und du hast daneben gesessen und zugehört, und ich habe geglaubt, du wärst genauso offen zu mir, dabei hast du etwas so Wichtiges vor mir geheim gehalten? Was hast du mir noch verschwiegen? Was?«

Tränen liefen über ihre Wangen. Plötzlich entlud sich all das, was in all den Jahren zwischen ihnen ungesagt geblieben war.

»Du hast mit mir geschlafen! In diesem ersten Jahr hast du mit mir *geschlafen*, du verfluchtes Polizistenschwein! Ich habe geglaubt, du würdest etwas für mich empfinden, ich dachte, ich würde dir etwas bedeuten!«

»Du bedeutest mir etwas«, versuchte er sich zu verteidigen. »Ich bin doch hier. Ich bin die ganze Zeit für dich da gewesen. Aber ich hätte nicht mit dir schlafen dürfen. Verzeih mir. Ich schäme mich dafür. Es ist eine schöne Erinnerung, aber wir hätten es nicht tun dürfen.«

Sie weinte, und er fühlte sich hilflos. Er versuchte, sie zu umarmen, aber sie stieß ihn so grob von sich fort, dass er das Gleichgewicht verlor und auf das Sofa fiel. Er machte keinen Versuch aufzustehen. Sie war wieder über ihm, versuchte zu schlagen und zu treten, hielt inne, schlug wieder. Nichts war genug, nichts konnte genug sein, nachdem sie ihm ihr Vertrauen geschenkt und er es missbraucht hatte. Nichts konnte die Zeit zurückdrehen und es ungeschehen machen.

Sie hatte ihren Schmerz klein geredet, ignoriert.

›Im Vergleich zu anderen ist Kent doch sehr angenehm. Er nimmt keine Drogen, er prügelt sich nicht, er nimmt mich nie mit Gewalt. Ich bin schließlich diejenige, die ja sagt.‹

Aber jetzt machte sie ihrem Schmerz darüber Luft, dass er sie ausgenutzt hatte, dass sie weder nein sagen konnte noch es wagte. Nicht aus Angst vor ihm, sondern aus Angst, ihn zu verlieren.

Plötzlich wurde ihm klar, dass das Carinas Unabhängigkeitserklärung war. Sie konnte ihrem Zorn auf ihn freien Lauf lassen, ihn zulassen, weil sie ihn nicht mehr brauchte. Tief im Inneren wusste sie, dass sie es schaffen würde, selbst wenn er jetzt ginge. Sie hatte endlich Halt in sich selbst gefunden, sie brauchte ihn nicht mehr als Stütze. Die Zeit, die Erfahrung, die Arbeit hatten sie reifer gemacht und ihre Wunden geheilt. Kent hatte selbst dazu beigetragen. Vielleicht sogar sein Bruder.

Sie hatte aufgehört, ihn zu attackieren. Wie ein Tiger im Käfig ging sie im Zimmer auf und ab.

»Er ist also dein Bruder. Johan ist dein Bruder. Und was hast du nun über ihn zu sagen?«

»Dass er ein Scheißkerl ist.«

»Ach, ja, wirklich. Wieso denn?«

»Ich bin nicht mit ihm zusammen aufgewachsen. Er ist der Sohn meines Vaters aus einer früheren Beziehung. Wir sind uns als Jungs ein paarmal begegnet und dann erst wieder, als wir so um die zwanzig waren. In unserer Jugend hat er Ratten zu Tode gequält, die er in einem Drahtkäfig fing. Als wir zwanzig waren, hat er seine Freundin misshandelt. Unter anderem.«

»Er hat Tiere zu Tode gequält?«

»Ja.«

»Wie denn?«

»Das willst du nicht wissen.«

»Wie, habe ich gefragt!«

»Er hat sie angezündet.«

Es wurde totenstill.

»Und was hast du getan, als er die Tiere zu Tode gequält hat?«, fragte sie schließlich mit kalter Stimme. »Hast du zugesehen? Hast du geholfen?«

»Erst habe ich das arme Tier erschlagen, um seinem Leiden ein Ende zu setzen. Er hatte es gerade angezündet, als ich ihn entdeckte. Es war schwierig, wegen der Flammen. Dann habe ich versucht, ihn zu verprügeln. Aber damals war er stärker als ich.«

Sie lehnte sich an den Fensterrahmen. Ihr Gesicht war starr wie eine Maske. Sie hatte die Tür zu ihren Gefühlen wieder geschlossen, um überhaupt mit ihm reden zu können.

»Und nun glaubst du, dass er versucht, mich zu quälen? Wie denn? Mich in sich verliebt machen und dann verlassen?«

»Ich weiß es nicht. Aber ich weiß, dass er nichts ist, was man braucht. Ihn zu sehen, verheißt schlechte Neuigkeiten. So ist es immer gewesen.«

»Es ist ziemlich schwierig, von einer Frau, die verliebt ist, zu verlangen, dass sie damit aufhört«, sagte sie. »Das solltest du wissen. Alle misshandelten Frauen, denen du vorwirfst, dass sie weitermachen, haben zärtliche Gefühle für ihre Scheißkerle.«

»Ich habe noch nie verstanden, warum das so ist. Warum verlassen sie diese Typen nicht auf der Stelle?«

Sie beobachtete ihn mit einer beinahe unheimlichen Ruhe.

»Das kann ich dir sagen«, erwiderte sie tonlos. »Der

Grund ist, dass ich mit demjenigen verschmelze, dem ich mein Herz geöffnet habe. Sein Atem wird meiner. Sein Schmerz, seine Tränen werden meine. Ich richte mich darauf ein, ihn zu stützen und ihm zu helfen, weil der Gedanke, ihn gesund und froh zu sehen, mich glücklich macht. Er hat eine Sperre passiert, eine Schleuse, und wenn er das geschafft hat, dann ist er in mir. Das ist der Grund, warum viele Zuhälter dafür sorgen, dass sich das Mädchen in sie verliebt, bevor sie sie auf die Straße schicken. Sie wissen, dass ihr Selbstschutz dann für eine ganze Weile außer Kraft gesetzt ist. Und sie kann nicht glauben, dass er gelogen hat, nur um sie ausnutzen zu können. Die Wahrheit ist zu schrecklich, um sie sich einzugestehen. Dann ist es besser, sich selbst einzureden, dass das nichts als ein Schönheitsfehler ist, eine Schwäche von ihm, weil es ihm selbst so übel ergangen ist. Tief drinnen haben sie ja dennoch etwas gemeinsam, glaubt sie. Liebe. Sie geben einander Liebe, mitten im tiefsten Dreck. Nimmt man ihr das, nimmt man ihr das einzig Reine und Gute, das es in ihrem Leben gibt. Kein Wunder, dass sie sich dagegen sträubt, so lange es geht.«

Sie sahen sich schweigend an. Kent stand auf, gab ihr eine Zigarette und zündete sie an.

»Und jetzt fragst du dich, was er in seiner Kindheit erleben musste, das ihn zu dem gemacht hat, der er jetzt ist?«, fragte er.

»Gerade jetzt schere ich mich einen Dreck um irgendwas. Ich habe abgeschaltet.«

»Das hier übersteigt deine Fähigkeit, etwas dagegen zu unternehmen. Versuch es gar nicht erst. Das Letzte, was solchen Typen helfen kann, sind Frauen, die sie lieben.«

Sie schwieg. Er stand wartend vor ihr.

»Ich kann dich jetzt nicht allein lassen«, sagte er.

»Hast du ihm gesagt, er soll sich von mir fern halten?«

»Ja, das habe ich. Gerade eben.«

Sie kämpfte dagegen an, aber sie konnte die Frage nicht zurückhalten.

»Wie sah er aus? Was hat er gesagt?«

»Dass ich mich zum Teufel scheren soll und dass er dich wirklich mag.«

»Aber du glaubst ihm nicht?«

»Ich glaube, dass es unmöglich ist, zu verstehen, was in ihm vorgeht. Ihm gefällt es, Menschen zu manipulieren. Wenn andere die Deckung fallen lassen, dann fühlt er sich überlegen. Weil er es selbst nie tut. Er lässt nie die Deckung fallen. Wagt es nicht.«

Sie schnitt eine Grimasse.

»Was weißt du schon? Hast du je mit ihm geschlafen? Und überhaupt, es war nicht deine Aufgabe, mit ihm zu reden. Das hier ist keine Sache zwischen dir und ihm. Du hättest zuerst mit mir reden müssen. Deshalb finde ich, dass du jetzt besser gehst.«

Er zögerte.

»Bei diesem Mann kann man nie wissen«, sagte er. »Ich mache mir Sorgen um dich.«

»Verschwinde, Kent!«

Er fühlte, dass es ein Fehler war zu gehen.

In ihm wuchs ein Schmerz. Er dachte an ihre gemeinsamen Jahre. Die vielen Male, als er sich angestrengt hatte, um ein Lächeln in ihrem Gesicht zu sehen, und wie er langsam, Schritt für Schritt, hatte erleben dürfen, wie sie sich entspannte und immer mehr zu der wurde, die sie wirklich war. Es war eine Ehre gewesen, dabei sein zu dürfen. Zu sehen, wie etwas ganz wurde zwischen all dem, was in Stücke gebrochen war. Er erinnerte sich an Momente in ihrer Küche, wenn sie Essen machte. Dachte daran, wie sie im Kino gewesen waren und hinterher in irgendeinem Café den Film diskutiert hatten. Wie sie an ihrem oder seinem Couchtisch gesessen, Kaffee getrunken und bis tief in die Nacht miteinander geredet hatten, ohne auf die Idee zu kommen, eine Lampe anzumachen. Wie sie die Beine hochgezogen hatte und immer tiefer und tiefer gerutscht war, bis sie fast eingeschlafen war. Bei ihm geborgen.

Aber sie hatte Recht. Auch er selbst hatte nie die Deckung aufgegeben. Nie. Nicht einmal in der ersten Zeit, als sie miteinander ins Bett gegangen waren.

Er sehnte sich danach, ihr über die Wange zu streichen, bevor er ging. Die Sehnsucht war so groß, dass sie ihn überraschte. Aber er ging in die Diele und trat aus der Wohnungstür. Er hörte, wie sie die Tür hinter ihm schloss, ohne überflüssigen Lärm. Er rannte die Treppe hinunter, querte die Straße und ließ sich auf den Fahrersitz fallen, auf dem das verfluchte Fernglas lag.

18

Regen rauschte auf den Hof des Polizeipräsidiums nieder. Es war, als stünde die Zeit still.

Margareta war in den Ruheraum gegangen und sofort eingeschlafen. Drei Stunden später wachte sie auf und fühlte sich wie gerädert. Es war neun Uhr morgens. Sie nahm eine Kopfschmerztablette und ging runter in die Cafeteria, um zu frühstücken und Zeitung zu lesen.

Die Gazetten waren voll von Spekulationen. Ausführliche Artikel unterstützten Karin Landberg und ihre indianische Staatssekretärin. Einer Ministerin, die eine Ausländerin zu ihrer rechten Hand machte, musste man zur Seite stehen. Eine Woge der Sympathie schlug den beiden entgegen. Es gab mehrere Doppelseiten mit Fotos von ihnen. Ein Bild zeigte sie zusammen bei einem offiziellen Anlass. Sie standen mit einigen Abgeordneten zusammen, Beatrice in einem sandfarbenen Hosenanzug und einem Top in Schwarz und Goldbraun, das wunderbar zu ihrem dunklen Haar passte, Karin war ganz in Rot. Das Bild schien in einer Pause zwischen Verhandlungen aufgenommen worden zu sein.

Die Zeitungen hatten die Information über neue Verhöre nicht mehr drucken können, aber als Margareta um halb zehn nach oben kam, liefen im Fernsehen bereits Sondersendungen. Die Nachrichtensprecher im ersten und vierten Programm teilten mit, dass zwei hochrangige Mitarbeiter der Regierungskanzlei und ein Angestellter der Reinigungsfirma in der Nacht verhört worden waren und sich bis auf weiteres im Polizeipräsidium aufhielten. Essburg äußerte sich dazu kurz in einem Telefoninterview und verwies auf eine Pressekonferenz um halb vier. In einem anderen Telefonkommentar erklärte Landberg trocken, dass sie davon ausginge, alle drei Personen, die für die Verhöre festgehalten wurden, kooperierten mit der Polizei. Ihre Namen wurden nicht genannt, aber das Schweigen würde nicht von Dauer sein.

Unmittelbar danach rief Markus Larsson sie auf dem Handy an. Er klang erfrischend wach und munter.

»Hallo, wie geht's?«, fragte er. »Sie haben drei von unseren Leuten abgeholt?«

»Wir überprüfen ein paar Details. Noch nichts Bestimmtes. Wie läuft es in Rosenbad?«

»Tja, das Leben muss weitergehen. Die Leute arbeiten wie immer.«

»Wissen Sie, wie Landberg das aufnimmt?«

»Was soll sie machen? Sie ist eine starke Frau, es gehört schon mehr dazu, sie in die Knie zu zwingen.«

»Was ist mit Ihnen?«, erkundigte sich Margareta. »Die Presse ist nicht gerade zimperlich mit Ihnen umgesprungen, aber bislang ist es Ihnen gelungen, sich rauszuhalten. Wie kommen Sie zurecht?«

»So wie Sie! Nein, im Ernst, ich regle das über Presseerklärungen, und außerdem können die Journalisten mich jederzeit anrufen. Es geht schließlich darum, seinen Job zu machen und es sich nicht zu sehr zu Herzen zu nehmen, wenn sie schimpfen. Und Sie wissen ja, dass nicht ich die Untersuchungen leite, nicht wahr?«, fügte er schelmisch hinzu.

Gegen zehn eilte Essburg ausgeschlafen und sorgfältig geschminkt auf klappernden Absätzen in den Rosenbad'schen Konferenzraum, wo sie mit Bengt zusammentraf.

»Im Westen nicht viel Neues«, sagte er, nachdem sich die gesamte Mannschaft versammelt hatte, um ihre Erwartungen ein wenig zu dämpfen. »Wir haben in keiner der drei Wohnungen etwas Gravierendes gefunden. Keine blutige Kleidung, keine Kapuzenjacke und nichts, was auf eine Aversion gegen Beatrice hinweisen würde. Keiner von ihnen hat Bilder von ihr an der Wand und nichts im Computer, jedenfalls nichts, das wir gefunden hätten.«

Die Hoffnung der Anwesenden schwand.

»Aber die eiserne Uhr, die auf dem Schreibtisch in Landbergs Privatraum stand, ist die Tatwaffe. Wir haben Blutspuren und Haare von Chiquin an ihr gefunden. Der Rechtsmediziner hat bestätigt, dass sie zu der Verletzung passt. Sie ist leider sorgfältig abgerieben worden, deshalb finden sich keine Fingerabdrücke des Täters darauf. Wir suchen weiter nach DNA-Spuren auf der Bettwäsche, aber wir denken nicht, dass wir Sperma oder andere Spuren finden, es sieht so aus, als wäre das Bett gerade erst frisch bezogen worden. Wir haben in sieben verschiedenen Nebenzimmern Spuren gesammelt und sind noch dabei, sie auszuwerten. So weit nichts Notierenswertes.«

Er machte eine Pause und hob den Kopf.

»Ich habe zusammen mit der Sekretärin, Dahlman, Chiquins Computer unter die Lupe genommen. Sie selbst hat ja keinen Überblick, worum es bei Chiquins Angelegenheiten im Detail geht, aber sie hatte nicht den Eindruck, dass an den Dateien irgendwas auffällig war. Es sieht auch nicht so aus, als hätte jemand versucht, Dateien zu löschen. Ich habe den Rechner natürlich mitgenommen.«

»Und womit war Beatrice am Montag beschäftigt?«, fragte Essburg. »Dem Computer zufolge?«

»Nun, es gibt eine Menge vergleichbarer Dokumente, nichts Herausragendes. Sie hat viele Eisen im Feuer. Verschiedene Gesetzesentwürfe, Untersuchungen und Ähnliches. Neben den Ministeriumsangelegenheiten gibt es Artikel und andere Unterlagen, die ihre alte Heimat Guatemala betreffen. Politische Sachen.«

»Was denn?«, hakte Alberg nach.

»Ich habe sie nicht durchgelesen, aber es sind Dokumente und Artikel über verschiedene Menschenrechtsorganisationen in Guatemala. Übrigens waren die Ärzte vollkommen geschockt, als sie sie untersucht haben. Sie haben Spuren von Folterungen gefunden. Peitschenhiebe, Brandwunden und zwei Machetenhiebe, die große Narben auf ihrem Rücken hinterlassen haben. Alte Narben.«

Es trat eine angespannte Stille ein.

»So ist es leider«, bestätigte Lisbet in neutralem Ton.

»Guatemala. Dass sie geflohen ist, haben wir bislang noch nicht als Motiv in Betracht gezogen«, sagte Margareta. »Ist sie vielleicht dort hinter jemandem her, oder jemand hinter ihr? Haben wir einen Fehler gemacht? Haben wir etwas übersehen?«

»Die Säpo hat daran gedacht. Eine eventuelle Guatemalaspur überlassen wir ihnen gern«, sagte Lisbet. »Ich habe mit ihnen geredet, und sie wollen noch nichts sagen, vermutlich, weil sie noch nichts haben.«

»Aber alles, was wir tun, rückt in ein ganz anderes Licht, wenn ausländische Agenten oder Exil-Südamerikaner in die Sache verwickelt sind«, widersprach Margareta. »Wir müssen mehr darüber in Erfahrung bringen.«

Essburg schüttelte den Kopf.

»Wie gesagt, dass ist Sache der Säpo. Übrigens betrachtet Beatrice sich nicht als Südamerikanerin. Sie ist eine Maya.«

»In ihren beruflichen Mails konnten wir ebenfalls nichts Besonderes entdecken«, fuhr Bengt fort. »Wir suchen also nach einer privaten Mailbox. Vielleicht ist die Ausbeute da größer, etwa in Person eines eventuellen Liebhabers im Ministerium zum Beispiel. Und dann hegt sie offensichtlich noch großes Interesse für ihr Herkunftsland und pflegt sicher Kontakte dahin.«

»Ah ja? Und wie viel von ihrer Zeit hat das in Anspruch genommen?«, fragte Christer spitz. »In welchem Umfang ist sie überhaupt noch Staatssekretärin für Schweden?«

»Moa Dahlmann zufolge ist sie zwölf Stunden am Tag im Ministerium«, entgegnete Essburg scharf. »Gewisse Leute spielen Golf oder saufen, andere kümmern sich um Menschenrechtsorganisationen in Guatemala. Und der eine oder andere Beamte scheint übrigens der Ansicht zu sein, sie könnte ruhig ein bisschen weniger die Staatssekretärin geben. Es besteht also kein Anlass zur Sorge, Christer.«

»Ich suche weiter nach einer privaten Mailbox«, schloss Bengt seinen Bericht.

»Wir müssen also mit allen Beteiligten in die nächste Runde gehen«, fasste Alberg zusammen. »Wann wisst ihr, ob sich bei Anders Spuren von Bergosc finden und umgekehrt?«

»Gib mir ein paar Stunden.«

»Ihr bekommt noch ein bisschen Zeit, aber ich muss sie um drei gehen lassen, wenn nichts Neues auftaucht oder die Zeitungsbotin einen von ihnen erkennt«, sagte Lisbet und stand auf. Wir sehen uns um Viertel nach zwei. Ist das okay?«

Margareta hatte noch ein paar Minuten Zeit. Sie ging in ihr Zimmer, setzte sich auf den Besucherstuhl, starrte abwesend in den tristen Regen hinaus und hing ihren Gedanken nach. Vergeblich versuchte sie einen Zusammenhang in den Geschehnissen zu entdecken.

Die unerwartete Attacke. Die Ministerin und ihr neuer Liebhaber. Jennys anhaltendes Gefühl, dass der Sohn des Opfers, Paulo, irgendetwas mit der Sache zu tun hatte. Beatrice Chiquin selbst, die Spannungen zwischen ihr und dem Sekretär Anders Kjellbo. Ihre tiefe Depression. War sie nur durch den Überfall in Kombination mit den früheren, furchtbaren Erlebnissen ausgelöst worden, oder lag da noch mehr unter der Oberfläche verborgen?

Und dann der Putzmann, der vor dem Morgengrauen aus dem Haus gehuscht war, mit einer Kapuzenjacke bekleidet?

Um halb elf kam Tina Lundh zum richtigen Eingang, mit einem großen Regenschirm bewaffnet, umgezogen, geschminkt und zu allem bereit. Den Beamten war es gelungen, eine Gruppe von fünf verschiedenen Polizisten für die Gegenüberstellung mit Samuel Bergosc zusammenzustellen. Aufgrund von Tinas Zeugenaussage hatten sie zwei etwas ältere Kollegen dazugenommen, einen Dreißigjährigen und einen Fünfundvierzigjährigen.

Nachdem er schon so lange gewartet hatte, durfte Ölund sich die Männer zuerst ansehen. Er studierte sie eingehend, aber dann schüttelte er den Kopf.

»Vollkommen unmöglich«, sagte er. »Ich habe ja bereits gesagt, dass ich die betreffende Person praktisch nicht gesehen habe.«

»Es ist einen Versuch wert«, beharrte Margareta. »Geben Sie noch nicht auf. Manchmal hat man mehr Bilder im Kopf gespeichert, als man glaubt. Sehen Sie sich die Männer einen nach dem anderen an.«

»Das habe ich doch schon getan«, erwiderte er gereizt und betrachtete sie noch einmal, jedoch ohne Erfolg.

Als Tina an der Reihe war, stellten sie auch Anders zu der Gruppe, ohne ihm die Möglichkeit zu geben, mit Bergosc zu kommunizieren. Jeder stand an einem Ende der Reihe. Anders sah hohläugig und blass aus und schien niemanden in seiner Nähe wirklich wahrzunehmen. Samuel Bergosc entdeckte ihn und zuckte zusammen, aber er unternahm keinen Versuch, ihn anzusprechen.

Tina ging mit einer ganz anderen Einstellung an ihre Aufgabe heran als Ölund. Jenny hatte in einem Geschäft grüne Kapuzenjacken besorgt. Die Männer liefen in dem fensterlosen Raum im Kreis und blickten auf Aufforderung zu der Scheibe, hinter der Alberg, Margareta, Jenny und Tina saßen. Sie sah sich jeden Einzelnen mehrmals an. Schließlich schüttelte sie den Kopf.

»Es war keiner von ihnen.«

»Sind Sie sicher?«, fragte Jenny enttäuscht.

»So sicher, wie man eben sein kann. Einige der Jüngeren haben die richtige Gesichtsform, aber das falsche Alter. Die Älteren sehen nicht… naja, sie sehen nicht aus wie er.

Sie wirken auch ganz anders. So ein Mist! Wo ich so sicher war, dass ich den Fall lösen würde.«

»Dafür ist es noch lange nicht zu spät. Welchen Eindruck hat der Mann, den Sie gesehen haben, denn auf Sie gemacht?«, fragte Margareta.

»Er war in Eile. Aber gefasst. Konzentriert.«

»Okay, dann kommen wir hier nicht weiter«, sagte sie und ließ die Männer gehen. »Aber früher oder später finden wir den Mann, es könnte also sehr gut sein, dass wir Sie noch einmal brauchen. Können Sie bitte noch einen Augenblick im Flur warten?«

Tina nickte bereitwillig und ging hinaus.

»Mist!«, schnaubte Jenny und ließ sich auf einen Stuhl fallen.

»Verfluchtes Pech«, sagte Alberg. »Es sah so gut aus. Ich war so sicher, dass es Bergosc gewesen ist.«

»Ja, aber es gäbe da noch eine Sache, die wir tun können«, überlegte Margareta. »Lassen wir sie einen Blick auf die anderen werfen, die in Rosenbad arbeiten. Ich meine, vor Ort. Was meinst du?«

»Sie einfach mit nach Rosenbad nehmen? Das ist Wahnsinn.«

»Doch!«, rief Jenny. »Das ist ein fantastischer Vorschlag. Sie kann sich die Männer ansehen, die auf Landbergs Etage arbeiten. Andere Putzmänner. Das Wachpersonal.«

Er stand auf.

»Ich glaube, du trittst in die fanatische Phase ein, Margareta.«

»Ich weiß«, erwiderte sie und stand ebenfalls auf. »Aber die Idee ist zu gut, um sie einfach fallen zu lassen. Erinnere dich, dass ich bei den Nazis Recht behalten habe!«

»Sicher, aber ich denke, wir überspringen das. Es ist zu gefährlich. Vergiss nicht, dass der Mann sie auch gesehen hat.«

»Dann setze ich ihr eine Perücke auf und nehme sie mit ins Ministerium. Wir tun so, als wäre sie eine Kollegin, die mit dem Fall vertraut gemacht werden soll. Wir können in jeden einzelnen Raum gehen. Er hat sie nur ganz kurz durch die Windschutzscheibe gesehen, ein junges, blondes Mädchen mit undefinierbarer schwarzer Kleidung. Wir machen sie braunhaarig und setzen ihr eine Brille auf. Geschminkt bis zur Unkenntlichkeit ist sie ja schon, und außerdem brennt sie darauf, etwas zu tun. Komm schon, Björn!«

Er fuhr sich mit der Hand durch sein schlohweißes Haar und seufzte.

»Okay, aber nur, weil mir selbst im Augenblick nichts Besseres einfällt. Und seid diskret.«

Tina war sofort Feuer und Flamme. Margareta besorgte ihr eine Perücke und eine Brille mit Fensterglas. Den Gedanken an eine Uniform verwarf sie wieder, damit hätten sie nur unnötig Blicke auf sich gezogen. Ziemlich viele Männer hatten eine Schwäche für Frauen in Uniform. Stattdessen liehen sie sich von einer Kollegin eine lange, graue Strickjacke, zogen sie über Tinas pink leuchtendes, ausgeschnittenes Top.

Tina knöpfte die Jacke bis zum Hals zu, sank merklich in sich zusammen und wurde zu einer ganz anderen Person. Margareta gab ihr einen Block und einen Stift und als sie zum Auto hinuntergingen, bemerkte sie, dass das Mädchen auch den Gang geändert hatte. Ihre geschmeidigen, fließenden Bewegungen hatten sich in Schritte verwandelt, die eine Spur off-beat waren, gerade so viel, dass man einen anderen Eindruck von ihrer Persönlichkeit bekam.

Sie fuhren zurück nach Rosenbad. Bei dem grauen Regenwetter wirkte das Gebäude groß und düster.

»Ich bin tatsächlich noch nie da drinnen gewesen«, sagte

Tina, als sie unter der Kastanie parkten. »Ich komme nie weiter als bis zur Tür.«

Sie eilten durch die Glastür und gingen die Marmortreppe hinauf. Margareta zeigte dem Wachmann am Empfang ihre Dienstmarke. Er war um die vierzig, rundlich und trug einen Schnurrbart. Freundlich, aber neutral.

»Wir müssen uns noch einmal im Haus umsehen. Könnten Sie uns einer Sicherheitskraft zuteilen, die uns herumführt? Wir würden gerne gleich bei Ihnen anfangen, wenn wir schon einmal da sind.«

Der Wachmann nickte matt. Er sorgte dafür, dass er von einer jungen Frau abgelöst wurde und führte sie durch eine Tür in der Schleuse. Zwei Männer saßen dort und tranken Kaffee. Sie warfen Tina einen flüchtigen Blick zu. Der Schnurrbartträger wies mit der Hand auf einen jungen Mann, der aufstand.

»Das ist Erik. Erik, führ die Damen im Haus herum. Bring sie überall hin, wohin sie wollen.«

Er sah auf die Uhr.

»Was meinen Sie, wie lange Sie brauchen?«

»Höchstens eine Stunde«, antwortete Margareta.

Er nickte widerwillig. Dabei hatte er eigentlich gar nichts gegen sie, er wollte nur seine Position demonstrieren.

Erik ging mit ihnen durch den Aufenthaltsraum des Wachpersonals und brachte sie zum Pausenraum der Putzkolonne, der sich eine Treppe höher befand und eine Tür zum Hof hatte. Einige standen in ihren Jacken draußen und rauchten, ihren Kaffeebecher in der Hand. Sie verstummten sofort, als sie kamen. Margareta grüßte in die Runde und stellte sich vor. Sie wurde nicht eben überschwänglich empfangen.

»Ich habe gehört, dass Samuel auf dem Präsidium festgehalten wird«, sagte eine Frau. »Darf man fragen warum? Ist er verdächtig?«

»Darauf kann ich Ihnen keine Antwort geben«, erklärte Margareta. »Wir mussten ihn Verschiedenes fragen.«

»Er ist der netteste Mensch der Welt«, redete die Frau unbeeindruckt weiter. »Er hat ganz sicher niemandem den Schädel eingeschlagen. Wann werden Sie ihn freilassen?«

»Auch das kann ich Ihnen nicht sagen, leider. Die Staatsanwältin leitet die Untersuchung, und es liegt an ihr, solche Entscheidungen zu treffen. Ich habe darauf keinerlei Einfluss.«

»Haben Sie ihn verhört?«

»Nein, das war jemand anders.«

Die Spannung legte sich ein wenig.

»Ich komme in erster Linie, um Sie nur eine Sache zu fragen«, erklärte Margareta. »Kommt es vor, dass Sie vor sechs Uhr anfangen zu putzen?«

Sie schüttelten den Kopf. Die Frau, die sich nach Samuel erkundigt hatte, musterte sie eingehend.

»Ich kenne Sie. Waren Sie nicht heute Morgen in der Drottninggatan und haben die Leute angestarrt? Zusammen mit einem jungen Mädchen?«

»Das ist richtig.«

»Warum haben Sie ausgerechnet uns Gebäudereiniger ins Visier genommen?«

»Nein, gar nicht. Wir waren eigentlich nur hier, um zu sehen, wie es zu dieser Tageszeit hier aussieht.«

»Ist es da nicht einfacher, Samuel zu verdächtigen, als einen Oberlandesgerichtsrat oder einen Minister? Oder, in diesem Fall, die Ministerin? Sie hat sie ja schließlich gefunden.«

»Nein. Wir sehen uns alle an, die etwas zu sagen haben könnten. Wir haben auch die Ministerin verhört. Samuel ist nicht der Einzige, den wir um Informationen gebeten haben. Wir wollen den erwischen, der das getan hat, egal wer es ist.«

Diese Aussage wurde mit stummer Skepsis entgegengenommen. Margareta verteilte ihre Visitenkarten.

»Wenn Ihnen etwas einfällt, das Sie gesehen oder gehört haben, dann wäre ich Ihnen dankbar, wenn Sie mich anrufen. Sie alle bewegen sich ja sehr frei im Haus. Wir sind dankbar für jeden Hinweis.«

Sie setzten ihren Rundgang weiter oben fort und betraten Landbergs Etage. Hier war alles anders als gestern. Die Menschen arbeiteten wieder, viele Türen standen offen, und die Polizisten waren nicht mehr da.

Margareta lief das ganze Stockwerk ab, mit Tina im Schlepptau, mied die Räume der Ministerin, aber schaute in alle anderen Nebenzimmer und Büros, nickte hastig den Arbeitenden zu, die mit leichtem Erstaunen den Blick hoben.

Ölunds Büro war leer. Es zeigte zum Hof hinaus und lag in einem Flur, mit Bücherregalen vom Boden bis zur Decke an den Seiten. Sein Vorgesetzter grüßte knapp und blieb missmutig neben Erik in der Tür stehen, während sie sich umsahen.

Der Blick in das Büro brachte sie nicht viel weiter. Die Spurensicherung war schon da gewesen und hatte sich alles angesehen. Es gab gewöhnliche Vorhänge, ein paar Reproduktionen hingen an den Wänden. Berge von Akten auf dem Tisch. Margareta trat ans Fenster, sah hinunter in den Hof und stellte fest, dass es derselbe Hof war, zu dem die Putzkolonne Zugang hatte.

Also konnte Ölund von hier aus die Reinigungskräfte beobachten. Vielleicht hatte er Samuel Bergosc viele Male im Hof stehen sehen. Gerade solche Dinge fand man nicht heraus, wenn man sich nicht vor Ort begab.

»Wie laufen die Ermittlungen?«, erkundigte sich Ölunds Chef.

»Zu früh, um etwas zu sagen«, antwortete sie.

Er sah resigniert aus.

»Werden Sie Hannes behalten?«

»Das haben wir noch nicht entschieden.«

Er nickte in dem Bewusstsein, auch dann keine besseren Antworten zu bekommen, wenn er weitere Fragen stellte.

Die Leute hier begegneten Margareta mit derselben Skepsis wie die Reinigungskräfte. Sie wollten, dass die Ermittlung abgeschlossen und der Gewalttäter gefasst wurde, aber zugleich hatte sie zwei ihrer Leute im Präsidium in Gewahrsam genommen. Das weckte Beschützerinstinkte.

Gelegentlich warf sie einen Blick auf Tina. Das Mädchen schrieb mit ernster Miene in gleichmäßigen Abständen etwas auf und machte nicht viel Aufhebens um sich. Es widmete ihr auch niemand besondere Aufmerksamkeit.

Sie fuhren hinunter zum Eingang, bedankten sich bei Erik, der die ganze Zeit kein Wort gesagt hatte, und gingen zurück zum Auto. Tina setzte sich auf den Beifahrersitz und sie fuhren vom Vorplatz. Erst als die Regierungskanzlei außer Sichtweite war, stellte sie Fragen.

»Und?«

»Leider. Ich habe ihn nicht gesehen.«

»Sind Sie sicher? Das waren eine ganze Menge Menschen.«

»Mag sein, dass er dort irgendwo in diesem Gebäude ist, aber ich habe ihn nicht gesehen. Ich habe genau auf alle im passenden Alter geachtet, wie Sie mir gesagt haben. Er war nicht unter den Wachmännern, nicht unter den Putzkräften und nicht oben im Ministerium. Was machen wir jetzt?«

»Wir lassen die Sache für den Moment auf sich beruhen.

Aber wir werden Ihre Hilfe später noch brauchen. Gehen Sie Ihrer Arbeit wie gewöhnlich nach, aber bleiben Sie in der Stadt, und reden Sie mit niemandem über diesen Fall. Mir ist klar, dass das schwer ist, Sie platzen sicher vor Ungeduld, Ihren Freunden endlich davon zu erzählen, aber es ist wichtig, dass Sie sich beherrschen.«

Sie lächelte.

»Sie waren übrigens sehr, sehr gut. Vielleicht sollten Sie lieber Schauspielerin als Zeitungsausträgerin werden?«

»Finden Sie?«, sagte das Mädchen und errötete erfreut.

»Ja. Was haben Sie da übrigens aufgeschrieben?«

»Nur Unsinn.«

»Darf ich mal hören?«

»Okay.«

Sie beugte sich vor und las. »Käsebrote. Aufzug. ID-Karte. Früh. Niederschlagen. Rücken. Anzug. Misstrauen. Kein Wort.«

19

Das Zeitloch schien sich auszuweiten. Das Einzige, was Margareta aus ihrem Besuch in Rosenbad mitnahm, war die Erkenntnis, dass Ölunds Zimmer in einem besonderen Verhältnis zu der Putzkolonne stand. Die Enttäuschung über diesen Misserfolg raubte ihr jeden Schwung.

Sie ging zur Toilette, wischte sich die Schminke aus dem Gesicht und betrachtete sich im Spiegel. Der Fall breitete sich in alle Richtungen aus. In ihr stieg das alptraumhafte Gefühl auf, dass absolut alles bei diesem Fall möglich war. Vor ihrem inneren Auge tauchten Bilder von guatemaltekischen Fallschirmjägern auf, die auf dem Dach des Gebäudes landeten, um sich von dort zu Karin Landbergs Büro abzuseilen und Beatrice Chiquin zu ermorden. Alle hatten ihre Gesichter unter den Kapuzen ihrer Jacken verborgen, und nach der Tat gelangten sie mit der Hilfe von Ölund und Bergosc durch die Kupfertüren hinaus, verteilten sich über die Stadt und verschwanden durch Löcher im Boden. Ölund war ein anderer als der, den sie beim Verhör erlebt hatte. Er war herrisch und fanatisch und dirigierte die Truppe mit barschen Kommandos und Gesten. Ein Führer im Untergrund. Auch Anders war mit dabei. Er stand verwirrt in einer Ecke und sah zu.

Sie verscheuchte diese Gedanken, denn sie wusste, wenn man anfing, alles für möglich zu halten, dann war man nicht mehr weit davon entfernt, die Kontrolle zu verlieren.

In einer anderen Windung ihres Gehirns tauchte die Erinnerung an Kent in seinem Wohnzimmer auf. Sie hatte versprochen, dass sie weiterreden würden. Dieses Versprechen hatte sie nicht gehalten. Aber sie hatte jetzt weder die Zeit noch die Kraft, um sich um ihn zu kümmern. Er musste allein zurechtkommen.

Alberg und Christer waren bei Ölund, um ihn bezüglich Bergosc unter Druck zu setzen, Kalle und Jonas waren bei Bergosc, um mehr über ihn und Anders zu erfahren. Vielleicht brachte sie das weiter. Jenny saß allein im Pausenraum und massakrierte ein Knäckebrot. Manne, seelisch und körperlich am Ende, war völlig erschöpft nach Hause gefahren, um sich für ein paar Stunden auszuruhen. Ganz unvermittelt stellte sie ihn sich bei einem stürmischen, innigen Liebesakt mit einem anderen Mann vor, einem viel jüngeren und schlankeren. Wie wenig man doch über seine Kollegen wusste. Es war ihr nie in den Sinn gekommen, dass der ruhige Manne überhaupt ein Liebesleben hatte.

Sie kehrte wieder zum Fall zurück. Es musste in dieser Sache noch Dimensionen geben, zu denen sie bislang nicht vorgedrungen war. Sie hatte mit der Säpo reden wollen, aber ihr Vorstoß war abgeschmettert worden. Weder Alberg noch Essburg unterstützten ihre Forderung nach mehr Informationen, und das ärgerte sie. Aber es gab noch jemanden, der sich möglicherweise mobilisieren ließ. Jemand, der nicht zur Polizei gehörte, aber die betroffenen Personen kannte, wie er selbst in einem Fernsehinterview eingeräumt hatte.

Sie tätigte einen Anruf, nahm ihren Mantel, verließ ungesehen das Gebäude und rannte durch den Regen hinunter in die U-Bahn-Station am Rathaus. Eine schwindelerregend lange und steile Rolltreppe führte sie bis tief unter die Erde. Sie nahm den Zug stadteinwärts und stieg am Hauptbahnhof wieder aus, eilte durch die blaugekachelten Gänge und kehrte an die Erdoberfläche zurück. Allein sich zu bewegen, verschaffte ihr eine gewisse Erleichterung.

Sie fand das Restaurant in einem der Hochhäuser am Hötorget. Nachdem der erste Schwung der Mittagsrushhour bereits gespeist hatte, begann es sich wieder zu leeren. Sie erinnerte sich plötzlich daran, dass vor einigen Jahren hier drinnen im Foyer ein Mann mit seiner Säge an einer Eisskulptur gearbeitet hatte. Sie hatte lange daneben gestanden und zugesehen, wie er sich ruhig und methodisch durch den glänzenden, schmelzenden Eisblock sägte, während gestresste Menschen an ihm vorbeihetzten.

Sie betrat das Restaurant und sah sich um. John Danielsson saß weiter hinten und drehte ein Wasserglas zwischen den Fingern. Er sah besser aus, als sie ihn in Erinnerung hatte, gesünder und nicht mehr ganz so mager. Er lächelte sie an und wies mit einer einladenden Geste auf den Stuhl neben sich. Sie gaben sich die Hand.

»Hallo! Lange her, dass wir uns gesehen haben. Bestimmt seit den Gerichtsverhandlungen nicht mehr. Wie schön, Sie zu sehen.«

Sie setzte sich. Sie war derselben Meinung. Er sah fröhlicher aus und strahlte Ruhe und Freundlichkeit aus. Langsam fühlte sie sich etwas besser und verspürte eine wachsende Hoffnung.

»Es ist schön, dass es endlich vorbei ist«, sagte sie. »Wie geht es Ihnen und Ihrer Familie?«

»Immer besser. Wir haben im Juni die Stadt verlassen, waren zwei Monate verreist und sind alle der Reihe nach zusammengebrochen. Anne fühlte sich so unglaublich matt, ihre Seele war müde, und ich auch. Ein paar Wunden sind natürlich wieder aufgerissen, als wir gezwungen waren, unsere Aussagen zu machen. Nun, wir berappeln uns. Miriam konnte im August wieder mit der Schule anfangen, worüber wir sehr froh sind. Aber für Sie müssen die Ermittlungen auch eine wahnsinnige Belastung gewesen sein. Und jetzt das mit Rosenbad. Aber keine Sorge, ich werde nicht versuchen, Sie ins Kreuzverhör zu nehmen«, fügte er hinzu.

Der Ober kam an ihren Tisch. Margareta bestellte Muschelsuppe mit warmem Knoblauchbrot und John ein warmes Sandwich.

»Das Milieu verkompliziert sicher die Ermittlungen«, sagte er.

»Ich weiß nicht. Polizeiarbeit ist eigentlich überall gleich. Dieselben Passionen, dieselben Fragen. Wann wurde das Verbrechen begangen? Wer hatte die Möglichkeit?«

»Und wie kann ich Ihnen helfen?«

Sie zögerte.

»Kann das, was ich Ihnen sage, unter uns bleiben?«

»Natürlich! Sie können sich auf mich verlassen.«

»Gut. Ich will nicht unbedingt behaupten, dass wir auf der Stelle treten, aber auch wenn ich eben das Gegenteil gesagt habe, ist das hier keine gewöhnliche Ermittlung. Es gibt eine politische Ebene, und die Ermittlungen sind aufgeteilt worden. Das heißt, der Verfassungsschutz sieht sich alles Politische an, und wir kümmern uns um das ›Normale‹. Und das ist gar nicht gut. Ich habe keinen Überblick, kann keine Kreuzproben machen, kann keine neuen Ideen daraus ziehen, wenn Fakten aus ganz verschiedenen Richtungen aufeinander treffen. Soweit ich das beurteilen kann, geht es der Säpo nicht anders. Wir sollten ja zusammenarbeiten, aber sie lassen nichts raus, und da sind wir dann ein bisschen eingeschnappt und haben die Tendenz es ihnen gleichzutun.«

Sie sah ihn an und fasste sich ein Herz.

»Das hier ist ein Überfall in zwei Räumen, und ich bekomme nur einen davon zu sehen und trete vor der anderen verschlossenen Tür von einem Bein aufs andere. Ich weiß, dass Sie Karin und Beatrice kennen. Würden Sie mir helfen, die Tür zu öffnen?«

Er lächelte.

»Gerne, wenn ich kann. In größere Geheimnisse bin ich natürlich nicht eingeweiht, aber ich kenne die beiden über Amnesty und auch über die Anwaltsclique. Darüber hinaus kann ich nicht viel mehr bieten, als das, was Sie sicher schon bis zum Erbrechen gehört haben, nämlich dass man sich im Justizministerium nicht zu erschlagen pflegt. Aber wenn Sie Sachfragen haben, die Sie loswerden wollen, dann – just shoot, man!«

Margareta dachte nach.

»Guatemala«, sagte sie.

Er sah aus, als warte er auf mehr, aber als nichts kam, holte er tief Luft.

»Guatemala. Okay. Kleines Land in Mittelamerika, dreizehn Millionen Einwohner, 98 % davon Mestizen oder

Maya-Indianer. Das Kerngebiet der alten Mayakultur. Berge, Vulkane und extreme Armut. Ausgeprägter Rassismus. Sechsunddreißig Jahre wahnsinniger Bürgerkriege zwischen Rechtsregime und Linksguerilla. Zweihunderttausend Tote, eine Million Flüchtlinge. Eine Art Friedensabkommen 1996.«

»Beatrice Chiquin«, sagte Margareta.

Er warf ihr einen Blick zu.

»Beatrice. Maya. Furchtbar netter Mensch. Und tüchtig. Muttersprache Achi, wie sie mir sagte – es gibt zwanzig verschiedene Indianersprachen –, zweite Sprache Spanisch. Geboren in einem kleinen Bergdorf. Ihre ganze Familie, mit Ausnahme von ihr und ihrer Schwester, wurde '82 bei den Massakern getötet.«

»Massakern?«

»Ja, örtliche Polizeipatrouillen und Soldaten kamen in die Dörfer und trennten die Familien – Männer hier und Frauen da. Verbrannten sie, erschossen sie, erdrosselten sie mit Seilen, die sie mit Stöcken zudrehten. Vergewaltigten die Frauen, töteten sie mit Macheten. Zerschlugen Säuglinge in zwei Teile.«

Sein Blick wanderte zum Verkehr auf dem Sveavägen, der vor der Glastür vorbeirauschte. Es entstand eine Pause, während das Essen serviert wurde.

»Beatrice wurde verletzt, aber sie überlebte. Sie floh über die Berge und suchte Schutz bei Verwandten. Eine Familie in der Stadt nahm sich ihrer an. Sie war begabt und erhielt ein Stipendium für ein Jurastudium. Sie lernte Vicente kennen, und sie bekamen Paulo. Schon während ihrer Ausbildung versuchte sie, der Urbevölkerung zu helfen, besonders Frauen, und nahm als Zeugin und Vertriebene teil an den Ermittlungen zu den Ereignissen während der Massaker.«

Gedankenverloren zerpflückte er sein Brot in kleine Stücke.

»Die Regierung stritt lange Zeit alles ab. Aber mit den Jahren kam natürlich so manches ans Tageslicht. Sie haben sicher schon von den Ärzten ohne Grenzen gehört? Es gibt auch Rechtsmediziner ohne Grenzen. Massengräber wurden geöffnet, Leichen untersucht, Fragen gestellt. Beatrice und Vicente wurden schikaniert und gefoltert. Einmal wurde sie in eine Baracke gebracht und dort von Polizisten und den Verwandten von Mördern, die man versuchte vor Gericht zu stellen, vergewaltigt. Schließlich traute sie sich nicht länger zu bleiben, denn sie hatte Angst, dass Paulo etwas zustoßen könnte. Sie und Vicente flohen mit Hilfe schwedischer Freunde vom Roten Kreuz nach Schweden. Die Einwanderungsbehörde stellte sich quer und erklärte, Guatemala sei inzwischen ein demokratisches Land. Nach ich weiß nicht wie vielen ärztlichen und anderen Gutachten musste die Behörde aber schließlich nachgeben.«

»Sind die Mörder irgendwann verurteilt worden?«

»Es gab unzählige Mörder. Drei von ihnen wurden 1998 zum Tode verurteilt. Einige Jahre später wurde das Urteil in Haftstrafen abgemildert. Aber noch hat nicht einer von ihnen auch nur einen Tag eingesessen. Soweit ich weiß. Ich glaube, es hat seither noch genau einen Prozess gegeben. Die Massaker ereigneten sich in der Umgebung des Rio Negro, unter dem Scheinargument der Regierung, die Linksguerilla niederschlagen zu wollen, aber der eigentliche Grund war der Plan, einen Staudamm in dem Gebiet der Indianer zu bauen. Die Weltbank hat den Kredit dafür bewilligt. Ríos Montt, der General, der damals Präsident war und hinter den Tötungen stand, versuchte übrigens, als Präsident wieder gewählt zu werden. Als es nicht funktionierte, provozierte seine Partei Krawalle in Guatemala-Stadt.«

John lächelte sie flüchtig an und trank von seinem Wasser.

»Jetzt ist dieser Damm da. Der Chixoy-Damm. Die bittere Ironie ist die, dass er nur Verluste erwirtschaftet. Und nun hat die Weltbank feinfühlige Berichte darüber verfasst, wie die Menschenrechte im Land gewahrt werden sollen.«

»Wäre es möglich, dass jemand aus Guatemala einen Killer hierher schickt, um Beatrice zu töten?«

»Das glaube ich nicht. Wenn, dann müsste es eine rein persönliche Angelegenheit sein, und sie wäre wohl kaum in Rosenbad angegriffen worden. Aber sie hat in Guatemala natürlich gewaltig Aufsehen erregt – eine Indianerin wird Vizeministerin in einem europäischen Land! Ich schätze, die Zeitungen da drüben wimmeln von wilden Spekulationen, wer hinter dem Überfall steckt. Nur wenige trauen sich, Klartext zu reden, aber die Gerüchteküche brodelt. Es ist noch immer nicht ungefährlich, Völkermorde und Massaker zu untersuchen. Und das Rechtssystem dort ist eines der korruptesten weltweit. Aber Beatrice hat auch Bewunderer in ihrer Heimat, die stolz auf sie sind, andere wiederum finden, sie sollte nach Hause kommen und dort kämpfen.«

Margareta schnitt eine Grimasse. Was Beatrice auch tat, sie würde auf Widerstand stoßen. Hatte dieses Dilemma sie psychisch kaputtgemacht?

»Beatrice hat ihr Examen hier vervollständigt und eine Anstellung gefunden«, fuhr John fort. »Das war eine fantastische Leistung. Allein die Sprache! Und sie musste sie wirklich gut beherrschen für eine Arbeit, die darauf beruht, überzeugend zu klingen. Noch dazu im Land von Fleischklößchen und roter Holzschutzfarbe. Dieses Land ist richtig rassistisch, wenn es um den Arbeitsmarkt geht. Aber sie hat es geschafft. Oder vielleicht sollte ich sagen, der kluge Mensch, der sie eingestellt hat, hat es geschafft.«

Margareta war fasziniert. Mit einem Mal sah sie eine ganz andere Seite dieser Welt, die sie untersuchte. Sie fühlte sich wie eine Archäologin, die plötzlich Zeugin wurde, wie sich Skelette in Menschen verwandelten und dabei zusehen durfte, wie sie atmeten, sich bewegten, lebten.

»Woher wissen Sie das alles?«, fragte sie.

»Es interessiert mich, ich war ja Entwicklungshelfer in Ostafrika, bevor ich Jurist wurde. Und dann habe ich ihr zugehört, als sie erzählt hat. Es hat eine Weile gedauert, bis sie dazu in der Lage war. Es fällt ihr schwer, jemandem zu vertrauen, und es fällt ihr schwer zu begreifen, dass die meisten Schweden ungefähr dieselben Wertvorstellungen haben. In Guatemala gibt es das nicht.«

Margareta versuchte das Bild einer sprechenden, offenen Beatrice mit dem blutigen Tatort in Rosenbad und der stillen Frau im Krankenbett zusammenzubringen. Das war nicht einfach.

»Träumt sie davon, heimzukehren?«

»Alle träumen davon, heimzukehren. Das sollten wir auch tun. Dort ist man aufgewachsen, dort ist man von seiner Mama in den Arm genommen worden, im besten Fall. Aber sie wusste, dass es lange dauern würde, bis sie auch nur darüber nachdenken könnte, nach Hause zu reisen, nachdem Schweden die Heimat ihres Sohnes werden sollte. Also hat sie sich zielstrebig dafür eingesetzt, so schwedisch wie möglich zu werden. Ich finde, das ist ihr großartig gelungen. Aber der Preis dafür muss hoch gewesen sein.«

Er begann ohne großen Enthusiasmus zu essen.

»Beatrice weiß, was die Worte Hunger und Gewalt bedeuten. Für sie sind sie keine Theorie. Deshalb verliert sie nie den Alltag der Menschen aus dem Blick. Das passiert sonst leicht, wenn man sich auf der Regierungsebene befindet. Das geht allen so, auch wenn sie versuchen, es anders zu machen. Menschen werden zu Anträgen, Akten. Spielfiguren. Es ist so leicht zu glauben, dass man zu clever oder viel zu engagiert ist, um so zu werden, aber es passiert, als wäre es ein Fluch. Es ist nicht einmal möglich, die anderen grässlich zu finden und dennoch mit ihnen weiterzuarbeiten, also wächst man zusammen und entwickelt einen Jargon. Gewisse Dinge werden auf der Bühne besprochen, andere hinter den Kulissen. Man muss Teil des Spiels werden, die Sprache, die man übernimmt, stumpft einen ab, genau wie die Kompromisse, die man eingehen muss. Man schafft es nicht mehr, am eigenen Leibe nachzufühlen, dass man einem armen Pensionär in Wirklichkeit ein Stück seines Lebens nimmt, wenn man hundert Kronen im Monat von ihm einfordert. Beatrice ist Karins Anker.«

Margareta sah ihn forschend an.

»Erzählen Sie mir mehr von ihr. Karin Landberg.«

Sie konnte sehen, wie er von einem Gefühl der Wärme und Anteilnahme ergriffen wurde.

»Karin. Ja, die nackte und traurige Wahrheit ist, dass sie auf Kollisionskurs mit der übrigen Regierung steht. Sie balanciert die ganze Zeit auf einem hauchdünnen Seil. Ich weiß nicht, ob das direkt mit dem Überfall zu tun hat.«

»Reden Sie weiter«, ermunterte sie ihn.

»Karin verabscheut diesen ganzen Rechtsrutsch. Die Umwandlung von öffentlichen Bereichen in private, geschlossene Bereiche, in denen wir nichts mehr zu suchen und zu bestimmen haben, für die wir aber trotzdem bezahlen müssen. Deregulierungen, Vergesellschaftungen, Privatisierungen. Personalabbau. Sie wissen schon. Sie ist aufrichtig davon überzeugt, dass wir zur Zusammenarbeit geschaffen sind und nicht dazu gemacht wurden, uns gegenseitig nur noch als Kletterfelsen zu missbrauchen, auf denen jeder für sich versucht, nach oben zu kommen. An der Basis findet man es noch, das Ideal der Solidarität, aber in den Parteien ist es fast tot. Sogar in Karins Partei. Und sie versucht, es am Leben zu halten. Außerdem missfällt ihr der Gedanke, so viel Macht an die EU abzugeben. Die anderen finden das natürlich naiv.«

»Aber wie ist sie überhaupt in die Regierung gekommen?«

John machte eine ausholende Geste.

»Das ist eine lustige Geschichte. Sie ist quasi unter dem Radar hindurchgeflogen. Hätte sie den langen Weg durch die Partei genommen, wäre sie schon vor langer Zeit gestoppt worden. Jetzt war aber der Staatsminister ganz begeistert von ihrem Buch über die Rechte der Kinder. Sie waren sich bei verschiedenen Gelegenheiten begegnet und hatten sich ein paar harmlose Rededuelle geliefert, was ihm gut gefallen hat. Und dann musste es plötzlich schnell gehen. In eben diesem Moment schien ihm ihre Ernennung ein Geniestreich zu sein. Ich war natürlich ganz seiner Meinung, obwohl ich mir auch Sorgen gemacht habe, dass diese Arbeit sie frustrieren würde. Jetzt weiß er offenbar selbst nicht so recht, ob er seine Wahl bereut oder nicht. Früher hatten die Minister eine starke Position, mittlerweile sind sie nur noch die Jungs und Mädels des Staatsministers, und er hört nur auf sich selbst. Möchten Sie noch einen Kaffee?«

Sie nickte.

»Ich hoffe, Sie nehmen es mir nicht übel, wenn ich Ihnen sage, dass Sie ein ganz außergewöhnlicher Anwalt sind?«

Er lächelte und verzog das Gesicht. Sie bestellten den Kaffee. Margareta dachte, dass es erholsam unkompliziert war, mit ihm zu reden. Er erzählte das, was sie wissen wollte, und zeigte keinerlei Interesse daran, ihr Fragen zu stellen.

»Andreas hat viel nach Ihnen gefragt, als er in Untersuchungshaft saß«, sagte sie.

»Das tut er immer noch.«

Das überraschte sie.

»Haben Sie mit ihm geredet?«

»Ja. Vor kurzem. Weiß der Himmel, ob ich das nochmal tue. Ich weiß auch nicht recht, was er eigentlich von mir will.«

»Kent vertritt die Theorie, dass der Kerl schon oben in Gransele innerlich im Begriff war, sich vom Nazismus zu verabschieden.«

»Ah ja? Ja, das wäre schon möglich.«

Sie zerkrümelte einen Zuckerwürfel und sah zu, wie die Kristalle in den Kaffee sanken.

»Hat Kent auch Kontakt mit Ihnen aufgenommen?«, fragte sie.

»Kent? Nein. Warum sollte er?«

»Weil Sie beide zusammen in Lebensgefahr geschwebt haben?«

John schüttelte langsam den Kopf.

»Ich glaube nicht, dass wir viel gemeinsam haben. Wir hätten es ohne einander nicht geschafft, aber ich bin da oben nie schlau aus ihm geworden, und ich glaube, er aus mir auch nicht. Es wäre vermutlich sehr gewollt, wenn wir zusammen ein Bier trinken gehen würden. Leider.«

Das war die Chance. Sie würde nicht wiederkommen. Sie wollte die Stimmung wachsender Freundschaft nicht kaputtmachen, aber sie war gezwungen.

»John. Da wäre noch etwas. Ich muss Sie etwas fragen. Hat Kent einen Mord begangen?«

Es wurde totenstill. Danielssons Lächeln erstarb. Er erwiderte ihren Blick ein paar endlose Sekunden lang, und sie sah, wie er seine Antwort abwog.

Ihr Mut sank. Allein die Tatsache, dass er eine Pause machte und über ihre Frage nicht erstaunt schien, hatte ihr die Antwort eigentlich schon gegeben. Sie hatte Kent also offensichtlich richtig verstanden.

Er legte die Hände auf den Tisch und senkte den Blick.

»Das ist eine Frage, die bislang niemand gestellt hat«, sagte er.

»Aber jetzt stelle ich sie. Wie lautet die Antwort darauf?«

»Fragen Sie als Polizistin?«

»Nein, wir gehen dieser Sache nicht nach. Die internen Ermittlungen sind längst abgeschlossen. Aber, spielt das überhaupt eine Rolle?«

»Vermutlich nicht. Margareta, ich weiß nicht, was sich in diesen Stunden in Kents Kopf abgespielt hat. Bevor ich Ihnen erzähle, was ich zu sagen habe, erinnern Sie sich bitte daran, dass ich dachte, er wäre ein Teil dieser Naziorganisation. Er spielte mit und das überzeugend. Als ich also von dort abgehauen bin, habe ich ihn zurückgelassen. Diese Spinner hätten ihn umbringen können. Das löst eine Menge komplizierter Gefühle in mir aus, Schuld genau wie Zorn. Immerhin hat er mir da oben eine Heidenangst eingejagt. Wenn er einen erstmal in der Mangel hat, dann ist das alles andere als ein Zuckerschlecken.«

»Aber wir haben Sie neben ihm vorgefunden. Dicht neben ihm.«

Sie konnte sehen, wie die Erinnerungen in ihm aufstiegen. Die Bilder waren dort, hinter seiner Stirn, und sie wagte kaum zu atmen aus Angst, er könnte sie wieder in sein Unterbewusstsein zurücksinken lassen. Aber er wich nicht zurück. Er rieb sich die Augen und stützte die Ellenbogen auf den Tisch.

»Ich nehme an, Sie haben einen Grund, das zu fragen. Okay, ich sage Ihnen, wie es aus meiner Sicht war. Alles war ein einziges Chaos, aber als Kent schoss, war ich überrascht und furchtbar wütend.«

Er machte eine Pause. Margareta wartete.

»Martin war getroffen, aber er reagierte gar nicht. Er schien ganz abwesend zu sein. Da merkte ich, dass Kent die Muskeln in seiner Schulter anspannte. Ich schrie ihn an. Aber er schoss trotzdem. Das Abscheuliche war, dass er so ruhig blieb. Aber bedenken Sie dabei, dass ich nicht wissen kann, was er wirklich gedacht, gefühlt oder geglaubt hat. Alles um uns war ein einziges Chaos, wie gesagt.«

»Danke für die Antwort«, sagte sie.

»Er hat mir das Leben gerettet«, sagte John. »Das werde ich nie vergessen. Aber er ist gefährlich. Verflucht gefährlich.«

Sie blieben ein paar Minuten schweigend sitzen.

»Haben Sie mit ihm gesprochen?«, fragte er.

»Ich habe mit ihm geredet. Sie versuchen, Andreas zu helfen, ich versuche, Kent zu helfen. Aber können wir überhaupt etwas für sie tun?«

»Weiß der Teufel. Wir können es wohl nur versuchen.«

Sie bezahlten und traten in die frische Herbstluft hinaus. Es hatte endlich aufgehört zu regnen. John drehte sich zu ihr.

»Es war sehr schön, Sie wieder zu sehen. Wir haben schon im Sommer daran gedacht, Anne und ich, dass es nett wäre, wenn wir uns alle mal wieder treffen würden. Also unabhängig von der Arbeit. Was meinen Sie?«

Sie war überrascht und ein wenig geniert. Aber es war ein wunderbarer Gedanke.

»Das wäre schön«, erwiderte sie.

»Ich habe Ihre Handynummer. Anne oder ich könnten Sie ja anrufen und hören, ob Sie Zeit haben?«

Sie nickte. Der geborene Gentleman, er wollte ihr Zeit geben, über die Sache nachzudenken und eine Entschuldigung zu finden, falls sie doch absagen wollte. Sie trennten sich am Sveavägen, und er verschwand die Regeringsgatan hinunter.

Sie fuhr zurück ins Büro. Um Punkt drei Uhr war klar, dass keinerlei Spuren von Bergosc in Anders' Wohnung waren, und nichts in der Wohnung des Raumpflegers auf Anders hinwies. Die DNA-Tests würden noch ein paar Tage auf sich warten lassen. Ölund blieb dabei, dass er Bergosc noch nie gesehen hatte, weder jetzt noch früher, und dass er sich noch nie Gedanken darüber gemacht hatte, wer da unten im Hof stand und rauchte, ob es nun Putzkräfte waren oder sonst wer. Viele nutzten den Hof. Bergosc stritt vehement ab, mit Anders auch nur gesprochen zu haben, seit sie sich vor drei Jahren getrennt hatten. Und weder in seinem Zuhause noch bei seiner Arbeit war belastendes Material gefunden worden.

Essburg ließ alle drei laufen und stählte sich für den Ansturm der Medien.

Im Haus war wieder eine Flaute eingekehrt. Margareta hatte das Gefühl, die Gelegenheit nutzen zu müssen und sich Kent zu schnappen. Hatte er sich krank gemeldet und saß grübelnd zu Hause? War er im Präsidium? Sie fürchtete, dass er nach ihrem nächtlichen Gespräch eine tickende Zeitbombe sein könnte. Er hatte sich ein Stück weit geöffnet, und dann war sie einfach von der Bildfläche verschwunden. Das war nicht gut.

Aber sie schaffte es nicht. Später.

Sie schob den Gedanken an ihn beiseite.

20

Karin saß auf ihrem Sofa und sah sich die Pressekonferenz der Polizei im Fernsehen an. Es gab keine neuen Erkenntnisse. Die drei, die auf dem Präsidium festgehalten worden waren, hatte man unmittelbar vor dem Ansturm der Journalisten auf freien Fuß gesetzt, und es war kein Haftbefehl beantragt worden.

Auf die bisherigen Ergebnisse konnte man nicht eingehen. Nein, sie betrachteten die Aktion nicht als übereilt. Als dieselbe Frage zum dritten Mal in anderer Formulierung gestellt wurde und Lisbet Essburg exakt dieselbe Antwort darauf gab, schaltete sie ab.

Sie griff nach dem Telefon, um Anders anzurufen, aber im selben Augenblick stand er zu ihrer Überraschung schon in der Tür und klopfte an den Rahmen. Er musste ein Taxi direkt hierher genommen haben. Sie stand hastig auf.

Sie erkannte ihn kaum wieder. Er trug Jeans und eine Jacke, war unrasiert und offensichtlich schon lange nicht mehr aus seinen Kleidern gekommen. Seine Augen glänzten müde. Er versuchte, sie anzulächeln. Impulsiv zog sie ihn an sich und nahm ihn fest in den Arm. Er roch nicht gut, und sein Körper war angespannt.

»Setz dich«, forderte sie ihn auf und zog ihn zum Sofa.

Er ließ sich neben ihr in die Polster fallen. Die Tränen begannen zu fließen. Die Erschöpfung und Karins unerwartete Herzlichkeit brachten ihn zum Weinen.

»Entschuldige«, sagte er und fuhr sich mit den Händen über die Wangen.

»Überhaupt nicht, schließlich hast du Schreckliches durchgemacht! Du musst nach Hause zu Linus fahren und dich erholen. Schlaf erstmal und komm zu dir.«

Er machte eine abwehrende Geste, steckte die Hand in die Jacke und zog die neueste Ausgabe der Abendzeitung heraus. Die Schlagzeilen waren riesig. *Was weiß Landberg? Mordversuch in der Regierung. Täter im Umfeld der Ministerin?* Es gab mehrere Fotos auf der Titelseite und in der Mitte der Zeitung auf großen Doppelseiten. Bilder von Beatrice und ihren beiden Männern, eines von ihr selbst, auf dem sie aussah wie eine Verrückte, schielend hinter einem Wald von Mikrofonen. Den Fotografen war es endlich gelungen, Markus Larsson zu erwischen, und es waren notdürftig verfremdete Fotos von Hannes, Anders und einem anderen jungen Mann, umschrieben als »ausländischer Raumpfleger in Rosenbad« abgedruckt. Das würde natürlich ausreichen, um den Funken für eine Explosion von Terrorspekulationen zu zünden. Aber schon jetzt war es unmöglich, sie nicht gleich mit einer Mörderbande zu assoziieren. Oder mit einer zusammengewürfelten Truppe von Vollidioten.

»Sie wissen, wer wir sind«, sagte er. »Bald werden auch diese schwarzen Balken verschwinden.«

»Denk nicht daran. Du bist du, ganz gleich, was die Zeitungen schreiben. Warum wollte die Polizei dich verhören?«

»Ich habe keine Ahnung, was die sich einbilden. Sie wissen, dass Beatrice ein Problem damit hat, dass ich schwul bin.«

Karin blinzelte. Sie hatte nicht gewusst, dass er das mitbekommen hatte.

»Warum?«, fragte er gekränkt. »Warum denkt sie schlecht über mich?«

»Sie denkt nicht schlecht über dich. Aber die Leute sind manchmal komplizierter, als man glaubt. Manchmal sehen sie Schwierigkeiten, wo gar keine sind. Ist das alles?

Es muss doch noch mehr geben? Sie können doch überhaupt nichts gegen dich in der Hand haben. Und Hannes Ölund? Habt ihr etwas miteinander zu tun?«

»Nein.«

Er schaute auf die Zeitung.

»Aber etwas muss ich dir erzählen. Der Putzmann, der Typ auf dem dritten Foto, heißt Samuel Bergosc. Er ist ein Ex von mir. Er arbeitet hier, aber ich hatte keine Ahnung davon. Und er war da, als Beatrice angegriffen wurde.«

Er zeigte auf das Bild und sah sie mit skeptischem Blick an.

»Und jetzt ist die Polizei plötzlich auf ihn gestoßen. Aber er würde nie im Leben jemanden angreifen. Und schon gar nicht aus ausländerfeindlichen Motiven, er ist doch selbst Ausländer.«

Sie griff in ihre Handtasche zu ihren Füßen und reichte ihm ein Papiertaschentuch.

»Eine Sache muss ich dich fragen. Warst du in der Nacht hier?«

Er schüttelte wieder den Kopf.

»Nein. Ich war zu Hause.«

»Dann fahr jetzt heim. Linus wartet auf dich. Er hat mich vorhin angerufen. Er hat sich heute freigenommen, um sich um dich zu kümmern.«

»Ich kann nicht nach Hause fahren«, erwiderte er tonlos. »Genau in diesem Augenblick stehen Heerscharen von Journalisten vor meiner Haustür.«

»Vergiss sie! Du kannst eine Eskorte bekommen.«

»Das hilft nichts.«

»Aber du hast einen furchtbaren Tag gehabt, und du weißt nicht, was noch vor dir liegt. Du musst dich ausruhen. Ein bisschen Kraft sammeln!«

»Das werde ich. Aber sei so lieb, lass mich erst ein paar

Stunden arbeiten. Diese Sache mit Samuel … das war ein Schock. Ich habe ihn sogar gesehen. Wir sind bei einer Gegenüberstellung gemeinsam im Kreis gelaufen. Wie Gefangene an der Kette.«

Er sah auf seine Hände hinunter. Sie fragte sich, was in ihm vorgehen mochte. Er war zutiefst gekränkt und verändert. Wer immer Beatrice im Nebenzimmer niedergeschlagen hatte, er hatte nicht nur sie zerstört, sondern der ganzen empfindlichen Atmosphäre geschadet, allem, was für sie im Ministerium von Bedeutung gewesen war. Hatte die Strukturen zerstört, hatte Gewalt in ihre Mitte getragen. Es war wie ein Verbrechen gegen sie alle.

Sie fragte sich, ob das die eigentliche Absicht gewesen war. Ein politisches Attentat auf die Demokratie. Dann hätte jeder x-Beliebige getötet werden können, es hätte nicht notwendigerweise Beatrice Chiquin sein müssen.

»Okay«, sagte sie. »Geh und setz dich eine Weile an deinen Schreibtisch, und beruhige dich.«

Er stand dankbar auf, mit seinen fahrigen Bewegungen, die manchmal so unbeholfen aussahen. Sie nahm für einen Augenblick seine Hand. Sie war warm. Er verschwand in sein Büro und schloss die Tür hinter sich.

Sie hielt es nicht mehr länger aus untätig herumzusitzen. Sie musste die wenigen Fäden ziehen, die sie in der Hand hielt. Sie ging zum Schreibtisch, suchte in ihrem elektronischen Telefonbuch die Nummer von Fredriks Arbeitsplatz heraus und rief ihn an. Er saß nur wenige Häuserblöcke von Rosenbad entfernt im Gebäude der SE-Bank. Er nahm fast sofort ab, und sie begriff, dass er offenbar wie sie die Pressekonferenz gesehen hatte.

»Wie geht es dir?«, fragte sie.

»Beschissen«, antwortete er unverblümt. »Beatrice will mit niemandem sprechen. Also bin ich hierher gefahren und wollte versuchen, wenigstens ein paar Dinge zu erledigen.«

»War Paulo heute in der Schule?«

»Ja, Vicente hat ihn abgeholt. Weißt du vielleicht mehr, als im Fernsehen gesagt worden ist? Wer ist denn verhört worden?«

»Ich weiß nicht viel mehr als du. Jedenfalls war es offenbar noch kein Durchbruch. Fredrik, ich würde mich gerne nochmal mit dir unterhalten. Kannst du herkommen?«

»Jetzt?«

»Ja.«

»Warum?«, fragte er misstrauisch. »Ist die Polizei bei dir? Beorderst du mich als Ministerin?«

»Das kann ich nicht. Ich bitte dich als Freundin. Keine Polizei.«

Er war einverstanden. Er klang nicht enthusiastisch, aber es fiel ihm offenbar auch kein guter Vorwand ein, um nein zu sagen.

Sie wollte Anders keine Mühe machen und bat deshalb Elin hinunterzufahren und ihn abzuholen. Sie ging mit ihm in das Blaue Zimmer. Der Säpo-Mann sah missbilligend zu, wie sie darin verschwanden und die Tür hinter sich schlossen.

Fredrik küsste sie flüchtig auf die Wange. Sein Gesicht war fahl, und er machte immer noch den Eindruck, nicht ganz er selbst zu sein. Sie setzten sich an den Tisch. Er betrachtete die fantastische Aussicht und trommelte rastlos mit den Fingern auf die Tischplatte.

»Entschuldige, dass ich das sage, aber deine Polizisten sind nichts als ein Haufen Trottel.«

Was für ein Anfang. Karin wurde ärgerlich, und es packte sie das flammende Bedürfnis, jeden Einzelnen ihrer vierzigtausend Untergebenen zu verteidigen.

»Es sind erst sechsunddreißig Stunden vergangen, seit wir sie gefunden haben. Die Polizei arbeitet Tag und Nacht. Was erwartest du denn?«

»Ergebnisse! Dass es bei dem Mord an Anna Lindh ein bisschen gedauert hat, kann man ja verstehen. Das ist schließlich in einem Kaufhaus voller anonymer Menschen passiert, die in alle Richtungen strömten. Aber hier? Mit Sicherheitspersonal und allem Drum und Dran?«

»Hast du selbst einen Vorschlag?«, fragte sie spitz.

»Nein, woher sollte ich einen nehmen? Ich bin kein Polizist, oder?«

Sie blickte an ihm vorbei aus dem Fenster. Wie hatte sie diesen Mann jemals sympathisch finden können? Hatte auch sie ihn nur durch Beatrices verliebte Augen gesehen? Es gelang ihm wirklich, sie dazu zu bringen, sich von ihrer schlechtesten Seite zu zeigen.

»Ich kann dich verstehen, aber das war nicht der Grund, warum ich dich hierher gebeten habe«, sagte sie. »Ich will wissen, warum du so wütend auf das Ministerium bist.«

Er starrte sie an und schwieg.

»Beatrice ist ein Wunder«, fuhr sie fort. »Bedenke doch, was sie schon durchgemacht hat. Es ist unglaublich, dass es ihr selbst so gut gelungen ist, ihre Wunden zu heilen und darüber hinaus so viel zu leisten.«

»Sie ist nicht geheilt«, murmelte er. »Es sieht nur so aus.«

»Was meinst du damit?«

»Hast du ihre Narben gesehen?«

»Natürlich habe ich das.«

»Nicht die schlimmsten. Im Sommer trägt sie immer geschlossene Badeanzüge, und sowie sie aus dem Wasser kommt zieht sie eine Bluse und einen Sarong über. Du hast nicht alles gesehen. Aber die schlimmsten, die sitzen in ihr drinnen. Sie erträgt keine Männer. Sie hat Probleme, einen Mann in sich aufzunehmen.«

»Es ist wohl kaum verwunderlich, dass sie Männern gegenüber vorsichtig ist, nach dem, was die Polizeipatrouillen mit ihr gemacht haben«, erwiderte Karin und versuchte vernünftig zu klingen. »Aber sie lebt doch nicht allein, seit sie sich von Vicente getrennt hat. Sie hat dich geheiratet. Sie war in dich verliebt.«

»*War* ist das richtige Wort! Sie braucht jemanden, ja. Aber sie ist immer irgendwo anders. Weißt du, wie es sich anfühlt, sich ihr zu nähern und zu sehen, wie sie zurückweicht? Niemals zu ihr vorzudringen? Zu Hause zu sitzen und sich zu fragen, wer es vielleicht stattdessen tut?«

Sie sah ihn mit einer Mischung aus Verständnis und Widerwillen an. Sie kam wieder zum Vorschein, die Seite, die sie im Krankenhaus erlebt hatte. In all diesem Grauen saß er da und tat sich selbst Leid. Er war nicht nur verletzt, er war beleidigt.

Sie musste plötzlich an einen Satz denken, den sie in Calamity Janes Tagebuch gelesen hatte, das sie von ihrer Tochter geschenkt bekommen hatte. Das Tagebuch einer Frau und Revolverheldin, die ein hartes Leben in Amerikas Wildem Westen des neunzehnten Jahrhunderts geführt hatte. »Die Menschen glauben, die Welt wäre ihnen etwas schuldig«, hatte sie geschrieben. »Aber die Welt schuldet ihnen einen Dreck.«

»Irgendwann müsste sie doch darüber hinweg sein«, sagte er gepresst. »Nach allem, was ich versucht habe. Ich habe mich selbst verbogen, um ihr alles recht zu machen, und trotzdem …!«

Seine Stimme brach, und er verstummte.

»Willst du damit sagen, dass die glückliche Ehe, die ich gesehen habe, nur eine Fassade war?«, fragte Karin.

»Die Ausflüge und Kaminabende, das Pfannkuchenbacken?«

»Wir versuchen es«, antwortete Fredrik dumpf.

»Also streitet ihr?«

Er sah ihr fest in die Augen. »Das ist vorgekommen. Ich glaube, du verstehst immer noch nicht richtig, wie schwer das hier ist.«

»Was hast du zu ihr gesagt?«

»Was glaubst du?«

Er wand sich auf seinem Stuhl, aber dann brachen die Dämme wieder.

»Glaub mir, sie ist mit mir auch nicht gerade zimperlich umgegangen! Es wird immer nur davon geredet, was Männer Frauen antun, aber niemals andersherum!«

Karin versteinerte. Diese Phrase kannte sie, und wenn sie in diesem erbitterten Ton vorgebracht wurde, dann fast ausschließlich von Männern, die ihre Frauen misshandelten und versuchten, eine Entschuldigung dafür zu finden.

»Hast du sie geschlagen?«, fragte sie ohne Umschweife.

Er blinzelte, aber er wich nicht zurück.

»Warum fragst du nicht sie?«, entgegnete er listig. »Sie hat mir übrigens auch einen Kinnhaken versetzt. Und warum fragst du sie nicht, mit wem sie hier fickt? Ich soll ihr Bodenpersonal sein, damit sie politisch Karriere machen kann, aber ich, ich werde nie bedient!«

»Bedient?«, fauchte Karin.

»Nenn es, wie du willst!«

»Ich dachte, man würde das Liebe nennen!«

Sie stand auf.

»Beatrice ist nicht darauf aus, Karriere zu machen«, sagte sie kühl. »Sie hat die Hölle überwunden und ist hier, um anderen zu helfen. Das ist ihr ›Dienst‹.«

Er schnaubte laut.

»Ach. Politik! Ein großer Haufen Scheiße hinter den Kulissen.«

»Nun, irgendjemand muss die Drecksarbeit ja machen«, erwiderte sie. »Genau wie die Banken, nehme ich an?«

»Das ist der Unterschied. Erinnerst du dich an den großen Kommunalstreik? Gesteuert von der Partei, das Ganze ein einziges großes Ablenkungsmanöver! Diese arme, arme Bürgermeisterin, sie saß den Tränen nahe im Fernsehen und beantwortete tapfer jede Frage, ob die Partei sie kontaktiert habe, mit nein. Dabei rief man sie wohl stündlich an. Der Partei gegenüber war sie loyal, nicht den Mitgliedern. Die waren nur Marionetten, arme, schlecht bezahlte Marionetten, die bei der ganzen Sache leer ausgingen. Was ist seitdem aus ihrem Enthusiasmus geworden?«

Er beugte sich vor.

»Was wäre passiert, Karin, was wäre passiert, wenn die Bürgermeisterin *nicht* mitgespielt hätte? Denk darüber nach! Aber sie glaubte, gehorchen zu müssen. Die Partei ist nichts als eine große Mafiafamilie! Sie suchen sich schwache Menschen, schwache Weiber, und lenken sie. Sagen, dass sie ihre Ideale dem Wohl des Landes opfern müssen. Voller Einsatz! Nach außen hübsch und feministisch, nach innen funktionieren. Aber die Inkompetenz durchzieht alle Ebenen, von oben nach unten, durchdringt alles.«

›Die Familie‹ hatte sie selbst gedacht. Aber sie hatte nicht vor, das Fredrik gegenüber zuzugeben.

»Da bist du auf dem falschen Dampfer. Und ganz sicher gilt das nicht für Beatrice«, entgegnete sie.

»Nein, natürlich, und für dich selbstverständlich auch nicht. Nur für alle anderen. Du bist in diese Partei eingetreten. Aber ich habe Neuigkeiten für dich: es gibt keine sozialdemokratische Partei mehr! Die Führung ist schwach, leicht zu beeindruckende Menschen, die der Wirtschaft auf den Schoß kriechen. Ich arbeite in einer Bank, ich weiß das. Gib ihnen ein bisschen Kapital, dann sind sie brav! So lautet die Parole. Aber wir bluffen nur. Jammern und fordern und zu unserem großen Erstaunen bekommen wir sogar, was wir wollen. Sind wir dann zufrieden? Nein! Wir jammern lieber noch ein bisschen. Und jetzt machen wir auf globaler und auf EU-Ebene weiter.«

Er räusperte sich verächtlich.

»Es ist genau wie mit den Pornos! Deine Generation wollte die Erotik freigeben. Alles sollte ganz prächtig werden, die Liebe sollte Einzug halten in die Pornographie. Aber das genaue Gegenteil ist passiert. Der Porno hat gewonnen und die Liebe zerstört. Jetzt haben wir Pornos überall. In der Werbung, der Musik, im Sprachgebrauch der Vierzehnjährigen. Und nicht nur das, jetzt haben wir auch überall einen Markt!«

Er hatte sich in Rage geredet, und sein Gesicht war rot angelaufen vor Zorn.

»Aha. Und wie lautet die Antwort darauf?«, fragte sie.

»Die Antwort heißt mitspielen«, sagte er düster. »Versteh das Spiel, hamstere so viel du kannst. Das machen alle so. So ist die Natur des Menschen. So ist es immer gewesen.«

»Nicht immer. Wir haben aufgehört uns totzuschlagen, stattdessen tragen wir unsere Machtkämpfe mit Wahlen aus. Wir haben das Stimmrecht ausgeweitet. Die Menschen lernten lesen, besuchten Schulen, pflegten ihre Hygiene. Bekamen Bibliotheken, Entbindungsstationen und Verhütungsmittel.«

»Das ist doch die absolute Ausnahme, das existiert doch nur in einer kleinen Blase. Sieh dich in der Welt um.«

»Aber es zeigt immerhin, dass es möglich ist. Du hast gefragt, was passiert wäre, wenn die Bürgermeisterin nicht mitgespielt hätte? Ja, was? Vielleicht sollten wir das mal ausprobieren?«

Er zuckte mit den Schultern.

Sie musterte ihn und dachte, was sie schon so oft gedacht hatte. Die Lust daran, andere auszunutzen, wuchs nicht von selbst. Zugrunde lag immer eine Enttäuschung. Immer.

»Wie auch immer, meine Frau hat einen Liebhaber hier im Ministerium«, sagte er. »Finde den Dreckskerl, und du hast vielleicht den, der sie verletzt hat.«

»Einen solchen Dreckskerl habe ich schon vor mir«, erwiderte sie. »Warst du es, der sie in der Nacht zum Dienstag hier an die Wand gestellt hat, um auf sie einzuschlagen und wieder zu verschwinden?«

»Du bist ja nicht bei Trost.«

Sie bebte vor Wut und musste sich bemühen, ihre Stimme ruhig zu halten.

»Beatrice wird überleben, und sie wird mir sagen, was geschehen ist. Und sie wird dich wegen Misshandlung anzeigen und ihren Frieden finden. Verstehst du, was ich sage?«

Das zornige Rot verschwand von seinen Wangen. Jetzt war er blass. Er stand auf und ging zur Tür. Sie folgte ihm.

Moa hatte auf dem Flur gewartet, um Fredrik abzupassen. Sie wechselten einen Blick, und sie wusste, dass Moa ihn bis nach unten begleiten und dafür sorgen würde, dass er auf die Straße verschwand.

Misshandlung. Kein Wunder, dass es Paulo so schlecht ging. Wie viel hatte er gesehen?

Sie ging in ihr Büro zurück und rief Lisbet Essburg an. Die Staatsanwältin war nicht übermäßig erfreut, von ihr zu hören.

»Oh, Karin?«, begrüßte sie sie abwartend. »Wie geht es dir?«

»Es geht schon, danke. Ich rufe nicht an, um mich in deine Ermittlungen einzumischen, ich will dir nur einen Hinweis geben. Fredrik war gerade hier. Er hat mir gestanden, dass er Beatrice häufiger misshandelt hat. Ihre Erinnerungen an Guatemala haben sich zwischen sie gedrängt, und er ist wütend und gekränkt, weil sie ihm nicht hundertprozentig vertraut. Außerdem ist er der Meinung, sie engagiere sich aus reiner Machtgier in der Politik, und er glaubt, dass sie einen Liebhaber hat. Mit anderen Worten, dass sie ihn ausnutzt.«

»Ja, das sind wirklich Neuigkeiten.«

»Er streitet natürlich ab, der Täter zu sein. Er behauptet, dass es noch einen Schläger geben muss.«

»Aha. Danke, dass du mich informiert hast. Wie geht es sonst?«

»Anders geht es ziemlich schlecht.«

»Traurig, das zu hören.«

»War es nicht reichlich übertrieben, gleich alle drei festzunehmen?«

»Ich kann das nicht mit dir diskutieren, Karin.«

»Nein, nein, aber versuch bitte, alles so korrekt wie möglich zu behandeln. Schließlich muss es auch vor Gericht Bestand haben!«

»Du musst mir nicht meinen Job erklären.«

»Ich weiß«, Karin seufzte. »Vergiss es. Dann bis bald.«

»Ja, bis bald. Ich weiß, dass du eine harte Zeit durchmachst.«

Karin legte auf. Sie fröstelte. Sie wollte ins Nebenzimmer gehen und sich eine Jacke holen. Dann fiel ihr Blick auf das Polizeisiegel.

Woran mochte Beatrice in ihrem Krankenhausbett jetzt denken? Wann würde sie sie anrufen und wieder normal mit ihr reden können? *No me dejes, querida*, dachte sie.

Verlass mich nicht, verdammt. Ich brauche dich. Ich würde mich sogar für dich prügeln.

Sie wischte sich eine Träne von der Wange, griff wieder zum Hörer und wählte die Direktwahl der Säpo. Eine abhörsichere Verbindung.

»Landberg hier. Und? Habt ihr etwas gefunden, das auf Guatemala hinweisen würde?«

»Nix, aber wir arbeiten daran. Wir gehen die Gerüchte nacheinander durch. Das dauert.«

»Und was ist mit der Bande, die sie damals vergewaltigt und gefoltert hat?«, beharrte sie ungeduldig.

»Wir wissen, wer das war, aber sie befinden sich alle noch in ihrem Land. Ebenso alle Verwandten, die wir bisher überprüft haben. Aber es ist auch ein unübersichtliches Land, unübersichtlich, brutal und schwer zu durchdringen…«

»Das Regime? Der Justizapparat? Das organisierte Verbrechen?«

»Das alles braucht Zeit! Es wäre gut, wenn jemand, der Beatrice Chiquin kennt, sie dahingehend befragen könnte. Sie scheint schließlich zu wissen«, erwiderte die Stimme mit spitzem Unterton.

Sie legte den Hörer auf.

Draußen versank die Sonne langsam im Mälaren hinter dem Regierungsgebäude.

Menschen strömten über die Brücken, wie sie es seit hunderten von Jahren getan hatten. In weiteren hundert Jahren würden sie verschwunden und von anderen ersetzt worden sein. Aber sie selbst war jetzt hier und alle, die ihr etwas bedeuteten, auch. Ohne sie wäre es eine leere Stadt. Erde und Kies, Bäume und Steine, ohne Inhalt und ohne Zusammenhang.

Heute Abend würde sie in aller Ruhe ihre Kinder anrufen. Falls sie Zeit hatten, mit ihr zu reden.

Zwanzig Minuten später packte Karin ihre Sachen zusammen und ging nach Hause. Als sie an Anders' Zimmer vorbei kam, saß er immer noch da. Er schien auf etwas zu warten.

»Wirst du noch lange bleiben?«, fragte sie ihn.

Er blickte zu ihr auf.

»Eine Weile.«

»Lass es nicht zu spät werden.«

Er schüttelte den Kopf. Sie ging hinaus zu ihrem Bodyguard, und zusammen fuhren sie in die Garage, setzten sich ins Auto, gelangten durch den Verbindungstunnel am Klara Mälarstrand auf die Straße und setzten ihren Weg bis zu ihr nach Hause fort.

21

Kent saß in seinem Auto und starrte eine Tür auf Södermalm an. Um ihn herum wurde es langsam dunkel.

Er hatte versucht, sich nach der Begegnung mit seinem Bruder und dem Gespräch mit Carina an diesem Morgen wieder in den Griff zu bekommen. War nach Hause gefahren und hatte ein warmes Bad genommen, Zeitung gelesen, etwas gegessen. Es hatte sich fast normal angefühlt. Aber als er um acht zur Arbeit gekommen und anderen Menschen begegnet war, war seine sorgsam errichtete Fassade in sich zusammengestürzt. Ein paranoides Gefühl, Margareta könnte bereits im ganzen Haus Gerüchte über ihn verbreitet haben, überfiel ihn, und misstrauisch blickte er in die Gesichter der Kollegen, um jede minimale Veränderung zu registrieren.

Doch er konnte nichts entdecken. Er sah ein, dass er

lediglich Opfer seiner Panik geworden war und dass Margareta sich vermutlich niemandem anvertraut hatte, nicht einmal Alberg. Auf gewisse Weise hing er dadurch in der Luft. Die Katastrophe war eingetroffen, und doch schien sie im Sande zu verlaufen. Er wusste nicht mehr, was er fühlte, und er wusste nicht, was er mit sich anfangen sollte.

Er erhielt einen Fahndungsauftrag, der im Großen und Ganzen nur daraus bestand, sich einem fetten Schurken an die Fersen zu heften und darauf zu warten, dass er tat, was Schurken eben tun. Gemäß ihren Informationen sollte es irgendwann zwischen zehn und zwei passieren. Es war unendlich langweilig. Der Mann war ein unerträglicher Porschefahrer, und das erste Ärgernis war, dass er sich erst zum Mittagessen aus dem Bett bewegte, während die Fahnder sich draußen zu Tode langweilten. Als er sich endlich aus dem Haus bequemte, hängten sich drei Autos an ihn, vor, hinter und neben ihm, und warteten geduldig vor diversen Lokalitäten, ihn denen er sich aufzuhalten geruhte. Kent stand zuerst in einem 7-Eleven und kaute gedankenverloren an einer Zimtschnecke, während er aus dem Fenster starrte, dann in einem Plattenladen, wo er verschiedene Weltmusikplatten musterte, von denen er keine Ahnung hatte, und anschließend vor einem Zigarettengeschäft, wo er die Abendzeitung durchblätterte.

Schließlich fuhr der Mistkerl nach Hause, glücklich und zufrieden, ohne auch nur das geringste bisschen angestellt zu haben. Sie hatten sich den verkehrten Tag für eine Beschattung ausgesucht. Der Tipp war falsch gewesen. Eine Weile vermuteten sie, das Ganze wäre ein Trick gewesen, um sie auf die falsche Fährte zu locken, und dachten, dass in einem anderen Stadtteil etwas passiert sein musste, während sie vollauf mit Mr. X beschäftigt waren, aber alles in allem hatten sie wohl einfach nur Pech gehabt. Noch ein verschwendeter Tag unter vielen.

Kent hatte von der missglückten Gegenüberstellung an diesem Morgen gehört. Zwei seiner Kollegen hatten sich zur Verfügung gestellt. Margareta musste gewaltige Erwartungen an die Sache gehabt haben, und dann war alles in die Binsen gegangen.

Er hatte in einem Café noch eine Kleinigkeit gegessen und sich dann auf den Weg ins Präsidium gemacht. Bevor er in die Garage fuhr, blieb er noch eine Weile vor der Tunneleinfahrt auf dem breiten Straßenabschnitt Richtung Kronobergspark stehen und genehmigte sich eine Zigarettenpause. Heute war wieder schönes Wetter, er bemerkte das erst, als er die Ruhe hatte, darauf zu achten. Er nahm sein Handy und wählte Carinas Nummer. Nach längerem Läuten nahm sie ab. Jäh fiel ihm ein, dass sie bei der Arbeit war.

»Ich weiß, dass du nicht mit mir reden willst«, sagte er. »Aber mir ist etwas eingefallen. Als wir uns im Hotel getroffen haben und du von meinem Bruder erzählt hast, sagtest du, alles wäre in Ordnung, da wäre nur eine Sache. Da ist nur eine Sache, hast du gesagt. Was hast du damit gemeint?«

Sie zögerte. Er ahnte, dass sie, nachdem er gegangen war, erst geweint und dann versucht hatte, sich zusammenzureißen.

»Ich kann hier keine Privatgespräche führen, Kent. Ich arbeite.«

»Das verstehe ich. Ich frage mich nur, was für eine Sache du gemeint hast?«

»Ich kann es dir jetzt nicht sagen.«

»Okay. Entschuldige, dass ich angerufen habe.«

Er drückte auf den Ausknopf und lehnte sich in seinen

Sitz zurück. Blies Rauchkringel in die Luft. Im Park spielten Kinder. Ihr Anblick versetzte ihm einen Stich. Er hatte nie Kinder bekommen. Soweit er wusste, hatte auch Margareta keine. Er fragte sich, ob sie es noch schaffen würde, bevor es zu spät war.

Was wäre, wenn sie eines mit ihm bekäme? Ein kleines Kind, das einen Fahnder zum Vater und eine Ermittlerin der Mordkommission zur Mutter hatte. Was sollte daraus werden? Zur Hälfte ein in sich gekehrter, unberechenbarer kleiner Teufel, wie er selbst, zur Hälfte lebensfroh und liberal wie sie? Aber daraus würde ohnehin nichts werden. Nicht jetzt.

Ihm fiel ein, dass der, den er getötet hatte, einen Sohn gehabt hatte. Einen Jungen. Was mochte der Junge beim Tod seines Papas empfunden haben? Zerstörte er den Rest seines Lebens, oder war es eine Erlösung, einen solchen Vater loszuwerden? Keine Erlösung, so viel war klar. Vielleicht war es gut für ihn, dass es ihm erspart blieb, diesen Vater ständig um sich zu haben, aber er fühlte sich ganz sicher nicht erlöst. Natürlich war er traurig. Er würde immer eine vage, ständig vorhandene Sehnsucht danach verspüren, wie es hätte sein sollen, aber nicht geworden war. Er versuchte, sich den Jungen vorzustellen. Die Gesichtszüge des Toten in jüngeren Jahren, gemischt mit denen einer unbekannten Frau. Der Frau, die sich von ihm getrennt hatte und mit dem Sohn weggezogen war.

Plötzlich überfiel ihn irrationale Angst. Vor seinem inneren Auge tauchte Martins wahres Gesicht auf, so wie es jetzt aussah, nach Monaten unter der Erde. Es war, als wäre der Mann aus seinem Grab gestiegen und hätte sich zu ihm ins Auto gedrängt.

Sein Herz raste. Er riss die Autotür auf, schleuderte die Kippe weg, stieg aus, knallte die Tür hinter sich zu und begann Richtung Park zu laufen, während er die nächste Zigarette aus der Packung zerrte und versuchte, sich zu beruhigen.

Er konnte nicht begreifen, woher dieses Bild kam. Der Tod war nichts Neues für ihn. Er hatte seine Eltern verloren und hatte Menschen sterben sehen, ohne sich jemals Gedanken darüber zu machen, wie sie nach ihrem Tod aussahen. Bei seiner Arbeit hatte er auch halb verweste Körper zu sehen bekommen, und so ein Anblick war entsetzlich, aber er war immer davon überzeugt gewesen, dass der Mensch, der einst in diesem Körper gelebt hatte, nicht mehr da war. Die Toten wurden von dieser Veränderung nicht gequält. So war die Natur. Ohne die Verwandlung des Lebens zum Tod und zurück zum Leben wäre die Erde ein Alptraum.

Aber das hier war etwas anderes. Das war das blanke Entsetzen. Es erschütterte ihn bis ins Mark.

Er ging an dem kleinen jüdischen Friedhof vorbei. Vorbei an lärmenden Kindern, die auf dem Spielplatz schaukelten und im Sandkasten spielten. Hohe Baumkronen wiegten sich über seinem Kopf und warfen in der Oktobersonne ihre Schatten auf den Boden. Die Wiesen zwischen den Wegen waren noch grün. Er überquerte die Hügelkuppe und setzte sich auf eine Bank. Von hier aus konnte er durch die Bäume das Polizeipräsidium sehen. Ein Duft nach Orange stieg ihm in die Nase, und er sah zwei Teenager, die ein Stück entfernt saßen und ihr Obst aßen. Er sehnte sich plötzlich nach Schnaps. Nach einem großen, scharfen, brennenden Schnaps.

Eine Frau stapfte den steilen Hügel von der Bergsgatan hinauf. Sie war allein. Er erkannte den hellen Wildlederrock und ihr Haar. Es war Margareta. Sie ging nicht schnell, und er fragte sich, worüber sie wohl nachdachte. Vielleicht versuchte sie über den Misserfolg des heutigen Morgens hinwegzukommen. Er beschloss, mit ihr zu reden, es wenigstens zu versuchen, wenn sie wollte und wenn sie an ihm vorbeikam. Sonst nicht.

Er beobachtete, wie sie zu einem Busch ging und die Blätter betrachtete. Sie befühlte. Dann drehte sie sich plötzlich um und machte ein paar federnde Schritte rückwärts. Sie hatte nichts von Resigniertheit an sich, jetzt sah er es, da war etwas anderes. Sie beugte sich ein wenig nach vorn und schien auf etwas zu warten, mit jemandem zu reden. Jetzt sah er, dass ein Mann hinter ihr ging. Groß, im Mantel. Schwarzhaarig.

Kalle Jensen.

Kent gefror das Blut in den Adern. Wie hypnotisiert beobachtete er, wie sie auf den Mann wartete. Er kam auf sie zu, die Hände in den Taschen, blieb stehen und lächelte, öffnete seinen Mantel und legte ihn um sie, so dass sie ganz dicht zusammenstanden, Gesicht an Gesicht. Dann beugte er sich hinunter und küsste sie.

Der Vietnamese küsste sie. Es sah nicht so aus, als wäre es etwas Neues für die beiden, sie mussten schon länger ein Paar sein. Ein Liebespaar. Kent sah sie vor sich, verschlungen in ein Bett fallen, und in einem einzigen Augenblick war seine Welt wie leer gefegt. Völlig leer. Er fühlte sich, als hätte ihn jemand von Kopf bis Fuß mit einem Holzpfahl durchbohrt.

Er stand auf und zog sich zurück, den Hügel hinunter in Richtung Polhemsgatan, in die entgegengesetzte Ecke des Parks. Als er sich umdrehte, konnte er sehen, wie sie langsam weiter den Berg hinaufgingen. Sie hielten sich an den Händen.

Wie lange ging das schon so? Wie lange?

Einen Winkel. Er brauchte eine Ecke, von der aus er

schießen konnte, angreifen. Er rannte ins Präsidium zurück, in sein Büro und schaltete den Computer ein. Es war ein Segen, dass Jenny nicht da war.

Er klickte sich ins Internet, rief die Suchmaschine Google auf und gab Kalle Jensens Namen ein. Sofort öffnete sich eine ganze Seite mit Suchergebnissen. Fast alles Zeitungsartikel der letzten zehn Jahre. Einen nach dem anderen ging er sie durch. Die meisten hatten dasselbe Thema: Kalle Jensen war adoptiert worden, er sah asiatisch aus, und dennoch war er wahrhaftig ein schwedischer Polizist.

Immer mehr junge Menschen mit ausländischem Hintergrund auf der Polizeischule – Kalle hat schwedische Eltern, aber als Einjähriger wurde er aus Vietnam adoptiert. Er ist der Spross aus der Beziehung einer Vietnamesin mit einem Amerikaner…

Kalle Jensen: »Niemand macht mir Schwierigkeiten, und ich habe auch nicht darunter zu leiden…«

»Ich habe nicht vor, zurückzufahren um meine Herkunft zu erforschen, auch wenn ich verstehen kann, dass andere das Bedürfnis danach haben«, sagt Kalle Jensen, Polizeiinspektor. »Meine Adoptiveltern sind meine richtigen Eltern. Ich bin Schwede…«

Verdammt!, dachte Kent. Er hatte Jensen vom ersten Augenblick an verabscheut. Er erinnerte sich daran, wie dieser junge Mann am Tisch der Kommission gesessen hatte, die die Nazimorde untersuchen sollte, arrogant und überzeugt von seinem Heimatrecht in diesem Gebäude und in diesem Land. Er war ein Eindringling. Und jetzt war er es in der schlimmsten Bedeutung des Wortes.

Nichts zu finden im Netz. Er schlug im Katalog nach und fand Jensens Adresse. Er wohnte in der Innenstadt, auf Södermalm. Er schaltete den Rechner aus und ging zu Georg.

»Es ist fast vier. Ist es okay, wenn ich jetzt abhaue?«

»Warum? Bist du krank?«

»Scheint so.«

»Okay, aber lass dein Handy an.«

Kent nickte, ging in Gedanken versunken zum Fahrstuhl und kam erst wieder zu sich, als er unten in der Garage stand. Ja, verflixt. Er hatte das Auto auf der anderen Seite des Parks vergessen.

Statt wieder nach oben zu fahren, ging er durch die Garageneinfahrt hinaus. Das Auto stand noch immer unverschlossen am Park und hatte nicht einmal einen Strafzettel bekommen. Er setzte sich ans Steuer, bog in die St. Eriksgatan ab und fuhr auf direktem Weg zu Jensens Adresse.

Jetzt saß er immer noch hier draußen vor der Tür. Kalle wohnte in einem Haus aus den Sechzigern, in einer kleinen Seitenstraße der Hornsgatan. Ein brauner Klotz, eingeklemmt zwischen einem grauen Kasten und einem alten Haus aus der Zeit um die Jahrhundertwende. Die Straße endete am Park der Högalidskyrkan.

Kent hatte in zweiter Reihe geparkt und starrte auf die Haustür. Fragte sich, wie vertraut sie für Margareta sein mochte. Wie oft sie hier gewesen war. Wie viele Sommersonntage sie mit Kalle unter den Bäumen des Parks verbracht hatte.

Er sah zu der Fensterreihe auf. Jensen wohnte im vierten Stock. Er betrachtete aus dem Beifahrerfenster, was dem Haus gegenüberlag. Welche Aussicht sie gehabt hatte. Nichts Besonderes, nur ein anderes Wohnhaus mit einem griechischen Restaurant im Erdgeschoss. Vielleicht war sie mit Kalle dort gewesen.

Er stieg aus, klingelte irgendwo, bis ihm jemand aufmachte, fuhr mit dem Aufzug in den vierten Stock und stellte sich vor Jensens Tür.

Im Haus war es still. Die Tür war braun gestrichen und verschlossen. Ein schwaches Licht fiel ins Treppenhaus. »Kalle Jensen« stand in unansehnlichen Buchstaben auf dem Briefkasten. Es würde nicht allzu schwierig sein, in die Wohnung zu gelangen und drinnen im Dunkeln zu warten. Ihn zu überfallen, wenn er kam. Der Kerl war jung und stark, aber Kent wusste, dass er mit ihm fertig werden würde. Er würde ihn töten können und dann die Wohnung verwüsten. Alles zerschlagen.

Die Versuchung war groß. Er hatte die Hände zu Fäusten geballt. Schließlich rannte er die Treppe hinunter, stieg wieder ins Auto, trat aufs Gas und fuhr nach Hause.

Sein ganzer Körper kribbelte vor Unruhe, er wusste nicht, wohin mit sich. Gegen sieben hielt er es nicht mehr länger aus. Er zog sich um, steckte die Pistole ein, die er im Präsidium hätte lassen müssen, nahm seine Jacke und ging. Dieses Mal kümmerte er sich nicht um sein Auto. Er stieg über die flache Mauer auf die Böschung, die zum Mälaren hinunterführte und lief, halb gehend, halb kletternd in Richtung Stadt. Die Abendkälte hatte eingesetzt und biss ihn Gesicht und Hände.

Nach einer Weile hatte er die Strandpromenade erreicht, ging an den neuen Wohngebieten vorbei und gelangte zum Smedsudds-Bad. Es lag verlassen im Licht der Straßenlaternen. Ein paar Enten schwammen vor der Brücke, ein Junge war mit seinem Hund unterwegs. Kent überquerte die große Wiese unter den gewaltigen Bogen der Västerbro und hielt auf den Rålambshovsparken zu. Vorbei an dem Platz am Ufer, wo im Frühjahr ein Mordopfer gefunden worden war.

Zwanzig Minuten später stand er an einem Bartresen im Warmen. Es war noch früh am Abend, aber das Lokal war voller Gäste. Er stieg auf einen dieser dämlichen Barhocker und rempelte dabei einen Jungen in Jeans an. Der junge Mann drehte sich beleidigt um und wollte einen bissigen Kommentar abgeben, aber er schwieg, als er in das zerfurchte Gesicht seines Gegenübers blickte.

Kent hatte nicht vor, sich zu entschuldigen. Er ärgerte sich über den Kerl, über seine lässigen und idiotischen Aufreißersprüche, die an das Mädchen neben ihm adressiert waren. Eigentlich nervte ihn die ganze Atmosphäre. Er bestellte ein großes Bier, bekam es, leerte es zur Hälfte und knallte das Glas auf den Tresen.

Er konnte sich beherrschen. Er hatte sich immer beherrscht.

Aber er hatte keine Lust mehr. Es war nicht mehr wichtig.

22

Andreas saß auf der grünen Bank vor der Wand und sah den Alten beim Abendkaffee zu. Die Bank war zu klein, klein und schmal und kurz, und seine langen Beine ragten zu weit auf den Boden hinaus.

Die alten Knackis aßen dunkles Brot mit Wurst und Käse und lasen Zeitung. Er folgte ihren Blicken, die die Seiten von oben nach unten überflogen, dem Mahlen ihrer Kiefer in den faltigen Gesichtern, verfolgte, wie sie manchmal grinsten, etwas kommentierten und weiterblätterten. Scharfe Braut. Verfluchte Politik. Verrückte Iraker. Das Land geht den Bach runter.

Der Kräftige trug eine graue Jogginghose und ein schwarzes Achselshirt. An seinen tätowierten Armen zeichneten sich Adern und Muskeln ab, er trug ein Kettchen am Handgelenk, seine Haare waren kurz geschnitten. Vor sich auf den Knien hatte er eine Abendzeitung.

»Diesen Typen da, den kenn ich«, sagte er plötzlich. »Das ist ein richtig mieses Schwein.«

Der andere beugte sich vor. »Wer denn?«

»Der«, zeigte der Erste. »Der war es, todsicher. Der hat die Indianerbraut verprügelt.«

Andreas wurde hellhörig. Stand auf und schlenderte zum Tisch.

»Wer denn?«, fragte er und versuchte, nicht zu interessiert zu klingen. Wenn er verriet, was er wirklich wollte, dann würden sie nur grinsen und gar nichts mehr sagen.

»Ich bin ihm schon begegnet«, erzählte der Erste und ignorierte Andreas. »Verdammt harter Fraß. Die reinste Verstopfung.«

Der andere lachte.

»Doch, verdammt!«, beharrte der Erste ohne mitzulachen. »Er ist gewalttätig. Und ich meine richtig sadistisch. Gestört. Nur weiß das offenbar keiner.«

»Wer?«, fragte Andreas noch einmal und versuchte, ihnen über die Schulter zu sehen. Der Erste blickte zu ihm hoch.

»Hast du was gesagt, Nazibrut?«

Sein Blick war misstrauisch. Andreas unterdrückte den Impuls sich zu verziehen.

»Ich hab mich nur gefragt, von wem du da redest.«

»Ach ja? Hast du das? Hab ich mit dir gesprochen oder was?«

»Nein.«

Er hatte keine Möglichkeit, weiter zu bohren. Andreas drehte sich um und ging wieder, sorgfältig darauf bedacht, den Eindruck zu erwecken, als hätte er das ohnehin die ganze Zeit vorgehabt. Er nahm sich eine trockene Zimtschnecke, während er die beiden im Auge behielt.

Zwanzig Minuten später stand der Durchtrainierte auf, streckte sich und ging in die Küche. Er nahm es immer sehr genau mit dem Abwasch und dem Aufräumen. Der andere machte Kreuzworträtsel. Andreas ging wieder zurück an den runden Tisch, setzte sich und nahm sich eine Zeitung. Blätterte sie durch. Fand die Seite, die der tätowierte Veteran aufgeschlagen hatte, als er das Bild entdeckte.

»Aha, und wer von denen war es jetzt?«, sagte er, ohne aufzublicken.

»Und warum interessiert dich das?«

»Wäre doch nicht übel zu wissen. Man ist ja neugierig.«

Ohne richtig hinzusehen zeigte der Kreuzworträtsler auf die Seite. Der Finger landete zwischen zwei Bildern. Ein bisschen näher an dem einen. Dann kehrte er zu seinem Rätsel zurück.

Andreas nahm die Zeitung und wollte gehen. Der Mann hob den Kopf.

»Und wohin willst du?«

»Klo«, antwortete Andreas unschuldig und trat in den Flur.

Er ging auf die Toilette und prägte sich ein, was unter den Bildern und in dem Artikel stand. Als er zurückkam, war der mit dem Kreuzworträtsel verschwunden. Vielleicht war er zu seinem Kumpel in die Küche gegangen.

Andreas legte die Zeitung weg, bevor er sich zu einer der Schließerinnen schlich. Er hatte noch ein bisschen Geld auf der Telefonkarte, und Johns diverse Nummern standen auf der Liste der Personen, mit denen er Telefonkontakt haben durfte.

»Kann ich telefonieren?«

Die Schließerin sah auf die Uhr.

»Es ist zehn vor acht. Um acht Uhr ist Schließzeit.«

»Bitte!«

Es war die faire Schließerin. Wäre es die andere Trulla gewesen, sie hätte sofort nein gesagt.

»Okay. Aber du musst dich beeilen«, sagte sie und wählte die Nummer, die er ihr gab. Nach zwei Freizeichen hob jemand ab. Eine Mädchenstimme.

»Danielsson.«

Verdammt. Die Tochter. Er kam sich vor wie ein Idiot.

»Kann ich bitte mit John sprechen?«, fragte er.

»Er ist nicht zu Hause. Wer spricht denn da?«

»Jonas Hallström«, rutschte es ihm heraus.

»Haben Sie eine Nummer, unter der er Sie zurückrufen kann?«

»Nein, ich versuche es später noch einmal«, sagte er schnell und legte auf.

Sieben Minuten bis zur Schließzeit. Der Aufenthaltsraum leerte sich, die meisten waren schon in ihre Zellen zurückgegangen. Dort hatten sie auch Fernseher. Der alte Kerl, der muskulöse, stand in der Tür. Der andere kam gerade aus der Kochnische, und sie wechselten einen stummen Blick.

Andreas versuchte mit der Wand zu verschmelzen. Beide gingen an ihm vorbei, ohne ihn zu beachten.

Ein Schließer stand im Aufenthaltsraum und klapperte mit seinen Schlüsseln, während er mit einem der ausländischen Jungs diskutierte. Andreas schlich sich an ihnen vorbei in die Kochnische und begann in rasender Eile die Schränke zu durchsuchen. Wo? Wo? Draußen ging der Streit weiter. Andreas zog die Schubladen auf, tastete zwischen Besteck, Servietten und Untersetzer. Fuhr mit den Fingern hinter den Herd.

Dieser Blick hatte etwas zu bedeuten. Es war etwas im Gange. Und wenn dieses Etwas mit einem Ausbruch zusammenhing, dann musste hier irgendwo ein Telefon sein.

Für einen Ausbruch war es wichtig, draußen jemanden zu haben, der mit einem Auto kommen konnte.

Die Lüftung. Er löste vorsichtig das Plastikgitter, und ein hereingeschmuggeltes schwarzes Handy fiel in seine Hand.

Er hatte richtig geraten. Die alten Knackis planten etwas, und sie hatten jemanden, der ihnen verbotene Handys beschaffte. Mit einer einzigen Bewegung steckte er das Telefon in die Trainingshose, schickte ein stummes Gebet gen Himmel, dass niemand Verdacht schöpfen und ihn vor dem Einschließen durchsuchen möge und schlenderte zurück zu seiner Zelle. Ließ sich aufs Bett fallen und schlug ein Comicheft auf.

Der Schließer streckte den Kopf durch die Tür. Warf wie gewöhnlich einen kurzen Blick in die Zelle, verschwand und schloss die Tür ab. Andreas atmete tief aus.

Es war lebensgefährlich, das Telefon an sich zu nehmen. Es war schon gefährlich, nur darüber nachzudenken. Aber für den Augenblick war er sicher. Wenn er Glück hatte, würde die Nacht ruhig verlaufen, und er konnte es morgen wieder zurücklegen. Oder es schlimmstenfalls in einem Mülleimer entsorgen. Wenn er großes Glück hatte, würden die Jungs nicht einmal merken, dass es gefehlt hatte. Hatte er Pech …

Er wechselte in Gedanken das Thema und machte den Fernseher an. Ein tristes Gesellschaftsmagazin über Einwanderer hatte gerade begonnen. Er hörte mit halbem Ohr zu und überlegte, wie lange er warten sollte, ehe er John anrief. Wie lange mochte er unterwegs sein? Bis Mitternacht? Es war nicht gut, wenn er zu oft anrief. Das konnte nach hinten losgehen. Vielleicht würde John ärgerlich werden und seine Nummer von der Liste streichen lassen. Aber jetzt hatte er etwas anzubieten. Er hatte eine einzige Karte in der Hand, und er musste sie richtig ausspielen.

23

Um halb zehn Uhr abends stand Margareta in Kalles Badezimmer und sah sich um. Sie hatten auf dem Sofa gesessen und eine neu ins Programm aufgenommene Diskussionssendung über Einwanderer in der schwedischen Politik angesehen. Die Sendung war vor dem Hintergrund des Anschlags auf Beatrice ausgestrahlt worden.

Es war sehr lange her, dass sie im Badezimmer eines Mannes gewesen war in der Absicht, in seiner Wohnung auch zu übernachten. Genauer gesagt war es fünf Jahre her, so lange wie der Tag, an dem sie ihren Mann begraben hatte. Da war sie hinterher mit einem guten Freund nach Hause gegangen, und sie hatten miteinander geschlafen. Es war ein merkwürdiges Erlebnis gewesen – nicht wirklich sexuell, eher ein verzweifelter Protest gegen den Tod.

Danach hatten sie sich noch ein paarmal auf dieselbe Weise getroffen, aber eigentlich hatten sie nichts im jeweiligen Bett des anderen zu suchen. Später hatte sie noch einige wenige, uninteressante Affären gehabt. Es fiel ihr schwer, wirkliche Nähe zuzulassen. Diese Jungs waren sicher alle auf ihre Weise toll, aber sie waren einfach nicht ihr Mann. Sie waren Fremde.

Sie überlegte, ob es mit Kalle anders war. Es war das erste Mal, dass sie einander zwei Nächte in Folge so nah waren und das erste Mal, dass sie sich hatte überreden lassen, mit ihm nach Hause zu kommen. Bin ich im Begriff, von ihm abhängig zu werden?, fragte sie sich und betrachtete ihr Spiegelbild.

Sie ging wieder ins Zimmer. Kalle wohnte in einer Einzimmerwohnung. Er hatte ein breites Bett, in einer Ecke stand ein Sessel, ein Schreibtisch mit Computer vor dem

Fenster, Bücherregal und in der Raummitte ein winziger Esstisch mit zwei Stühlen. Keine Zeitschriften oder vergessene Tassen auf dem Tisch, keine verdorbenen Lebensmittel im Kühlschrank, zweifellos saubere Laken im Bett. Aber das hatte er nicht ihretwegen inszeniert. So war er immer. Und sie erinnerte sich daran, was sie von ihm gedacht hatte, bevor sie zusammengekommen waren: Nicht mein Typ.

Er war Gott sei Dank nicht unter die Bettdecke gekrochen, um dazuliegen wie im Film und sehnsüchtig schmachtend auf sie zu warten. Er saß vollständig bekleidet am Tisch und gab ihr Zeit, sich umzusehen.

»Wir passen überhaupt nicht zusammen. So ordentlich sieht es bei mir zu Hause nie aus«, sagte sie.

»Habe ich mich beschwert?«

»Beschwert? Wehe, du wagst es!«

Sie lächelte und setzte sich ihm gegenüber. Er schob ihr einen Teller mit warmen Ravioli und geriebenem Käse herüber. Auf dem Tisch standen außerdem eine Schüssel Salat und eine offene Weinflasche. Ein bisschen nachhelfen wollte er offenbar schon. Sie stützte einen Ellenbogen auf den Tisch und legte das Kinn in die Handfläche. Er lächelte schwach, sein warmes Lächeln, das er nicht so oft zeigte, und sofort fühlte es sich vertraut und selbstverständlich an, bei ihm zu sein. Doch sie sträubte sich dagegen.

»Was tun wir hier eigentlich?«, fragte sie. »Ich habe hier nichts zu suchen. Ich stehle dir nur deine Jugend.«

Er hielt sich die Hand hinters Ohr, als wäre er schwerhörig.

»Meine was?«

»Deine Jugend!«

»Ach so, die«, sagte er und begann zu essen. »Ja. Aber nun bin ich ja nicht mehr neunzehn. Ich bin dreißig. Es liegen vierzehn Jahre zwischen uns. Sieben, wenn man berücksichtigt, dass Frauen sieben Jahre länger leben als Männer. Wenn du mit siebenundachtzig stirbst, sterbe ich mit achtzig. Dann bleiben nur noch sieben Jahre ohne dich. Das werde ich wohl aushalten. Dann kann ich mit meinem Rollator durch die Gegend zuckeln und an all die wunderbaren Erinnerungen denken, bis es Zeit wird, dir zu folgen. Zwischen Humphrey Bogart und Lauren Bacall lagen fünfundzwanzig Jahre. Vierzehn Jahre ist ein Klacks. Und ich *weiß*, wer Bogart war, ich bitte, das zu beachten!«

»Neunzehn war ich 1980. Da warst du fünf!«

»Ja, wären wir uns damals begegnet, hätten wir ein Problem gehabt«, räumte er ein.

Sie musste lachen. Er zeigte mit der Gabel auf sie.

»Weißt du, was ich an dir liebe? Dieses wahnsinnige Lachen. Ich habe das zum ersten Mal bei unserer ersten romantischen Begegnung auf der Behindertentoilette gehört.«

»Also suchst du keine Mama, sondern eine Frau mit wahnsinnigem Lachen?«

»Haargenau.«

Plötzlich fürchtete sie, er würde fragen, was sie suchte. Sie hätte keine Antwort gewusst. Aber er aß weiter, ohne Fragen zu stellen, dann schenkte er ihr ein Glas Wein ein.

Nach dem Essen schlüpften sie nackt in sein Bett und lagen ganz eng beieinander. Sie hatten alle Lichter ausgemacht, mit Ausnahme einer roten Lampe auf der Fensterbank. Margareta war angenehm berauscht vom Wein und begann diese besondere, wohlige Wärme im Bauch zu spüren, aber dieses Mal hatten sie es nicht eilig damit sich zu lieben. Er streichelte sanft ihren Bauch. Er wirkte nachdenklich.

»Du denkst nicht an mich«, sagte er plötzlich.

»Wirklich? An wen denn?«

»An deinen Mann. Aber er ist tot. Er ist seit fünf Jahren tot.«

»Stell dir vor, ich weiß, dass er tot ist«, entgegnete sie.

»Manchmal machst du aber nicht den Eindruck. Oder aber du denkst an Kent.«

»Kent?«

»Ja, glaubst du, ich weiß das nicht? Zwischen euch lag immer etwas in der Luft. Vielleicht stehst du ja auf ungehobelte Kerle. Aber in Wirklichkeit bin ich genau so ungehobelt wie er. Außerdem bin ich jünger, hübscher und stärker und nicht so durchgeknallt. Und ich erschieße keine Leute.«

Er stützte sich auf und blickte sie an.

»So, wie ich das sehe, gibt es drei Männer in deinem Leben. Deinen Mann, der tot ist, Kent, der nicht ganz bei Trost ist, und dann noch mich. Ich würde vorschlagen, dass du dich für mich entscheidest.«

Sie warf ihm einen kurzen Blick zu.

»Entschuldige«, sagte er, ohne es so zu meinen. »Das ging ein bisschen weit. Aber es ist nicht gerade besonders klasse, unglücklich verliebt zu sein.«

Entgegen jeder Vernunft wurde sie plötzlich sauer auf ihn.

»Und ob es das ist!«, sagte sie trocken. »Es ist sogar superklasse. Wenn man unglücklich verliebt ist, dann weiß man schließlich ganz genau, wo das wahre Glück zu finden ist, denn wenn nur der, den man liebt, einen endlich wiederlieben würde, dann wären alle Probleme gelöst. Aber der, der geliebt wird und die Liebe nicht erwidern kann, der durchlebt die Hölle. Es ist leer und einsam, nichts zu fühlen. Erschreckend, als liefe man wach umher und würde doch schlafen. Wenn du wissen willst, wie sich ein Vakuum anfühlt, dann lass dich von jemandem lieben, den du nicht liebst.«

Es wurde still. Dann stand er auf und fing an, sich wortlos anzuziehen. Sie verfluchte sich selbst und ihre grausame Wortwahl.

»Verzeih«, bat sie ihn. »Das war scheußlich. Und es stimmt nicht. Es ist nicht wahr, dass ich nichts für dich empfinde. Wenn ich das nicht täte, wäre wir nicht hier zusammen.«

»Wahrscheinlich brauchst du nur mal wieder einen Schwanz«, sagte er kalt. »Stets zu Diensten, die Dame. Ruf einfach an, wenn dir danach ist.«

»So ist es nicht, und das weißt du auch. Und ›mal wieder einen Schwanz brauchen‹. Was ist das für eine Art sich auszudrücken? Deine ganze Generation ist pornofilmgeschädigt!«

»Das ist es also, was wir hier machen? Porno?«, fauchte er zurück. »Findest du, ich schlafe mit dir wie irgend so ein gottverdammter Pornodarsteller? Vielen Dank auch!«

Er stand mit nacktem Oberkörper in dem roten Dämmerlicht, und seine Augen funkelten zornig und enttäuscht.

»Wohin willst du?«, fragte sie.

»Raus und spazieren gehen. Ich halte das hier nicht aus.«

»Warte, du wohnst hier. Ich bin es, die zu gehen hat.«

Sie stieg aus dem Bett und zog sich hastig an, während er mit verbissener Miene zusah. Sie ging in die Diele, nahm ihren Mantel und verschwand aus der Tür, ehe er etwas erwidern konnte.

Sie rannte die Treppe hinunter und trat aus der Haustür. Sie war aufgebracht und wusste nicht mehr, was sie empfand. In dem griechischen Restaurant brannte Licht. Der Park weiter oben sah nicht besonders einladend aus, also bog sie in die breite Hornsgatan und lief dort weiter.

Autos rauschten an ihr vorbei. Die Luft war eisig. Der Wildlederrock war immer noch zu kalt, und sie hatte keine Handschuhe.

Als sie den Hornstull fast erreicht hatte, klingelte das Handy in ihrer Tasche. Sie schaute auf das Display. Die Nummer des Anrufers wurde nicht angezeigt. Sie runzelte die Stirn und nahm das Gespräch an.

»Hier ist das Polizeirevier Norrmalm«, meldete sich eine schleppende Stimme. »Sorry, dass ich um diese Zeit noch anrufe, aber wir haben hier einen Kollegen von der Fahndung, der etwas in Schwierigkeiten steckt. Er hatte Ihre Nummer gespeichert, deshalb dachten wir, wir sollten vielleicht mit Ihnen Kontakt aufnehmen. Damit das in der Familie bleibt. Sie sind doch Kriminalkommissarin Margareta Davidsson, oder?«

»Ja. Ein Kollege von der Fahndung, sagen Sie?«

»Ganz genau. Er hat in einer Bar für Unruhe gesorgt, und man hat uns angerufen. Eine üble Schlägerei. Er war ziemlich weggetreten. Kann's noch gar nicht glauben, dass man sich so prügeln kann wie er. Er heißt…«

Es entstand eine Pause, während der Polizeibeamte in seiner Akte nachzulesen schien.

»Kent Johansson.«

»Kent Johansson war in eine Kneipenschlägerei verwickelt? Und er ist dicht?«

»Tja. Schon ein bisschen.«

»Wird er wegen Körperverletzung angezeigt werden?«

»Nein, das glaube ich nicht, es lässt sich ja nie genau feststellen, wer was getan hat. Aber Sie kennen ihn offenbar. Was sollen wir mit ihm machen? Können Sie kommen?«

Sie war besorgt und verärgert zugleich. Eigentlich war es ihr den Tag über ganz gut gelungen, ihn zu vergessen.

»Heute Nacht keine Chance«, erwiderte sie entschieden.

»Soll ich ihm das ausrichten?«

»Nein, um Himmels willen, tun Sie das nicht! Erzählen Sie ihm nicht mal, dass Sie überhaupt mit mir gesprochen haben.«

Kent in der Ausnüchterungszelle. Es wäre das Beste, ihn einfach über Nacht da zu lassen. Dann wusste sie wenigstens, wo er war.

»Wie schlimm ist es?«, fragte sie. »Kann er noch stehen?«

»Doch, doch.«

»Können Sie ihn nach Hause fahren?«

Der Polizist seufzte.

»Ist das wirklich nötig?«

»Ich wäre Ihnen sehr dankbar.«

»Wie dankbar...? He, he. Also gut. Das können wir schon machen, nehme ich an. Keine Veranlassung, seinem Chef davon zu erzählen. Haben Sie seine Adresse?«

Sie gab sie ihm durch. Er schien wieder etwas versöhnt, nachdem Kent nicht allzu weit weg wohnte, aber er blieb mürrisch.

»Warten Sie einen Moment«, sagte sie. »Ist er bewaffnet?«

»Jepp. Er hatte seine Sig Sauer bei sich.«

»Obwohl er nicht im Dienst war? Händigen Sie ihm die nicht aus. Er kann sie sich morgen abholen.«

»Sind Sie sicher?«

»Ja. Behalten Sie die Pistole, und geben Sie ihm eine Quittung. Er darf keine Waffe bei sich haben, wenn er getrunken hat. Tun Sie das auf meine Verantwortung. Aber sagen Sie ihm, dass es Ihre Entscheidung war.«

»Dann machen wir's so. Wird sicher das Beste sein.«

Sie beendete das Gespräch und versuchte, das schlechte Gewissen abzuschütteln. Wenn Kent zu viel getrunken hatte, würde er zu Hause vermutlich seinen Rausch ausschlafen. Es gefiel ihr nicht, dass er die Kontrolle verloren hatte, zum ersten Mal, soweit sie wusste. Aber vielleicht war das auch früher schon passiert, und sie hatte nur nichts davon erfahren. Aber wie auch immer, sie wollte nicht seinen Schutzengel spielen. Nicht heute Nacht.

Sie ging weiter Richtung Hornstull und fragte sich, was sie jetzt tun sollte. Zuerst hatte sie vor lauter Wut den ganzen Weg bis zur Västerbron zu Fuß laufen und dann den Bus nach Hause nehmen wollen. Aber jetzt war ihr nicht mehr danach zumute. In diesem Augenblick wurde ihr klar, dass sie so etwas nicht zum ersten Mal in ihrem Leben tat, auch wenn es schon lange nicht mehr vorgekommen war. Wie oft war sie eigentlich durch die leeren nächtlichen Straßen gewandert, rasend vor Wut über irgendeine Belanglosigkeit und hatte sich gefragt, was sie da eigentlich tat, statt in einem warmen Bett zu liegen und zu schlafen? Das Echo alter Streitereien zwischen ihr und ihrem Mann hallte in ihr nach. Wie war es möglich, dass ihr all das damals so wichtig, so verletzend vorgekommen war?

Mit einem Mal hatte sie sich selbst und ihre Reaktionen unendlich satt. Warum nach Hause fahren, wenn sie das gar nicht wollte? War es Stolz? Feigheit?

Sie ging zurück zu Kalles Tür und klingelte. Er kam sofort nach unten und öffnete. Er hatte immer noch nur seine Jeans an, und sie hatte den Eindruck, dass er die ganze Zeit, während sie fort gewesen war, in seinem Appartement auf und ab gewankt war. Er hatte etwas Rührendes an sich. Etwas Verlorenes und Anziehendes. Sie fielen sich in die Arme.

Dann wurde ihr das Groteske an dieser Situation bewusst. Als sie im Aufzug standen, musste sie schmunzeln.

»Lachst du?«, fragte er gekränkt.

Sie schüttelte den Kopf. Er schien verwirrt. Sie legte den Arm um seine Taille, drückte sich an ihn und presste ihr Gesicht an seine Brust. Er legte seinen Arm um ihre Schulter, und sie gingen zurück in die Wohnung. Etwas an dieser Geste gefiel ihr. Eine warme Freundschaft. Die Basis jeder Liebe. Auch ihr Mann hatte immer den Arm um sie gelegt.

Sie krochen wieder ins Bett. Müdigkeit und Sorgen wichen, und sie streckte unter der Decke ihre Hand nach ihm aus, fühlte seine Brust und seinen weichen Bauch, sein glattes Glied, das hart geworden war. Sie streichelte es, schmiegte sich an ihn, und ihre Bäuche berührten sich.

Er stöhnte auf vor Lust, und sie spürte ihr Verlangen wie eine Woge. Sie schob ihren Unterleib vor, und seine Hand glitt zwischen ihre Beine, berührte die empfindsame Innenseite ihrer Oberschenkel, tastete sich aufwärts. Sie spreizte ihre Beine und drückte sich ihm weiter entgegen, bis er zwei Finger in sie hineinschob und sanft ihre Öffnung massierte, seine Finger kreisen ließ, während sie den Duft seiner Brust einsog und mit der Zungenspitze seine Brustwarzen liebkoste.

Dann nahm sie sein Glied und führte es an ihre Scheide, ließ es über ihre Klitoris vor- und zurückgleiten, bis in die empfindsamste Zone. Er lag ganz still da, den Mund an ihrem Hals, eine Hand um ihre Brust gelegt und die andere in ihrem Nacken. Sein Atem war warm und unregelmäßig, genießerisch. Sie presste sich an ihn und ließ ihn in sich hinein, stieß ihn von sich und zog ihn wieder zurück, bis ihr Orgasmus kam und in einer langen, herrlichen Welle explodierte und in ihr aufstieg. Er kam kurz darauf, schrie vor Lust, und sie fühlte die plötzliche Wärme seines Samens in sich. Er war tief in ihr, und es fühlte sich an, als träfe die ewige Frau den ewigen Mann, in einem Kuss, dem intimsten aller Küsse.

Eine unendliche Zufriedenheit breitete sich in jeder Zelle ihres Körpers aus. Eine entspannte, glückliche Ruhe.

War es passiert? Waren sie auf dem Weg zueinander?

Er blickte ihr in die Augen, erschöpft und glücklich. Es war eine Freude, ihn so zu sehen. Sie lächelte ihn an, fühlte, wie sich sein Körper entspannte, lauschte, wie sein Atem langsamer wurde.

Sie war eins mit ihrem Körper, eins mit ihm, mit dem Raum und der Nacht.

24

»Hier muss es wohl sein«, sagte der Polizeibeamte und blieb vor der Haustür in Fredhäll stehen.

»Das stimmt genau. Danke für den Begleitschutz«, entgegnete Kent. »Ich hoffe, es hat nicht zu viele Umstände gemacht.«

»Keine Ursache. Es lag ja sowieso nichts Besonderes im Präsidium an.«

Der Polizist blickte über das dunkle Wasser.

»Wusste gar nicht, dass Fredhäll hier so hoch liegt. Schöne Aussicht. Muss nett sein, hier zu wohnen.«

»Ich kann nicht klagen.«

»Und jetzt gehen wir's ruhig an, ja?«

Kent feixte.

»Ich weiß ja nicht, wie es mit Ihnen ist, aber ich für meinen Teil beabsichtige das zu tun.«

»Was ist in dieser Kneipe eigentlich wirklich passiert?«

»Nur ein Junggesellenabschied, der aus dem Ruder gelaufen ist. Sie haben angefangen gegen alles und jeden aufzumucken. Aber natürlich hätte ich das mit mehr Gelassenheit nehmen sollen.«

»Das nächste Mal rufen Sie einfach die Kavallerie. Besser als wenn es der Barbesitzer tut.«

»Das sollte ich ernsthaft in Erwägung ziehen«, erwiderte Kent.

»Dann legen Sie sich mal hin. Im Großen und Ganzen sehen Sie gar nicht mal so übel zugerichtet aus. Sie können morgen vorbeikommen und die Kanone abholen.«

Kent stieg aus dem Auto und sah zu, wie es um die Ecke verschwand. Er gab langsam seinen Türcode ein, öffnete und fuhr in seine Wohnung.

Seine Schritte waren noch unsicher, aber im Kopf war er glasklar. Was er natürlich nicht war. Er hatte sich in Thailand ein paarmal betrunken, aber sonst war er den ganzen Spätsommer über vollständig abstinent gewesen. Das hier war idiotisch. Er hatte seit sicher zwanzig Jahren keine Schlägerei mehr mitgemacht. Nicht, weil er irgendwelche Folgen befürchtete. Die Kollegen standen auf seiner Seite, und die beiden Kerle, die er verdroschen hatte, hatten sich selbst auch nicht unbedingt vorbildlich benommen, sie würden also weder versuchen, Anklage zu erheben noch zur Presse gehen, auch wenn das natürlich nicht ganz auszuschließen war.

Aber das Problem bestand vielmehr darin, dass er dankbar die Chance ergriffen hatte, jemanden zu vermöbeln.

Die Beteiligten dieses Junggesellenabschieds waren alle nicht mehr ganz jung gewesen. Acht Mann. Sie hatten sich schnell betrunken, sternhagelvoll gesoffen, um es auf den Punkt zu bringen. Sie hatten angefangen zu johlen, die Bedienungen zu knuffen, zu begrapschen. Dann war die Aggression schnell eskaliert.

Kent hatte daneben gesessen. Als zwei der Männer anfingen, zwei jüngere Männer am Nebentisch zu belästigen, hatte er einem von ihnen einen kräftigen Knuff versetzt. Der Mann heftete seinen glasigen Blick auf ihn und schlug schwankend zurück. Kent verpasste ihm einen rechten Haken. Er war selbst nicht mehr ganz nüchtern gewesen, aber es gelang ihm noch besser, sich zu konzentrieren. Obwohl er sich zurückhielt, war es ein wahrer Genuss gewesen zu spüren, wie der Schlag traf, eine Freude, die ihn erfüllt hatte.

Die Gruppe hatte sich kollektiv angegriffen gefühlt, und zwei Burschen waren auf ihn zugestolpert, von heiligem Zorn gepackt. Kent hatte sich mit ihnen zwischen den Tischen geprügelt. Die Gäste waren geflohen, Teller und Gläser waren zu Bruch gegangen. Als die Polizei eintraf, hatte er noch einen zweiten von ihnen niedergestreckt und war schwankend am Tresen gestanden. Blut war ihm vom Kinn getropft, und er war noch immer von einem rasenden Zorn erfüllt gewesen, der gestillt werden wollte.

Die Kollegen von Norrmalm hatten sich mit Vorsicht genähert. Aber Kent hatte sie angelächelt und sich sofort ergeben. Sie hatten ihn nicht gerade zimperlich zum Auto gezerrt, und ihm wurde eins mit dem Gummiknüppel übergezogen, ehe einer der Kollegen seine Polizeimarke entdeckt hatte.

Sowie er oben in seiner Wohnung war, ging er in die Küche und trank Wasser. Er wollte rasch wieder nüchtern werden, und dazu brauchte er keinen Drink, sondern Flüssigkeit.

Er fühlte sich, als stünde ein anderer neben ihm, beurteilte, was er tat und ihm sagte, was er als Nächstes zu tun hatte. Er gehorchte bereitwillig. Der andere war der Kent, der nie die Kontrolle verlor. In der Kneipe war dieser andere Kent abgetaucht, aber jetzt war er wieder da. Immer zuverlässig.

Als es ihm gelungen war, sich mehrere Glas Wasser einzuflößen und einen Apfel zu essen, ging er ins Schlafzimmer und legte sich aufs Bett, ohne Licht zu machen. Er war wie gerädert und wusste, dass er überall große Blutergüsse bekommen würde. Er hatte seinen Frust abreagiert, hatte ihn an anderen ausgelassen, genau wie früher, als er jung war. Jetzt war er erschöpft, fühlte sich leer und zufrieden. Wie nach einem Orgasmus. Er würde schlafen. Würde schlafen wollen.

Mehrmals war er kurz davor einzuschlafen. Aber immer wieder wurde er von verschwommenen, verstörenden Bildern und Lauten in seinem Kopf daran gehindert, von bruchstückhaften Erinnerungen seines Lebens, die unbestimmte Ängste hervorriefen. Bilder von Stuhlbeinen, Polsterstoffen, Radioknöpfen. Ein Bettüberwurf.

Der Geruch nach Essen, der Klang von Stimmen, die Erinnerung an zerstörte Träume. Er versuchte, in seine nationalsozialistischen Fantasien abzutauchen, die so lange seine innere Lieblingslandschaft gebildet hatten, Teil seiner Sicherheit, aber sie bekamen Risse. Jedes Mal, wenn der Schlaf kam, fuhr er zusammen und wurde von einem intensiven Unbehagen geweckt, als wolle sein Inneres ihn vor weiteren Alpträumen bewahren.

Martins Gesicht, dachte er. Schlief er, kam es zurück. Glitt er in die dunklen Höhlen hinab, würde das Monster herauskommen. Und war er erst dort angekommen, gab es keinen Weg zurück. Keinen Weg nach oben.

Er hatte keine Schlaftabletten. Für einen flüchtigen Moment sehnte er sich danach, Carina oder Margareta anzurufen, aber beide waren sicher auf die eine oder andere Weise mit ihren Männern beschäftigt. Und selbst wenn nicht, gab es dennoch nichts, was sie hätten tun können.

Er stand wieder auf und wanderte rastlos durch die Wohnung. Es war unmöglich, das Gefühl der Unerträglichkeit abzuschütteln. Gegen Mitternacht rief er sich ein Taxi. Putzte sich die Zähne und machte sich, so gut es ging, frisch.

Er war versucht, den Fahrer zu bitten, ihn in die Hornsgatan zu bringen. Es wäre so einfach. Jemanden überreden, ihn ins Haus zu lassen, die Tür aufbrechen, Kalle Jensen töten. Aber wenn er den Vietnamesen tötete, würde er Margareta vernichten. Und wenn sie starb, dann starb auch er selbst.

Stattdessen gab er die Adresse des St. Görans Krankenhauses an. Der Fahrer betrachtete misstrauisch seine Verletzungen und Hämatome, entschied dann aber, dass es ungefährlich war zu tun, was er gesagt hatte. Die Fahrt über saß Kent schweigend im Fond und gab ein ordentliches Trinkgeld. Dann betrat er die Psychiatrische Notaufnahme.

Er erklärte, dass er Polizist war. Er schämte sich, aber vielleicht würden sie es nicht wagen, einen verrückten Polizisten abzuweisen. Sie ließen ihn ein. Die Patienten im Wartezimmer saßen schweigend da, und es war weitgehend ruhig. Er war schon oft mit verwirrten Menschen hier gewesen und hatte versucht, jemanden zu finden, der sich ihrer annahm. Manchmal durften sie bleiben, oft wurden sie wieder auf die Straße geschickt. Der Mörder von Anna Lindh war sowohl vor als auch nach der Tat in die psychiatrische Sprechstunde gekommen, ohne dass irgendjemand etwas unternommen hatte. Niemand fühlte sich verantwortlich.

Ein Psychiatriepfleger, ein Knabe mit zuversichtlichem Blick, kam eilig auf ihn zu, um ein erstes Aufnahmegespräch mit ihm zu führen. Er sah aus, als arbeite er erst seit ein paar Monaten hier, lange genug, um eine gewisse Routine an den Tag zu legen, ausreichend kurz, um noch voller Optimismus auf die eigenen Fähigkeiten zu blicken.

»Sind Sie früher schon einmal anderswo behandelt worden?«, fragte er.

Kent schüttelte den Kopf.

»Können Sie mir erzählen, warum Sie heute Abend hier Hilfe suchen?«

»Weil ich dabei bin, kaputtzugehen.«

»Aha. Irgendwelche besonderen Gründe?«

Er wusste nicht, was er antworten sollte. Er konnte sein Leben nicht in ein paar Sätzen zusammenfassen.

»Ich war vor fünf Monaten an einer Schießerei beteiligt, bei der jemand getötet wurde, und es scheint, als würde mich das jetzt einholen«, erklärte er schließlich. Das klang konkret und gut. Der Pfleger nickte.

»Ja, ich glaube, ich erkenne Sie. Also, wie fühlen Sie sich jetzt im Augenblick?«

Das war das Letzte. Diese Frage war demütigend, als grabschte der Junge nach seiner Seele. Es wäre besser gewesen, einen Dealer zu suchen, ein paar Pillen zu bestellen und sich einen reellen Blackout zu geben.

»Als würde ich jeden Moment in die Luft fliegen«, sagte er.

»Ich verstehe«, sagte dieser Grünschnabel, obwohl er vermutlich überhaupt nichts verstand. »Wenn Sie hier warten wollen, kommt bald ein Arzt zu Ihnen.«

Kent saß mit verschränkten Armen da und hatte dabei das Gefühl, dass sein inneres Ich längst aufgegeben hatte und im Begriff war, aus ihm herausgesaugt zu werden und sich als dünne, trostlose Schicht auf dem Boden auszubreiten, ohne dass er etwas dagegen unternehmen konnte. Er war dabei, alles zu verlieren.

Er musste nicht lange auf den Psychiater warten. Ein jovialer Typ, der beschlossen hatte, sich keinesfalls von seinen Patienten aus dem Konzept bringen zu lassen. Er saß hinter einem Schreibtisch, und Kent drückte sich auf einen Lehnstuhl an der Wand. Er fragte sich, ob dieser Mediziner einen Alarmknopf unter der Schreibtischplatte betätigen konnte.

»Wie geht's?«, fragte der Psychiater.

»Nicht gut.«

»Nein, das verstehe ich. Man hat mir gesagt, dass Sie dabei waren, als jemand erschossen wurde. Haben Sie danach Hilfe bekommen?«

»Nein.«

»Neihein.«

Der Mann schien die Frage auf einer Art inneren Liste abzuhaken.

»Kein Psychologe?«

»Es gibt einen, aber ich habe ihn nicht aufgesucht.«

»Aha. Hatten Sie jemand anderen zum Reden – Kollegen, Freunde, eine Partnerin?«

Kent schüttelte den Kopf.

»Niemanden, den ich damit hätte belasten wollen.«

Ein neuer Haken auf der Liste.

»Und was ist vorgefallen, dass Sie ausgerechnet heute Hilfe suchen?«

Kent überlegte, was er antworten sollte, um ins Formular zu passen. Bis jetzt hatte er offensichtlich einen brauchbaren Desperado abgegeben.

»Alpträume«, sagte er kurz.

Mitten ins Schwarze. Der Psychiater nickte.

»Welche Art Alpträume?«

»Ich träume von dem Toten. Seinem Gesicht.«

»Wie er aussah, als er starb?«

»Nein. Wie er jetzt aussieht.«

Ein leiser Hauch von Unbehagen zog über das Gesicht des Psychiaters.

»Können Sie das beschreiben?«

»Schwarz geworden. Er löst sich auf.«

»Hat er die Augen geöffnet? Sieht er Sie an?«

»Ich weiß nicht.«

»Wer hat geschossen?«

»Ich.«

»Oh. Ich nehme an, das ist juristisch abgeklärt worden...?«

Kent nickte. Die Stimmung wirkte zunehmend angespannt. Für ein paar Sekunden trat Stille ein.

»Das ist natürlich ein schwerwiegendes Erlebnis«, meinte der Psychiater. »Das sollten wir nicht unterschätzen. Es ist ein Prozess, Schritt für Schritt zu erkennen, was man getan hat, warum man es getan hat, es zu akzeptieren und es auf diese Weise ganz allmählich hinter sich zu lassen und weiterzugehen. Sie werden noch eine ganze Weile Hilfe brauchen. Aber es kann am Ende wieder in Ordnung kommen.«

Kent beugte sich vor.

»Sicher. Aber ich brauche jetzt Hilfe. Jetzt, heute Abend. Ich brauche etwas, damit ich nicht die Wände hochgehe.«

»Es ist ohnehin noch zu früh, darüber zu reden. Es ist bei diesem Schusswechsel etwas passiert, das Sie nicht einfach akzeptieren können, denke ich. Ich denke, dieses Gesicht verfolgt Sie, weil Sie Schuldgefühle haben. Und das ist vollkommen normal.«

»Keine Schuldgefühle«, widersprach Kent.

Der Psychiater sah ihn milde an.

»Auch wenn Sie sie nicht wahrnehmen, sie können dennoch vorhanden sein. Einen anderen Menschen zu erschießen, bedeutet, eine Grenze zu überschreiten, die die Gesellschaft und auch unsere eigene innere Stimme errichtet hat. So etwas macht man nicht ohne weiteres.«

»Keine Schuldgefühle«, wiederholte Kent. »Das Opfer war ein Mörder. Es ist mir scheißegal, dass er sich gerade auflöst. Das ist ein natürlicher Prozess. Wir alle kehren irgendwann zur Natur zurück.«

Ihm war klar, dass dieser Kommentar momentan nicht unbedingt hilfreich war und ahnte, dass der Psychiater widerwillig in Betracht zog, ein anderes inneres Formular hervorzukramen. Das Psychopathenformular.

»Ich habe in den letzten Tagen Menschen verloren«, erklärte Kent. »Ich war gezwungen, eine liebe Freundin vor einem Betrüger zu bewahren, in den sie verliebt ist. Sie hat mir das übel genommen. Eine andere liebe …«

Er unterbrach sich. Das Thema Margareta war zu sensibel.

»Es ist nicht Martin Barfors Verwesung, die mir Angst macht. Es ist meine eigene. So, jetzt wissen Sie es. Können Sie mir etwas geben, das mich über die Nacht rettet?«

Der Psychiater warf ihm einen kurzen Blick zu und trommelte mit den Fingern auf die Tischplatte.

»Haben Sie heute Abend Alkohol getrunken?«

»Ja. Ich habe getrunken und ich bin in eine Schlägerei geraten.«

»Daher also die Blutergüsse. Wie lange ist das her? Wie viel haben Sie getrunken?«

»Drei Stunden. Ziemlich viel. Es lässt langsam nach. Ich habe noch einige Zeit auf einer Polizeiwache zugebracht. Die Kollegen haben mich nach Hause gefahren.«

»In diesem Fall kann ich Ihnen noch nichts geben. Es ist noch nicht genug Zeit vergangen. Aber wir können Folgendes machen: Sie dürfen eine Weile in einem Ruheraum bleiben, so dass wir Sie unter Kontrolle haben. Wenn Sie in ein paar Stunden immer noch das Gefühl haben sich aufzulösen, dann können wir Ihnen etwas geben. Sind Sie einverstanden?«

Kent sah ihn nachdenklich an und erwog, es mit einem Gefühlsausbruch zu versuchen. Schreien und gegen die Tür treten. Dann wären sie gezwungen, ihm Medikamente zu verabreichen, aber dann würde er hier auch festsitzen.

»Okay«, sagte er und fragte sich, wie lange er das noch ertragen konnte, bis er wirklich kaputtging.

Er bekam ein Zimmer, groß wie eine Garderobe. Vielleicht das erste einer Reihe von Zimmern, die er während seiner Behandlung bewohnen würde. So weit durfte es nicht kommen. Aber das Risiko war eher gering, nachdem es keine Psychiatrien mehr gab. Drehte er durch, würde er ganz einfach auf der Straße landen. Gebrochene Blinddärme bekamen weiterhin ein Krankenhausbett, bis sie geheilt waren. Gebrochene Psychen nicht.

Er legte sich auf die schmale Pritsche und starrte an die Decke. Versuchte, nicht die Minuten zu zählen. Er würde wahnsinnig werden, wenn es zu lange dauerte. Noch wurde sein Kopf von seinem Willen zusammengehalten wie von einem Stahlband, aber die Zeit lief.

25

Linus Hamberg rief an und weckte sie um halb zwei. Den Geräuschen nach zu urteilen war er irgendwo draußen unterwegs, und sie erkannte seine Stimme nicht.

»Ist da Margareta Davidsson?«, fragte er. Seine Stimme klang schrill.

»Ja?«, murmelte sie verschlafen und hielt das Handy ein Stück vom Ohr weg.

»Sie müssen was unternehmen, Sie müssen jetzt verdammt noch mal sofort was tun!«

Er war aufgebracht und kurz davor, in Tränen auszubrechen. Neben ihr öffnete Kalle schläfrig ein Auge.

»Wer sind Sie?«, fragte sie ins Telefon.

»Hier ist Hamberg. Linus Hamberg! Ich kann Anders nicht finden. Anders Kjellbo, falls Sie sich wenigstens an ihn erinnern!«

Sie setzte sich im Bett auf. Ihr Kopf dröhnte.

»Sie können Anders nicht finden. Können Sie mir alles von Anfang an erzählen?«

»Ich kann ihn nicht erreichen! Ich dachte, er wäre wieder ausgegangen, aber jetzt bin ich beunruhigt, denn es sieht ihm gar nicht ähnlich, Nacht für Nacht unterwegs zu sein, und außerdem muss er verdammt nochmal schlafen! Also habe ich überall rumtelefoniert, aber niemand hat ihn gesehen. Deshalb rufe ich jetzt Sie an, und Sie müssen sich auf der Stelle darum kümmern!«

»Beruhigen Sie sich. Haben Sie die Polizei verständigt?«

»Glauben Sie, die würden mich ernst nehmen?«

»Wo sind Sie jetzt?«

»Ich weiß es nicht. Ich bin hundemüde. Irgendeine Straße … ich bin im Sveavägen. Ich bin an drei Orten gewesen, und nirgends ist er.«

»Wann haben Sie das letzte Mal von ihm gehört?«

»Gegen halb neun. Er hatte Rosenbad gerade verlassen. Nachdem Sie so freundlich waren, ihn endlich gehen zu lassen, ist er direkt dorthin gefahren. Er sagte, er hätte noch Sachen abzuarbeiten, die liegen geblieben waren. Ich wollte, dass er sofort nach Hause kommt. Wir haben ein bisschen gestritten, und dann hat er den Hörer aufgeknallt.«

»Aber er war doch gestern Abend auch unterwegs, ohne dass Sie sich Sorgen gemacht haben. Warum sind Sie jetzt so aufgebracht?«

»Weil er so wahnsinnig unter Druck steht! Ich kann mir nicht vorstellen, dass Sie sich darüber im Klaren sind, was Sie mit den Leuten anstellen. Natürlich wollte ich, dass er nach Hause kommt, als Sie damit fertig waren, ihn auseinander zu nehmen, weil ich wissen wollte, wie es ihm geht, weil ich mich um ihn kümmern wollte, aber er musste ja auf Gedeih und Verderb nach Rosenbad. Warum? Und warum mussten Sie ausgerechnet ihn mitnehmen? Sie haben ja ganz offensichtlich doch nichts finden können, oder? Sonst hätten Sie ihn ja nicht wieder gehen lassen! Ich habe versucht, ihm das zu sagen, aber er hat mir nicht zugehört. Was haben Sie ihm eigentlich gesagt? Wie nennen Sie ihn noch gleich – die Schwulenspur?«

»Das tun wir nicht, das schwöre ich Ihnen.«

»Nein, natürlich nicht! Ja, die Polizisten, die immer so fein und so sensibel sind. Was haben Sie getan? Sie sind hierher gekommen und haben ihn um drei Uhr morgens abgeholt, und seither habe ich ihn nicht mehr gesehen!«

In seiner Stimme schwang Angst mit. Die Polizistin in ihr sah die Schwachstelle und konnte nicht anders, als sie zu nutzen.

»Wissen Sie, ob Anders sich in letzter Zeit mit Samuel Bergosc getroffen hat?«, fragte sie.

Sein Widerwillen strömte wie eine Flutwelle durchs Telefon.

»Nein, hat er nicht! Warum fragen Sie das? Was wissen Sie über Samuel Bergosc?«

Also hatte Anders seinen Partner nicht in die Dinge eingeweiht, über die man ihn den Tag über verhört hatte.

»Der Name ist aus einer anderen Richtung aufgetaucht«, erklärte sie.

»Der Name ist...? Das können Sie nicht so einfach stehen lassen! Jetzt erklären Sie mir auf der Stelle, wie Sie zu einer solchen Unterstellung kommen!«

»Das kann ich nicht. Es muss Ihnen genügen, wenn ich Ihnen sage, dass wir keinerlei Beweise dafür haben, dass sie sich getroffen haben *könnten*. Beruhigen Sie sich, Linus. Ich werde ein paar Telefonate führen und sehen, was ich tun kann. Nehmen Sie in der Zwischenzeit Kontakt zu allen auf, die Sie kennen, und suchen Sie weiter. Okay?«

»Meinen Sie, das hätte ich nicht längst getan?«, schrie er.

»Tun Sie es nochmal. Denken Sie nach, ob er Bekannte hat, die er schon lange nicht mehr gesehen hat. Ich rufe Sie in fünf Minuten zurück.«

Kalle sah sie schlaftrunken an.

»Was ist los«, fragte er mit belegter Stimme.

»Vielleicht haben wir Anders Kjellbo ins Wasser getrieben«, sagte sie mit zusammengebissenen Zähnen. »Oder aber er hat sich in einen Privatdetektiv verwandelt. Nichts davon wäre erfreulich.«

Er rieb sich die Augen, rollte fast aus dem Bett und verschwand im Badezimmer. Sie suchte nach Markus Larssons Handynummer. Er hatte sie gestern Morgen angerufen, die

Nummer musste also in ihrer Anrufliste sein. Er meldete sich, ehe der Anrufbeantworter ansprang.

»Larsson.«

»Hallo, Markus, hier ist Margareta Davidsson. Entschuldigen Sie, dass ich um diese Zeit anrufe, aber ich muss Sie in einer dringenden Angelegenheit um Hilfe bitten. Könnten Sie Ihre Sicherheitsleute anrufen und überprüfen, ob Anders Kjellbo sich gestern Abend wirklich ausgeloggt hat? Ich kann mir nicht vorstellen, dass sie mir Auskünfte geben würden, wenn ich nicht hinfahre und mich ausweise.«

»Er war heute in Rosenbad?«, fragte Markus skeptisch. »Ich dachte, er wäre im Präsidium?«

»Das war er auch, aber wir haben ihn wieder gehen lassen. Er ist offenbar direkt im Anschluss zur Arbeit gefahren. Sein Lebensgefährte hat ihn seither nicht mehr gesehen und macht sich Sorgen.«

»Ach so. Okay, ich rufe kurz durch und melde mich dann gleich wieder bei Ihnen.«

Er klang müde und widerwillig, aber immerhin hatte er nicht angefangen, mit ihr zu diskutieren. Sie wartete, dass er zurückrief. Sie rechnete schon damit, die Nachricht zu erhalten, dass man Anders Kjellbo gefunden hatte, tot im Strömmen treibend.

Kalle kam zurück. Er setzte sich auf die Bettkante und lächelte sie an. Das Dasein hatte einen neuen Glanz. Müde lehnte sie sich an ihn und sog den wohlbekannten Duft an seinem Hals ein.

»Was machst du jetzt?«, fragte er.

»Nachsehen, ob er sich in seinem Büro erhängt hat. Oder ob er noch da ist und über irgendeiner Sache brütet. Mehr fällt mir nicht ein. Er kann wirklich überall sein.«

»Er hat sich nicht aufgehängt«, sagte Kalle ruhig und legte den Arm um sie. »Er hat gesagt, dass er sich einen Anwalt nehmen würde, er will kämpfen. Es wäre besser, Karin Landberg anzurufen. Vielleicht ist er bei ihr und weint sich aus. Sie sind schließlich befreundet.«

Sie sah ihn zweifelnd an.

»*So* enge Freunde werden sie kaum sein – die Justizministerin und ihr Sekretär?«

»Warum nicht? Ruf sie an.«

»Ich weiß nicht«, sagte sie widerstrebend. »Wenn Linus das nicht schon längst getan hat... Sie macht so einen erschöpften und verstörten Eindruck. Ich will sie nicht wegen einer solchen Sache wecken. Vielleicht ist ja gar nichts. Außerdem fällt es mir schwer, mir vorzustellen, dass er dort ist, ohne dass sie ihn auffordert, Linus zu benachrichtigen. Sie ist so.«

»Woher willst du das wissen?«

Das Telefon piepte. Es war Markus.

»Ich habe es überprüft«, sagte er. »Anders Kjellbo hat sich um zwanzig Uhr dreißig ausgeloggt.«

»Okay«, sagte sie tonlos. »Vielen Dank.«

»Keine Ursache.«

Er legte auf.

»Kein Anders in Rosenbad?«, fragte Kalle, legte sich neben sie und streichelte ihre Hüfte. »Was machen wir jetzt? Ihn zur Fahndung rausgeben?«

Sie nahm seine Hand, küsste sie und stand auf.

»Nix. Ich fahre hin. Er könnte gegangen und wiedergekommen sein. Oder eine Spur hinterlassen haben.«

»Jetzt?«

»Ja, ich kann genauso gut gleich nachsehen. Linus steht im Sveavägen und ist außer sich. Bleib du liegen.«

Er runzelte die Stirn.

»Margareta, du kannst nicht schon wieder losziehen. Du

musst schlafen. Du hast seit mehreren Nächten nicht mehr richtig geschlafen, du wirst zusammenbrechen.«

Sie schüttelte den Kopf und suchte ihre Kleider zusammen. Sie hatte keinen frischen Slip hier. Er stand auf.

»Natürlich komme ich mit! Hier, nimm eine von meinen Unterhosen.«

Sie hielt sie hoch und lachte.

»Deine? Die könnte ich ja als Appartement beziehen! Was ist, wenn ich sterbe und sie finden mich in deinen Männerunterhosen? Die halten mich glatt für einen Transvestiten ohne Kleidergeschmack!«

Er drückte seine Nase in ihr Haar. Sie zog seine Boxershorts an und rief Linus zurück.

»Linus? Haben Sie Neuigkeiten?«

»Nein!«

»Sind Sie noch im Sveavägen? Ich konnte Anders nicht finden. Aber wenn Sie jetzt nach Hause gehen und sich hinlegen, dann werde ich weitere Nachforschungen anstellen.«

»Welche Nachforschungen?«, fragte er misstrauisch.

»Das kann ich Ihnen noch nicht sagen. Aber ich habe nicht vor weiterzuschlafen. Gehen Sie nach Hause, ich melde mich dann wieder. Es kann aber eine Weile dauern. Deal?«

»Okay. Das ist nett von Ihnen«, sagte er widerwillig. »Ich hätte nicht angerufen, wenn ich nicht so beunruhigt wäre.«

»Ich werde mein Bestes tun, aber ich kann natürlich nichts versprechen. Rufen Sie mich sofort an, wenn Anders sich meldet.«

Kalle fuhr durch die leeren Straßen. Dieses Mal machte Rosenbad einen ganz anderen, viel unheilvolleren Eindruck. Das ganze Haus war in Dunkelheit gehüllt. Kalle parkte direkt vor der Glastür. Gerade als er den Motor ausgemacht hatte, glitt ein schwarzes Auto um den Park und hielt direkt hinter ihnen. Margareta blickte in den Rückspiegel und sah, wie Markus auf der Fahrerseite ausstieg.

Sie begrüßte ihn auf dem Vorplatz. Er sah müde aus, mitgenommen von den Anstrengungen der letzten Tage, war aber immer noch freundlich. Seine Anziehungskraft hatte nicht gelitten. Sie spürte, wie ihr anhaltender Rausch aus Schläfrigkeit, Liebe und Wein, ein Rausch, in dessen Zentrum Kalle stand, sich ausdehnte und sogar Markus in seinen Ring aus Wärme einschloss.

»Ich wollte Sie nicht aus dem Bett reißen«, sagte sie.

»Das macht nichts. Ich dachte mir schon, dass Sie herkommen würden. Dachte, dass ich vielleicht helfen könnte, falls Sie Fragen haben. Ich habe schon bemerkt, dass Sie nicht so schnell aufgeben.«

Er nickte Kalle zu, und sie entdeckte ein schwaches, amüsiertes Lächeln. Er hatte sofort begriffen, warum sie zusammen gekommen waren. Das ärgerte sie ein bisschen, aber er würde nichts davon weitertragen. Er war einer von der Sorte, die dichthalten konnten.

Sie gingen in die Lobby, und Markus führte sie durch die Schleuse. Margareta warf einen flüchtigen Blick auf den Wachmann am Empfang, aber sie kannte ihn nicht.

»So, und wohin wollen wir jetzt?«, fragte Markus und blieb stehen.

»Rauf ins Ministerium.«

»Sie meinen Karin Landbergs Stockwerk? Das Ministerium ist auf mehrere Etagen verteilt.«

»Landbergs Stock.«

Er nickte, und sie betraten alle drei den Fahrstuhl. Sie sah in den Spiegel und begegnete Kalles Blick. Sie merkte, dass sie immer noch einen Schlafzimmerblick hatte. Sie erreichten die richtige Etage, und Markus ging voraus.

»Anders' Büro?«, fragte er.

Sie nickte, und sie liefen die breiten Korridore entlang. In den Büros schien niemand zu sein, und sie begann sich quälend übereifrig zu fühlen. Sie hatte vorgehabt, hierher zu fahren und sich kurz umzusehen, aber jetzt hatte sie zwei Männer im Schlepptau, und die Aktion hatte viel zu große Dimensionen angenommen.

Markus zog einen Schlüsselbund aus der Tasche und schloss die Tür zu Anders' Büro auf. Es war dunkel. Er machte die Deckenlampe an, und sie sah in dem fahlen Licht sofort, dass das Zimmer leer war und keine Jacke am Kleiderständer hing.

Alles war in etwa so, wie sie es in Erinnerung hatte. Sie ging zum Schreibtisch. Kein Abschiedsbrief, Gott sei Dank. Nur ein Computerausdruck – Karins Verpflichtungen für die nächste Woche. Sie blätterte planlos ein paar Aktenstapel durch, in der vagen Hoffnung, dass ihm etwas zu dem Überfall eingefallen war und er angefangen hatte, es aufzuschreiben. Wenn er nicht selbst schuldig war, hatte er vielleicht eine Ahnung, wer der Täter sein konnte. Vielleicht war das der Grund, warum er direkt vom Präsidium aus nach Rosenbad gefahren war und nicht nach Hause zu seinem wartenden Linus. Aber es gab keine Namen, keine Andeutungen, nichts, was mit Beatrice zu tun zu haben schien. Sollte es überhaupt etwas Derartiges geben, dann natürlich in seinem Computer, aber sie konnte jetzt nicht anfangen, das zu untersuchen. Nicht so lange sie nicht wusste, ob er wirklich verschwunden war.

Markus stand mitten im Zimmer und sah geduldig zu.

»Ruheraum«, sagte Kalle.

Markus machte wortlos auf dem Absatz kehrt, und sie

folgten ihm. Er schloss eine neue Tür auf. Ihr kam die unbehagliche Idee, dass Ölund dort liegen und hysterisch aufspringen könnte. Aber auch der Ruheraum war leer. Das Bett war unbenutzt. Markus wartete auf die nächste Anweisung, wie ein höflicher Kellner mit zwei unsicheren Gästen, die sich nicht entscheiden konnten, was sie essen wollten.

»Besenkammer«, beschloss sie.

Sie gingen denselben Weg zurück, den sie gekommen waren, Markus schloss die Besenkammer auf, die sich zwischen Beatrices und Anders' Zimmer befand und machte einen Schritt zur Seite. Auch die Besenkammer war glücklicherweise bis auf einen Staubsauger, einen Eimer mit Wischmopp und ein Regal mit diversem Kleinkram leer. Alles in schönster Ordnung.

»Er könnte in Beatrices Büro sein«, überlegte sie. »Wenn er selbst das Gefühl hat, in der Tinte zu sitzen, könnte er versuchen, den Fall auf eigene Faust zu lösen.«

Sie fühlte sich mehr und mehr wie ein Eindringling, als Markus sie in die Zimmer von Beatrice und Moa blicken ließ. Natürlich war auch dort niemand. Sie wünschte, dass Linus anrief um mitzuteilen, dass Anders nach Hause gekommen war. Vielleicht war er das auch, und sie waren einander in die Arme gesunken und hatten sie vergessen. Sie konnte es vor sich sehen, wie sie sich umarmten, in Tränen aufgelöst, und wie sie sich dann in die Küche setzten und Linus ihm einen Tee machte, wie sie dann ins Bett fielen und sich liebten, während sie hier herumstand und vor Müdigkeit fror.

Es gab noch eine Möglichkeit. Er konnte irgendwo im Haus warten, um morgen früh Samuel Bergosc zu treffen. Um mit ihm über ihre Zusammenarbeit zu sprechen oder um ihn zur Rede zu stellen, falls sie nichts miteinander zu tun hatten. Oder einfach, um ihn zu treffen. Er hatte Linus nicht in Samuels Anwesenheit im Ministerium eingeweiht, er konnte ihn also nicht ohne weiteres mit nach Hause bringen. Und welches Zimmer wäre der sicherste Ort für Anders, um die Nacht in Rosenbad zu verbringen?

»Es bleibt wohl nur noch ein Raum übrig«, bemerkte sie. »Karin Landbergs.«

Markus warf ihr einen missmutigen Blick zu. Es war nicht zu übersehen, dass er für heute Nacht genug hatte. Dennoch schloss er sorgfältig die Tür hinter ihnen ab, und sie gingen zurück zu Anders' Büro. Er schloss es noch einmal auf, dann Karins Tür. Trat ein und machte das Licht an.

Dieses Mal ging er nicht zur Seite. Er blieb reglos stehen, verdeckte den Raum mit seinem Rücken. Sie drängte sich vorbei. Hinter sich hörte Margareta, wie Kalle die Luft anhielt.

26

Anders war da. Er trug seine Filzjacke und lag bäuchlings auf dem Boden, blutüberströmt. Schock und Trauer trafen sie wie ein Schlag ins Gesicht. Wie lange hatte er hier im Dunkeln gelegen?

»Ruf die 112!«, sagte Margareta über die Schulter, während Linus' besorgte Stimme in ihr widerhallte.

Auf dem Boden waren verschmierte Blutspuren, als hätte er noch versucht, zum Schreibtisch zu robben, bevor er kollabierte. War es ein Selbstmordversuch? War es ihre Schuld? Hatte er es sich doch noch anders überlegt und versucht, zum Schreibtisch zu kommen um zu telefonieren? Wie viele Selbstmörder bereuten ihre Tat in den letzten Sekunden, ohne dass ihre trauernden Angehörigen je davon erfuhren?

Sie kniete sich neben ihn und tastete nach seinem Puls. Seine Haut war noch warm, und er atmete stoßweise. Seine Augen waren offen, er starrte unter den Schrank an der Wand. Er hatte einen schwachen, flatternden Puls. Während sie noch die Fingerspitzen an seinen Hals hielt, setzte sein Herzschlag aus, und ein langer Seufzer drang aus seinem halb geöffneten Mund.

»Verdammt! Er stirbt!«, schrie sie und drehte ihn mit einem einzigen, brutalen Ruck auf den Rücken.

Sein Gesicht war ihr jetzt zugewandt. Sie riss seine Jacke auf, legte ihre Hände überkreuz auf seine Brust und begann mit der Herzmassage. Kalle nahm Anders' Kopf zwischen die Hände, überprüfte mit den Fingern seine Mundhöhle und fing mit der Mund-zu-Mund-Beatmung an.

Sie bekam Todesangst. *Hör auf! Er könnte HIV-positiv sein!*

Überall war Blut, sie wollte Kalle wegschubsen. Sie sah auf ihre eigenen Hände. Auch die waren blutig.

Markus war fast aus ihrem Bewusstsein verschwunden. Er hatte sich von Anders fern gehalten. Jetzt sank er dicht neben ihr in die Hocke.

»Ich habe die 112 verständigt«, sagte er. »Sagen Sie mir, wenn ich Sie ablösen soll.«

Lös Kalle ab!, wollte sie sagen. Er ist mir wichtig, du bist mir egal!

»Machen Sie weiter«, keuchte sie. »Und geben Sie mir den Schlüssel zum Nebenzimmer.«

Er sah sie erstaunt an, tat aber, was sie gesagt hatte. Schob sich an ihren Platz, zog Anders' Pullover nach oben, um seine Brust freizulegen, die nicht blutverschmiert war, und übernahm die Herzmassage. Sie registrierte das aus den Augenwinkeln, und irrationaler Zorn über seine Vorsicht stieg in ihr hoch, während sie ins Nebenzimmer rannte, das Polizeisiegel abriss und ins Badezimmer stürzte.

Sie riss die Tür des Badezimmerschranks auf und ließ den Blick über die Fächer schweifen. Was konnte gegen HIV schützen? Ihr Kopf war vollständig leer.

Sie wusch sich schnell die Hände, zerrte Toilettenpapier von der Rolle, machte es nass, rieb das Knäuel über die Seife und hastete zurück zu Kalle. Zog ihn von Anders weg, wischte sorgfältig seinen Mund und dann sein bleiches Gesicht ab. Gut möglich, dass die Seife gegen das Virus nichts ausrichten konnte, aber wenigstens das Blut war jetzt weg. Zumindest das sichtbare. Hatte Kalle keine Verletzungen im Mund, dann würde sein Körper damit fertig werden. Er warf ihr einen kurzen Blick zu, beugte sich wieder über Anders und bemühte sich, ihn wiederzubeleben.

»Sind Sie okay?«, fragte sie Markus.

Er nickte. Sie sah auf Anders' leblosen Körper hinunter. Sie hatte das Bedürfnis, ihn in den Arm zu nehmen, ihn zu beschützen, zu trösten. Aber sie rannte auf den Flur, um Alberg anzurufen.

»Björn? Jemand hat in Karins Zimmer versucht, Anders umzubringen. Kalle und ich sind jetzt hier. Und Markus Larsson. Er hat einen Krankenwagen gerufen.«

»Versucht …? Lebt er?«

»Sein Puls hat ausgesetzt, als wir ihn gefunden hatten. Wir tun alles, um ihn wiederzubeleben. Ich weiß nicht, welche Verletzungen er hat, wir konnten nicht nachsehen, aber überall ist Blut. Der Kopf scheint nicht betroffen zu sein.«

»Seid vorsichtig«, sagte er.

»Wir versuchen es.«

»Tut, was ihr könnt. Ich regle alles andere.«

Sie eilte zurück ins Zimmer der Justizministerin.

»Die Karte!«, sagte sie. »Und den Code!«

»1822«, sagte er, zögerte einen Augenblick und gab ihr dann die Karte.

Sie rannte den Korridor entlang, riss die Türen auf und nahm den Aufzug nach unten ins Erdgeschoss. Tränen schossen ihr in die Augen, sowie sich die Tür hinter ihr geschlossen hatte. Sie weinte hemmungslos und trommelte gegen die Wand des Fahrstuhls. Im Erdgeschoss blieb sie noch einige kostbare Sekunden in dem schützenden Kokon stehen und versuchte, ihr Schluchzen zu stoppen. Ihr Zwerchfell krampfte sich zusammen. Sie sah sich im Spiegel. Sie war rot im Gesicht und verquollen.

Sie rannte weiter, durch die Schleuse, bis zu dem Wachmann am Empfang. Er blickte verschlafen auf, aber als er registrierte, wie sie aussah, fuhr er zusammen.

»Es hat erneut einen Überfall gegeben! Lassen Sie den Notarzt durch, wenn er kommt«, erklärte sie.

Er blickte misstrauisch und erschrocken zu ihr hoch. Sie zeigte wütend ihre Dienstmarke, weil er so langsam reagierte.

»Sie haben mich mit Markus Larsson kommen sehen«, fauchte sie. »Er ist damit beschäftigt, das Opfer wiederzubeleben. Schicken Sie jetzt sofort jemanden rauf zu Karin Landbergs Zimmer!«

Der Wachmann nickte und kam langsam in Bewegung. Sie blickte auf den Platz vor dem Gebäude. Alles war still und friedlich. Sie gab die 112 in ihr Handy ein. Es dauerte eine Ewigkeit, bis jemand antwortete.

»Kriminalkommissarin Davidsson, ich rufe von Rosenbad an. Oberste Priorität! Wo bleibt der Krankenwagen, der herkommen sollte?«

»Ist es so dringend?«

»Natürlich ist es dringend! Auf den Sekretär der Justizministerin ist vermutlich ein Mordanschlag verübt worden!«

Jetzt war es gesagt. Ihr wurde schlecht.

»Okay, er ist auf dem Weg«, sagte die Stimme im Telefon kleinlaut. »Soll ich Sie weiterverbinden …?«

»Nein, sorgen Sie nur einfach dafür, dass die verdammte Karre hierher kommt!«

Wie ein Tiger im Käfig lief sie auf dem Marmorboden auf und ab, während sich in ihrem Kopf die Gedanken jagten. Sie widerstand dem Impuls, zurück ins Ministerium zu eilen und versuchte stattdessen, sich Karins Zimmer in Erinnerung zu rufen, den ersten Eindruck, den sie gehabt hatte. Was hatte sie gesehen?

Sie ging wieder zum Empfang.

»Kennen Sie Anders Kjellbo?«

Er schüttelte den Kopf. Sie versuchte es anders.

»Okay. Ich will die Anwesenheitslisten sehen. Jetzt gleich.«

»Aber ich darf meinen Platz hier nicht verlassen.«

»Dann schicken Sie mir jemanden, der sie mir zeigen kann.«

Er zögerte, sprach dann in sein Funkgerät. Sie sah ihm an, dass er unter Schock stand. Mit Markus' Karte gelangte sie allein durch die Schleuse in den Nebenraum der Wachleute. Eine junge, uniformierte Frau empfing sie, blass, aber gefasster als der Mann in der Pförtnerloge. Sie betraten eines der Zimmer, die zur Fredsgata hinaus gingen und die junge Frau setzte sich vor einen Computer. Margareta zog sich einen Stuhl heran und setzte sich daneben.

»Was wollen Sie sich ansehen?«

»Ich will wissen, ob Anders Kjellbo das Haus um zwanzig Uhr dreißig verlassen hat. Und dann will ich wissen, ob er zurückgekommen ist.«

Die Frau nickte und suchte im Computer. Listen mit Namen und Uhrzeiten rasten über den Bildschirm. Sie stoppte den Strom.

»Hier. Zwanzig einunddreißig ist er gegangen.«

Margareta beugte sich vor und sah nach.

»Ist er wieder zurückgekommen?«

»Haben Sie einen genaueren Zeitpunkt?«

Sie schüttelte den Kopf. Die Frau ließ die Liste weiterlaufen. Sie glitt mit dem Blick über die Namen.

»Nein, ich kann ihn nicht finden.«

»Sind Sie sicher?«

»Ja, ich habe alles bis eben durchgesehen. Vor einer Viertelstunde ist Markus Larsson gekommen, mit dem Sie wohl das Haus betreten haben. Ich gehe noch einmal rückwärts und überprüfe es ein zweites Mal.«

Von Anders Kjellbo schien es nach halb neun wirklich kein weiteres Log-in zu geben.

Also war er nicht allein. Jemand musste ihn mit hineingenommen haben.

Vor dem Haus ertönten Sirenen. Margareta blendete das Geräusch aus und dachte nach.

»Gehen Sie zurück bis fünfzehn Uhr fünfzehn. Irgendwann um diese Zeit müsste er sich eingeloggt haben.«

Sie ließ die Listen weiterrollen. Nach wenigen Augenblicken fand sie das Log-in. Anders Kjellbo, fünfzehn fünfundzwanzig. Nachdem Essburg ihn aus dem Polizeigewahrsam entlassen hatte, musste er ein Taxi direkt hierher genommen haben. Sie sah ihn vor sich, wie er die Treppen nach oben rannte, ängstlich und aufgebracht, und ins Ministerium eilte. Wo Karin Landberg ihn in Empfang genommen hatte?

Sie benötigte einen Ausdruck aller Namen, die nach halb neun gekommen waren und Anders hätten einlassen können. Aber noch etwas anderes drängte sich in ihr Bewusstsein. Etwas, das sie gesehen hatte.

»Gehen Sie wieder zur jetzigen Uhrzeit und dann langsam rückwärts.«

Das Mädchen befolgte kommentarlos ihre Anweisung. Ließ die Liste langsam über den Bildschirm laufen.

»Stopp!«, sagte Margareta.

Da war der Name. Samuel Bergosc. Vor zwanzig Minuten ausgeloggt.

»Da«, sagte sie. »Bergosc. Suchen Sie danach, wann er gekommen ist, und drucken Sie mir alles aus. Und auch alle, die zwischen zwanzig Uhr dreißig und jetzt gekommen sind.«

»Okay.«

»Danke für die Hilfe«, sagte sie und rannte zurück zu den Aufzügen.

Der Lastenaufzug war mit der Bahre auf dem Weg nach oben. Sie nahm einen der kleineren Fahrstühle. Sie rief wieder Alberg an.

»Björn, ich habe die Anwesenheitslisten überprüft. Bergosc hat sich vor zwanzig Minuten ausgeloggt.«

»Gut! Ich rufe den Einsatzleiter an. Vielleicht erwischen wir ihn!«

Sie holte die Sanitäter vor der Tür zum Ministerium ein, wo sie stehen geblieben waren, da der Wachmann vergessen hatte, einen Kollegen mit raufzuschicken. Es schien, als würde in dieser Nacht nichts funktionieren wie es sollte.

»Tut mir Leid, Jungs«, murmelte sie, ließ sie durch und rannte vor ihnen zu Landbergs Zimmer, vor dem inzwischen ein anderer Wachmann stand. Ihr fiel wieder ein, dass das Wachpersonal um diese Tageszeit nur zu dritt war.

Sie stürmte in das Büro. Kalle sah zu ihr hoch und schüttelte langsam den Kopf. Er stand auf. Markus ebenfalls und beide traten von Anders zurück.

Die Sanitäter übernahmen. Wie gelähmt stand sie neben Kalle und sah zu, wie sie arbeiteten. Blutdruck, Sauerstoff, Tropf, Herzmassage. Defibrillator. Stoß um Stoß.

»Tut sich was?«, sie konnte die Frage nicht unterdrücken.

»Nein«, antwortete einer von ihnen kurz. »Es sieht schlecht aus, leider.«

»Machen Sie auf jeden Fall weiter! Er ist erst fünfundzwanzig. Geben Sie ihm eine Chance! Hören Sie nicht auf!«

»Die Kugel ist hier seitlich eingedrungen«, erklärte er geduldig. »Hat eine Rippe erwischt, die wohl die Lunge verletzt hat und hat vermutlich sowohl eine Arterie als auch das Herz durchdrungen. Die Austrittstelle befindet sich auf der anderen Seite. Daher das viele Blut. Er hat fast keinen Blutdruck mehr, und die Atmung hat ausgesetzt.«

»Die Kugel?«, wiederholte sie dumpf und sah sich automatisch nach einer Patronenhülse auf dem Boden um.

Er nickte.

»Wir können ihn nicht stabilisieren. Wir müssen ihn jetzt von hier wegbringen.«

Sie legten Anders auf die Bahre und deckten ihn zu. Das Gesicht unter dem dunklen Haar war kreideweiß, und jemand hatte seine Augen geschlossen. Intuitiv streckte sie eine Hand nach ihm aus und streichelte seine Wange. Sie war schon kühl. Er hatte einen Schlauch im Mund. Die Sanitäter fuhren mit den Wiederbelebungsmaßnahmen fort, würden vermutlich den ganzen Weg bis ins Krankenhaus weitermachen.

Sie drehte sich zu Kalle um.

»Fahr mit ins Krankenhaus«, sagte sie leise. »Sag ihnen, dass du Blut in den Mund bekommen hast.«

Er nickte, und sie blieb allein mit Larsson zurück.

Sie nahm ihr Handy und tippte Linus' Nummer. Sie hätte das lieber aufgeschoben, aber er musste die Chance haben, ins Krankenhaus zu fahren. Es zerriss ihr fast das Herz, als sie seine hoffnungsvolle Stimme hörte.

»Linus, es tut mir furchtbar Leid«, begann sie. »Ich hätte es Ihnen lieber persönlich gesagt, aber es ist eilig. Anders ist hier in Rosenbad überfallen worden und ist jetzt auf dem Weg ins Krankenhaus. Sie sollten sich ein Taxi nehmen und hinfahren.«

Er brach zusammen. Er schrie laut auf.

»Linus?«, rief sie. »Linus! Linus, hören Sie mir zu!«

Sie hörte seinen schweren, unregelmäßigen Atem.

»Der Krankenwagen bringt ihn ins Karolinska. Soll ich Ihnen einen Wagen schicken?«

»Nein, nein, das dauert zu lange«, presste er stoßweise hervor. »Überfallen? Wie denn? Hat man ihm auch den Kopf eingeschlagen?«

»Nein, es ist nicht der Kopf. Es sieht aus, als hätte ihn eine Kugel getroffen.«

»Jemand hat auf ihn *geschossen*? Aber das ist ja völlig wahnsinnig! Sie haben gesagt, er muss ins Krankenhaus? Lebt er?«

»Sie versuchen alles und geben ihr Bestes. Aber es sieht nicht gut aus.«

»Okay, ich fahre sofort los.«

Er klang verwirrt. Vom Schock wie betäubt.

»Nehmen Sie ein Taxi. Fahren Sie nicht selbst!«, rief sie.

Er hatte schon aufgelegt.

Sie schüttelte den Kopf über ihre eigene Kopflosigkeit. Was war los mit ihr? Warum war sie nicht hingefahren und hatte ihn abgeholt, statt ihn anzurufen? Es war besser, er kam fünf Minuten später im Krankenhaus an als überhaupt nicht.

Von draußen drangen die Sirenen des abfahrenden Krankenwagens und die der ankommenden Polizeiautos nach oben. Sie bat den Sicherheitsbeamten, die Kollegen einzulassen. Er nickte und ging.

»Ich habe den Boden abgesucht«, sagte Markus. »Keine Waffe und keine Patronenhülse. Er muss sie mitgenommen haben.«

»Vielleicht ist alles mitsamt den Fingerabdrücken und der DNA des Täters in irgendeinem Papierkorb hier im Haus gelandet. Wir gehen jetzt besser auf den Flur und überlassen den Raum der Spurensicherung«, meinte sie.

Zwei Minuten später kam Jarlberg im Stechschritt den Flur entlang. Sie war dankbar, dass er es war. Er nickte Markus zu und beugte sich zu ihr.

»Wieder?«, fragte er nur.

Margareta nickte und berichtete, was passiert war.

»Karin Landberg muss benachrichtigt werden«, schloss sie.

»Das ist schon erledigt. Ihre Säpo-Männer informieren sie. Komm du erstmal ein bisschen zur Ruhe, du musst nicht alles selbst machen. Du bist ja nicht allein für diesen Fall zuständig.«

Sie nickte. Er betrachtete ihr verquollenes Gesicht.

»Wenn es nichts mehr zu berichten gibt, dann solltet ihr jetzt vielleicht eine Weile zu Markus hochfahren«, schlug er vor. »Du stehst unter Schock. Bald wird das ganze Stockwerk von Menschen wimmeln, und du siehst aus, als würde dir ein bisschen Abgeschiedenheit ganz gut tun.«

»Ihr wisst, dass Bergosc vor einer halben Stunde das Gebäude verlassen hat?«, fragte sie.

»Ja. Wir suchen nach ihm.«

»Ruft im Krankenhaus an und versucht an Anders' Handy zu kommen. Jemand muss ihn angerufen und dazu gebracht haben zurückzukommen, als er schon auf dem Heimweg war. Ihr müsst es sicherstellen.«

»Wir werden nichts vergessen. Geh jetzt, du klappst sonst noch zusammen. Ihr könnt ja später wieder runterkommen. Natürlich darfst du tun und lassen, was du willst, aber ich denke, das ist ein guter Rat.«

Sie fühlte sich vollkommen klar im Kopf, aber ihre Beine wollten ihr nicht richtig gehorchen, und alle Geräusche klangen eigentümlich gedämpft. Irgendetwas versuchte, sich einen Weg in ihr Bewusstsein zu bahnen, aber jedes Mal, wenn sie glaubte es fassen zu können, verschwand es wieder. Vielleicht wurde es besser, wenn sie sich einen Moment hinlegen konnte.

Immer mehr Sirenen waren zu hören, als sie Markus folgte. Er legte den Arm um sie und führte sie zu einer kleinen, schmalen Wendeltreppe, schloss die Tür auf und ließ sie in den nächsten Stock vorgehen.

27

Andreas hielt die Luft an und lauschte.

In der Abteilung war alles still. Was auch immer passieren sollte, es war noch nicht passiert. Er hatte hoch gepokert, und es war, als zittere jede Zelle seines Körpers vor Angst und Aufregung. Er sah auf die Uhr. Wo immer John an diesem Abend gewesen sein mochte, selbst wenn es auf einem Fest spät geworden war, jetzt musste er wieder zu Hause sein. Im Bett liegen und schlafen.

Er wählte die Nummer und wartete. Hörte das Freizeichen. Das Atmen fiel ihm schwer. Wenn das schief ging, dann hatte er nichts mehr zu verlieren. Insbesondere, wenn herauskam, dass er das Telefon genommen hatte. Wenn die alten Häftlinge Wind davon bekamen, hatte er sie alle gegen sich, wenn die Schließer davon erfuhren, hatte er *die* gegen sich.

Am anderen Ende der Leitung nahm jemand ab.

»Danielsson«, hörte er Johns Stimme. Er klang müde.

»Leg nicht auf! Hier ist Andreas, ich weiß etwas«, flüsterte er heiser. »Diese Frau aus der Regierung – die Indianerin – ich weiß, wer es gewesen ist.«

Er verhaspelte sich. Der Anwalt seufzte.

»Ach, wirklich? Dann raus damit.«

»Es war der Sicherheitschef. Markus Larsson. Heute war ein Bild von ihm in der Zeitung, und einer der alten Knacker hier hat ihn erkannt, er kennt ihn von früher. Er sagt, dieser Typ wäre ein brutaler Sadist. Er glaubt, dass er Beatrice Chi… Chi…, also die Indianerin, niedergeschlagen hat.«

In der Leitung herrschte kurz Stille, und Andreas hielt die Luft an. John schien nachzudenken.

»Larsson war früher mal Polizist«, sagte er nach einem Augenblick. »Dein Knastkollege ist ihm also schon mal begegnet, vermutlich im Dienst, und fand ihn fies. Und das musstest du mir unbedingt mitteilen?«

»Er war sich sicher!«, beharrte Andreas.

Er merkte selbst, wie absurd das klang. Er war so überzeugt gewesen, aber jetzt, wo er mit John redete, klang die Information nur noch wie das Gezeter eines alten Knackis. Er versuchte, den Mut nicht sinken zu lassen. Wenn John ahnte, dass er selbst zweifelte, würde es nicht funktionieren.

»Wo bist du?«, fragte John. »Von wo aus rufst du an?«

»Ich bin in meiner Zelle. Ich habe ein Handy geklaut.«

»Von einem Aufseher?«

»Nein, aus einem Versteck. Wenn die Typen Handys hier reinschmuggeln, dann verstecken sie sie irgendwo. Ich darf ja nach acht nicht mehr telefonieren, aber dann habe ich das hier in einem der Verstecke gefunden.«

»Du hast es von einem Häftling gestohlen? Klingt gefährlich.«

»Aber es schien mir wichtig! Auch wenn du mir offenbar nicht zuhören willst. Wirst du das Handy auffliegen lassen?«

»Jedenfalls nicht gleich. Eigentlich müsste ich es sofort melden, aber du sollst eine Chance bekommen, es zurück ins Versteck zu schmuggeln, bevor ich etwas unternehme. Ich werde morgen früh um sieben die Vollzugsbeamten anrufen und ihnen einen Tipp geben, so anonym wie möglich. Wenn diese Veteranen sich ein Handy beschafft haben, dann führen sie auch irgendwas im Schilde.«

»Und dieser Sicherheitstyp?«

»Tja, was meinst du, was ich tun soll? Die Polizei anrufen und sagen, dass irgendein Kerl, der einsitzt, Larsson nicht leiden konnte, als der noch bei den Bullen war? Meinst du nicht, dass sie das längst wissen?«

»Wenn ich Recht habe, dann wirst du es bereuen!«, platzte Andreas heraus. »Für den Rest deines Lebens!«

Seine Verzweiflung gewann die Oberhand. Der Anwalt nahm weder die Beleidigung noch die ausgestreckte Hand an. Er war einfach nur müde.

»Andreas, so wird das nichts. Ich habe dir gesagt, du sollst dich nächste Woche melden, und nun hast du schon meine Tochter angerufen und jetzt auch noch mich, mitten in der Nacht. Ich werde meine Nummer eine Weile von deiner Liste nehmen. Vielleicht können wir es in ein paar Monaten wieder versuchen. Wir haben jetzt Oktober, ich werde mich kurz vor Weihnachten wieder bei dir melden und hören, wie es dir dann geht. Versuche, bis dahin irgendwie ins Gleichgewicht zu kommen. Sprich mit dem Pfarrer. Lies Bücher, so wie ich dir gesagt habe. Fang an zu lernen. Schlaf jetzt und viel Glück mit dem Handy.«

Es klickte. Die Verbindung war unterbrochen.

Andreas hatte das Gefühl zu ertrinken. Er umklammerte das Handy. Er war im Begriff, die Hoffnung wieder zu verlieren. Tränen brannten unter seinen Augenlidern, liefen langsam die Wangen herunter.

Nein, er durfte einfach nicht aufgeben. Er lockerte den festen Griff um das Telefon. Es zu zerstören, war zu gefährlich. Er musste sich zusammenreißen. Während er versuchte, mit dem Schluchzen aufzuhören, löschte er das Gespräch aus seinem Gedächtnis und kroch unter die Decke.

Die Scham über den Misserfolg und all seine Entscheidungen in den letzten Jahren spülte wie eine große Flutwelle über ihn hinweg, all die Entscheidungen, die ihm so richtig erschienen waren, als er sie getroffen hatte. Er wusste nicht mehr, was oben und was unten war, was falsch und was richtig. War er mutig, oder war er ein Angeber? War er normal oder geisteskrank? Wohin gehörte er? Wie sollte er zu sich selbst stehen können?

Unter der Decke wurde die Luft knapp, aber er blieb eingewickelt in seinen warmen Kokon liegen.

Dezember. Ende Dezember. Krampfhaft versuchte er, sich darauf einzustellen, bis dahin durchzuhalten.

Kent sah auf die Uhr. Es waren fast zwei Stunden vergangen. Er hatte dagesessen und auf die Schritte im Gang gelauscht, hatte von irgendwoher lautstarkes Weinen gehört, Schreie und Schläge gegen eine Wand. Jetzt war es seit einer Weile ruhig.

Er bereute, hierher gekommen zu sein. Dieser Ort fühlte

sich an wie der Tod. Es wäre so leicht, einfach nachzugeben, loszulassen, jemand zu werden, der von anderen abhängig war und somit aus der Gesellschaft ausgestoßen wurde. Mit einem Haufen Pillen nach Hause zu gehen wäre besser. Sich ins eigene Bett legen, mit dem Gesicht zur Wand.

Er trat auf den Flur und blinzelte ins Licht. Ging in eines der Wartezimmer. Dort lag ein Stapel Zeitungen auf dem Tisch. Monatealte Magazine, jahrealte Wochenblätter. Er entdeckte eine Abendzeitung in einem der Schwesternzimmer. Eine Krankenschwester saß am Tisch und schrieb. Sie blickte mit gerunzelter Stirn auf, als er in der Tür stand.

»Darf ich mir die ausleihen?«, fragte er.

»Draußen liegen doch auch Zeitschriften«, entgegnete sie.

»Die habe ich alle schon gelesen.«

Unwirsch gab sie ihm die Zeitung.

»Ich kann sie auch bezahlen«, bot er liebenswürdig an.

Sie schickte ihn mit einer Handbewegung raus. Er ging und blätterte das Abendblatt durch. Unfälle, Soap-Stars und Rosenbad. Die Journalisten hatten versucht, mit Beatrice im Krankenhaus zu reden, waren aber abgewiesen worden. Es gab neue Diagramme, welche Schäden ein solcher Schlag auf den Kopf verursachen konnte. Hatte sie das Gedächtnis verloren? Wie gefährlich war sie für den Gewalttäter jetzt? Unscharfe Bilder des Krankenhauses, ein eingekreistes Fenster mit heruntergelassenen Jalousien und der Text: *Sie wird rund um die Uhr bewacht.*

Er blätterte weiter und zuckte zusammen, als er plötzlich ein Schwarzweißbild seines Bruders sah.

Es nahm ein Viertel der ganzen Seite ein. Der Mann trat gerade aus einer der Türen an der Drottninggatan, die auch zu Rosenbad gehörten, und blickte überrascht in die Kamera. Kent las die Bildunterschrift. *Gehetzt. Dem Abend-*

blatt liegt das erste Bild von Markus Larsson vor, Sicherheitschef der Regierungskanzlei, als er gerade versucht, unbemerkt das Gebäude zu verlassen.

Kent betrachtete misstrauisch das Bild. Er blätterte rasch weiter zu der Seite, auf der das Interview abgedruckt war, das kurze, das sie ihm hatten abringen können.

»Ich habe keine Kommentare«, sagte Markus Larsson dem Reporter des Abendblattes. »Die polizeilichen Ermittlungen dürfen nicht gestört werden.«

»Wie fühlen Sie sich nach einem solchen Verbrechen im eigenen Haus?«

»Selbstverständlich furchtbar. Aber wir tun alles, um die Sache in Zusammenarbeit mit der Polizei aufzuklären.«

»Was können Sie über die drei Personen sagen, die heute verhört worden sind?«

»Nichts.«

»Was hätten Sie tun können, um die Tat zu verhindern?«

»Nichts. Wir sind keine Psychologen, wir versuchen ja nicht, den Menschen am Arbeitsplatz in den Kopf zu sehen. Alle Angestellten wurden von der Säpo kontrolliert. Mehr können wir nicht tun.«

Kent starrte in das Gesicht seines Bruders, die Zeitung so dicht vor Augen, dass er die Körnung des Bildes erkennen konnte. Das Gesicht war ein heller Fleck mit offenen, freundlichen Augen. Der Mund lächelte nur halb. Ein etwas schiefes, entgegenkommendes Lächeln. Früher Polizist, heute Sicherheitschef in Rosenbad. Warum hatte er davon nichts erfahren?

Aber jetzt wusste er ziemlich sicher, wer Beatrice Chiquin so zugerichtet hatte.

Vermutlich hatte Johan sich bei ihr eingeschmeichelt, angeboten, ihr etwas von ihrer Last abzunehmen, war da gewesen, hatte ihre Wange gestreichelt. Hatte sie Schritt für

Schritt abhängig gemacht. Sie umgarnt und ins Bett gelockt, ein emotionales Band geknüpft. Vielleicht Liebe. Und dann zugeschlagen. Kein Wunder, dass sie nicht reden wollte. Sie musste gebrochen sein, gebrochen an Leib und Seele.

Johan Markus Morath Larsson. Wer hat es verpasst, in deinen Kopf zu schauen, Johan?, dachte er. Ich? Und warum benutzt du nur den Ehenamen deiner Mutter, nicht den Nachnamen, mit dem du geboren wurdest? Warum nicht mehr Johan Morath, sondern Markus Larsson? Damit ich dich nicht finde? Und warum konntest du Chiquin nicht in Ruhe lassen? Oder Carina? Bist du so verrückt geworden, dass du dich für unbesiegbar hältst und denkst, niemand kann dich fassen?

Das Bild der gequälten Ratte schoss ihm durch den Kopf. Johan würde es nicht bei Chiquin oder Carina belassen. Er würde weitere Opfer finden.

Er brauchte einen Ort, an dem er garantiert allein war. Der einzige solche Ort, der ihm einfiel, war die Toilette. Er schloss sich dort ein und rief Carina an. Es dauerte eine Weile, bis sie abnahm, keineswegs froh darüber, seine Stimme zu hören.

»Du hast mich geweckt. Wo bist du?«, fragte sie misstrauisch. »Warum liegst du nicht im Bett und schläfst?«

»Leg nicht auf! Ich rufe nicht an, um dich mitten in der Nacht zu kontrollieren. Bist du allein?«

»Ja, stell dir vor, das bin ich.«

»Wusstest du, dass Johan Sicherheitschef in Rosenbad ist?«

»Ist er das? Nein, davon hat er mir nichts gesagt. Er hat nur gesagt, dass er Polizist ist. Hat er mich angelogen?«

»Nicht ganz. Er war Polizist. Aber jetzt arbeitet er unter dem Namen Markus Larsson als Sicherheitschef in Rosenbad.«

»Markus Larsson? Warum sollte er sich so nennen?«

»Das ist sein richtiger Name, sein zweiter Vorname und der Nachname, den seine Mutter nach ihrer Hochzeit angenommen hat. Eigentlich heißt er Johan Markus Morath Larsson. Hast du ihn heute nicht in der Zeitung gesehen? Hast du ihm gesagt, dass du weißt, dass er mein Bruder ist?«

»Damit hatte ich es nun nicht unbedingt eilig. Wir sind für morgen verabredet. Glaubst du etwa er hat …? Hast du dafür irgendwelche Beweise?«

»Keine. Aber lass ihn nicht in deine Wohnung. Und geh auch selbst nicht raus. Zögere nicht, mich anzurufen, wenn irgendetwas ist.«

»Kent …!«

»Ich muss los«, sagte er und legte auf.

»Was machen Sie da? Telefonieren Sie auf der Toilette?«, hörte er eine gereizte Frauenstimme draußen auf dem Flur. »Kommen Sie da raus!«

»Gleich!«, sagte er und wählte Margaretas Nummer.

Die Frau draußen begann, an die Tür zu klopfen. Ein Freizeichen nach dem anderen. Margareta nahm nicht ab.

»Das ist eine Polizeiangelegenheit!«, brüllte er. »Hören Sie verdammt nochmal auf, die Tür einzuschlagen!«

Es wurde still, und er hörte ein aufgebrachtes Murmeln. Als ihm bewusst wurde, dass er kurz davor war, auszuflippen, schloss er die Tür auf. Sie waren inzwischen zu zweit, zwei Pflegekräfte, die ihn abwartend ansahen.

»Entschuldigen Sie, aber es ist etwas vorgefallen, das mit meiner Arbeit zu tun hat«, erklärte er. »Und das hier schien mir der einzige Ort zu sein, an dem niemand mithören kann. Dachte ich.«

Er zwang den brodelnden Lavastrom in sich zur Ruhe, der alles unter sich zu begraben drohte. Wo war Margareta? Warum ging sie nicht ans Telefon? Was sollte er tun?

Alberg anrufen? Die Leitstelle? Es gelang ihm nicht, seine Gedanken zu sammeln.

»Wie fühlen Sie sich jetzt?«, erkundigte sich eine der Pflegerinnen. »Sie wollten doch ein Schlafmittel?«

»Darüber können wir hinterher reden«, sagte er und konzentrierte sich darauf, gefasst und glaubwürdig zu klingen. »Ich muss jetzt los. Eine polizeiliche Angelegenheit. In den Rosenbad-Ermittlungen ist etwas vorgefallen.«

»Kann sich nicht jemand anders darum kümmern? Sie sind doch wohl nicht im Dienst? Ich denke nicht, dass das jetzt ratsam wäre. Der Arzt sagte, dass es Ihnen sehr schlecht ging, als Sie gekommen sind.«

Sie standen skeptisch vor ihm. Jetzt, wo er weg wollte, wollten sie ihn nicht mehr gehen lassen. Ihm war klar, dass er nur eine Handbreit davon entfernt war, ruhig gestellt und weggesperrt zu werden.

»Es tut mir Leid, dass ich Ihren Platz beansprucht habe, aber ich muss jetzt wirklich gehen«, sagte er und bemühte sich, vernünftig auszusehen. »Ich kann Ihnen nicht sagen, worum es geht, aber das kann nicht warten. Okay?«

Sie schwiegen. Er holte seine Jacke und begann in Richtung Ausgang zu gehen. Sie folgten ihm.

Er drehte sich lächelnd zu ihnen um und verabschiedete sich nacheinander von beiden.

»Vielen Dank. Ich bin Polizist, ich weiß wie es ist, unter großem Druck mit viel zu wenig Mitteln zu arbeiten.«

Er hatte sie überrumpelt, und sie konnten nicht anders, als seine Geste zu erwidern. Während sie noch über das Gesagte nachdachten, passierte Kent die Aufnahme und stand draußen auf der Straße.

Die Nacht war schwarz und kalt. Er hastete ohne nachzudenken zum Fridhemsplan, während er fieberhaft versuchte, seinen Denkapparat in Gang zu setzen.

Das Telefon klingelte. Es war Carina.

»Ich habe eben den Fernseher angemacht«, sagte sie tonlos. »Im Videotext steht, dass Karin Landbergs Sekretär ermordet worden ist. Es kommt jetzt gleich eine Nachrichtensendung. Hast du das gemeint? Hat Johan das getan?«

Er blieb wie angewurzelt stehen und lehnte sich gegen die Mauer eines Schulhofs an der Fridhemsgatan. Es war, als wich alles Blut aus seinem Kopf.

»Was?«

»Ihr Sekretär ist heute Nacht ermordet worden. Wusstest du das nicht?«

»Nein! Zur Hölle!«

Margareta musste in Rosenbad sein. Und Johan auch. Und sie ging nicht ans Telefon.

»Kent?«

»Ruf John Danielsson an!«, keuchte er.

Er hatte keine Ahnung, wie er darauf kam. Aber etwas anderes fiel ihm nicht ein. Das Einzige, was er sicher wusste, war, dass Danielsson sie beschützen würde. Johan durfte nicht zu ihr nach Hause kommen und sie als Geisel nehmen.

Er versuchte, die Notrufzentrale zu erreichen, aber er kam nicht durch. Wenn Margareta in einer solchen Situation nicht ans Handy ging, musste etwas passiert sein.

Er hielt nach einem Taxi Ausschau. Ein weißer Honda kam den Drottningholmsvägen entlanggefahren. Kent suchte in seinen Taschen, konnte die Polizeimarke nicht finden, winkte dann trotzdem mit beiden Armen und schaffte es, das Auto anzuhalten.

»Polizei, ich muss Sie bitten, mich nach Rosenbad zu fahren!«, rief er.

Die Frau am Steuer schaute erst fragend ihn an, dann den Kronobergspark am anderen Ende des Fridhemsplan.

Sie waren nur wenige hundert Meter vom Polizeipräsidium entfernt. Aber sie öffnete trotzdem die Autotür, und er sprang auf den Beifahrersitz. Sie bog ruhig nach rechts in die St. Eriksgatan ein und fuhr die Hantverkargatan hinab. Das Radio lief. Die Dire Straits spielten »Brothers in Arms«.

»Geht es um diesen neuen Mord?«, fragte sie.

Er nickte. Sie sagte nichts mehr und wählte den kürzesten Weg am Stadshuset vorbei über die Brücke und hielt am Park, genau gegenüber von Rosenbad. Er lächelte ihr zu, dankbar für ihre Gelassenheit, und sprang aus dem Auto.

Alles war abgesperrt, und überall standen Polizisten und Polizeiautos mit blinkendem Blaulicht. Die Fernsehsender hatten ihre Positionen eingenommen und ihre Reporter in Stellung gebracht, das Regierungsgebäude im Hintergrund. Er ging auf die nächstbeste Uniform zu, einen großen, muskulösen Polizisten um die fünfundzwanzig, mit kurz geschorenem Schädel und verächtlichem Gesichtsausdruck.

»Johansson, Fahndung. Ich muss mit Margareta Davidsson sprechen.«

»Ach ja? Und wo ist die Marke?«, fragte der Jüngling überheblich. »Wir haben hier unsere Arbeit zu erledigen. Wenn Sie sich nicht ausweisen können, verschwinden Sie!«

»Wer ist der Einsatzleiter?«

»Das kann dir scheißegal sein, Penner. Hör auf zu quengeln und verschwinde, habe ich gesagt!«

»Verdammt nochmal, hau ab und rede mit jemandem, du Arschloch!«, brüllte Kent. »Sonst gehe ich direkt vor die Fernsehkameras!«

Der Kerl sah sich schnell und gereizt um. Er war einer von denen, die sich einbildeten, es sei verboten, Polizisten zu beschimpfen. Wäre die Situation eine andere gewesen, er hätte seinen Kumpel gerufen und diesem verwahrlosten Säufer erst eine verpasst, weil er frech geworden war, und hätte ihn dann wegen gewalttätigen Widerstandes gegen die Staatsgewalt angezeigt – *irgendeinen* Widerstand hätte er sicher geleistet. Aber jetzt war offenbar nicht der richtige Zeitpunkt, nicht mit einem ganzen Platz voller Journalisten.

Er drehte sich genervt um und ging, um einen Vorgesetzten zu suchen. Kent schlüpfte schnell unter der Absperrung durch, verschwand hinter einem Mannschaftswagen, mischte sich unter die uniformierten und zivilen Polizisten auf dem Platz vor dem Eingang und betrat das Gebäude.

28

Margareta erreichte den obersten Stock in Rosenbad. Hier oben war alles still und verlassen.

»Staatskanzlei? Die Etage des Staatsministers?«, fragte sie erschöpft, als sie mitten in einem großen Raum stand, dessen Fenster zum Wasser zeigten, und darauf wartete, dass Larsson hinter ihnen zuschloss.

»Stimmt«, sagte er. »Ich sitze weiter hinten.«

Die Flure waren leer. Sie folgte in seinem Kielwasser, den Blick fest auf sein Sakko gerichtet, und versuchte, sich einzuprägen, wie sie gegangen waren, aber sie wusste, dass sie es wieder vergessen würde. Mühelos ging er mit großen, weichen Schritten vor ihr her. Durchtrainiert, dachte sie. Ausgeglichen. Er hatte sich noch immer unter Kontrolle, trotz der Attacke auf Beatrice und selbst jetzt noch, nach dem jemand versucht hatte, Anders zu ermorden. Es war bewundernswert. Sie selbst war am Ende.

Er blieb vor einer Tür stehen, schloss auf und ließ sie eintreten. Sie blieb in der Mitte des Zimmers stehen. Es war ein gewöhnliches Büro, ziemlich groß. Schreibtisch. Computer, Aktenordner. Ein großer, einladender Ledersessel. Zwei Fenster zum Hof. Er nahm ihr den Mantel ab und hängte ihn ordentlich auf den Kleiderständer.

»Setzen Sie sich«, sagte er.

Sie ließ sich in den Sessel sinken. Er war weich und gemütlich. Er zog einen Hocker hervor.

»Hier. Legen Sie die Beine hoch.«

»Sie gäben einen fantastischen Ehemann ab«, sagte sie.

»Du lieber Himmel! Ich und die Frauen«, sagte er und lächelte.

»Gibt es keine Frau in Ihrem Leben?«

»Vielleicht. Man weiß nie, was daraus wird. Möchten Sie etwas trinken?«

»Nur einen Schluck Wasser.«

Er nickte aufmunternd, verschwand in den Flur und kam mit einem Glas Wasser und einer Untertasse mit drei Schokoladenkeksen zurück. Es schien, als hätte er wirklich Gefallen daran, sie zu umsorgen.

»Für den Blutzuckerspiegel«, lächelte er.

»Mir geht es bestimmt gleich wieder besser«, meinte sie.

»Da bin ich mir sicher.«

Sie aß einen Keks.

»Sind Sie bei der Säpo angestellt?«, erkundigte sie sich.

»Nein, nein. Ich bin Verwaltungsangestellter der Reichskanzlei.«

Sie musste lächeln.

»Wirklich? Das klingt nicht übermäßig aufregend. Eher so, als müssten Sie sich um Bleistifte und Radiergummis kümmern.«

»Ja, die gibt es hier auch. Und Telefonisten und Büroräume. Und Sicherheit.«

»Büroräume? Dann stellt die Verwaltung auch das Reinigungspersonal ein?«

»Nein, die Raumpfleger kommen von außerhalb. Mehrere verschiedene Reinigungsfirmen. Nur diejenigen, die bei den Ministern putzen, die stellen wir selbst ein.«

»Und alle sind natürlich durchleuchtet.«

»Im Prinzip, ja«, sagte er mit einem Augenzwinkern, und sie erinnerte sich plötzlich an eine peinliche Episode vor einigen Jahren, als eine der Reinigungsfirmen, die für Rosenbad arbeitete, Schwarzarbeiter angeheuert hatte, so dass Menschen, über die niemand etwas wusste, von einem Tag auf den anderen plötzlich Zugang zu allen Karten, Schlüsseln und Codes hatten. Damals war alles gut gegangen. Das Sonderpersonal war ehrlich gewesen. Und Samuel Bergosc war selbstverständlich fest angestellt.

Larssons Handy klingelte so unerwartet, dass sie zusammenzuckte. Er nahm es aus der Tasche und meldete sich. Es klingelte weiter. Er steckte es zurück und zog ein anderes heraus.

»Falsches Handy«, entschuldigte er sich und ging rücksichtsvoll hinaus in den Flur.

Sie hörte ihn reden. Seine Stimme wurde zu einem Summen, das sie an ihre Kindheit erinnerte, wenn sie schon im Bett lag und hörte, wie sich ihre Eltern im Nebenzimmer unterhielten. Wenn sie gut gelaunt und einer Meinung waren, war es ein beruhigendes, monotones Geräusch gewesen, das sie in den Schlaf begleitet hatte.

Er kam zurück. Fast wirkte er geniert.

»Es ist traurig, aber Kjellbo ist tot«, teilte er ihr mit.

Sie war wie betäubt. Es klang grotesk. Es war falsch, es war wider die Natur.

»Weiß Landberg Bescheid?«, fragte sie tonlos.

»Ja, sie ist offenbar zusammen mit Kjellbos Freund im Krankenhaus. Seine Eltern sind auf dem Weg dorthin.«

Er sah sie bedauernd an, als wäre sie eine trauernde Angehörige und nicht Polizistin.

»Jetzt ist es also ein Mordfall«, sagte sie.

»Das klingt nicht besser.«

Dieses Mal kamen keine Tränen. Nur Müdigkeit und Enttäuschung. Sie hatte Anders nicht schützen können.

»Ich muss runter«, entschied sie, erfüllt von dem Gefühl, dass es jetzt nicht mehr eilte.

Sie stand auf, hielt aber mitten in der Bewegung inne. In ihrem Sichtfeld war plötzlich ein schwarzer Schatten aufgetaucht, der sich schnell zusammenzog, bis schließlich alles vollständig schwarz war. Verwundert starrte sie geradewegs in eine kompakte Dunkelheit, erstaunt darüber, dass ihr Verstand trotzdem noch funktionierte. Sie begriff, dass sie zum ersten Mal in ihrem Leben drohte, ohnmächtig zu werden. Wenn sie sich nicht wieder setzte, würde auch ihr Bewusstsein noch in diesem Schwarz versinken. Stress und Schlafmangel, schoss es ihr durch den Kopf, und sie wurde wütend auf sich selbst und darauf, dass sie ihren Körper nicht besser unter Kontrolle hatte. Wie konnte er sie so im Stich lassen?

Markus musste ihr zu Hilfe geeilt sein, denn sie spürte seinen stützenden Arm unter ihrem.

»Na, das ging wohl ein bisschen zu schnell«, sagte er.

Er war ganz nah, so nah, dass sie seinen Körper und seinen Atem spürte. Sie lehnte sich an ihn, und der raue Stoff seines Sakkos kratzte an ihrer Wange.

Etwas an seinem Geruch kam ihr komisch vor. Erst dachte sie, es wäre ein herbes Aftershave oder Eau de Cologne, aber dann erkannte sie ihn plötzlich. Den schwachen, aber unverkennbaren Geruch von Waffenöl. Er hatte erst vor kurzem eine Waffe gehalten.

Die schwarzen Schleier drifteten langsam auseinander, als sie sich nach vorn beugte. Jetzt sah sie seine Hand ganz dicht vor ihrem Gesicht. Sein Jackenärmel war hochgerutscht und gab den Blick auf seine Manschette frei. Deutlich konnte sie die Blutspritzer erkennen, kleine Flecken auf der Oberseite, einige darunter. Dazwischen kleine, schwarze Flecken. Schmauchspuren.

Er hatte auf jemanden geschossen. Er hatte einen Schuss abgegeben, der Schmauchspuren auf seiner Hand und der Manschette zurückgelassen hatte, und das Blut des Opfers war auf seine Hände und sein Hemd gespritzt. Er hatte versucht, die Spuren zu beseitigen, aber der Sakkoärmel, der beim Schießen nach oben gerutscht war, war am Waschbecken wieder nach unten gerutscht, und so hatte er die Flecken auf der Manschette übersehen.

Ihr Herz schlug schneller. Sie versteinerte in seinem Griff. Hatte sie das alles nur gedacht, oder hatte sie es laut gesagt? Herrgott, hatte sie es laut gesagt? Sie standen ganz still, dicht aneinander, und noch immer schaute sie auf seinen Arm. Die Gedanken schossen wie Pfeile durch die schwerfällige, dunkle Masse, die ihr Gehirn war.

Natürlich! Er war in Rosenbad gewesen, als sie kamen, weil er nie weggefahren war. Er hatte Anders oben im Ministerium erschossen. Hatte ihn angerufen, ihn ins Haus gebracht. Ihr Anruf musste ihn unmittelbar nach dem Mord erreicht haben. Vielleicht hatte er mit ihr gesprochen, während er noch neben seinem Opfer hockte, damit beschäftigt, seine Taschen zu durchsuchen. Er hatte sich Anders' Handy eingesteckt und war mit einer Kopie von Samuels Karte auf die Fredsgata hinausgelangt, genau wie beim letzten Mal. Nur dass er dieses Mal das Auto geholt hatte, um damit auf die Vorderseite des Gebäudes zu fahren, als käme er gerade von zu Hause.

Das andere Handy, das er zuerst aus der Tasche gezogen hatte, musste Anders gehört haben. Deshalb hatte Anders versucht, zu dem Telefon auf Karins Schreibtisch zu kriechen. Er hatte auf dem Boden gelegen, tödlich getroffen, und mit angesehen, wie sein Mörder ihm die Taschen durchwühlt und das Handy an sich genommen hatte.

Aber warum? Warum hatte er Beatrice niedergeschlagen? Warum Anders erschossen? Was konnten die beiden Markus Larsson getan haben?

Sie wurde von den Armen eines Mörders gestützt. Sie versuchte ihn wegzustoßen. Entsetzen durchfuhr sie, als sie merkte, dass er sie festhielt. Sie hob den Kopf. Sein freundliches Lächeln war noch da, aber jetzt konnte sie ihm in die Augen sehen, und sie verstand. Sie hatte laut geredet. Sie hatte ihm gesagt, dass er ein Mörder war.

Er stieß sie zur Tür. Jetzt war er hinter ihr, hatte sie an den Haaren gepackt, und sie stolperte vor ihm über den Flur. Er war kräftig und hielt ihre Haare so fest, dass sie den Kopf nicht bewegen konnte. Aber wenigstens konnte sie wieder sehen.

»Warum, Markus?«, fragte sie. »Was haben Beatrice und Anders Ihnen getan?«

Sie waren wieder an der Wendeltreppe. Er ließ ihre Haare los, aber schon im nächsten Moment spürte sie etwas Hartes im Rücken.

»Sollten wir irgendjemandem begegnen, und du sagst oder tust etwas, dann schieße ich«, zischte er ihr ins Ohr.

Mit der anderen Hand öffnete er die Glastür.

»Rauf!«

Sie begann, die schmale Treppe nach oben zu steigen.

»Das wird nicht funktionieren. Alle wissen doch, dass

Sie der Letzte waren, der mich gesehen hat«, sagte sie. »Und Sie haben meine Spuren an sich.«

»Natürlich habe ich Spuren an mir, wir sind schließlich zusammen in mein Büro gegangen, damit du dich ausruhen kannst«, sagte er verächtlich. »Aber es wird ohnehin niemand die Sache untersuchen.«

»Und was wollen Sie sagen?«

»*Ich* bin herumgelaufen und habe mir über Samuel Bergosc Gedanken gemacht, ganz erschüttert von meinem Versagen. Als du erfahren hast, dass Anders tot ist, hast *du* dich allein auf den Weg gemacht, um auf eigene Faust zu suchen. Und du bist verzweifelt und durcheinander.«

»Allein? Alle wissen, dass ich so etwas nie tun würde.«

«Aber dieses Mal hast du es getan. Dein Loverboy musste ja ins Krankenhaus fahren – stell dir vor, er könnte Aids haben! Schock um Schock. Jarlberg hat selbst gesehen, dass du fertig bist und nicht mehr klar denken kannst.«

Sie waren jetzt auf dem Dachboden. Markus machte das Licht an. Hier war es genauso leer und still wie in der Staatskanzlei. Sie selbst hatte Jarlberg erzählt, dass Bergosc sich erst vor kurzem ausgeloggt hatte und damit seine Aufmerksamkeit auf Orte außerhalb Rosenbads gelenkt. Wenn er das Gebäude dennoch hatte durchsuchen lassen, dann war das mit Sicherheit in aller Eile geschehen und längst abgeschlossen. Vor morgen früh würde niemand hierher kommen.

Sie waren auf dem großen, offenen Dachboden im linken Turm. Verschiedene ausrangierte Möbel standen hier herum. Ein rechteckiges Fenster zeigte hinaus zum Mälaren. Sie befanden sich genau über dem Zimmer des Staatsministers. Ein bizarrer Platz, um so allein und ausgeliefert zu sein.

Sie blieb stehen und drehte sich zu ihm um. Wachsam

trat er ein paar Schritte zurück. Er sah selbstsicher aus. Er schien davon überzeugt zu sein, zu gewinnen. Er hatte einen Plan.

»Warum, Markus?«, fragte sie wieder.

»Darauf kommst du nie«, entgegnete er.

»Nein. Sie sind gerissener als ich. Deshalb muss ich fragen.«

Er spielte mit der Pistole.

»Das ist nicht die Waffe, mit der ich den Schwulen erschossen habe. Die hatte ich mir extra zu diesem Zweck besorgt, und jetzt liegt sie in einem Mülleimer an der Drottninggatan, versehen mit Haaren von Bergosc, die von der Bürste in seinem Schrank stammen. Bei Chiquin hatte ich auch ein paar Spuren ausgelegt, aber entweder habt ihr sie übersehen oder aber ihr wart der Ansicht, es wäre nur natürlich, dass ein Putzmann dort Spuren hinterlassen hat.«

»Geschickt«, sagte Margareta. »Jetzt weiß ich wenigstens das. Aber warum soll ausgerechnet Bergosc dafür büßen?«

»Weil er Serbe ist. Nach dem Krieg und den Massakern auf dem Balkan hassen die Leute die Jugos. Erst dachte ich an den Araber, aber das hätte so ein verfluchtes Aufsehen erregt. Wegen all der militanten Islamisten können die Leute die Araber auch nicht mehr leiden, aber gerade jetzt gibt es ja eine Menge Menschen, die sich für sie einsetzen und aus irgendeinem Grund furchtbar empfindlich sind. Warum diese Idioten ausgerechnet so verliebt in die Araber sind und auf alle anderen scheißen, begreife ich nicht. Aber um einen Jugo schert sich keiner.«

»Sie hätten durch die Balkontüren verschwinden können, nachdem Sie Beatrice niedergeschlagen haben«, sagte sie. »Dort gibt es keine Kameras.«

Er lächelte. Sogar jetzt sah er noch liebenswürdig aus,

als wäre er sich des Ernstes der Situation nicht richtig bewusst.

»Das hätte ich tun können. Auf diesem Wege habe ich Anders ins Haus geholt, ich habe ihm gesagt, ich müsse ihm dort etwas zeigen. Aber am Ende muss es doch einen Schuldigen geben. Diese ganze Bande ist ohnehin nichts als Abschaum. Bergosc hat sicher irgendwann etwas Kriminelles angestellt, es schadet nichts, wenn er jetzt auf diese Weise dran glauben muss.«

»Beatrice ist mehr wert als hunderte von deiner Sorte«, knurrte Margareta. »Und weder Samuel noch der Typ, den du den Araber nennst, haben ein Vorstrafenregister. Wir haben sie überprüft. Sie sind absolut sauber. Du bist der Kriminelle.«

Er zuckte mit den Schultern. Fakten waren ihm nicht wichtig, es zählten nur seine eigenen Ansichten.

Sie versuchte, den Abstand zwischen ihnen beiden abzuschätzen. Zu weit, um ihn zu überrumpeln. Er war nicht so dumm, sie für ungefährlich zu halten, nur weil sie eine Frau war. Er hatte es zwar nicht für nötig gehalten, ihr die Pistole abzunehmen, aber sie würde es nie schaffen, sie zu ziehen.

»Aber warum, Markus?«, fragte sie zum dritten Mal.

Er lächelte wieder.

»Ernesto Gonzales«, sagte er. Ließ sich den Namen auf der Zunge zergehen, als wäre er eine Delikatesse.

»Wer ist das?«

»Einer von denen, die sich in Guatemala mit Beatrice amüsiert haben. Es gefällt ihm nicht, dass sein ungezogenes Mädchen in einem anderen Land eine solche Position bekleidet und ihn mit Hilfe der schwedischen Regierung weiter verfolgt. Was passiert ist, ist passiert, aber sie will es einfach nicht vergessen. Da hat er mit mir geredet. Und Geld kann man schließlich immer gebrauchen.«

Sie konnte ihre Abscheu nicht verbergen.

»Dann sind Sie nichts als ein Auftragskiller? Im Auftrag eines anderen Mörders?«

»Nicht ganz. Er hat mich nur auf die Idee gebracht. Soll sich der ganze Abschaum doch gegenseitig umbringen, dachte ich. Was will sie überhaupt hier in Schweden? Sie hat einen enormen Einfluss auf Karin gewonnen. Ihre Gedanken vergiftet. Sieh dir doch an, was Karin gesagt hat! Diese kommunistische Indianerin hat sie korrumpiert. Sie hat viel zu sehr auf Beatrice gehört und sich gegen andere gestellt, das ist schon fast krank. Es ist wie verhext, sie gleicht einer Krebszelle. Sie plant, das ganze politische Klima zu verändern. Andere reden, aber sie handelt, und keiner wagt es, sie aufzuhalten. Der Staatsminister verabscheut sie! Glaubst du, ich hätte ihn nicht gehört?«

Er hatte die Stimme erhoben, und sie sah, wie sich sein Blick mit Hass füllte. Aber auch mit etwas anderem. Mit zerplatzten Träumen. Rache, dachte sie. Er tut es, um ein schlimmes Unrecht zu rächen, etwas, das ihn seit langem innerlich zerfrisst. Er verbirgt das hinter seiner Verachtung für Ausländer, Verachtung für Schwule. Es ist zu persönlich, um es zu zeigen. Er tut es für seine politischen Überzeugungen, aber in erster Linie für etwas anderes – wofür?

»Aber Beatrice lebt doch«, sagte sie.

»Ja, sie hat es geschafft, was mich überrascht. Aber ich muss sie auch gar nicht töten«, erklärte er stolz. »Sie ist schon tot. Ich habe sie gebrochen. Sie ist fort. Ich habe die Mauer gesprengt, die sie um sich errichtet hatte, und dann habe ich versucht, sie umzubringen. Dieser Verrat hat sie schließlich zerstört, sie schämt sich dafür, so getäuscht worden zu sein. Sie war schon vorher geschwächt, und ich war ihre letzte Hoffnung. Sie wird nichts sagen. Frauen tun das nicht. Ich war der letzte Nagel an ihrem Sarg.«

»Und Anders?«

»Er fing an, misstrauisch zu werden. Aber wir haben keine Zeit mehr zum Plaudern. Geh rüber zur Tür.«

Er wedelte mit der Pistole. Margareta blieb stehen und sah ihn an.

»Aber warten Sie, Markus. Das stimmt nicht. Sie haben Beatrice im Nebenzimmer liegen lassen, damit Karin sie findet, wenn sie Dienstag früh zur Arbeit kommt. Und jetzt haben Sie Anders liegen lassen, damit sie ihn morgen früh entdeckt. Ich glaube Ihnen kein Wort. Er hatte keinen Verdacht geschöpft, das ist nicht der Grund, weshalb Sie ihn erschossen haben. Karin ist es, die Sie zerstören wollen!«

»Geh!«, brüllte er.

Langsam verlor er die Nerven. Sie drehte sich zu der Tür um, die zu der engen, steilen Treppe führte, die aufs Dach hinausging. All ihre Instinkte protestierten dagegen, diese Stufen hinaufzusteigen, aber sie hatte keine Wahl.

Während tausend vergiftete Schmetterlinge in ihrem Magen tanzten, tat sie, was er sagte, und rechnete damit, jede Sekunde den Einschlag einer Kugel im Rücken zu spüren.

Nichts passierte. Sie traten auf das schwarze Dach, wo sie noch vor zwei Tagen in der Sonne gestanden hatten. Jetzt war es Nacht. Die Kälte schlug ihr ins Gesicht. Es wehte ein böiger Wind, der die ersten Vorboten des Winters mit sich trug. Die blinkenden Lichter der Streifenwagen und die Scheinwerfer der Fernsehteams warfen ein schwaches, flackerndes Licht in den schwarzen Himmel. Sie sah den Turm des Stadshuset, die dunklen Ufer des Mälaren, das beleuchtete Reichstagsgebäude auf der anderen Seite der Brücke. Hunderte Dächer.

Was wollte er hier? Sie erschießen? Das war unmöglich,

man hätte es unten gehört. Versuchen, sie zu erwürgen? Sie über die Brüstung werfen?

Ihr wurde schlecht vor Angst. Sie war allein mit ihm. Niemand würde hier hochlaufen, und kein Helikopter würde über das Wasser geflogen kommen, um sie in letzter Sekunde zu retten.

»Bleib mit dem Rücken zu mir stehen«, befahl er. »Jetzt nimm die Pistole raus. Halte sie von mir weg. Entsichern. Langsam.«

Er war dicht hinter ihr, so dicht, dass sie sich nicht umdrehen konnte. Er musste seine eigene Pistole abgelegt haben, denn sein rechter Arm war unter ihrem. Sie tat, was er von ihr verlangte, und er packte ihren Arm und richtete ihre eigene Pistole gegen sie. Mit der anderen Hand hielt er ihr fest den Mund zu.

Schlagartig war ihr alles klar. Er wollte sie mit ihrer eigenen Pistole erschießen. Panisch begann sie sich zu wehren. Sie trat wie wild um sich, drehte und wand sich in seinem Griff. Es konnte unmöglich sein, dass er gewann. Es konnte einfach unmöglich sein, dass das ihr Ende sein sollte, dass nichts dazwischen kam, was sie rettete, dass sie niemals jemandem davon erzählen würde. Dass sie sich nicht befreien konnte. Es durfte ganz einfach nicht passieren.

Er drückte ihre Finger gegen den Abzug. Es tat furchtbar weh. Sie schrie aus Leibeskräften, aber kein Laut drang nach außen. Sie wusste, wie leicht sich die Sig Sauer jetzt lösen konnte, und eine neue, eisige Panik durchfuhr sie, als ihr bewusst wurde, dass die Waffe mit der neuen Munition geladen war, die größere Löcher riss als die alte, weil sie sich im Flug in einen Stahlpropeller mit messerscharfen Flügeln verwandelte.

Der Lauf war auf ihre Brust gerichtet. Sie wand sich und

hoffte verzweifelt, dass die Todesangst neue Kräfte in ihr freisetzte.

Der Schuss löste sich. Ohrenbetäubend.

Sie konnte es nicht glauben. Der Rückstoß brachte sie beide zum Taumeln. Larsson ließ sie sofort los und versetzte ihr einen Stoß. Sie fiel vornüber, die Pistole unter sich, und hörte seine Schritte, als er durch die Tür verschwand, ins Haus zurück.

Ihr Herz raste vor Angst und Entsetzen. Sie fühlte keinen Schmerz, aber sie merkte, wie sie blutete. Sie konnte noch immer nicht glauben, dass es wirklich passiert war. Andere wurden erschossen, aber doch nicht sie. Andere beendeten ihr Leben als Zeitungsnotiz, die sie niemals selbst zu sehen bekamen. Nicht sie. Sie war kein *Opfer*.

Sie versuchte, sich zu den Zinnen zu schleppen, um Hilfe zu rufen. Ihre Sicht begann wieder zu schwinden, eine schwarze Schicht schob sich langsam darüber. Sie legte den Kopf auf das kalte Dach, aber es half nichts. Das Schwarz verdichtete sich, und sie fror. Sie fror so sehr, dass sie zitterte, sie schluchzte, schniefte und fror. Dachte an ihre Mutter, an Kalle, an Kent, an ihren Mann. Ihr Herz zerriss vor Sehnsucht.

Dann spürte sie nichts mehr.

29

Das Telefon auf Johns Nachttisch klingelte. Er nahm ab, darauf eingestellt, Andreas noch einmal abzuwimmeln, aber die Stimme am anderen Ende war weiblich. Sie klang angespannt.

»Entschuldigen Sie, dass ich anrufe. Ich heiße Carina

Ernberg. Kent hat mir gesagt, ich solle Sie anrufen. Kent Johansson. Wir sind alte Freunde.«

»Aha?«, gähnte John.

»Es ist so, dass ich mit Joh... mit Markus Larsson zusammen bin. Es hat sich herausgestellt, dass er Kents Halbbruder Johan ist. Kent glaubt, dass er den Mord am Sekretär der Justizministerin begangen hat.«

»Welchen Mord?«, fragte John dumm.

»Den von heute Nacht. Ich glaube, Kent ist nach Rosenbad gefahren. Er hat mich angeschrien, ich solle Sie anrufen, dann hat er aufgelegt.«

Sie begann zu schluchzen. Anne setzte sich neben John im Bett auf.

»Mach den Fernseher an«, murmelte er.

Sie tastete nach der Fernbedienung. Der Bildschirm wurde hell. Eine Direktübertragung vom Vorplatz der Regierungskanzlei wurde gesendet. Er starrte sie entsetzt an.

»Anders ist tot«, sagte er. »Anders Kjellbo ist *tot*. Kent Johansson glaubt, dass der Sicherheitschef von Rosenbad der Täter ist. Andreas hat vorhin mit derselben Information angerufen. Ich habe seine Freundin am Apparat. Larssons Freundin.«

»Wenn das stimmt, dann ist sie in Gefahr. Ich fahre los und hole sie«, sagte Anne. »Ruf die 112 an, und erzähl es ihnen.«

Sie stand auf und zog sich an.

»Carina, meine Frau Anne kommt und holt Sie ab«, sagte er. »Wir holen Sie zu uns, hier sind Sie sicherer. Sind Sie einverstanden? Versuchen Sie, jetzt Ruhe zu bewahren, dann reden wir später über alles. Geben Sie mir Adresse und Telefonnummer!«

Sie sagte ihm, wo sie wohnte, und er legte auf. Anne verschwand durch die Tür, und er wählte die Nummer des

Notrufs. Es war besetzt. Frustriert stand er auf und versuchte, sich eine Jeans anzuziehen und einen Pullover über den Kopf zu zerren, während er das Telefon festhielt. Er wählte die Nummer erneut. Nach drei Freizeichen kam er durch, wurde aber sofort auf die Warteschleife gelegt.

Fluchend suchte er nach seinem Handy und ging die Anruferliste durch, bis er Margareta Davidssons Handynummer fand. Er wählte. Niemand meldete sich.

Er wurde immer nervöser. Nach fünf Freizeichen hörte er ihre Stimme auf dem Anrufbeantworter.

»Dies ist der Anschluss von Margareta Davidsson. Im Augenblick kann ich das Gespräch leider nicht entgegennehmen…«

»Margareta, hier ist John Danielsson. Seien Sie vorsichtig mit Markus Larsson. Ich habe zwei Hinweise darauf, dass er der Täter ist. Rufen Sie mich zurück!«, sagte er.

Er hoffte, dass er sie nicht in einem kritischen Augenblick gestört oder – schlimmer noch – verraten hatte. Er meldete sich kurz bei Anne, erklärte ihr, was er vorhatte, stürzte auf die Straße, sprang in sein Auto und fuhr in Richtung Innenstadt, während er vergeblich versuchte, Kontakt zur Notrufzentrale zu bekommen.

Was mache ich hier?, dachte er. Kent Johansson weiß mehr, er ist Polizist, und er ist sicher längst da. Es gibt absolut nichts, was ich tun könnte. Ich werde einfach nur im Weg sein.

Kent entdeckte Jarlberg im Foyer. Sie kannten sich schon lange, und er brauchte keine Dienstmarke vorzuzeigen.

»Du hast schnell hergefunden«, begrüßte ihn Jarlberg. »Suchst du einen Job? Ich brauche noch ein paar, die sich in die Stadt begeben und nach Samuel Bergosc suchen. Zuhause haben wir ihn nicht angetroffen.«

»Wo ist Markus Larsson?«, fragte Kent.

»Oben in seinem Büro. Warum?«

»Und Margareta Davidsson? Sie ist doch sicher hier?«

»Ich habe ihm gesagt, er soll sie mitnehmen. Sie war vor Ort mit einem anderen Kollegen und hat Kjellbo gefunden, sie haben versucht, ihn wiederzubeleben. Sie stand unter Schock und brauchte ein bisschen Ruhe. Aber sie müssten jeden Moment wieder runterkommen.«

»Sie werden nicht runterkommen«, erwiderte Kent. »Markus Larsson ist der, nach dem ihr sucht.«

»Wie bitte?«

»Johan Markus Morath, inzwischen Larsson. Er ist mein Bruder. Halbbruder.«

Jarlberg vergaß alles andere. Er starrte Kent ungläubig an.

»Dein Bruder? Wirklich? Und woher weißt du, dass er schuldig ist?«

»Weil ich ihn kenne. Er ist ein Psychopath.«

»Psychopath? Das ist vielleicht deine Meinung, aber noch lange kein Beweis. Was sollte er für ein Motiv haben? Und warum glaubst du, dass sie nicht wieder runterkommen?«

»Margareta muss ihm irgendwie auf die Schliche gekommen sein. Sie geht nicht ans Handy.«

Jarlbergs Augenbrauen waren in die Höhe geschossen. Skeptisch nahm er sein eigenes Telefon und wählte eine Nummer. Niemand nahm ab.

»Okay«, murmelte er. »Wie auch immer, es wird das Beste sein, wir versuchen die beiden zu erwischen. Ich rufe ihn an und dann sehen wir weiter.«

»Das ist Zeitverschwendung«, widersprach Kent.

Er musste all seine Willenskraft aufbringen, um nicht einfach loszustürmen. Jarlberg kümmerte sich nicht um ihn und wählte noch einmal. Diesmal nahm sofort jemand ab, und er wechselte ein paar Worte.

»Larsson sagt, dass Margareta auf eigene Faust losgegangen ist. Sie hat seine Karte, er hat sie ihr gegeben, als sie Kjellbo gefunden haben. Aber er kommt jetzt runter.«

»Margareta unternimmt nichts auf eigene Faust. Er hat sie irgendwo versteckt«, entgegnete Kent.

»Wir werden wohl erstmal mit ihm reden dürfen und dann nach ihr suchen«, entschied Jarlberg. »Wir können sie doch nicht allein in diesem riesigen Kasten herumlaufen lassen. Warte hier.«

Kent nickte, steckte die Hände in die Hosentaschen und sah aus, als beabsichtige er, genau so stehen zu bleiben. Aber sowie Jarlberg ihm den Rücken zuwandte, schoss er zur Rezeption und gab dem Wachmann, der noch immer in der Pförtnerloge saß, ein Zeichen. Der Mann hatte ihn mit dem Einsatzleiter sprechen sehen und ließ ihn durch. Er ging zu den Aufzügen und dachte daran, dass seine Pistole auf dem Polizeirevier in Norrmalm lag.

Einer der Aufzüge war auf dem Weg nach unten. Er wartete. Der Lift hielt, die Tür ging auf, und vor ihm stand Johan. Sakko und Hose. Gefasst, beinahe gut gelaunt. Und allein.

Kent gab ihm keine Chance zu reagieren. Er ging direkt auf ihn zu, drückte ihn zurück in den Fahrstuhl, und die Tür hinter ihnen schloss sich wieder.

»Wo ist sie?«, zischte er.

Johan sah aufgeputscht aus, fast berauscht. Die neue Komplikation schien ihm zu gefallen.

»Oh, hallo, Kent. Wenn du Davidsson meinst, kann ich dir wirklich nicht helfen. Sie ist allein weggegangen. Der Einsatzleiter hat mich gebeten runterzukommen, also wenn du mich bitte …«

»Wo ist sie?«, wiederholte Kent.

»Was weiß ich! Nirgends.«

Er wirkte nicht erstaunt. Eher selbstzufrieden. Er konnte unmöglich mit seinem letzten Opfer an allen Polizisten vorbei nach unten gefahren sein, er musste sie also nach oben gebracht haben. Kent drückte den letzten Knopf. Schweigend fuhren sie bis in den obersten Stock. Sie stießen auf eine Glastür.

»Öffnen!«, befahl Kent.

»Selbstverständlich«, entgegnete Johan, nahm seine Schlüssel und schloss auf. Seine Beherrschtheit machte Kent noch panischer, als er ohnehin schon war.

Der Dachboden schien leer, aber das Licht brannte. Johans Handy klingelte. Er holte es aus der Tasche. Kent riss es an sich.

»Larsson?«, hörte er Jarlbergs Stimme. »Draußen auf dem Platz sagt jemand, dass im Haus ein Schuss gefallen sein muss. Und im Turm ist Licht.«

»Wir sind auf dem Weg dorthin. Kommt nach«, sagte Kent ins Telefon.

»Wir?«, fragte Jarlberg misstrauisch. »Wer spricht da? Kent?«

»Ich habe ihn. Kommt nach«, sagte Kent und legte auf. Er drehte sich zu Johan um.

»Wo ist der Turm?«

»Hier drüben«, sagte Johan und ging voraus.

»Warte. Gib mir deine Pistole!«

Johan blieb stehen.

»Du hast hier nichts zu sagen. Ich muss dir nicht gehorchen, und du bekommst auch keine Pistole. Wollen wir jetzt weitergehen und sehen, woher der Schuss kam?«

Er ging zu dem großen rechteckigen Fenster. Es war niemand da.

»Wenn der Schuss draußen zu hören war, kam er vom Dach«, sagte Kent. »Es ist also Teil des Plans, dass sie nach oben kommen und Margareta finden? Wie kommt man raus?«

»Ich weiß ja nicht, was sie vorhat«, sagte Johan. »Aber hier drinnen ist sie offenbar nicht, vielleicht hast du Recht.«

Bereitwillig öffnete er eine Tür. Kent rannte vor ihm hoch.

Er sah sie sofort. Ein paar Meter vom Geländer entfernt lag sie auf dem Bauch. Er stürzte zu ihr. Sie war bewusstlos, und ihre starren Augen waren weit offen. Aber sie atmete. Vorsichtig tastete er nach ihrem Puls. Er schlug, schwach und flatternd.

Er befühlte ihren Nacken und Rücken. Keine Schussverletzung. Vorsichtig drehte er sie um. Sie hatte ihre Pistole an den Körper gedrückt. Die Waffe glitt ihr aus der Hand.

»Sie muss wohl gestolpert sein und sich dabei selbst erschossen haben«, sagte Johan.

Kent riss ihren Mantel auf und fuhr mit der Hand ihren Körper entlang. Ihre Haut war kalt, das war nicht gut. Er tastete sich zu der Stelle, direkt unter der linken Brust, wo die Kugel eingedrungen war. Auch die Austrittsstelle war seitlich. Seine Hand wurde warm von ihrem Blut. Er hoffte, dass die Verletzung nicht zu tief ging und das Blut nicht in die Bauchhöhle sickerte.

Margareta zitterte. Er legte sich neben sie und versuchte, die Wunde unter ihrem Mantel abzudrücken und sie gleichzeitig zu wärmen.

»Lass sie los, du erdrückst sie ja«, spottete Johan bissig.

Kent tastete mit seiner freien Hand nach Margaretas Pistole, bekam sie zu fassen, zielte auf das Bein seines Bruders und schoss, ohne zu zögern.

Johan schrie auf, stolperte und verschwand außer Sicht.

Es war unmöglich für Kent, ihn im Blick zu behalten. Mit der Pistole in der Hand stützte er Margaretas Kopf. Er konnte ihren Atem spüren, und tiefe Zuneigung durchströmte ihn. Sie zitterte noch immer vor Kälte, aber sie wandte ihm ihren Blick zu. Sie sah, dass er da war.

»Wo ist er?«

»Weg«, sagte Kent.

»Die Balkontüren ...«, flüsterte sie.

Er wollte sein Handy benutzen, aber er war darauf gefallen, und es funktionierte nicht mehr. Er musste auf Jarlberg und seine Männer warten.

»Ernesto Gonzales ...«, sagte sie so leise, dass er sie kaum hören konnte.

»Wer ist das?«, fragte er.

Sie flüsterte die Antwort. Sie klapperte mit den Zähnen vor Kälte und stockte, aber sie sprach. Er hätte vor Erleichterung am liebsten laut gejubelt.

»Larsson sagt, er habe im Auftrag eines Südamerikaners versucht, Beatrice zu töten. Aber ich glaube, er lügt. Es gibt keinen Gonzales. Markus ist Karins Judas. Alle, die sie liebt, sollten weg. Erst Beatrice. Dann sollte sie Anders morgen früh in ihrem Büro finden. Kannst du das verstehen?«

Er dachte an seinen heftigen Wunsch, Kalle Jensens Wohnung und ihn selbst zu zerstören. Mit seinen Lippen berührte er ihre Wange. Er lag neben ihr. Zum ersten und vermutlich letzten Mal lag er neben ihr.

»Nein«, flüsterte er. »Nein. Das kann ich nicht verstehen.«

Die Zeit stand still.

John kam überhaupt nicht an Rosenbad heran. Er stellte den Wagen am Sheraton ab und rannte das restliche Stück. Er kämpfte sich bis zur Absperrung vor, die sich inzwischen bis zum Park erstreckte. Er blieb vor dem Absperrband stehen und blickte durch die Bäume.

Ein schwarzer Bus hielt vor dem Eingang, und sechs schwer bewaffnete Polizisten des Einsatzkommandos sprangen heraus und verschwanden durch die Glastüren.

John hatte das Gefühl, als hätte ihm jemand einen Eimer kaltes Wasser übergegossen. Sechs kriegsbewaffnete Männer, um einen Sicherheitschef zu überwältigen? Geriet hier gerade alles außer Kontrolle? Oder war etwas ganz anderes passiert? Er eilte zu dem nächstbesten Polizisten, einem mageren, rothaarigen Jüngling, und zeigte seinen Ausweis.

»Was geht dort drinnen vor? Wer ist für den Einsatz zuständig? Es ist wichtig. Ich habe Informationen, die …«

»Sind Sie nicht der Anwalt, der in Norrland war?«, fragte der Beamte und schielte interessiert in sein unrasiertes Gesicht.

»Schon, ich …«

Der Jüngling hob das Band sofort an.

»Kommen Sie. Jarlberg leitet den Einsatz, und er hat Kontakt mit dem Stab.«

Er folgte ihm über den Platz zum Empfang. Ein kleiner, kräftiger Mann mit stahlgrauem, kurz geschnittenem Haar stand mit einem Funkgerät am Ohr umgeben von Einsatzkräften im Foyer. John drängelte sich vor.

»John Danielsson«, sagte er. »Es war unmöglich, telefonisch durchzukommen, deshalb bin ich hergefahren. Der Fahnder Kent Johansson hat Markus Larssons Freundin bei uns zu Hause untergebracht, um sie zu schützen. Er ist überzeugt davon, dass Larsson für den Überfall an Beatrice Chiquin und den Mord an Anders Kjellbo verantwortlich ist.«

Jarlberg musterte ihn kurz.

»Ich weiß. Allerdings ist Kent hier, und jetzt haben wir eine Geiselnahme. Er ist vor einer Weile hier hereingestürmt und oben im Haus verschwunden, seitdem haben wir keinen von ihnen mehr zu Gesicht bekommen. Vor kurzem hatten wir Kontakt zu ihm über Larssons Handy. Er sagte, sie wären auf dem Weg zum Dach, und wir haben mehrere Schüsse von dort gehört. Wir gehen davon aus, dass er Larsson als Geisel genommen hat. Vielleicht hat er ihn auch verletzt oder sogar getötet. Zwischen den beiden scheint es böses Blut zu geben.«

»Kent soll eine Geisel genommen haben?«, fragte John ungläubig. »Und was ist mit Margareta Davidsson?«

»Verschwunden. Wir wissen noch nicht, wie sie ins Bild passt.«

»Warten Sie«, rief John, voller Angst, dass ihnen die Zeit davonlief. »Tun Sie nichts Unüberlegtes! Ich habe aus einer anderen Richtung die Information erhalten, dass Larsson schuldig sein könnte.«

»Und aus welcher Richtung?«

»Darüber kann ich nicht reden. Lassen Sie es mich so sagen: aus der Unterwelt.«

Jarlberg sah nicht beeindruckt aus.

»Ich weiß nicht, ob das so einen großen Unterschied macht. Schuldig oder nicht schuldig, wir glauben, dass Kent ihn festhält. Wir müssen von dieser Sachlage ausgehen und entsprechend handeln.«

John dachte an den Schusswechsel in Gransele. Kent, kalt und kalkulierend. Aber warum sollte er Larsson als Geisel nehmen? Warum sollte er ihn nicht ganz einfach zum Empfang bringen?

»Aber das kann nicht sein«, sagte er. »Es gibt keinen Grund, weshalb …«

»Sie sind Brüder«, unterbrach ihn Jarlberg. »Und was Sie vielleicht nicht wissen, ist, dass Kent heute Abend wegen Körperverletzung festgenommen worden ist und später mehrere Stunden in einer psychiatrischen Notaufnahme zugebracht hat. Wir wissen nicht, inwieweit er zurechnungsfähig ist. Ich sage es noch einmal: Er hat Larssons Handy, und wir haben Schüsse gehört. Und jetzt müssen wir Tempo machen, deshalb gehen Sie jetzt bitte.«

»Nehmen Sie mich mit nach oben«, sagte John. »Ich kann mit ihm reden. In Norrland waren wir über Stunden zusammen in Lebensgefahr. Ich weiß, wie er tickt. Sie wollen doch kein Blutbad, besonders, wenn Margareta bei ihnen ist.«

Jarlberg sah ihn prüfend an.

»Sind Sie bewaffnet?«

»Natürlich nicht! Ich komme gerade von zu Hause!«

Jarlberg stemmte die Hände in die Seite.

»Okay. Sie können mit rauf. Aber Sie gehen nicht zuerst raus, und Sie befolgen die Anweisungen. Ist das klar?«

»Selbstverständlich!«

»Gebt ihm eine Weste«, sagte Jarlberg. »Wir müssen die Treppen nach oben nehmen, das ist sicherer. Verfluchter Labyrinthbau.«

Kent war in eine Art Trance gefallen, aber jetzt kam er wieder zu sich. Er meinte, Stimmen und Schritte zu hören.

Schnell sah er sich auf dem Dach um. Johan war noch immer verschwunden. War er ernsthaft verletzt und auf dem Weg ins Krankenhaus, nachdem er Jarlberg seine Version der Ereignisse geschildert hatte? Oder war er mit den Polizisten auf dem Weg nach oben, um ihn und Margareta in dem Tumult, der vielleicht entstand, endgültig aus dem Weg zu schaffen?

Trotz der Dunkelheit fühlte er sich ausgeliefert, exponiert wie auf einer Bühne. Er hob die Pistole und zielte auf die Tür, als sie aufging.

Eine unförmige, schwarze Masse mehrerer Körper strömte auf das Dach. Sie verteilten sich, gingen in die Knie, und plötzlich wurde er von einem grellen Licht geblendet. Jemand schrie ihm etwas zu, aber er konnte die Worte nicht verstehen. Sein Arm schien in der ausgestreckten Position erstarrt zu sein, und er kämpfte, um die Welt zusammenzuhalten. Margareta lag bewusstlos neben ihm.

Er blinzelte. Ein einziges ungeschütztes Gesicht entdeckte er unter den Männern. Es war John. John Danielsson war bei ihnen. Er war genau vor der Tür stehen geblieben, und er schien das Dach abzusuchen. Er musterte Kent und Margareta und die bewaffneten Männer des Einsatzkommandos. Dann fixierte er einen geduckten Mann, der seine Pistole hob und auf die liegenden Gestalten zielte.

Etwas in Kent verschloss sich. Er wusste, dass die Dunkelheit auf dem Weg war. Es gab nichts, was er tun konnte, um sie aufzuhalten. Er wartete auf die Kugel.

John öffnete den Mund. Kent spürte seine Worte mehr, als dass er sie hörte.

Nein! Nicht schießen! Er war es nicht!

Dann stürzte er sich auf den Schützen und warf ihn um. Sie rollten über das Dach. John riss sich los, trat nach dem Mann, rannte zu Kent und Margareta und hob abwehrend die Hand in Richtung der schwarz gekleideten Männer.

Kent blickte in den dunklen Himmel. Aufgeregte Stimmen schwirrten um ihn herum. Margareta rührte sich noch immer nicht.

John nahm seine Hand und entwand ihm die Waffe. Sah ihm in die Augen, verschwand aus seinem Blickfeld.

Es wurde seltsam still. Nur das Knistern von Jarlbergs Funkgerät war zu hören.

Kent driftete weg. Zwei starke Arme halfen ihm auf die Füße. Er schwankte, fror. Driftete in eine andere Welt.

30

Karin hatte Anders' toten Körper gesehen und einen blassen fassungslosen Linus Hamberg in den Arm genommen. Er war zusammen mit drei Freunden im Krankenhaus. Sie saßen im Wartezimmer und trösteten Anders' völlig gelähmte Eltern.

Es gab nichts, was Karin hier noch hätte tun können. Der Säpo-Beamte fragte eine Krankenschwester nach dem Weg, dann gingen sie durch die langen Korridore des Krankenhauses zu Beatrice. Der Polizist, der vor Ort Dienst hatte, folgte ihr ins Krankenzimmer, Margareta Davidssons Anweisung entsprechend.

Beatrice war wach. Sie sah schrecklich aus, als hätte sie Alpträume gehabt. Aber noch wusste sie nicht, dass Anders tot war. Hätte sie früher geredet, sein Tod hätte vielleicht verhindert werden können.

Karin ging zu ihr, setzte sich auf die Bettkante und nahm Beatrices Hand.

»Das Zimmer«, sagte Beatrice. »Er wollte in dein Zimmer. Ich wusste, dass es ihm darum ging, dich zu demütigen, uns beide. Aber ich wollte es nicht wahrhaben.«

Sie klang heiser, das Sprechen war ungewohnt. Der Tropf war ihr abgenommen, und der Verband war durch ein großes Pflaster ersetzt worden, das nur die Kopfverletzung bedeckte. Ihr schwarzes Haar war offen.

»So kriegen sie uns klein«, flüsterte sie. »Die Patrouille. Fredrik. Und er.«

Der Polizist zog sich auf den Flur zurück und lehnte die Tür an. Bald musste Karin von Anders erzählen und Beatrice fragen, wer der Mörder war. Bald. Diese Schuld würde Beatrice endgültig in die Knie zwingen. Sie war stolz, sie war stark, aber sie war zerbrechlich. Ein Baum, dessen Wurzeln verletzt sind, fällt, wie groß er auch sein mag.

Ein guatemaltekisches Band lag auf dem Nachttisch. Vielleicht hatte Rosa es dort liegen lassen. Karin griff danach, nahm behutsam Beatrices Haare und flocht das Band ein. Sie arbeitete mit leichter Hand, nahm sich Zeit, darauf vorbereitet, abgewiesen zu werden. Aber Beatrice rührte sich nicht. Ihr Haar war dick und weich. Karin steckte die letzten Haarnadeln fest. Beatrice saß aufrecht und strahlte noch immer diese Würde aus, die sie nie verlieren würde, obwohl ihr Gesicht vom Tod gezeichnet war. Karin legte von hinten die Arme um sie, um sie zu trösten, und legte ihre Wange an Beatrices warmen Nacken. Sie schwiegen.

Plötzlich wurde die Tür aufgestoßen. Markus Larsson stürmte herein. Er war beherrscht, aber verbissen. Karin fiel wieder ein, dass er dabei gewesen war, als Anders gefunden wurde und dass auch er versucht hatte, ihn wiederzubeleben. Sein Hosenbein war blutig. Vielleicht war es Anders' Blut.

Das besorgte Gesicht des Säpo-Beamten tauchte für eine Sekunde in der Tür auf, bevor sie sich wieder schloss. Markus starrte die beiden Frauen an. Sein Mund verzog sich zu einem Lächeln. Einem unangenehmen Lächeln. Karin fühlte sich unwohl und ließ Beatrice los.

»Wie geht es dir?«, fragte sie Larsson.

»Gut, sehr gut«, antwortete er betont ruhig. »Hier sitzt ihr also, eng umschlungen. Ist das der Grund? Darum hörst du auf diese Kommunistin? Darum hatte ich es so verdammt schwer mit ihr? Weil ihr ein *Paar* seid? Elende Lesben!«

Er sprach gedämpft und vergaß nicht für eine Sekunde, dass draußen vor der Tür Beamte standen. Seine Augen glänzten.

»Wir sind kein Paar«, erklärte sie.

Er stand zwischen ihr und der Tür. Sie wollte die Säpo rufen, aber sie brachte kein Wort heraus.

»Ich habe dich angebetet«, zischte er. »Du ahnst nicht wie sehr! Ich wollte dich. Aber du hast dich von der Indianerin korrumpieren lassen! Ich dachte mir, wenn ich den Schwulen und sie aus dem Weg räume, dann zerstöre ich dich und deine verdammten Ideen, dann musst du das Ministerium verlassen, und wir zwei haben eine Chance. Aber wenn du eine Lesbe bist… Das ändert alles!«

Karin sah ihn an und runzelte die Stirn.

Markus? War es Markus, der ein Verhältnis mit Beatrice eingefädelt, sie geschlagen und verraten hatte? Markus, der Anders erschossen hatte?

Sie warf einen Blick auf Beatrice. Ihr Gesicht war aschfahl. Und es sprach auch ohne Worte Bände.

Markus schüttelte den Kopf und lachte auf.

Karin wusste nicht, ob er bewaffnet war, aber es war zu vermuten. Wenn er ihnen jetzt etwas antun wollte, hatte sie keine Möglichkeit, sich zu wehren. Sie rührte sich nicht und ließ den Blick durch das Zimmer schweifen. Hinter Markus war der Anschluss für die Sauerstoffleitung mit Hebeln und Metallrohren in die Wand eingelassen.

»Sie ist so deprimiert«, murmelte Markus. »Genau wie du. Mord und Selbstmord… und dann deine Kinder…«

Schlagartig wurde Karin die Wahrheit bewusst. Sie begriff, dass sie dem Tod ins Auge blickte, dass die Grenze zwischen ihr und dem Unwiderruflichen dünn wie Papier war. Keine Stellungnahmen, keine Ermittlungen oder Konferenzen konnten das Unvermeidliche aufhalten. Es gab keine Worte und keine Zeit. Nichts. Nur das Jetzt.

Ihre Muskeln spannten sich, ihr Puls pochte. Noch nicht! Sie hatte noch so viel vor sich, Menschen zu lieben, Menschen zu retten. Beatrice, die Kinder. Nicht jetzt!

Sie hatten keine Zeit mehr. Und doch vergingen die Minuten plötzlich wie in Zeitlupe. Markus schob die Hand unter sein Jackett, um die Pistole zu ziehen, und es schien, als bewege er sich wie ein Schlafwandler. Eine gewaltige Kälte ergriff von ihr Besitz, dieselbe Kälte, die sie empfunden hatte, als sie Beatrice in ihrem Nebenzimmer entdeckt hatte.

Karin handelte instinktiv. Mit einem einzigen Schritt war sie vor ihm und packte ihn. Sie reichte ihm nur bis zur Brust. Sie spürte die Pistole in seiner Hand, aber wagte es nicht, sie ihm aus der Hand zu winden.

Er hatte keinen Bewegungsspielraum. Ihr Manöver kam so unerwartet, dass er ins Wanken geriet. Karin wusste, sie hatte nur diese eine Chance. Sie drehte seinen Rücken zur Wand und stieß ihn von sich, mit aller Kraft, die sie aufbieten konnte.

Markus versuchte zu parieren, unbeholfen und plump, aber er verlor den Halt und fiel mit voller Wucht nach hinten.

Für eine Zehntelsekunde blitzte das Entsetzten in seinen Augen auf, und sein Kopf schlug ungebremst auf das Rohr des Sauerstoffanschlusses. Sein Blick brach. Er zuckte. Er lag still.

Sekunden später war der Raum voller Menschen.

Karin konnte nichts mehr denken oder fühlen. Sie wollte Beatrice nicht ansehen. Sie ging in den Flur und setzte sich auf eine Bank, das Gesicht in den Händen vergraben.

Die folgenden Tage absolvierte sie wie ein lebender Roboter. Effektiv. Sie erkundigte sich nach der verletzten Kommissarin und dem Polizisten, der sie oben auf dem Dach von Rosenbad gerettet hatte, rief John an und bedankte sich für seinen Einsatz und dafür, dass er sich zwischen

Johansson und das Einsatzkommando gestellt hatte. Sie konnte die Motive für sein Handeln jetzt besser nachvollziehen, aber sie sprach nicht darüber. Noch nicht.

»Bei mir musst du dich nicht bedanken«, sagte er. »Ein Häftling aus Norrtälje hat mich angerufen und mir den Tipp gegeben.«

Es war vollkommen unmöglich zu schlafen. Ein Arzt verschrieb ihr Schlaftabletten, aber sie wirkten nicht. Ebenso gut hätte sie nur Wasser trinken können.

Am folgenden Tag waren die Kinder bei Karin. Sie wollte sich ihnen anvertrauen, aber es war zu viel. Wie sollten sie damit fertig werden? Wie konnte sie ihnen diese ganze, schreckliche Wahrheit aufbürden? Alle vier saßen auf dem Sofa und sahen sie erwartungsvoll an. Karin ging in die Küche und machte ihnen etwas zu essen. Verfiel in alte Routinen. Sie versuchten halbherzig, ihr die Arbeit abzunehmen, aber sie ließ sich nicht beirren. Das Einzige, was gegen ihr inneres Chaos zu helfen schien, war ständig etwas zu tun.

Verzweifelt sehnte sie sich nach Nähe. Sie brauchte Øystein, oder eher noch einen anderen Øystein, einen, der schon seit vielen Jahren bei ihr war und auf den sie sich verlassen konnte. Aber er hatte sich zurückgezogen. »Ich denke, du brauchst ein bisschen Zeit für dich«, hatte er am Telefon gesagt.

Er hatte ihre Erwartungen nicht erfüllt. Sie hatte einfach aufgelegt. Daran gab es nichts zu rütteln.

Die Zeitungen waren voll mit Berichten. Einige verurteilten sie, andere unterstützten sie, aber die meisten äußerten Überraschung und Unglauben. Eine Ministerin, die bedroht wurde und den Täter tötete? Die zurückschlug?

Jemand schrieb: »Ist eine Ministerin noch tragbar, wenn sie getötet hat – selbst wenn es aus Notwehr geschah?«

»Darf Landberg bleiben? Oder sind wir ganz einfach realitätsfremd, wenn wir sie infrage stellen?«, schrieb ein anderer Journalist. »Müssen wir ihr nicht zur Seite stehen, statt uns feige zurückziehen? Hatte sie nicht das Recht sich zu verteidigen und Glück, dass es ihr gelang?«

Nach der Vernehmung durch die Polizei wurde Karin von jeder Schuld freigesprochen. Die Öffentlichkeit verlangte nach einer persönlichen Stellungnahme, und sie gab einem Fernsehsender am folgenden Tag an einem neutralen Ort ein Interview. Nach dem Mord an Anders und nach Markus' Tod, nach einer langen Nacht, in der sie im Bett gelegen und an die Decke gestarrt hatte. Karin sprach von den politischen Motiven für Markus' Handeln und betonte die Tragödie, die auch in seinem Tod zu finden war. Ein Telefonat mit Elin und hunderte von E-Mails zeigten, dass die Bevölkerung auf ihrer Seite stand.

Karin verbrachte das Wochenende damit, rastlos in ihrer Wohnung auf und ab zu gehen. Wie lange würde sie ohne Schlaf durchhalten? Sie musste dieses Fegefeuer allein überstehen. Den Schock überwinden. Abstand gewinnen zu dem, was sie getan hatte. Sie hätte Beatrice gebraucht. Die Einzige, die die ganze Wahrheit darüber wusste, wie Markus gestorben war, war Beatrice.

Am Montag fuhr Karin wieder ins Ministerium. Die Wachbeamten wollten sie durch den Hintereingang schmuggeln, doch sie lehnte ab. Sie hatte das Gefühl, auf diese Weise die Opfer zu verraten. Vor dem Eingang stieg sie im Blitzlichtgewitter aus dem Auto, sprach ein paar Worte über Anders und Beatrice, Margareta Davidsson, John und Kent Johansson in jedes Mikrofon, das auf sie gerichtet war. Dann betrat sie das Gebäude und fuhr in ihr Büro.

Ein kleines Komitee mit Elin und dem Minister für Soziales und Gleichstellung an der Spitze nahm sie in Empfang. Jemand begann leise zu applaudieren, aber es schien, als würde die tief empfundene Unterstützung für Karin von der betäubenden Tatsache geschwächt, dass sie tatsächlich den Tod eines Menschen verursacht hatte. Alle waren sich darüber im Klaren, dass Larsson selbst daran schuld gewesen war, aber sie waren sich nicht mehr sicher, wer Karin wirklich war. Sie war eine andere geworden.

Im Empfangszimmer erwartete sie ein Wald von Blumen, die von zahlreichen Anteilnehmenden geschickt worden waren. Sie wagte sich so weit hinter die Absperrung, die um ihr Büro errichtet worden war, bis sie Anders' Blut auf dem Boden sehen konnte. Dann setzte sie sich in das Blaue Zimmer, die Hände auf den Knien, und blickte durch die Fenster in den Morgen hinaus.

Sie spürte Anders in der Luft, die sie umgab. Er war auf der ganzen Etage, in jedem Raum. Und Markus war verschwunden.

Sie hatte keine Ahnung von seiner Obsession gehabt. Vor langer Zeit hatten sie auf einem Fest zusammen in einer Ecke gesessen, und diese warme Stimmung war zwischen ihnen aufgekommen, die sich gelegentlich einstellt, wenn zwei Menschen sich vertraulich unterhalten. Sie waren allein in einem Zimmer gelandet, hatten herumgewitzelt und gelacht, und dann war es zu einem Kuss gekommen. Sie hatte ihn damals tatsächlich für eine kurze Zeit anziehend gefunden, er sah gut aus, war durchtrainiert und sympathisch, aber zugleich lag etwas in seinem Blick, das sie abstieß. Sie gewann den Eindruck, es gefiele ihm, Frauen zu erobern, und sie war nicht daran interessiert, erobert zu werden. Außerdem hatte er Ansichten, die ihr ebenso wenig zusagten. Reaktionäre Ansichten.

Zwei Tage später hatte er sich gemeldet. Nicht am nächsten, wie sie verärgert registriert hatte. Er wollte sie zappeln lassen, wollte sie schmoren lassen, damit sie sich der erotischen Anziehung erinnerte. Ihr die Gelegenheit geben, sich nach ihm zu sehnen. Aber sie hatte noch nie Gefallen an dieser Art von Spielchen gefunden. Ausgefeilte Techniken führten lediglich dazu, dass sie das Interesse verlor. Sie hatte ihn freundlich, aber bestimmt abgewiesen. Sie hatte geglaubt, er habe es mit Fassung getragen und nicht weiter über die Sache nachgedacht.

Aber er hatte nichts vergessen. Er war nicht darüber hinweggekommen. Und dann hatte er Beatrice schöne Augen gemacht. Und Beatrice, bedrängt von der Erinnerung, von Vicente, Fredrik und den Erwartungen an sich selbst, war verwundbarer gewesen.

Nun war keine Beatrice mehr da. Kein Anders. Das Haus war leer. Karin war allein.

Elin klopfte an die Tür und trat ein, ohne eine Antwort abzuwarten.

»Möchtest du einen Kaffee?«, fragte sie freundlich. »Oder etwas anderes?«

Natürlich kam sie um zu sehen, ob alles in Ordnung war. Karin lächelte und schüttelte den Kopf. Elin verschwand wieder.

Die rasende Wut auf Markus begann von ihr abzufallen, und Müdigkeit nahm ihren Platz ein. Warum machte sie sich so viele Gedanken? Demokratie und Humanismus mussten von jeder Generation aufs Neue erkämpft werden. War es überhaupt sinnvoll, das zu tun? Mal kam man einen Schritt weiter, mal rutschte man wieder zurück. Möglicherweise hatten die ersten Menschen, als sie durch die Savanne zogen, auch eine Art Demokratie in ihren kleinen Gruppen gekannt, aber dann hatte es mehrere tausend Jahre gedauert, um wenigstens in ein paar Ecken der Welt ein allgemeines Stimmrecht einzuführen. Es hatte fast Karins ganzes bisheriges Leben gedauert, das Recht auf Abtreibung für Frauen durchzusetzen, das Recht, so frei über Sexualität reden zu können, dass Inzest vor Gericht gestellt werden konnte, es hatte ebenso lange gedauert, den Menschen ordentliche Löhne und Wohnungen zu sichern.

In den Siebzigern, als sie jung gewesen war, gab es noch einen wirklichen Willen zur Solidarität. Alle sollten ihre Stimme erheben, man strebte nicht nach Geld, sondern nach Gemeinschaft und Freiheit. Man kämpfte für eine geschützte Umwelt und das Mitbestimmungsrecht. Kinder sollten ernst genommen werden. Man hörte ihnen zu und gab ihnen Raum, um sich frei zu entfalten. Man sollte einander ohne Konkurrenzdenken schätzen. Man musste keinem bestimmten Ideal entsprechen. Überall gab es tausende von Menschen, mit denen man sich identifizieren konnte. Tausende Häuser, in die man gehen konnte, ohne sich hinter einer Maske zu verstecken.

Dann kam der Zusammenbruch. Es begann damit, dass die Befürworter der Atomenergie bei der Volksabstimmung siegten, kurz nachdem dreißigtausend Menschen durch Stockholm gezogen waren und das Stadion gefüllt hatten, Atomkraftgegner und Aktivisten aller Altersklassen und aus allen Schichten. Karin erinnerte sich an zwei ältere Damen, die den Demonstrationszug verlassen hatten und begeistert versuchten, die neugierigen Zuschauer zum Mitgehen zu bewegen.

Der Kampf war so schwer gewesen, und so viele hatten sich engagiert. Nach der Niederlage war den Menschen die Puste ausgegangen. Alle, die gekämpft hatten, fühlten sich betrogen, verraten. Sie waren gescheitert. Das Atomkraftwerk wurde gebaut, und die Menschen kehrten sich nach innen. Die Achtziger präsentierten schließlich das Ergebnis der Enttäuschung. Es wurde unmodern, arm zu sein, unmodern, sich um andere zu kümmern. Eine ganz andere, neue Generation war herangewachsen, in der die meisten schufteten, ohne sich als Teil eines größeren Zusammenhangs zu betrachten.

Manche versuchten, mit allen Mitteln reich zu werden oder waren bereit, jeden Preis für irgendeine Form von Liebe oder Gemeinschaft zu bezahlen. Andere wollten die gefallene Fackel aufheben und kämpften gegen die Macht des internationalen Kapitals, gegen Tierquälerei und Ausbeutung. Engagiert, aber ziemlich allein, oft ohne ein konkretes Ziel und gegen ein Sperrfeuer der Älteren aus Hass, Misstrauen und Verachtung. Und nicht zuletzt gegen die Presse, die offenbar in stiller Einigkeit beschlossen hatte, jegliche Hoffnung zu begraben.

Dennoch, erst vor wenigen Jahren waren dreißigtausend engagierte Bürger gegen die wirtschaftliche Globalisierung durch Göteborg marschiert, von den Medien fast vollständig unbeachtet, weil man sich voll und ganz auf die Polizei und die mehrfach provozierten Krawalle konzentriert hatte. Die Jüngeren kämpften ohne Unterstützung ihrer eigenen Generation und ohne einen Nutzen aus dem ziehen zu können, was ihre Eltern erreicht hatten. Auf die allgemeine Hysterie waren schockierend harte, parteiische, vermutlich rechtswidrige Urteile gefolgt, die Schweden tatsächlich politische Häftlinge verschafft hatten. Karins eigene Generation hatte ihre Kinder verraten, weil es so wehtat, daran erinnert zu werden, was man selbst einst gehofft hatte und woran man gescheitert war.

Es war aufreibend und anstrengend, immerzu gegen etwas zu kämpfen. Vielleicht war es sogar arrogant. Warum nicht mit dem Strom schwimmen? Warum nicht einfach in diese abstrakte Welt hinter Rosenbads Mauern versinken, versuchen, wenigstens etwas aus dem Ganzen herauszuholen, Wertschätzung zu erhalten, nicht immer nur die zu sein, die als unangemessen, mühsam und widerspenstig betrachtet wird? Die Erde drehte sich ohnehin weiter.

Das Telefon klingelte. Es war der Staatsminister. Er sprach in pastoralem Tonfall. Karin musste daran denken, dass er nach der Tsunamikatastrophe nichts aus dem Scheitern der gesamten Verwaltung gelernt hatte. Gar nichts.

»Ich wollte dir nur sagen, dass ich in dieser schweren Zeit mit dir fühle«, sagte er. »Anders' Tod ist ein großer Verlust für dich. Und die Todesumstände von Markus Larsson sind sicher sehr schwer für dich. Dass er so unglücklich fallen musste. Aber es war wohl sein Schicksal, dass es mit ihm so enden würde. Du musst dir keine Vorwürfe deswegen machen.«

»Danke«, murmelte sie.

»Bist du ganz sicher, dass es dir schon wieder gut genug geht, um herzukommen? Ich weiß, dass ich damit einverstanden war, aber wir dachten, du solltest dir erstmal freinehmen, um deine Nerven ein bisschen zu pflegen.«

»Sie sind schon wieder einigermaßen in Ordnung«, entgegnete sie.

»Wenn das so ist, umso besser, aber vielleicht ist das für dich selbst auch noch schwer zu beurteilen. Wir müssen nicht jetzt darüber reden, aber wenn du das Gefühl hast, dass dir das EU-Treffen zu viel wird, dann schicken wir natürlich jemand anderen. Ich habe vollstes Verständnis dafür. Kümmer du dich jetzt um dich. Ich wollte nicht stören, aber sag einfach Bescheid, wenn du raufkommen und mit mir reden willst. Wir sehen uns ohnehin dann bei der Pressekonferenz in zwei Stunden.«

Sie legte auf. Erinnerte sich daran, wie unproblematisch es gewesen war, einig mit ihm im Bella Venezia zu sitzen, als sie nach dem Angriff auf Beatrice die Pressekonferenz einberufen hatten. Er würde sie auch jetzt unterstützen, wenigstens nach außen hin. Warum nicht nachgeben? Warum nicht einfach tun, was die anderen wollten? Sie hatte Blut an den Händen, hatte sie da überhaupt das Recht, noch weiterzukämpfen?

Es war merkwürdig mit den Toten, schoss es ihr durch den Kopf. Dass sie nicht mehr existierten. Dass sie keinen Raum mehr beanspruchten. Dass die Luft selbst nicht jedes Mal explodierte, wenn eine solche Katastrophe ein Loch riss.

Elin kam zurück. Sie hielt ein Kuvert in der Hand.

»Ein Brief aus der Karolinska-Klinik«, sagte sie. »Ein Bote hat ihn gebracht.«

Sie zog sich gleich wieder zurück. Karin beschlich eine düstere Vorahnung, als sie den Umschlag öffnete. Der Brief war von Beatrice. *Karin, querida,* begann er.

Sie las weiter. Beatrice hatte offensichtlich Mühe gehabt, die Sätze zu formulieren.

Ich bin zurück.

Die kalte Luft ist schwer vom tropischen Regen, und große, nasse Blätter hängen über dem Haus. Es riecht nach nassem Mörtel. Die Wand ist weiß verputzt, aber große Stücke des Putzes sind abgeplatzt, und die Lehmziegel saugen sich mit der Feuchtigkeit voll. Dunkelheit und feuchte Kälte. Ich friere so, dass ich zittere und keine Luft bekomme.

Ein magerer Hund lag da und schlief, als ich kam. Kümmert er sich um die Schreie, die von hier drinnen nach draußen dringen? Steht er auf und trottet davon, oder hat er sich daran gewöhnt? Bekommt er Tritte oder Futter von den Milizen?

Die Angst fühlt sich wie ein Fausthieb in den Magen an. Wo sind Vicente und Paulo? Ich komme zu mir, fiebrig, mein Kopf schmerzt. Ich warte darauf, dass die ruhige Kraft in mir zurückkehrt, die Kraft, die mich durch alles getragen hat. Dass mein denkendes Hirn wieder funktioniert. Ich bin es gewohnt zu kämpfen. Ich habe eine Aufgabe.

Ich versuche aufzustehen. Weiß, dass es lebenswichtig ist, aber eine Welle der Übelkeit jagt durch meine Brust und meinen Bauch, und die Welt beginnt sich zu drehen. Gehört mein Körper noch zu mir? Haben sie noch immer nicht aufgehört? Es ist als winde sich das Hirn im Kopf, als würde es nicht mehr länger passen. Flieh!, schreie ich innerlich. Raus aus dem Haus! Raus aus dem Tal zwischen den Bergen, raus aus dem Land! Zu bleiben bedeutet den Tod.

Und ich sehe Vicentes Gesicht vor mir. Es ist so traurig, querida.

In dieser Nacht schwebe ich über einer Schlammgrube. Die Hände, die mich halten, sind unerbittlich. Ich schwebe über der Tiefe. Greife nach Grasbüscheln. Dann falle ich. Versinke. Der Schlamm umschließt mich, und ich kann mich nicht mehr bewegen. Panisch spüre ich, wie er höher steigt und über mein Gesicht läuft.

Dann bin ich fort wie so viele andere. Unter der Erdoberfläche verschwunden, mit einem Seil um den Hals, fest zugezurrt von einem Holzstock im Nacken.

Namenlos.

Karin landete mit beiden Füßen und einem spürbaren Schlag auf dem Boden der Realität. Sie zerknüllte den Brief und rief im Krankenhaus an. Eine Krankenschwester meldete sich.

»Gehen Sie sofort zu Beatrice Chiquin«, sagte Karin. »Ich fürchte, dass sie sich etwas antut.«

»Wie bitte?«

»Gehen Sie einfach zu ihr, und lassen Sie sie keine Sekunde mehr allein. Sagen Sie ihr, ich komme heute Nachmittag, ob sie will oder nicht. Gehen Sie jetzt auf der Stelle zu ihr und sehen Sie nach, ob alles in Ordnung ist. Ich warte.«

Es dauerte ein paar Minuten. Die Schwester kam zurück und teilte ihr mit, dass es Beatrice gut ging.

»Danke. Können Sie bitte dafür sorgen, dass die ganze Zeit jemand bei ihr ist, bis ich komme? Es ist wichtig.«

»Natürlich. Wenn Sie sicher sind, dass es nötig ist.«

»Ich bin ganz sicher.«

»Dann machen wir das so.«

Karin hatte Beatrices Depression nicht bemerkt. Markus hatte versucht, alles um sie herum zu vernichten. Sie klein zu machen. Sie durfte nicht zulassen, dass ihm das gelang, und sie durfte nicht zulassen, dass Beatrice nachgab. Sie durfte die Welt dort draußen vor den Mauern nicht loslassen.

Karin rief die Sekretärin des Staatsministers an.

»Sagen Sie ihm, dass ich jetzt gleich hochkomme, wenn es möglich ist. Und wenn es ihm recht ist, fahre ich selbstverständlich zu dem Ministertreffen.«

»Natürlich. Er erwartet Sie.«

Sie nahm den direkten Weg zur Treppe und ging langsam nach oben. Ihre Gedanken streiften hastig die Bilder an Anders' Wand. Sie dachte an sein lächelndes Gesicht, sein Glück mit Linus und seine Freude an der Arbeit, an gutem Essen, an schönen Kleidern, der Sonne und dem Leben. Eines Tages, wenn Trauer und Schmerz nachgelassen hatten, würde daraus eine warme Erinnerung entstehen.

Dann sah sie Beatrice vor sich, mit einer Intensität, die ihr den Atem nahm. Karin blieb auf der Treppe stehen, hielt sich am Geländer fest und schloss die Augen. Die Zeit lief rückwärts. Sie kämpfte dagegen an, aber die Zeit rauschte und schwankte wie ein rasender Zug, und Karin verlor das Gleichgewicht, fiel und schnappte nach Luft.

Mit einem Ruck blieb alles stehen. Es war ein Tag im Frühjahr. Sie hatten nebeneinander in ihrer Kammer gesessen. Es hatte kein Blut gegeben, keine Trauer. Sie wollte sich umziehen, und Beatrice hatte sie begleitet, weil sie gerade heftig über etwas diskutierten.

Die Sonne schien. Es war ein schöner Tag. Die Bäume rund um das Regierungsgebäude auf der anderen Seite des Mälaren hatten neue, grüne Blätter, in der milden Luft fiel das Atmen leicht. Beatrice saß auf dem Bett, und Karin probierte Kleider. Es gab nur einen Stuhl, und so saßen sie schließlich nebeneinander auf dem Bett wie zwei Teenager, unterhielten sich und lachten.

Und das Gefühl war gekommen. Diese plötzliche, unerwartete, wunderbare Wärme. Beatrices Blick. Verwundert. Glücklich, dass sie so glücklich sein konnte. Das erotische Begehren. Ihre weiche Haut. Die Narben, die sie mit ihren Fingern berührt hatte und die sie so sehnlichst ungeschehen gemacht hätte. Diese wunderbaren, strahlenden Wochen, die es gedauert hatte. Nächte in dem engen Bett, als sie dicht nebeneinander lagen und zusahen, wie die Morgendämmerung über der Stadt aufzog, als sie ihren Atemzügen lauschten. Das Gefühl, endlich ganz wach zu sein, ganz anwesend, ganz zusammen – das Gefühl ganz zu sein.

Aber keine langen Spaziergänge zu zweit. Keine geteilten Hotelzimmer.

Und dann das Ende. »Ist es ein Fehler? Ist es mein Fehler? Wir müssen damit aufhören, Karin! Ich weiß, dass ich es können müsste, aber ich schaffe es nicht. Ich muss an Fredrik denken, an Paulo. Wir müssen damit aufhören!«

Es gab nichts, was Karin hätte tun können. Verzweifelt fühlte sie, wie ihr Liebe und Nähe aus den Händen glitten. Beatrice entfernte sich mehr und mehr, stand in einem Boot, das im Nebel verschwand. Und sie sah einsam aus.

Karin selbst hatte schon einmal eine solche Liebe erlebt, als junges Mädchen. Für Beatrice war es ein Schock, eine Entdeckung, die ihr ganzes Dasein erschütterte, ein Geheimnis, das sie vor Scham und Verwirrung ausradieren wollte. Karin hingegen hätte am liebsten der ganzen Welt davon erzählt, jubelnd vor Freude. Sie wäre gern mit Beatrice zusammengeblieben, sie hätte den Rest ihres Lebens mit ihr verbracht.

Dann hatte sie gedacht, sie könnte das stattdessen als gute Freundin tun. Die wichtigste Freundschaft. Als sie Beatrice verletzt aufgefunden hatte, war sie kurz davor gewesen, wenigstens John alles zu erzählen. Sie war eine Zehntelsekunde davon entfernt gewesen, ihr Versprechen gegenüber Beatrice zu brechen. Aber im letzten Moment hatte sie sich besonnen.

Plötzlich kamen die Tränen. In einem gewaltigen Strom brachen sie aus ihr heraus. Schluchzend klammerte Karin sich am Treppengeländer fest und weinte. Weinte über Anders, über Beatrice, über die Gewalt, über die Einsamkeit, über die Dummheit, über die Vorurteile, über das Entsetzen in Markus' Blick, über das ganze verkommene, vernachlässigte Land, über Trauer und Schmerz.

Schließlich beruhigte sie sich. Niemand war vorbeigekommen. Niemand hatte sie gesehen.

Sie öffnete die Augen. Setzte sich auf eine Treppenstufe und wartete.

Mit einem Mal wurde ihr bewusst, dass sie seit dem Tag, an dem Beatrice gegangen war, fast ihr ganzes Selbst verschlossen hatte, nur um weitermachen zu können. Jetzt war es, als wären ihre Sinne endlich wieder erwacht. Die Luft begann zu riechen, die Wärme wurde drückend, sie spürte die Kleider auf ihrer Haut. Die Farben leuchteten. Ein heißer Strom von Sehnsucht durchfuhr sie.

»Was habe ich getan?«, dachte sie. »Warum habe ich nicht gekämpft? Warum habe ich ihr nicht geholfen?«

Sie stand auf, erschöpft, aber ruhig und gefasst, ging die Treppe hinauf, öffnete die Tür zur Staatskanzlei, die die wartende Sekretärin aufgeschlossen hatte, und trat ein.

31

Um halb sieben wurden die Türen der Zellen aufgeschlossen. Andreas trat auf den Korridor in Richtung Essraum, um zu frühstücken. Schon aus der Ferne hörte er, dass der Fernseher lief. Die Lautstärke war hochgedreht, und die anderen fünfzehn Häftlinge hörten an die Wände gelehnt zu. Auch die beiden Alten hatten den Blick auf den Bildschirm geheftet.

Andreas hatte das Handy in seinem Pulloverärmel versteckt. Er ließ es im Vorbeigehen in den Mülleimer rutschen. Alle konzentrierten sich auf den Fernseher. Niemand bemerkte ihn. Zwei Sekunden später stand er am anderen Ende des Raumes.

»Er ist tot!«, sagte einer der Häftlinge aufgeregt. »Sie hat ihn getötet! Verdammt, die hat's ihm gezeigt! Ein Polizist ist es gewesen! Ein Bulle!«

Der gerissene Alte lächelte zufrieden.

»Hab ich es nicht gesagt? Er war es. Und jetzt hat es sich für ihn ausgeprügelt.«

»Krass«, sagte Andreas.

Vor dem Fenster schien die Sonne, und mit einem Mal wurde ihm bewusst, was ihm gelungen war. Er hatte Recht gehabt, er hatte den richtigen Tipp gegeben. Er hatte das Telefon genommen, und er war davongekommen. Er hatte sich für etwas entschieden, hatte es getan, und es hatte funktioniert. John würde sich melden. Er *musste* sich melden. Es gab einen Weg nach vorn.

Plötzlich fühlte er sich überlegen. Er war eingesperrt, und dennoch fühlte er sich frei. Er wusste, was er tat, war richtig.

Er schenkte sich Kaffee ein und nahm ein paar Wurstbrote, setzte sich an den runden Tisch und sah sich die Nachrichten an.

Kent ist fünfzehn.

Er hebt seine Hanteln und schaut abwesend aus dem Fenster in den strahlenden Sommer hinaus. Johans Mutter und ihr neuer Mann sind in die Stadt gefahren. Kent soll für drei Wochen hier bleiben. Seine eigene Mutter ist noch nicht von einer Operation genesen, und sein Vater will nicht allein die ganze Verantwortung für einen Jugendlichen übernehmen.

Die Mutter seines Halbbruders Johan findet es prima, dass die Brüder sich begegnen. Jungen sind Jungen, die müssen Umgang miteinander haben, und Johans andere Freunde kommen ihr vor wie Feiglinge, die nur seinen Befehlen gehorchen.

»Du bist aus anderem Holz«, hat sie gesagt. »Aber ihr beiden habt schließlich auch einen echten Mann zum Vater.«

Kent fühlt sich nicht wohl. Er spürt die Spannungen am Abendbrottisch zwischen der enttäuschten, verbitterten Frau und dem Mann, der versucht einen Weg zu der Frau und ihrem Sohn zu finden. Das Einzige, was ihm einfällt, sind Dominanz und strikte Regeln.

Kent will nicht in dem Haus bleiben. Aber er kann nirgendwo anders hin. Also stemmt er Hanteln, um stark zu werden, um sich auf sich selbst verlassen zu können, um den Weg nach draußen zu bewältigen, irgendwann. Wie dieser Weg aussehen würde, davon hat er keine Ahnung. Er weiß nur, dass er eine gerade Linie abstecken und ihr dann folgen will, ohne davon abzuweichen.

Plötzlich hört er ein Geräusch von draußen. Ein leises Geräusch, wie eine Klappe, die zufällt. Wie das Rascheln von Laub.

Er lässt die Hanteln los und rennt auf die Auffahrt. Das Geräusch kommt aus dem Wald hinter dem Nebengebäude. Er rennt durch die gepflegten Rabatten mit Rosen und Tagetes, in das Dunkel unter den Bäumen.

Da steht Johan, nach vorn gebeugt. Er richtet sich auf, als Kent kommt. Im Käfig vor seinen Füßen ist eine Ratte. Sie rennt im Kreis, beißt in den Netzdraht, sucht nach einem Fluchtweg. In Johans Hand ein Feuerzeug, in der anderen eine Dose, mit stinkender Flüssigkeit. Benzin.

»Was zur Hölle hast du vor?«, schreit Kent.

Johan grinst.

»Anzünden. Willst du zuschauen?«

Kent antwortet nicht. Mit zwei großen Schritten ist er bei Johan und versetzt ihm einen Hieb direkt ins Gesicht. Johan ist größer und stärker, aber er hat keinen Angriff erwartet. Er schwankt, verliert das Gleichgewicht und fällt.

Kent kehrt ihm den Rücken zu, schnappt sich den Käfig und schafft es, die Klappe zu öffnen. Die Ratte flieht mit einem Satz und verschwindet im trockenen Laub. Sie rennt um ihr Leben, rennt in die Freiheit.

Unverletzt.

Stell dir vor, so wäre es gewesen.

Stell dir vor, es wäre.

Stell dir vor.

Nachwort

Dieses Buch ist eine freistehende Fortsetzung meines ersten Romans »Die sechste Nacht«. In der Neuauflage hat »Die sechste Nacht« den Untertitel »Die Gefangenen« erhalten, da der Roman thematisch mit diesem zusammenhängt, der den Untertitel »Die Befreier« trägt.

Die allerersten Seiten zu diesem Buch über ein Verbrechen im Ministerium Rosenbad wurden schon im Herbst 2002 geschrieben. Im September 2003 ereignete sich der furchtbare Mord an der Außenministerin Anna Lindh in Stockholm. Daraufhin wollte ich selbstverständlich das Projekt sofort niederlegen. Selbst wenn mein Buch nicht im Geringsten an die erschütternde Wirklichkeit erinnerte – wie sollte man nach einem so tragischen Ereignis einen Kriminalroman schreiben, der in Regierungskreisen spielt?

Aber es zeigte sich, dass niemand, mit dem ich in der Regierungskanzlei sprach – und auch sonst niemand – meiner Meinung war. Niemand nahm Anstoß an meinem Projekt, tatsächlich brachte niemand die Idee des Kriminalromans mit den wirklichen Ereignissen in Zusammenhang. Also begann ich einige Monate später doch mit der Arbeit an diesem Buch.

Dieser Kriminalroman ist reine Fiktion. Sämtliche Protagonisten sowie ihre Ansichten sind die Früchte meiner Fantasie.

Ich danke allen, die sich die Zeit genommen haben, mir zuzuhören und mit mir zu diskutieren:

Björn Lindh, Thomas Bodströms ehemaliger Pressesprecher. Jan Persson vom Justizministerium, der mir die Räumlichkeiten gezeigt hat. Hasse Alnervik, der Sicherheitschef in Rosenbad. Abigail Choate von der kriminalpolizeilichen Abteilung des Ministeriums. Dan Eliasson, Staatssekretär im Justizministerium. Bo Wide, Sonny Björk und Agneta Kallur vom Provinzialkriminalamt.

Mein Dank gilt auch den Guatemalteken, die bereitwillig lange Gespräche mit mir geführt haben. Und schließlich vielen Dank meiner sehr geschätzten Lektorin Gunilla Ahnegård.

Die Geschichte selbst und alle Fehler, die ich dennoch gemacht habe, liegen natürlich ganz und gar in meiner Verantwortung. Einige wenige Dinge habe ich bewusst geändert. So sind z. B. die Befehlsabläufe der Polizei in der Realität eine schwer zu durchschauende Angelegenheit. Deshalb durften meine Figuren einfach so handeln, wie ich es für richtig hielt. Aus Sicherheitsgründen habe ich außerdem einen Teil der Arbeitsabläufe in Rosenbad sowie die Lage einzelner Räume und Flure im Justizministerium verändert.

Stockholm, im April 2005
Annika Bryn